¡PING!

Juana Inés Dehesa

¡PING!

OCEANO

¡PING!

Diseño de portada: Cristóbal Henestrosa
Fotografía de la autora: cortesía de Juana Inés Dehesa

D. R. © 2021, Editorial Océano de México, S.A. de C.V.
Guillermo Barroso 17-5, Col. Industrial Las Armas
Tlalnepantla de Baz, 54080, Estado de México
info@oceano.com.mx

Primera edición: 2021

ISBN: 978-607-557-301-4

Impreso en México / Printed in Mexico

Tendré que hacer lo que es y no debido
Tendré que hacer el bien y hacer el daño.

—Fito Páez

Para Ulises, por todos los viajes

—Andrés, ¿tú sabes cómo se prende esta tele?

Por más que Susana le sobaba todas las aristas a la pantalla plana que habían puesto en el mueble de la cocina, no encontraba un botón para prenderla.

—¡Es inteligente, mi vida! —gritó Andrés, su marido, desde el piso de arriba.

—¡Ella sí, pero yo no! ¡Ándale, que dice mi papá que ya va a salir Mena!

—¿Ya intentaste con el control? —se escuchó un ruido de piecitos corriendo por la duela y la carcajada perversa de quien se sale con la suya—, ¡Carlos, regrésate a tu cama!

Regó la mirada por la cocina. ¿Dónde demonios estaría el control? No tenía ni idea. Ella no usaba esa tele, por una razón casi de pensamiento mágico: sentía que en el momento en que se sentara en un banco de la cocina a verla, todo estaría perdido. No sabía por qué, pero le parecía que eso sí ya era darse por vencida y asumir que era una señora.

Está bien que desde hace dos años tengo una camioneta que me maneja más a mí que yo a ella, que una vez a la semana llevo a mi suegra al súper y que prefiero usar una mochila que era la pañalera de los gemelos en lugar del glamour de una bolsa, pero la tele en la cocina sí me supera.

Pero ahora no tenía opción. Tenía que dejar listo el lunch para el curso de verano o se les iba a hacer tardísimo.

Se dio por vencida y sacó su celular para verlo ahí.

Andrés la encontró con la mirada fija en la pantallita, a punto de rebanarse un dedo cortando un pepino en bastones de cinco centímetros por uno y medio, la medida oficial de los gemelos.

—¿Qué pasó con la tele? ¿No se pudo?

—Shhh —dijo Susana, girando apenas la cabeza hacia su marido—. Ahí está.

Le señaló a quien todavía era presidente de México, frente a un escritorio muy imponente y con una banderota en el fondo, él con su sonrisa de presentador de programa de concursos y su capacidad robótica para obedecer al teleprompter.

—¿Qué crees que vaya a decir? —preguntó Andrés, parándose frente a la barra de la cocina, a un lado de Susana.

Susana levantó los hombros. Tenía en mente varios escenarios, pero no daba tiempo de explicarlos con lujo de detalle.

"Hace unos momentos, el consejero presidente del Instituto Nacional Electoral dio a conocer los resultados del conteo rápido conforme a lo acordado por su Consejo. Con base en ese conteo, el candidato de la Coalición obtuvo el mayor número de votos en la elección presidencial."

Susana y Andrés se miraron, confundidos.

—¿Te cae, así, ya concedió? —dijo Andrés.

Susana tampoco lo podía creer. No lo iba a confesar nunca, pero en el fondo de su clóset había una caja de cartón con dinero en efectivo, dólares y los pasaportes de toda la familia, porque en este país una nunca sabe qué puede pasar, y si algo le habían enseñado sus clases de historia política de México era que los periodos postelectorales se podían poner muy rudos. Sintió también un poco de vergüenza de pensar en las decenas de latas de atún, paquetes de galletas saladas y botellas de agua que había ido acumulando de a poquito en una alacena muy alta que nadie abría más que ella.

¿Es mi culpa que haya yo crecido con dos padres paranoicos y que ahora tenga demasiado tiempo libre para contemplar posibles desgracias?

—Parece que sí —dijo Susana, abandonando por un momento las latas de atún, aunque iba a tener que empezar a buscar recetas para hacer pay, croquetas o algo, para justificarlas—. Ya concedió. Digo, votos para la Coalición hubo de sobra. Se me hace que quiso dar el anuncio rapidito, no fuera a ser que a alguien se le ocurriera salir con que dice mi mamá que siempre no.

Andrés arrugó la nariz y masticó un pedazo de pepino.

—Pues, está raro, ¿no?

—Sí —dijo Susana, feliz de poder lanzarse a bordar sobre su tema favorito—. Sobre todo porque podía haberse esperado y ver cómo se ponía la cosa. Siempre hay casillas con problemas, ¿no? Ya sabes, que si nadie le entiende a la letra del secretario, que si los representantes la hacen de tos...

Pero Andrés ya no la estaba escuchando. Susana guardó sus conocimientos sobre jornadas electorales en el cajón mental donde vivían siempre y volvió a sus pepinos.

—¿Ya lograste que se durmieran? —hizo un gesto con la cabeza para señalar el piso de arriba y, más específicamente, el cuarto de los gemelos.

—Sí, pero me costó. Cuando no se salía uno de la cama, se salía la otra.

—Malditas vacaciones —dijo Susana, y se sintió inmediatamente culpable. ¿Qué clase de madre prefería que sus hijos estuvieran en la escuela antes que en su casa con ella?—. Espero que ya mañana, con el curso de verano, se tranquilicen.

—Esperemos. A ver qué tal.

Andrés fue al mueble que estaba junto a la puerta y sacó el control del cajón de en medio.

Ahí estaba el maldito control.

Recorrió uno a uno los canales, poblados por imágenes de los otros candidatos, que admitían su derrota y felicitaban al ganador. Vamos a luchar juntos por el bien de México; no siento que perdimos, sino que ganó la democracia, bla bla bla. Se detuvo cuando encontró una mesa con cuatro seres humanos discutiendo la elección.

—Mira, todos tus amiguitos —dijo, pasándole el control a Susana—. Te dejo para que hagas corajes y yo mientras voy a hablar con mis papás.

—Me los saludas —dijo Susana—. Y les dices que lo siento muchísimo.

La familia de Andrés odiaba al candidato con un entusiasmo digno de mejor causa.

Andrés se rio.

—No me van a creer, pero yo les digo.

De un tiempo para acá, Susana se había encontrado gritándole a la tele. No era algo que planeara, ni de lo que se sintiera particularmente orgullosa, pero sentía que puesto que ya nadie le pedía su opinión, ella debía darla de todas maneras. Total, qué más daba.

Ahora, mientras se arrodillaba en el piso para meter la cabeza completa en una alacena, tratando de conjurar el doble milagro de dos tópers cada uno con su tapa para guardar los pepinos, además de los termos que habían desaparecido desde el día mismo en que los niños salieron de vacaciones, le respondía animadamente a los cuatro seres que el subtitulaje de la pantalla anunciaba como "especialistas en temas electorales".

—¡No estás tomando en cuenta el voto duro! —gritaba Susana.

—¡Ay, por favor! ¡Todo el mundo sabe que las encuestas telefónicas no arrojan datos reales!

—Decir eso es ignorar los últimos treinta años de historia de este país. ¿Qué? ¿El Instituto Federal Electoral se hizo solo? ¿Nadie existía antes del candidato? ¡Por favor, señores, seamos serios!

Estaba fuera de control. Era algo que le costaba admitir hasta frente a sí misma, pero lo que realmente la enfurecía no eran los comentarios irresponsables ni la falta de visión histórica, sino que a ella nadie la hubiera llamado.

¿Pues a qué hora se me acabó el chiste?

En su otra vida, la temporada de campañas no se acababa nunca, sólo iba variando en intensidad, y el día de las elecciones lo pasaba yendo de un medio al otro, opinando, dando entrevistas, analizando encuestas, pronosticando resultados, no yendo a votar con los niños en el triciclo para luego irse a comer a casa de sus suegros y viendo los resultados por la tele, como si fuera cualquier hija de vecina.

Había seguido la campaña paso a paso, consumiendo como yonqui comunicados de prensa, entrevistas y sondeos de opinión. No sólo era capaz de explicar, hasta con notas a pie y bibliografía, por qué había pasado lo que había pasado, por qué ahora sí había ganado el mismo candidato que llevaba tres intentos, sino que era capaz de pronosticar dónde iba a estar el país y la opinión pública dentro de un año.

Pero ¿a quién le importa? ¿Quién le pregunta su opinión a una señora que pasa el día de la elección cuidando que sus hijos no se caigan del triciclo?

Se levantó con muchos trabajos, teniendo que detenerse del borde del mueble para impulsarse y maldiciendo a Mónica por arrastrarla a esa clase salvaje de aeróbics glorificados.

Hizo lo que hacía siempre que necesitaba volcar en alguien sus miles de opiniones. Le llamó a su papá.

A su casa, obviamente; si su papá era de esa generación que no sólo tenía una línea de teléfono fija, sino que la usaba regularmente y no entendía que las personas usaran dentro de su casa un aparato diseñado para funcionar cuando no se tenía una línea fija a mano.

Pero nadie contestó. Ni siquiera Blanquita. Susana dejó sonar diez veces el teléfono, por si Blanquita otra vez había perdido el inalámbrico que le habían puesto en su cuarto justamente para que no tuviera que salir corriendo cada vez que sonara. Pero Blanquita se había ido con Laura a Veracruz, para votar allá y para que Lucio conociera a su familia.

¿Por qué no contesta? ¿Será que le pasó algo? Ay, no, que no le haya pasado nada porque Catalina no me va a dejar en paz nunca.

Estaba mal, lo sabía bien, que ésa fuera su primera preocupación; no el bienestar de su papacito lindo, no; no una inquietud genuina porque estuviera solo en ese caserón que se negaba a abandonar, no. Lo que realmente le podía era que eso le iba a dar armas a su hermanita para insistir en que su papá ya no estaba en condiciones de decidir y que tenían que tener un papel mucho más proactivo en su cuidado.

Que, en lenguaje de Catalina, quería decir "por favor, Susanita, hazte cargo".

Las manos de Susana temblaban de pura adrenalina mientras marcaba el número del celular de su papá. Si no contestaba, iba a tener que ir a su casa a ver qué estaba pasando.

Uf, pero qué tal que se cayó o algo, y hay que levantarlo. Yo no sé si puedo. Pero ni modo que vaya Andrés, porque quién se queda con los gemelos. Habría que llevárnoslos. Ay, pero ya están dormidos, y con lo que cuesta que se queden.

—¡Bueno! —contestó don Eduardo, en medio de lo que claramente era una fiesta de aquéllas; se oía a alguien que pedía a gritos otro tequila y al menos dos voces que cantaban (horrible) el himno nacional—. ¡Bueno!

—¡Papá! ¡Papá! —Susana se tapó un oído para escuchar mejor— , ¿dónde andas?

—¿Susanita?

—No, papá, el hada Campanita.

—¿Quién?

—Soy Susana, papá, ¿dónde estás?

—Estoy en casa de Antonio, mijita; nos juntamos varios a esperar el resultado.

—¡Y ya nos vamos al Ángel, Lalito; dile que nos alcance! —se oyó una voz a lo lejos.

Lo que me faltaba.

Susana no podía pensar en algo más inapropiado que su padre, con su cadera de titanio, internándose entre las multitudes en torno a la columna del Ángel de la Independencia.

—No vas a ir al Ángel, ¿verdad, papá? —dijo, tratando de

que su voz no sonara como cuando le prohibía a sus hijos los clavados en la alberca.

—No, mijita, ya en un ratito me voy a la casa.

—¿Vas manejando?

—No, no. Orita me piden un Uber.

No le dio tiempo de preguntarle en qué momento había pasado de pedir taxis al sitio de la esquina, donde conocía a todos los choferes, a utilizar Uber. Ni, ahora que lo pensaba, a quién se refería cuando decía que "se lo iban" a pedir. Simplemente le dijo "adiós, mijita, besos a los niños y a tu marido y más a ti", y le colgó.

Susana se quedó viendo su teléfono con indignación. Si acaso, su sensación de irrelevancia no había hecho más que aumentar.

Para colmo, los únicos tópers con tapa que había encontrado eran de crema Chipilo, y Andrés no soportaba que los usaran más que estrictamente dentro de la casa.

—Como si no nos alcanzara para unos más decentes —decía.

Susana suspiró y sacó de la alacena un par de bolsas de plástico con cierre. Entre la desaprobación de Andrés y la de los organizadores del curso de verano, que la iban a tachar de consumista y cómplice en todos los crímenes en contra del planeta por introducir en su ambiente ecológico y sustentable dos perversísimas bolsas de plástico, prefería cargar con el odio de los jipis.

El curso de verano, con los jipis, también había sido idea de Mónica. Hasta donde Susana tenía entendido, su hermana, que llevaba años dedicada a la apicultura en un pueblo perdido de Morelos, era una de las organizadoras. No era que un curso sobre vida sustentable hubiera sido su primera opción en otras circunstancias —de hecho, la lista de materiales, que incluía dos paliacates y un par de guantes de lavar los trastes por niño, dos kilos de tierra, un envase de refresco de dos litros partido a la mitad y cinco lombrices, la había hecho cuestionar un poco su decisión—, pero dado que los cursos a los que se habían inscrito la mayoría de los compañeritos de los gemelos, y los hijos de su cuñado, por supuesto, costaban por una semana el equivalente a dos colegiaturas, pidió que la excluyeran del equipo de perseguir lombrices y consiguió todo lo demás.

A los gemelos les vendió la idea como un entrenamiento para ser exploradores, y como a su abuelo le encantaba sacar el atlas y contarles de la Antártica y el Amazonas, los dejó que pensaran que por ahí iba la cosa. A Andrés, por supuesto, no le dijo que lo más atractivo del curso era el precio, porque a Andrés eso de que se anduviera preocupando por el dinero que no tenían lo ponía muy malito de sus nervios; le dio la vuelta al tema explicándole que los niños estaban felices, que le venía muy bien organizarse con Mónica para llevarlos y traerlos, y que no había tema más relevante para el futuro de los niños y de la humanidad entera que el cuidado medioambiental.

Terminó de empacar los pepinos y el agua y miró su celular. Le parecía muy raro que no hubiera sonado ni una sola vez en toda la tarde. Lo levantó y vio un texto de su papá, avisándole que ya había llegado a su casa.

Cortó a la mitad el bote de refresco, después de ver un tutorial que aconsejaba hacerlo con un cuchillo caliente. Dividió la tierra en dos bolsas para que cada niño llevara la suya. Sacó del clóset de las escobas las mochilas de los niños y guardó el material de cada uno. Miró otra vez su celular. El grupo de WhatsApp de las mamás de la escuela decía que tenía 128 mensajes sin leer. Cómo estarían las cosas, que hasta estuvo tentada a leerlos.

Le escribió a Mónica para preguntarle si ya tenía todo para el día siguiente, más para que alguien le contestara que porque realmente le interesara saberlo.

Esperó cinco minutos, sin respuesta de Mónica.

Síndrome de miembro fantasma.

Había escuchado el término en esa serie de un doctor neurótico que a Andrés le obsesionaba y que volvía a ver una vez tras otra, y así se sentía. Como esos heridos de guerra a los que les duele la mano que ya no tienen, a Susana le escocía un miembro fantasma.

¿Qué hacía con todas sus ideas y todas sus palabras? Le daban vueltas en la cabeza como si fueran moscas tratando de encontrar aunque fuera una rendija. Andrés ya ponía cara de estoica resignación cuando le hablaba del tema, Mónica sólo decía que ella no creía en los políticos profesionales sino en la acción colectiva, y su papá y Catalina le daban el avión de manera espectacular. Por primera vez en una elección presidencial desde que era mayor de edad, Susana se sentía fuera de la jugada y, francamente, como perro sin dueño.

—No estás considerando el voto duro.

—¿Perdón?

Susana abrió los ojos y se encontró con la maquillista, que la miraba con el aplicador de polvo en la mano.

—¿Lo dije en voz alta? —preguntó Susana—. Ay, perdón. Es que estaba oyendo y luego así me pasa, yo hablo, aunque nadie me escuche.

Señaló hacia el estudio de televisión, donde entrevistaban a un argentino que se anunciaba como especialista en América Latina y que, hasta eso, no lo estaba haciendo mal.

Pero no está tomando en cuenta el voto duro.

—Bueno, pues ya quedaste; ¿segura no quieres un poquito de sombra, tantito rímel?

Susana sonrió mientras movía la cabeza. No le iba a explicar, pero prefería evitar un contagio de conjuntivitis salvaje. Lo había aprendido a la mala en las últimas elecciones intermedias. Lo único que aceptaba que le pusieran era polvo, y eso porque ya se le hacía feo decir que no.

—Pues mucha suerte —dijo la maquillista, guardando sus cosas.

Susana respiró profundo, sintiendo que la recorría la adrenalina de siempre que estaba a punto de entrar al aire. Repasó en su cabeza las cifras que acababan de mandarle a su teléfono.

Ay, ¿cuál era el distrito que estaba en pleito en Coahuila?

Se buscó el celular en los bolsillos, sólo para recordar que traía puesto un vestido sin bolsillos. Según Catalina, los bolsillos la hacían ver todavía más caderona, y Susana, como siempre, la obedecía. Aunque no sin algo de resistencia. De entrada, ese "todavía más" le parecía francamente innecesario. Y luego, ¿cómo funciona una persona sin bolsillos?

—¿Y si se me escurre un moco? ¿Qué tal que necesito un klínex? ¿O mi celular?

Pero Catalina no estaba dispuesta a ceder, y Susana ya sabía que si salía en la tele con un vestuario que no hubiera sido previamente aprobado por Catalina, se arriesgaba a un torrente inagotable de "telodijes". Toda su familia tenía que opinar cada vez que daba una entrevista. Era una lata.

—¿Sabrás de casualidad dónde habrá quedado mi bolsa? —le preguntó con una sonrisa al becario que le habían asignado de la campaña para que fuera su asistente ¿Se llamaba Marcos? ¿Mateo? ¿Miguel?—. Una negra, grande.

—Te la iba a pasar —dijo MarcosMigueloMateo—, no sé si es tu teléfono, pero hay algo ahí adentro que está vibre y vibre.

Susana abrió su bolsa. Se le había olvidado que lo había puesto en vibración porque era ese momento de la campaña en que cada vez que oía el ¡PING! de un mensaje, le daba taquicardia.

—Estos días son lo peor —dijo—. Ya me urge que esto se acabe.

—¿Ha estado muy fuerte? —preguntó el becario, que venía llegando a todo; se había incorporado a la campaña cuando las encuestas empezaron a anunciar que su candidato tenía amplias probabilidades de ganar.

—Espantosa —dijo Susana, revisando la pantalla de su teléfono—. Claro que todos los años decimos lo mismo.

Le hizo un guiño al muchachito mientras escuchaba sus mensajes de voz.

Ay, papá. Ya sé que ese periodista fue contigo a la Facultad. Y que copiaba, sí. Pero ni modo que lo diga en televisión abierta.

20

Claro, ahora sí me habla este patán. Claro, porque quiere un comentario. No, chulis, fíjate que no es tan fácil.

El siguiente mensaje la hizo soltar un grito.

—¡Noooo!

—¿Pasa algo? ¿Necesitas algo? —MarcosMiguelMateo se levantó de su silla como resorte—, ¿te traigo algo?

—No, no —dijo Susana—. El mensaje de un amigo, que me agarró de sorpresa.

—¿Bueno o malo?

Susana se quedó pensando.

—Bueno, yo creo. Digamos que como que se va a recibir.

Este muchacho no tiene por qué enterarse que mi vecinito de la infancia se acaba de ordenar de sacerdote. No tengo tiempo ni ganas de explicarle la complejidad de mi perfil.

Hablando de tiempo, ¿qué quería yo buscar?

—¿Sabes en qué sí me puedes ayudar? —dijo Susana y el becario se incorporó de inmediato.

Igual que el Engels cuando mi papá le enseña su correa.

Susana sabía que estaba mal comparar a los becarios con el perro de su papá, pero no pudo evitarlo.

—¿Me puedes conseguir conteos rápidos de Piedras Negras?

MarcosMigueloMateo se mordió la uña del pulgar derecho.

—Claro —dijo, sin un ápice de convicción—. Eso es en Coahuila, ¿verdad?

Susana abrió la boca para decir algo. Luego la cerró.

—Sí —dijo, despacio—. Es en Coahuila.

El Engels lo hubiera sabido.

Esa mañana, cuando salió de su casa al diez para las nueve para ser la primera en votar y llegar corriendo a su primera entrevista, Susana no se imaginó que parte de su día iba a estar dedicada a darle a un estudiante de licenciatura una lección de geografía. Pero así de sorpresiva era la vida: un minuto estás preparándote para debatir en televisión y al siguiente tienes que buscar en

21

tu teléfono inteligente un mapa de México para ilustrar la división política y geográfica del norte del país.

—Si me puede acompañar por aquí, por favor.

Susana hizo un esfuerzo por no darse por enterada de la cara de alivio que puso el becario cuando el productor apareció para llevársela al estudio. Lo siguió con toda la velocidad que le permitían los tacones contra el piso resbaloso y sembrado de cables.

Saludó de mano al conductor del programa y le sonrió al periodista copión compañero de su papá.

—Señorita Fernández —dijo el periodista, alzándose cuan alto era, que no era más de un metro sesenta y pocos, y eso que sus zapatos tenían un taconcito de los que según Susana se habían prohibido después de los años setenta—. ¿Cómo está usted? ¿Qué cuenta su padre?

—Mi papá está muy bien, muchas gracias. Le manda saludos.

Y soy maestra, no señorita, señor.

Pero la frase nunca salió de su cabeza. Si algo sabía Susana era quedarse callada para no meterse en problemas.

Porque a Susana no le gustaba meterse en problemas. Menos aún, con una gloria pasada del periodismo a quien las reivindicaciones feministas, lo había dicho en más de un foro, le parecían una pérdida de tiempo y simples ganas de las mujeres de hacerla de tos.

—Qué día, ¿no? —dijo, por calmar a su cabeza y por llenar el silencio con algo—. Bueno, qué año.

—De locos —dijo el conductor—. Y pinta para ponerse peor.

—Uy, no saben cuánto —dijo el periodista, con cara de que traía exclusiva—; según me dicen, el otro candidato no se va a quedar tranquilo.

Susana tuvo que contenerse para no voltear los ojos al revés. El candidato al que se refería había pasado la campaña acusando al gobierno de manipular las elecciones y avisando mitin tras mitin que se iba a negar a aceptar una derrota.

Mchale. Notición.

Susana, gobiérnate.

—Yo por eso no trabajo en campañas nacionales. Me quedo en mis distritos.

—No, niña, no —dijo el periodista, y Susana tuvo que agarrarse con las dos manos al borde de la silla para recordarse que tenía que conservar la calma—; cómo va usted a decir eso, ¡con tanto talento y tanta juventud y tanta vida por delante! La emoción está en la grande. En la silla que sí cuenta.

Susana sólo sonrió.

Claro, señor. Si por eso este país está como está, porque todos están preocupados por la elección presidencial y nadie se ocupa de la política local. Y ahí es donde llegan todos los corruptos a enriquecerse con el dinero público, y ni quien los llame a cuentas.

Pero Susana no tuvo tiempo de pensar bien su diatriba a favor de la vigilancia a los presidentes municipales, esa que en su oficina ya estaban hartos de escuchar y que su familia podía recitar de memoria, porque el conductor se llevó una mano a la oreja, asintió a algo que le decían por el audífono y les avisó que estaban a punto de entrar al aire.

—Mijita, ¡qué bárbara! —la voz de don Eduardo se escuchó por todo el coche de Susana—. No le diste chance de nada, al pobre.

—¿Yo? —preguntó Susana, intrigada—. ¿Yo qué dije?

—No, pues te le fuiste a la yugular, así, de a tiro.

Susana trató de hacer memoria. No recordaba haber sido particularmente salvaje. No que no tuviera ganas, pero ni de casualidad había dicho todo lo que tenía ganas de decir.

—No entiendo a qué te refieres, papacito —el cansancio la hacía tener menos paciencia que de costumbre—, según yo, no dije nada fuera de lo normal.

—No, si no me quejo de lo que dijiste, mijita. Sino lo que se veía que estabas pensando —dijo don Eduardo, críptico—. Mira, no es tanto que lo defienda a él como que defiendo a mi generación, oye. No sabes lo que es que te sienten frente a un escuincle que podría ser tu hijo y que te agarre de su puerquito.

Ah, ya lo entendí todo.

El relevo generacional no era un tema que don Eduardo llevara bien últimamente. Toda su vida fue un entusiasta de apoyar a los jóvenes y guiarlos para que construyeran sus carreras hasta que uno de esos jóvenes que había apoyado, recientemente nombrado director de la Facultad de Ciencias Políticas, lo había invitado a desayunar para sondear discretamente qué opinaría de comenzar su proceso de jubilación, porque había una larga fila de maestros más jóvenes a los que su plaza de tiempo completo les vendría muy bien.

—Yo sé que no necesariamente ser viejo lo hace ser sabio, mijita —dijo, provocando que Susana se preguntara si seguirían hablando de la entrevista o si ya su papá se había internado en los tupidos bosques de sus propias dudas existenciales—, pero ustedes de pronto es que no se miden, no ven la fuerza que tienen.

Susana respiró profundo.

—Papá —dijo, más tranquila—, creo que ya sé de qué hablas. Pero, en mi descargo, ¡era la tercera vez que mencionaba al candidato que no era! Ese hombre del que hablaba fue diputado en el noventa y cuatro; ¡hace más de veinte años, papá! Si no decíamos algo, iba a parecer que no nos estábamos dando cuenta, y perdón, pero sí nos estábamos dando cuenta. Todo México se estaba dando cuenta.

Don Eduardo soltó una risa derrotada, y Susana sonrió también, mientras miraba su espejo para entrar al periférico.

—Al menos podrías haber hecho un esfuerzo para que no se te notara que lo estabas disfrutando.

Ante eso no podía decir nada, porque la verdad es que sí experimentó una cierta alegría de poner al periodista en su lugar, pero, más que eso, disfrutaba hacer lo que hacía. Se quejaba mucho, pero era parte de la etiqueta del oficio: ni modo que dijera que le encantaba su trabajo y que gozaba cada minuto que pasaba alimentando su gastritis. Eso no era sano. Tenía que decir algo como que era un tormento, pero alguien tenía que sobrellevarlo, y fingir que sufría enormemente pero que era la cruz que tenía que cargar por poseer un talento tan grande para la comunicación política.

Podría hacerlo un changuito con un diccionario, pero no se los vamos a decir.

—¿Quién crees que me habló hace rato? —dijo Susana, buscando un tema más trivial.

—No sé —dijo don Eduardo—, ¿tu hermana?

—Sí, claro. Me habló para preguntarme qué zapatos traía puestos, pero no me refería a ella.

—¿Entonces?

—¿Te acuerdas de Juan, el vecino?

—¿El hijo de los Echeverría?

—Ese mero.

Susana le tocó el claxon a un Tsuru que se cambió de carril sin fijarse y por nada se lleva su espejo.

—¡Mijita! —dijo don Eduardo—. ¿Qué pasa? ¿Estás bien?

—Sí, papá. Sólo un tarado que no conoce las direccionales. ¿Van a estar en la casa?

—Sí. Van a venir Fernando y Toni, ya sabes que nos gusta ver los resultados. ¿Tú no quieres venir? Te prometo que te puedo tener unas ramitas de apio para que roas, mientras los demás comemos paté y carnes frías.

Susana dejó pasar el comentario.

Se nota que a ti Catalina no te tortura con tus caderas, papacito.

En realidad, ni todo el apio ni todo el paté del mundo la hubieran convencido de pasar la tarde conviviendo con su jefe y con la esposa de su jefe. La perspectiva le daba como un poco de taquicardia, de esa que se siente cuando uno se acerca demasiado a un acantilado o se asoma por la terraza de un vigésimo piso.

—No, creo que mejor no, papá. Estoy cansadísima y todavía tengo que pasar a la oficina.

Don Eduardo hizo un ruido de desaprobación.

—Ese afán tuyo de trabajar y trabajar, mijita.

—Ni modo, papacito. A alguien le tiene que tocar.

Cuando se abrió el elevador, le sorprendió ver la mayoría de los cubículos y las oficinas apagados. Claramente, nadie había considerado pertinente darse una vuelta por el changarro a ver si algo se ofrecía.

En la oficina de Fernando había una televisión prendida. Cuando estaba a punto de apagarla, escuchó ruidos y vio a los becarios aproximarse con pinta de estar enormemente satisfechos consigo mismos. Una chica —¿Luisa? ¿Lucía? ¿Lilia?— sostenía en la mano un paquete de cerveza Sol con limón y Miguel —casi estaba segura de que se llamaba Miguel— cargaba un bote de basura rebosante de palomitas de microondas.

Susana se preguntó si siquiera lo habrían lavado antes de llenarlo de comida. Pero no era cosa de delatarse como la adulta del grupo. De por sí, tenían cara de conejitos frente a la escopeta.

—¡Maestra! —exclamó Miguel—, ¡qué bueno que vino! ¿No se quiere quedar?

Susana se admiró de su capacidad para fingir bajo presión. No era una cualidad despreciable en esta profesión.

—Ay, sí me darían ganas —dijo, correspondiendo a una mentira con otra—, pero quedé de pasar a casa de mis papás.

Se encogió de hombros, como llena de pesar.

—Ni modo. Ustedes diviértanse, muchachos, aprovechen que son jóvenes y que no tienen compromisos.

Los dejó frente a la tele y los resultados electorales y se volvió a subir al elevador.

Sacó su celular. Ignoró todas las alertas de mensajes y correos y pasó los ojos por las actualizaciones de noticias. Si en su constitución hubiera estado la posibilidad de no preocuparse, hubiera pensado que no había de qué preocuparse.

Pasó, una detrás de otra, las notificaciones. Hasta que abrió la aplicación del teléfono, como si no se diera cuenta de lo que hacía.

Su dedo índice se detuvo encima de un número.

Nada más le voy a marcar para tocar base. No por otra cosa, sino porque ni modo que uno no esté en contacto en un día así. Qué tal que hay algo que yo deba saber.

No se convencía ni a sí misma, pero marcó de todas maneras.

—¿Cómo viste? —preguntó Susana, en cuanto escuchó que se conectaba la llamada.

—Muy bien. Te viste súper ruda.

—Ay, claro que no.

Ay, Susana, suenas como quinceañera.

Se aclaró la garganta.

—¿Sabes si ya están saliendo los preliminares?

—Sí, ya hay varios. ¿No quieres venir a verlos?

—Pues… —Susana dudó. En su cabeza se aparecieron Catalina y Laura cantando una canción norteña sobre una que tropieza de nuevo y con la misma piedra. Últimamente se la cantaban todo el tiempo.

Eso me gano por contarles nada.

—Iba a ir a mi casa —dijo, rápido—. Bueno, en realidad había pensado ir a casa de mis papás, pero va a estar Fernando.

—Y nadie quiere ver a su jefe cuando estamos a punto de abrir nuestro propio despacho, ¿verdad? Sobre todo cuando no le hemos dado la sorpresita de que nos vamos.

—Exacto.

—Pues no vayas y vente para acá —la voz se tornó persuasiva—. Seguro ni has comido, ¿verdad? ¿Te voy pidiendo algo?

Susana sabía que era muy mala idea. Si hubiera estado en el cine, viéndose en la pantalla, seguramente voltearía con quien tuviera junto y le diría "bueno, pero es que ésta es idiota".

—No —dijo, sin ninguna convicción—; es que mañana tengo que estar muy temprano. Es lunes.

—Todo el mundo va a estar crudo. ¿Qué te pido?

También, si se estuviera viendo en la pantalla, sabría en qué iba a terminar esa conversación.

—Un consomé y unos nopales con queso.

Mami, ¿por qué tú no trabajas?

"Mami, ¿por qué tú no trabajas?"

Y pensar que estábamos tan preocupados porque los gemelos no hablaban. Pensamos en llevarlos a un terapeuta y todo porque qué tal que era algo del oído, o qué tal que no estaban recibiendo los suficientes estímulos en su casa. Aunque mi papá decía siempre que esos pobres niños no hablaban porque entre Andrés y yo no les dábamos oportunidad.

—Déjalos tantito que hagan su vida y vas a ver si no empiezan a manifestarse —decía.

También decía que el problema era que éramos muy exagerados y vivíamos en un mundo que a fuerza quiere encontrarle defectos a los chamacos.

—Míralos, Susanita —mientras miraba con arrobo cómo Carlitos se metía el dedo a la nariz y Rosario chupaba insistentemente la esquina del trapito sin el cual no podía dormir—. Son perfectos.

No es que yo no estuviera de acuerdo. Claro que pensaba que mis hijos eran perfectos; de entrada, porque eran míos y de Andrés, pero también porque los veía todos los días a todas horas y me daba cuenta de que aprendían y se les movían los engranes a toda velocidad. Pero, entonces, ¿por qué demonios no hablaban? ¿Por qué nada más mugían frenéticamente cuando querían manifestar su descontento o se limitaban a balbucir algo que lejanamente, y con mucha imaginación, sonaba como "leche" o "mamá"?

Y no ayudaba nada que los hijos de Jorge mi cuñado, y Tatiana, su esposa perfecta, hablaran de corridito y en varios idiomas. Eran un par de años más grandes, pero eso Andrés no lo entendía. Sistemáticamente salíamos cada domingo de casa de mis suegros con la moral por los suelos y la certidumbre de que algo les pasaba a nuestros hijos.

Hasta que, de pronto, el milagro. Un buen día, en que Carlitos lloraba y lloraba, sin motivo aparente, y yo no sabía si hablarle al doctor o salirme a la calle con rumbo desconocido y empezar una nueva vida, Rosario se irguió en su sillita alta y, viéndome muy seria, como siempre ha visto ella, me dijo:

—Quiere salir, mamá.

Me tardé en registrar la magnitud de lo que estaba sucediendo. Sólo después de que le había soltado un indignado "¿y tú cómo sabes?" a manera de respuesta, caí en cuenta de lo que había pasado. Y no hubo vuelta atrás: a partir de ese momento, Rosario se convirtió en la intérprete oficial de su hermano hasta que Carlitos sintió que se le estaba malinterpretando y decidió que ya estaba bueno y que iba a hablar él también.

Eso fue más o menos a los dos años. Y no se han callado desde entonces.

Ya sé, ya sé, quién me entiende. Pero igual que de pronto tengo ganas de que vuelvan a esa etapa en que eran unos bultitos que se quedaban quietos donde uno los dejaba, también a veces querría un poco de paz y tranquilidad. No necesariamente silencio, porque con los niños, sobre todo con los gemelos y su increíble capacidad para transmitirse planes malévolos de manera cuasitelepática, uno aprende pronto que el silencio antecede invariablemente a la catástrofe.

—Los niños están muy callados, ¿por qué no vas a ver qué están haciendo?

Es una frase que decimos mi marido o yo diez veces cada

tarde. Y con frecuencia lo que encontramos es peor que lo que nos imaginábamos: uno ya dio con las tijeras que estaban escondidas en un sitio teóricamente muy seguro, la otra ya le dio la vuelta al bote de basura y está trepada tratando de abrir la llave del agua, lo que sea. Todo puede ser si los niños están callados.

Más bien, me refiero a ese bonito momento en que ni siquiera podían formularse preguntas. Todo lo aceptaban como venía y con eso se conformaban. No querían saberlo todo y, mejor todavía, no pensaban que todo eso que querían saber tenía que provenir directamente de la boca y la sabiduría de su madre.

Cuando no salían a la calle todos los días después de la escuela con la boca llena de preguntas, vamos.

Porque lo peor es que una les contesta más o menos lo que puede idear en ese momento, entre la miss de la puerta que te dice que no se te vaya a olvidar que es la semana de traer periódico para reciclar y el microbús que de ninguna manera está dispuesto a pararse por más que sea el paso cebra y tú tengas preferencia, y ellos tal vez insisten o tal vez deciden darse por satisfechos, pero luego llegan a su casa y siguen con su vida, y tú te quedas con la pregunta atravesada entre pecho y espalda y con la necesidad imperiosa de responderla, porque, demonios, a ti te enseñaron que en esta vida el único que triunfa es el que tiene todas las respuestas. TODAS.

Así que aquí estoy, sentada en la sala de mi casa, a las tres de la mañana, tratando de responderle al Carlitos y la Rosario que viven en mi cabeza por qué su mamá no trabaja.

¿Qué les contesto? Bueno, ya nada. En ese momento, en que íbamos los tres negociando la banqueta después de la escuela, les dije lo primero que me vino a la mente, algo muy dignificador como que hacerse cargo de ellos y de la casa también era un trabajo, aunque no me pagaran un sueldo ni me dieran descanso los fines de semana, pero con todo y que son un par de enanos muy sabios, no me entendieron. Obviamente, eso no era lo que me estaban preguntando. Obviamente, ellos querían saber por qué yo no era como su papá, o como la mamá de su amigo José Pablo, y no iba todos los días a una oficina.

Bueno, pues porque en eso quedé con su papá cuando nos casamos. Para horror de sus abuelos, niños, yo renuncié voluntariamente a un trabajo de oficina y de tacones todos los días, y de sentirnos todos muy importantes y muy inmersos en la construcción de la vida democrática del país, porque iba a tener un hijo y no era cosa de abandonarlo porque los niños crecen mucho mejor cuando tienen a una madre abnegada que se queda en la casa a velar por ellos.

Obviamente el argumento no estaba planteado exactamente en esos términos, pero sí en unos muy, muy parecidos.

Vamos, tampoco puedo decir que me hubiera pescado por sorpresa. Si Andrés y yo nos conocimos desde que teníamos doce años y éramos vecinos en una colonia bien fresa, antes de que mis papás compraran el terreno en Tlalpan y decidieran mudarnos a todos porque así mi mamá estaba más cerca de su oficina y mi papá de la UNAM.

Antes siquiera de pensar que iba a ser el padre de mis hijos, yo ya era amiga de su hermano más chico, Juan. Juanito, que era un desastre y peleaba todo el día con sus padres, hasta el día en que decidió enfrentar su destino, hacerse cargo de que le habían puesto Juan Diego por alguna razón, y meterse al seminario. Cuando me habló para contarme, cuando los dos estábamos a punto de terminar la carrera, no lo podía creer.

—¡Pero si ya te faltan dos créditos para acabar Ingeniería! —dije, como si entregarle la vida a Dios fuera equivalente a cambiar una licenciatura por otra.

Juan sólo se rio y me explicó que era algo que había estado pensando durante mucho tiempo y apenas había juntado fuerzas.

—Amparito debe estar feliz —dije, pensando en su mamá y su costumbre de ir a misa todos los días.

—Sí, aunque preferiría que me fuera con los jesuitas o con los carmelitas.

Bueno, sí. A Amparito nunca se le da gusto del todo. Siempre hay algo que se pudo haber hecho mejor, o diferente, o que se podía haber evitado. Si lo sabré yo. Resulta que Juanito decidió ser padre diocesano, que equivale, en palabras de mi suegra, a ser "de la calle" y parece ser que no es tan deseable. No tengo idea por qué.

Yo, a diferencia de mis hijos, he aprendido que a veces es mejor no preguntar.

El caso es que Juan se fue al seminario durante años y años y un buen día me dejó un mensaje en el teléfono invitándome a su primera misa.

Mi hermana Catalina estaba horrorizada de que yo fuera a ir. En mi familia no íbamos a misa. Estábamos bautizadas y con la primera comunión en regla, básicamente porque mi papá decía que no estaba listo para que su madre, mi abuela, pensara que su hijo mayor condenaba a sus hijas a arder en las llamas del infierno, pero con el pretexto de que "fomentaban nuestra libertad religiosa y de conciencia", mis papás nunca se preocuparon por darnos mayor instrucción. Eso sí, a los tres años mi papá me explicó lo del opio de los pueblos, pero no llegó mucho más lejos.

—¿Y vas a ir?

—Sí.

—¿Por qué?

—Para compartir con él ese momento, Cata, cómo que por qué.

—No te creo nada.

—La verdad, por morbosa; para ver si se le olvida algo o qué.

—Sí, algo así me imaginaba yo.

Pero no se le olvidó nada. O seguramente sí, pero no se le notó, porque yo no me di cuenta. Aunque hay que decir que, primero, yo ni idea tenía de cómo tenía que ser una misa, a tan pocas que había ido en mi vida a esas alturas y, segundo, que estaba yo un tanto distraída.

Porque ah, cómo había cambiado su hermano Andrés en el tiempo que no nos habíamos visto. Finalmente había embarnecido un poquito, lo justo para ya no ser un ñango sin chiste sino un flaco distinguido, se le habían quitado los granos y ahora usaba unos lentes que le tapaban la nariz (o la nariz ya también se le había civilizado). Desde la banca donde yo estaba, muy atrás porque no era cosa de quitarle el lugar a la inmensa familia de Juan, alcanzaba a verle el perfil cuando se agachaba a hablar con su mamá. Siempre había sido el más cercano a su mamá de los tres, mucho más que Juan y años luz más que Jorge, el más grande.

Quién lo hubiera pensado, pensaba, mientras me arrodillaba y me paraba al compás de mis compañeros de banca.

Cuando terminó la misa, se hizo una fila frente a Juan, deslumbrante con toda su indumentaria nuevecita. Yo, pues me formé. Supuse que era para felicitarlo, como cuando va uno a dar el pésame en los velorios.

No suponía que era para besarle la mano.

Cuando vi a la señora de pelo lila con mucho crepé que iba delante de mí agacharse con enormes trabajos y tomar la mano del menso de Juan entre las suyas, no supe qué hacer. En el desconcierto, di un paso atrás, pensando en salirme de la fila y correr hasta mi coche, pero mi tacón hizo contacto con una superficie blanda y el quejido que brotó detrás de mí se escuchó por toda la iglesia.

Obviamente, era Andrés. El pie que había perforado era el de Andrés.

Ahorita ya es parte de la mitología familiar, y Andrés va feliz por la vida diciendo que tiene una uña negra como prueba de que lo nuestro estaba escrito y dictado por Dios mismo, pero en ese momento yo me quise morir y sospecho que él me quiso matar. Y, claro, acabamos con la solemnidad del momento porque Juan se dio cuenta y se atacó de risa.

Y, para contribuir a la teoría de Andrés, resultó que él acababa de terminar con una novia muy adecuada y de muy buena familia y yo (aunque en ese momento no lo sabía) estaba en vías de deshacerme de una relación nefasta con un tipo que se dedicó a maltratarme todo lo que quiso nomás porque yo me dejaba.

Así que, después de desahogar rapidito el trámite de la felicitación al padre Juan Diego (no le besé la mano, pero sí hice la finta, porque su mamá me estaba supervisando), cumplí con decirle a Andrés que estaba apenadísima y que si seguro no se le habría roto nada y si no sería cosa de que lo llevara al hospital, no fuera a ser.

Obviamente no tenía roto nada, si tampoco es que fuera yo un paquidermo, pero algo pasó, que vi a Andrés y, como en las películas cursis, pasó frente a mí la película de lo que podría ser mi vida junto a alguien como él, alguien que no tuviera millones de opiniones, que no estuviera todo el tiempo compitiendo conmigo y que fuera suficientemente bueno como para hacerle plática a las amigas de su mamá.

Y él confiesa que estaba también harto, pero de salir siempre con la misma mujer, aunque tuviera diferente nombre.

Dos años después, mientras pasábamos Año Nuevo en Nayarit con sus papás, me propuso matrimonio.

Dos años y medio después, mi mamá dijo en una junta que se sentía un poco mal. Cuando la ambulancia llegó al hospital, ya estaba muerta de un infarto fulminante.

Dos años y medio menos una tarde después, mi mamá y yo peleamos porque, según ella, más que casarme, lo que estaba haciendo era enterrar mi carrera y mis posibilidades de éxito profesional.

Dos años y nueve meses después, Andrés y yo nos casamos en una boda bastante deslucidita porque quién quiere bailar cumbias en esas circunstancias, pero no era cosa de tirar a la basura los depósitos y lo que ya habíamos pagado porque eso sí, mi mamá, asesora financiera de las grandes, nunca me lo hubiera perdonado.

Y yo nunca le hice mucho caso a las quejas de mi mamá

sobre mi futuro porque no eran ciertas: yo no tenía por qué dejar de trabajar. De ninguna manera.

Luego me embaracé.

Y luego eso de que quién se queda a cuidar a los niños. Y el costo de una persona que los cuidara era tal, que no había trabajo de medio tiempo que lo cubriera.

Así que me quedé con mi trabajo de tiempo completo. En mi casa, con mis hijos.

DE: MÓNICA
¿Ya viste el chat?

DE: SUSANA
Ay, no. Nunca veo el chat. ¿Qué dice?

DE: MÓNICA
Reenviado:
DE: ANALO
Porfa, las que trabajan fuera de casa, ¡urge que contesten! Todas tenemos 1000 chamba, pero si no nos ponemos de acuerdo, nos van a agarrar las prisas. Porfa, CONTESTEN!!!!

DE: SUSANA
¿Contestar de qué?

DE: MÓNICA
Del festival de navidad. Que, obviamente, urge organizar porque estamos en oc-tu-bre.

DE: SUSANA
No la peles. Únete a mi resistencia pacífica.

DE: MÓNICA
No puedo. Me da culpa.

DE: SUSANA
A mí me da culpa todo. ESO, no.

DE: MÓNICA
Dichosa tú.

Susana no tenía pensado casarse con el vecinito. Ni siquiera tenía en su universo al vecinito, y ni siquiera le gustaba decirle *el vecinito*. Era el nombre con el que su mamá había bautizado a Andrés desde el momento mismo en que volvió a aparecer por la vida de los Fernández.

—¿Y tú, muchachito, a qué te dedicas? —le soltó el sábado en que Susana, armada de un extraño valor que no sabía de dónde había sacado, lo invitó a comer a casa de sus papás.

Tenían ya casi tres meses saliendo, desde que se habían reencontrado en la fila para el besamanos del padre Juan. Susana, si le preguntaban dónde había conocido a Andrés, decía siempre que habían sido vecinos y no daba más explicaciones, como si fuera muy normal que uno se reencontrara con sus vecinos de la infancia así, como así.

De hecho, se había tardado mucho en decirles a sus papás. A Catalina no, porque Catalina tenía una capacidad muy irritante para adivinar en un segundo lo que fuera que Susana le estaba escondiendo.

—¿Fuiste por fin a lo de Juan? —le preguntó el siguiente fin de semana, aprovechando que sus papás estaban deliberando junto a la mesa de metal que utilizaban como cantina, tratando de decidir si las aceitunas de un frasco todavía estarían buenas, a pesar de que la etiqueta declaraba que su caducidad había vencido dos días antes.

—¿Y si pruebas una? —decía la doctora.

—Pues yo por mí, sí —decía don Eduardo—, pero no me acuerdo si este tipo de cosas son las que acumulan bacterias.

Susana no sabía si le daban ternura o desesperación. Pero más bien lo primero, por más que insistiera en decirle a Catalina que estaban muy lejos de ser un matrimonio ideal. Siempre le había intrigado que se llevaran tan bien, si eran tan distintos, y eso de que todos los sábados a la una de la tarde declararan la hora feliz, con botanas en el jardín y un trago para quien lo quisiera, y se sentaran a conversar de cosas que no tenían nada que ver con su vida doméstica ni con las niñas ni con nada, le había parecido conmovedor desde la infancia. Claro que a veces no se llevaban tan bien y terminaban su sábado con unas peleas legendarias, pero era porque, como decía la doctora, puesto que no siempre se puede ser feliz, a veces hay que conformarse con ser intenso.

—Susana —repitió Catalina, en tono insistente para distraer la atención de su hermana del frasco de aceitunas—, que si fuiste a lo de Juan.

—Sí —respondió Susana, mirando fijamente su gin and tonic y sin ofrecer mayor información. No tenía ganas de contarle que había ido, que se había encontrado con Andrés y que se habían quedado platicando en el atrio de la iglesia.

Como si viviéramos en el siglo diecinueve.

Peor todavía, después se habían ido a la nevería de enfrente por una malteada. Susana no sabía qué era lo que más la sorprendía: que la cascada de endorfinas la hubiera cegado hasta el grado mismo de consumir una malteada de chocolate llena de grasa y azúcar, o que su vida se pareciera cada vez más, ya no a una novela costumbrista, sino a una película de César Costa.

Porque Andrés, con su pelo color chicloso muy corto, y peinado con gel, y su traje oscuro, era la imagen misma del muchacho decente y "de provecho", como decía la generación de sus papás. Al principio, Susana se sintió muy rara, sin saber ni qué decir ni cómo portarse; hasta Juan su hermano era más relajado y siempre había tratado a Susana como si en lugar de una mujer fuera un amiguito con faldas, y así más o menos se llevaba Susana con sus compañeros de la escuela y del trabajo. Pero Andrés no era así, no. Andrés era de lo más formal y se tomaba muy en serio lo de los roles de género.

Cuando llegaron a la puerta de la heladería, Andrés se quedó parado y Susana, por copiarlo, también.

Se tardó un momento en entender que la estaba dejando pasar.

Muy bien, Susana. Que piense que sales con puro patán.

Era cierto, pero no era cosa de que se le notara tan pronto.

Andrés le contó que había estudiado Ingeniería Civil igual que su abuelo, y Susana tuvo una visión de Andrés, cuando no habría tenido más de doce años, accediendo a jugar con Juan y con ella a construir torres y luego apoderándose de todo porque ellos no sabían cómo se hacía y él sí, porque él iba a ser ingeniero como su abuelo. Y Susana siempre se había quedado con ganas de decirle que una cosa era que no supieran cómo y otra, muy distinta, que no tuvieran ganas de hacer siempre la misma torre, igualita, para que no se fuera a caer.

Le recordó el incidente a Andrés, mientras se tomaba su malteada de chocolate a traguitos para que le durara bastante.

Andrés movió la cabeza con desaprobación fingida.

—Ustedes siempre fueron muy rebeldes.

Susana se defendió diciendo que, más que rebeldes, eran librepensadores.

Andrés la miró, con una sonrisa, y Susana sintió como si se le hubiera posado un unicornio abajito del esternón. Catalina siempre decía que era una calamidad para ligar y que siempre era la última en enterarse de que le estaban tirando la onda.

Se preguntó si eso sería lo que estaba pasando. Y el unicornio se puso a hacer la ola.

Andrés hacía un año que había dejado de trabajar en la constructora de su papá y había abierto su propio despacho, con dos amigos. Susana estuvo a punto de contarle que ella también estaba pensando en abrir su propia consultoría de operación política, pero se detuvo. ¿Qué iba a decir si le preguntaba si se iba a asociar con alguien?

En ese momento, Susana no quería ni pensar en con quién se iba a asociar, en ese que llevaba toda la tarde mandándole mensajes que no tenían nada que ver con sus proyectos laborales. Hacía una hora que había optado por mejor apagar su teléfono.

—¿Y? —preguntó Catalina.

—¿Y qué?

—¡Susana! —Catalina tronó los dedos tres veces frente a los ojos de Susana—. Estás en la mensa. ¿Cómo estuvo? ¿Qué pasó? ¿Se equivocó? ¿Se arrepintió y dijo que mejor no y salió corriendo? ¿Entró a la iglesia en una moto?

Susana frunció el ceño.

—No, claro que no. Esas cosas no pasan. Fue una misa normal, nomás que con dos padres, uno ahí como haciéndole de coach, ya sabes.

—¿Por si se le olvidaba el Padre Nuestro?

—No sé para qué, Catalina —dijo, fingiendo exasperación para que su hermana la dejara en paz—, ¿por qué te interesa tanto?

Catalina agitó la cabeza para quitarse de la cara un mechón de pelo color berenjena.

—Ay, pues me da curiosidad, ¿a ti no? —se quedó pensando—. Bueno, obviamente a ti no porque ya fuiste y ya lo viste, pero yo no.

—Pero tampoco es que sea el circo Atayde —dijo Catalina—. Es una misa equis.

—¿Qué discuten, niñas? —preguntó don Eduardo, sentándose a la mesa de hierro forjado, una vez que él y la doctora hubieron decretado que las aceitunas todavía estaban buenas—, ¿qué es lo que no es como el circo Atayde?

—No me quiere contar cómo fue la primera misa de Juan, el que era el vecino.

—¿Ese pobre niño al que le pusieron Juan Diego en un arranque de guadalupanismo salvaje?

Catalina soltó un grito de sorpresa.

—¡Papá! —dijo, poniéndose las manos en la cara en un fingido gesto de horror—. ¿Cómo te acuerdas de esas cosas?

Don Eduardo soltó una risita y le dio un sorbo a su tequila.

—Ni yo mismo lo sé, mijita. Debe ser porque esa familia era así para todo.

—Ay, sí —dijo la doctora, sacándose delicadamente de la boca un hueso de aceituna (caduca) y poniéndolo en su plato—. Eran mochísimos. ¿Te acuerdas de cuando querían poner una gigantesca virgen de Guadalupe de piedra en la entrada del condominio?

Don Eduardo se rio.

—¡Sí es cierto! Que yo les dije que sí, siempre y cuando me dejaran poner del otro lado un busto de Juárez.

—¡Qué grosero! —dijo Susana, sintiéndose en la obligación de defender a la familia de Andrés—, ¿a ti qué más te daba?

Don Eduardo se encogió de hombros y sonrió.

—¿A mí? Nada. Pero ¿por qué no, a ver? ¿Por qué sólo ellos?

—Y tan guapo que era Juárez —dijo la doctora, haciéndole segunda.

—¿Y ese pobre muchachito ahora es sacerdote? —preguntó don Eduardo, que nunca perdía oportunidad de enterarse de un buen chisme—. Fue el que me contaste, ¿no?

—Sí.

—Pobrecito.

—Y con lo desprestigiados que andan ahorita los sacerdotes —remató la doctora.

—¿Y tú, muchachito, a qué te dedicas?

Lo primero que le había dicho Susana a sus papás, lo primero, había sido que por favor no torturaran a Andrés ni lo cosieran a preguntas. Así les dijo: por favor no lo vayan a coser a preguntas, que era una frase que a don Eduardo y a la doctora les gustaba mucho. Y una acción que disfrutaban enormemente ejerciendo.

—No entiendo por qué lo dices, mijita —dijo don Eduardo, mal disimulando una sonrisa—. Si nosotros somos de lo más discretos.

—Como unas tumbas —dijo la doctora, haciendo como que se cerraba los labios con una llave.

Si no hubieran sido sus padres y no hubiera tenido que padecerlos, le hubiera hecho mucha gracia la complicidad entre ellos dos. Pero eran sus padres y le correspondía a Susana defender a Andrés de su eterna necesidad de saber todo, más por un interés casi científico que porque les preocupara que fuera a hacerle daño a su hija. Según ellos, Susanita sabía cuidarse sola.

Que a veces sí y a veces no tanto.

Pospuso la visita todo lo que pudo, hasta que Andrés empezó a hacer comentarios incómodos, medio en broma medio en serio, sobre que si lo consideraba tan poco apropiado como para no llevarlo a casa de sus papás, y que si se avergonzaba de él, y una serie de cosas que le dejaron claro a Susana que era momento de presentarlo.

Y entonces tuvo que echar a andar el penoso mecanismo de preparar a sus padres y a su hermana para la introducción en el ambiente familiar de un individuo nuevo.

—Por favor, se portan bien —les imploró, una semana antes—. No lo cosan a preguntas, no lo torturen, no se rían de él que no es intelectual como ustedes ni va a pescar ninguna de sus referencias al Che ni a Mozart.

Sus familiares intercambiaron miradas como si estuviera hablando de otras personas de otra familia.

—Por supuesto que sí, Susanita —dijo la doctora—. Cualquiera diría que somos unos monstruos.

Pues no tanto así, pero...

El jueves antes de la comida escuchó un mensaje de voz en su celular. Era la asistente de la doctora.

"Susana, me pide la doctora que te pregunte qué bebe el vecinito."

Porque la doctora sería cualquier cosa, menos mala anfitriona.

Susana respondió por el mismo medio que el vecinito se llamaba Andrés y que bebía cerveza clara, muchas gracias.

El sábado, Andrés llegó a su casa con un ramo de flores y una botella de vino.

—¿Algún consejo de último momento? —le preguntó a Susana, sonriendo.

Corre, corre por tu vida.

—Ay, nada. Tú tranquilo y, si te dan mucha lata, no les hagas caso.

—Mucha lata, ¿como qué?

Susana no contestó.

—¿Y tú a qué es que te dedicas, muchachito? —preguntó la doctora.

Susana sintió que se le tensaban todos los músculos. Ya le parecía raro que todos hubieran estado tan amables y tan bien portados, su mamá diciendo que qué flores tan preciosas y don Eduardo comentando que no había nada en esta vida mejor que un buen Rioja.

Inconscientemente, puso una mano en la pierna de Andrés.

—Soy ingeniero civil —contestó.

Don Eduardo lo miró con los ojos entrecerrados.

—Tu papá tenía una constructora, ¿no? —preguntó, gesticulando con su tequila—, una grande.

Andrés asintió.

—Sí. La fundó mi abuelo.

—¿Y tú trabajas con él?

Los ojos de Susana brincaban de Andrés a su papá, de ahí a su mamá y luego de regreso a Andrés. Catalina no le preocupaba tanto, sabía que podía confiar en que se comportara más o menos bien y sólo después le diera lata con que qué afán de salir con un tipo tan convencional como para usar zapatos y fajarse la camisa.

—Empecé trabajando ahí —explicó Andrés—, pero hace un año me independicé y puse un despacho con unos amigos que son arquitectos.

La doctora y don Eduardo hicieron "aaaah", exactamente al mismo tiempo.

—¿Y cómo les está yendo? —preguntó la doctora, mordiendo un totopo con aire inocente—, ¿de facturación, y así?

Susana le lanzó una mirada asesina a su mamá, que no surtió ningún efecto.

Andrés sólo respondió, "pues bien, bien", claramente sorprendido por el interrogatorio.

Don Eduardo cruzó y descruzó la pierna.

—Seguro le va muy bien, Rosario, si se ve muy de provecho. Pero ¿qué haces además de trabajar?

—¿Cómo?

En ese momento, contra todo pronóstico, Catalina decidió que era momento de intervenir.

—Que si tienes hobbies. Si construyes avioncitos o te disfrazas de Hitler en tus ratos libres. Cosas así.

Andrés volteó a ver a Susana, y sus ojos pasaron fugazmente por la puerta.

—Esteee... —su manzana de Adán subió y bajó mientras tragaba saliva—. Avioncitos hacía de chico, pero ya no. Y, pues, no. Hitler, no, qué raro. Me gusta el futbol, eso sí.

Don Eduardo ladeó la cabeza.

—¿Y a quién le vas?

—Al Necaxa —dijo Andrés, con un hilo de voz.

La respuesta le ganó un gesto de extrañeza de la familia entera.

—¿El Necaxa? —preguntó don Eduardo—, ¿todavía hay alguien que le vaya al Necaxa?

—Claro —dijo Susana, saliendo en su defensa—, hay muchísima gente. Zedillo, por ejemplo.

La perplejidad familiar sólo aumentó: nadie consideraba al expresidente como alguien digno de imitación.

—Pero ésa no es muy buena referencia, mijita. No habla bien ni del equipo ni de Zedillo —volteó a ver a Andrés—. Con todo respeto.

Andrés levantó las manos.

—No se preocupe —dijo—. Del equipo, ya estoy acostumbrado, y de Zedillo, pues me da un poco lo mismo, la verdad. Yo ni voté por él.

—¿Y por quién votaste, entonces? —preguntó la doctora.

¿Ahora resulta que le importa la política?

—Yo todavía no votaba en esa elección.

Ah, caray.

Claro que votaba; si Susana en ese entonces tenía diecisiete años, Andrés ya tenía veinte. Repasó mentalmente a los candidatos de 1994. Le vino a la mente el nombre del candidato del partido católico; uno bien peleonero y bien machista.

Y la cara culpable de Andrés se lo confirmó. Agradeció que sus papás no tuvieran esos datos tan a la mano.

—No soy tanto de política, la verdad —dijo Andrés, acorralado.

La doctora miró de soslayo a su marido mientras se metía otro totopo a la boca, desafiante.

Mami, ¿ese vestido verde de quién es?

—Qué manera de echar a perder tu vida, mijita.

—Mamá, sólo te pregunté cómo quieres que tu nombre aparezca en las invitaciones.

Para esas alturas, ya me había acostumbrado a que cualquier conversación sobre la boda terminaba en quince minutos de lamentos sobre la forma en que estaba desperdiciando mis años de estudio y, con ello, malgastando el dinero que mis padres habían ganado con enormes sacrificios y trabajando tantísimo.

—Que aparezca como sea, qué más da. Todo es una pérdida de tiempo.

—¿Quieres que diga "María Amparo Jiménez de Echeverría", como dice el de mi suegra?

—Obviamente no, Susana. De entrada, porque yo no me llamo así; así se llama tu suegra. Y luego, porque como te he dicho mil veces, yo no soy "de" nadie. Yo tengo el nombre que me pusieron mis padres.

—¿Chayito Díaz Córcega?

Frunció la boca y me lanzó la mirada glacial que reservaba para cualquier mortal que osara nombrarla de cualquier forma que no fuera "Rosario". Era una broma tan recurrente en la familia que uno pensaría que ya lo tomaría con filosofía, pero no.

—María del Rosario Díaz Córcega, por favor —me lanzó su dedo de advertencia—. Y date de santos que no pongo "doctora", nomás porque no se estila.

Y lo peor es que ni siquiera estuvo en mi boda. Fue horrible.

—Blanquita, ¿tú crees que mi mamá se murió con tal de no ir a mi boda?

—Ay, Susanita. Tú y tus cosas. Sí renegó, pero no como para morirse. Eso fue cosa de Dios. Al final ya hasta estaba contenta.

—No mientas, Blanquita. Contenta no estaba.

—Ay, bueno. Pero ya no se quejaba tanto. Creo que la vi de buenas y todo la tarde esa que le entregaron su vestido.

Lo del vestido fue un maldito triunfo. Dado su enojo con lo que ella llamaba "mi chistecito" y yo prefería llamar mi decisión de casarme, pasamos por todas las etapas posibles. Todas. Hasta un esmoquin, un día en que Catalina andaba sin quehacer y no se le ocurrió mejor cosa que lavarle el cerebro a mi mamá con historias de disrupción y apropiación de los territorios masculinos. Adoro a Catalina, pero cuando le da por sembrar el caos, me dan ganas de ahorcarla.

Por desgracia, el esmoquin no fue la peor idea de las que me planteó:

—¿Tú crees que haya necesidad de un vestido nuevo, Susanita? Porque tengo mi vestidito negro, que se ve muy mono, y total, en mí no se va a fijar nadie.

—Tal vez te dé un poco de calor en mayo. A las doce del día, mamacita.

—¿Y si le pido a tu tía Lucía su vestido de tehuana? Es precioso, no me puedes decir que no, y nadie va a tener uno igual.

Esa idea se extinguió solita, cuando mi tía Lucía descubrió humedades en su clóset y en su preciosísimo, no me puedes decir que no, vestido de tehuana.

Y me tardé, pero encontré la solución.

Pasé por la doctora un viernes en la tarde (desde que éramos chicas, los viernes se tomaba la tarde para "atender a las niñas", cosa que se traducía en recogernos de donde fuera que nos hubieran invitado ese día o soportar con cara estoica cuando nosotras invitábamos amigos a la casa; el resto de los días le tocaba a mi papá llevarnos y traernos de las clases de natación y de piano, y a Catalina a sus infructuosas e interminables clases de matemáticas).

—¿A dónde dices que vamos? —dijo la doctora cuando me vio tomar Patriotismo. Iba, como siempre que manejábamos Catalina o yo, aferrada del cinturón de seguridad, y con la mandíbula tensa, tensa.

—Vas a ver, es una tienda nueva.

—Ay, por favor, que no sea uno de esos lugares que le gustan a tu hermana donde toda la ropa parece que ya la usaron. O donde todo tiene estoperoles y encajitos, y encima es carísimo. Dime de una vez si es algo así, para que ni perdamos el tiempo.

Le dije que no, que no se preocupara. Me guardé de preguntarle si no sabía con cuál de sus hijas estaba hablando. Nunca en mi clóset había existido nada con encajitos, mucho menos con estoperoles.

El edificio estaba entre una pollería y una farmacia, en plena colonia Escandón. La doctora tuvo a bien recitarme los índices delictivos del barrio mientras subíamos los tres pisos.

—Estoy casi segura de que fue en uno de estos edificios que encontraron una casa de seguridad, fíjate.

—No era en éste. Eso fue en la otra cuadra.

—Pues en las noticias se veía igualito. Y sigo sin entender qué demonios estamos haciendo aquí.

—Todos los edificios de la colonia son igualitos, mamá. Ahorita vas a ver a qué venimos.

Nos abrió la puerta un muchachito de unos dieciséis años, completamente rapado salvo por una franja pintada de verde en medio de la cabeza y una argolla en la nariz. La doctora dio un paso atrás, con todo y que no era, para nada, de lo más terrorífico que había enfrentado en su vida. Ni de lejos: más allá del pelo verde y la argolla, iba vestido con unos jeans, una camisa blanca con las mangas enrolladas hasta los codos y unos tenis grises.

—Creo que nos equivocamos —me dijo—. Nos equivocamos, mijita. Vámonos.

—Espérate, mamá. Venimos con la señora Emma, buenas tardes.

—Buenas tardes —dijo—. ¿Tienen cita?

—No, no tenemos —dijo la doctora.

—Que me esperes, mamacita —evidentemente lo que ella quería era salir huyendo hasta su casa en ese instante—. Sí tenemos, yo hablé con ella.

Se hizo a un lado para dejarnos pasar y nos pidió que nos sentáramos en un par de silloncitos tapizados en tela azul marino. En el cuarto no había más que los dos sillones y una mesita de centro con revistas y muestrarios, pero las paredes estaban cubiertas de fotos. La doctora se le quedó viendo a una de una novia güerita, muy sonriente y con unos lentes redondos que se me hicieron tremendamente conocidos.

—¿A dónde me trajiste, Susanita?

—Ya oíste, con la señora Emma.

Muy pocas veces en mi vida me sentí orgullosa frente a mi mamá. La nuestra no era ese tipo de relación. Pero en ese momento estaba enormemente satisfecha conmigo misma.

—¿Emma? ¿Emmita, la costurera? ¿Pero qué estás loca, mijita? Esta mujer debe tener cien mil años.

Era demasiado pedir.

—Baja la voz, mamacita —dije, en un susurro—. Te va a oír.

—Ay, por favor —susurró de vuelta—. Yo creo que ya ni oye. Y ver, menos. Y seguro, seguro, tiene artritis.

—No tiene nada. A Toni le hizo el vestido de la boda esa a la que fue en Acapulco.

Torció el gesto. Un clásico de la doctora.

—Por supuesto que fue la novelera de Toni la que te dijo

que me trajeras. Y de una vez también te contó toda la historia de que me convenció de que me hiciera un vestido completamente distinto al que yo quería en un principio.

—Noooo. Claro que no.

Claro que sí.

—Obviamente te la contó, si la conozco. Y te dijo que lloré cuando me lo entregó, ¿no? Pues no lloré. Ésos son inventos.

"Estaba hecha un mar de lágrimas, Susanita, de la pura felicidad; tu abuela hasta tenía miedo de que fuera una crisis nerviosa. Ya sabes, esas cosas que se decían antes."

—Bueno, pero no, Susanita —recogió la bolsa que había dejado en uno de los sillones y se enfiló a la entrada—. No nos vamos a quedar.

—¿Chayito?

La doctora se asustó tanto de que la hubieran pescado dándose a la fuga, que ni siquiera atinó a soltar el muy seco "Rosario, si me hace favor".

—¡Emmita! ¿Cómo está?

El vestido, de una seda verde esmeralda, que la doctora jamás hubiera elegido por su propia voluntad y que la hacía ver espectacular, sigue colgado en mi clóset desde el día en que pasé a recogerlo.

Dos semanas antes de mi boda, me llamó mi papá. Iba camino al hospital.

—Tu madre colapsó en la mitad de la oficina, Susanita —sólo mi papá podía usar expresiones como "colapsó" de manera verosímil.

Fue un infarto fulminante. Cuando llegó al hospital, ya estaba muerta.

Lo primero que pensé, cuando mi papá nos dijo, más con su gesto que con sus palabras, que todo era un hecho consumado, fue "ush, ¿y ora, la boda?". Y de inmediato me cayó encima la culpa como una ola.

Aunque a esa ola la siguió una mucho más fuerte y rotunda, en voz de la doctora:

—No seas absurda, Susanita. La boda, nada. Te casas y se acabó. Nomás faltaba que encima de todo se pierdan los depósitos y haya que volver a hacer invitaciones y todo el numerito. No. Conmigo hagan lo que siempre les dije: donar lo que sirva y lo que no cremarlo y esparcirlo entre las hortensias de mi casa y sanseacabó. No vayas a salir con que cancelas, no importa lo que diga tu padre.

Así que me casé pocas semanas después con el novio al que la doctora apodaba "el vecinito".

—Rosario, no le digas así —le decía mi papá, más por quedar bien conmigo que porque le preocupara realmente herir los sentimientos de mi familia política.

—Perdóname, mi vida, pero es que no puedo pensar en él de otra forma. Siempre tengo ganas de recordarle que no pase con su bicicleta muy cerca de mi coche, porque lo raya.

Andrés cometió el crimen impensable de rayar el coche de la doctora con el pedal de su bici cuando tenía quince años. Ese incidente bastó para colocarlo en la lista negra. Y para que Andrés perdiera todo el aplomo en cuanto aparecía mi mamá.

—Es que me da mucho miedo, Susana —me confesó la primera vez que lo lleve a comer con ellos—. Es la verdad.

—A todos, Andrés, a todos.

En realidad, el gran problema de mi mamá con mi boda no era que me casara con Andrés. Era que me casara, punto, daba igual con quién.

—Yo me casé muy chica, niñas —decía con cualquier pretexto cada vez que teníamos una amiguita invitada a comer o así nomás, si estábamos Catalina y yo distraídas—. No vayan a cometer el mismo error.

Cada vez que Susana escuchaba a una mujer contar la organización de su boda, y decir que había llegado a un momento en el cual "ya todo me daba igual y estaba harta; hubiera preferido mil veces que fuéramos un día al registro civil, nos casáramos y de ahí a un restorán con cuatro gentes y se acabó", pensaba que para ella, ese punto llegó muy pronto. Es más, fue el principio.

—Yo creo que vamos un día tú y yo al registro civil con nuestros papás y nuestros hermanos y ya, ¿no? ¿Para qué nos hacemos bolas?

A Andrés se le atragantó el trago de cerveza que se acababa de tomar.

—¿Cómo? —preguntó, tosiendo.

—Pues eso, que tal vez no vale la pena gastar miles y miles de pesos en una noche cuando podríamos ahorrarlo y pagar el enganche de una casa.

—Pero no es "una noche", Susana; ¡es nuestra boda!

Y Susana pensaba en la doctora. Jamás en la vida le daría la razón, pero en ciertos momentos llegaba a pensar si su decisión habría sido la correcta.

Como cuando salía con que siempre había tenido la ilusión de casarse por la iglesia, con todo y fiesta y una boda de trescientas personas, por ejemplo.

—¿Por la iglesia, Andrés? —preguntó Susana, una vez que Andrés hubo expuesto su proyecto—, ¿no ves que yo no estoy ni confirmada? ¿No te piden eso y no sé qué otras cosas para casarte?

—Ah —dijo Andrés muy quitado de la pena—; ahora es muy fácil. Tomas un curso de dos días y vas a Catedral y te confirmas. Mi mamá ya averiguó.

—¿Cómo que tu mamá ya averiguó?

Andrés clavó los ojos en la etiqueta de su cerveza.

—Andrés, te estoy hablando.

—Dime, corazoncito. Te estoy oyendo —su tono era todo melcocha.

—¿Qué más averiguó tu mamá?

Así averiguó Susana que su suegra llevaba semanas realizando una labor encubierta de organizadora de bodas. No sólo había averiguado lo de los sacramentos , sino que ya había apalabrado a monseñor Nosequé, un muy amigo de la infancia del papá de Andrés que oficiaba todos los bautizos, primeras comuniones, bodas y festejos de la familia, y él estaba feliz de casarlos el día que quisieran, donde quisieran.

Susana se quedó profundamente callada. Andrés le hizo un gesto al mesero y le pidió otra ronda, aunque la copa de vino blanco de Susana estaba todavía a la mitad.

—Mi mamá no está muy segura de si vas a preferir jardín o salón —dijo Andrés, tratando de romper el silencio—, aunque yo digo que jardín es más bonito. Hay uno en Cuernavaca, donde se casó mi primo Arturo, ¿te acuerdas?

—Ay, Andrés, no. Tus primos se han casado sin parar, uno detrás de otro, desde hace dos años. Debemos haber ido, más o menos, a razón de dos cada mes, a unas veinte bodas de tus primos.

—¡Ahí está! — exclamó, con la cara iluminada—, con más razón tenemos que hacer una boda grande. Si todos nos han invitado a sus bodas, ni modo que nosotros les salgamos con pues ya nos casamos y ni te tocó fiesta. Es horrible, Susana.

Y fue así como Susana terminó organizando una boda con trescientos invitados que en realidad no quería ni organizar ni protagonizar.

—En algún momento vas a tener que aprender a decirle que no a ese hombre, Susanita.

La doctora le dio otro trago a su mojito. Era increíble cómo se transformaba de la ejecutiva salvaje de chongo y traje sastre que era en su despacho a la señora de pantalones pescadores y suetercito de algodón que se tiraba en una silla de jardín a beber cocteles que le preparaba su marido. Era el único momento de la semana en que su mamá parecía una persona mínimamente razonable.

Aunque no tanto.

—¿Por "ese hombre" te refieres a Andrés, mamá?

—Exactamente —estiró el dedo índice para indicarle que estaba en lo correcto.

—No que te tenga que dar explicaciones —dijo Susana—, pero le digo que no a muchas cosas.

—Sí —soltó una risita—, ya veo. Bueno, y a todo esto, ¿me trajiste la lista de invitados que te dije que trajeras?

Susana no sabía qué le daba más coraje, si el hecho de tener que organizar la boda, o el que la doctora se hubiera apoderado de la situación. Desde el primer momento en que apareció con la noticia de que su boda se estaba convirtiendo en el evento de la década, su mamá entró en acción y no volvió a dejarla intervenir casi en nada. Su lógica era "si de todas maneras ya la voy a pagar, al menos que las cosas salgan bien y como yo quiero".

—Sí, sí la traje —Susana sacó de su bolsa tres hojas tamaño carta y se las dio—. Me faltan los teléfonos de unas tías de Andrés, pero te los consigo en la semana.

—A ver si es cierto —se incorporó, se puso los lentes que tenía encaramados en la punta de la cabeza y revisó las hojas—. Dios mío, pero esto parece la sección de sociales de *El Heraldo*.

Siguió revisando renglón por renglón.

—¿Por qué hay tantas monjas, tú? ¿Qué será que pecan mucho?

—No sé por qué mi suegra las conoce —dijo Susana—, pero no vayas a decir nada, mamá, por favor.

—Ay, obviamente que no, Susanita, si tampoco estoy loca —agitó las hojas—. Claro que esto, así, no me sirve. Me hubiera servido el archivo para acomodarlos por mesa e ir anotando qué contestan.

Susana tomó su bolsa y sacó una memoria usb.

—Te lo traje así, también, porque eso me imaginé.

La doctora tomó el usb con dos dedos.

—Te digo lo mismo que a mis muchachitos de la oficina: esto —agitó los dos dedos como si tuviera un ratón pescado por la cola— y nada, es lo mismo. Basta que una lo enchufe a la computadora, para que se llene todo de virus y el archivo igual no abra nunca.

Susana se contuvo para no arrebatarle las hojas y la memoria, como seguramente también hacían también sus muchachitos de la oficina.

—Si quieres, cuando llegue a mi casa te lo mando por correo.

—Sí, si me haces favor. De otra manera nunca vamos a avanzar. Y nos está comiendo el tiempo, Susanita.

—Ay, Rosario —dijo don Eduardo, que se había mantenido prudentemente al margen, limitado a machacar yerbabuena y no meterse en problemas—. Tampoco es para tanto. Si falta muchísimo.

La doctora se rio.

—Que falta muchísimo, dice —dijo, al aire—. No, Eduardo. Faltan ocho meses y eso no es nada. Y con eso de que nuestros nuevos parientes salen con algo nuevo cada día, no puedo avanzar: cuando no es que a Amparito le horrorizan las azucenas, resulta que Andrés tiene una prima vegetariana, y luego el pastel mejor que se lo encarguemos a no sé qué sobrino. La pobre de Xóchitl está enloquecida con tanto cambio.

La pobre de Xóchitl ("santa Xóchitl", como se le llamaba en casa de Susana) era la asistente de su mamá desde hacía quince años. Y desde que Susana había anunciado su boda se había sumado, no de manera muy voluntaria, sospechaban, al equipo de organización.

Para ese momento, Susana llevaba más o menos tres meses lidiando con la boda, y desde el día dos, aproximadamente, se había hecho a la idea de que no tenía sentido discutir con su mamá, lo cual no quería decir que no llevara un mes con una gastritis espantosa y una urticaria detrás de las rodillas que la hacían despertarse a las dos de la mañana a rascarse y tomar antiácidos.

—Le agradezco mucho a Xóchitl que se tome tantos trabajos —dijo Susana, con los dientes apretados.

—No te preocupes, ella sabe que ése es su trabajo —la doctora le dio un trago a su mojito y miró a su hija por encima de los lentes—. Preocúpate más bien por pensar cómo vas a sobrevivir a esa familia.

—¿Cómo que cómo voy a sobrevivir?

—Ay, pues sí, Susana. Son muy latosos.

Cruzó una mirada con su papá y los dos se rieron.

—Bueno, mamacita; aquí no es que vendamos piñas…

—Aquí es distinto —dijo, sin seguirles la broma—; aquí entendemos, por ejemplo, que las mujeres tienen derecho a trabajar.

Susana sintió que se llenaba de furia. Su mamá siempre había tachado a Andrés y su familia de retrógradas y fanáticos (claro que las diez monjas y monseñor Sabecuántos no ayudaban mucho), y Susana siempre le había alegado que no podían serlo tanto si estaban dispuestos a emparentar con ella. Pero claramente no la había convencido.

—Ya te he dicho que no es así —se inconformó Susana—. Andrés está perfectamente de acuerdo en que yo trabaje y haga lo que quiera.

—Eso dice ahorita. Pero en dos meses te embarazas y resulta que cómo vas a trabajar en tu estado, y luego quién va a cuidar a los niños, y luego mejor dedícate a la casa… y en cinco años, te convertiste en tu suegra.

Susana respiró profundo y se rascó disimuladamente detrás de una rodilla.

—No creo, mamá —dijo—. No lo creo.

Si por Susana hubiera sido, no hubiera juntado a sus papás y a sus suegros nunca. Tal vez, el día de la boda, lo mínimo indispensable, para unas fotos y luego cada quien a su esquina.

Pero, como tantas otras cosas que hubiera querido Susana, eso tampoco era posible. Y como tantas otras cosas difíciles en su vida, se hizo presente en la melodiosa y eficiente voz de Xóchitl.

"Susana, dice la doctora que por favor le confirme qué día pueden ir sus suegros a la prueba del menú."

Aunque sabía que la doctora se iba a inconformar porque no siguiera los canales correctos, Susana marcó su línea directa.

—¿Cuál prueba de menú, mamacita? —preguntó en cuanto escuchó el ejecutivo "¿diga?".

—Para la boda, mijita, cómo cuál —escuchó que tapaba a medias la bocina y le decía a alguien que estaba parado enfrente que no se tardaba, que por favor la esperara un momento—. ¿Me puedes hacer favor de averiguar cuándo pueden o le pido a Xóchitl que les llame?

Susana se imaginó la cara de su suegro si recibía una llamada de la asistente de su consuegra para darle instrucciones. No era una buena cara.

—No, no. Yo les llamo, mamacita.

Y así fue como se vio un miércoles a mediodía sentada en una mesa con sus papás, Andrés, sus suegros y Juan, que estaba de paso por la Ciudad de México antes de mudarse definitivamente a Chiapas y que, como dijo elegantemente, de ninguna manera iba a desperdiciar un lonche gratis, si su voto era de pobreza, no de tarugo.

No se le ocurría una combinación más letal. Sus papás y los de Andrés no tenían nada en común, al contrario: las creencias de unos y otros se oponían salvajemente. La dermatitis que ya se había convertido en parte de su vida, para horror de la costurera que estaba haciendo su vestido y que no sabía qué hacer para tapar las manchas rojas horribles que tenía en la parte interna de los codos, no la dejó dormir en toda la noche.

Pero, una vez más, no contaba con que sus padres, con tal de llevarle la contraria, eran capaces de encantar hasta a las piedras.

—Pero qué color más bonito ese de tu suéter —le dijo la doctora a Amparito, en cuanto la vio—. Va muy bien con tus ojos, ¿verdad, Susanita?

Susana sólo atinó a decir "ajá", mientras su suegra respondía que hombre, que muchas gracias, y que en cambio qué divino el collar de ámbar que traía la doctora al cuello.

—Me lo regaló Eduardo hace mil años, en un viaje a Chiapas —dijo la doctora, acariciando las cuentas redondas de su collar de las ocasiones especiales.

—Hablando de Chiapas —dijo don Eduardo—, ¿que te vas a ir para allá, Juan Diego?

A don Eduardo, desde que había reaparecido en su vida la familia Echeverría, le causaba mucha gracia referirse a Juan como "Juan Diego", o, cuando no estaba presente la familia, "Sanjuandieguito".

—Sí —dijo Juan, evitando las miradas de sus padres—; ya estoy en los últimos preparativos.

—Como si en esta ciudad no hubiera iglesias, le digo —dijo el papá de Andrés—. Si Dios está en todos lados, ¿qué necesidad de irse a convivir con los mosquitos, ¿verdad?

—Bueno, eso de que Dios está en todos lados… —dijo don Eduardo—, yo no estaría tan seguro. En Chiapas a veces parece que hay más políticos corruptos que otra cosa.

Se rio, pero el silencio que se hizo en la mesa fue tan incómodo, que borró la sonrisa y se puso a jugar con el cartoncito que anunciaba el menú.

—Qué chistoso que ahora le ponen jamaica a todo, ¿verdad? —dijo Amparito, tratando de salvar la situación—. En mis tiempos sólo se hacía agua, y ahora que si en las ensaladas, que si quesadillas... para todo la jamaica.

—Sí es cierto —dijo la doctora, entusiasta—, igual con la linaza. Cuando éramos chicos, no servía más que para peinar a los niños, y ahora resulta que es buenísima y cura todo.

—¿Y cómo va la constructora, Carlos? —dijo el papá de Susana, poniendo de su parte.

El papá de Andrés levantó un hombro, resignado.

—Pues ahí va. Ahí va. Pero ya uno se cansa, ¿no? Yo ya me quiero jubilar.

Susana vio a su papá tragar saliva. No era un tema que le resultara sencillo.

—Aprovecha, yo sé lo que te digo —dijo don Eduardo, en tono sentencioso—. Cuando menos te lo esperas, ¡zas!, viene alguien a decirte que si no te extrañan en tu casa.

—No, ni esperanzas —se hizo a un lado para que le pusieran en frente un plato de sopa de huitlacoche—. Yo contaba con que aquí mis ojos se quedara con el changarro, pero ya ves. Está peleado con el dinero, éste.

Andrés forzó una sonrisa y Susana le acarició una rodilla por debajo de la mesa.

Fue una comida muy, muy larga.

DE: CATALINA
Holis. Oye, ¿de casualidad tienes una copia de mi acta de nacimiento?

DE: SUSANA
Sí. En tu correo. Besos

DE: CATALINA
Txs! Eres lo máximo. Oye, pero ¿me la puedes mandar por acá? Es que me bloquearon mi cuenta... larga historia.

Susana envió un archivo adjunto
ActaCatalina.pdf

Mami, si un día tú y papá se mueren, ¿quién nos cuidaría?

—M ami, ¿si ustedes se mueren, nos va a cuidar la tía Catita?

Está muy mal que me haya reído. Muy mal. Es mi hermana y la quiero hasta el fin del mundo. Que es donde casi siempre está cuando se le necesita. Es mi hermana, la quiero enormemente, es mi compañera, mi amiga y mi cómplice, y no sé qué hubiera sido de mi infancia sin ella y en manos de la doctora y de mi papá, pero de ahí a que la considere capaz de hacerse cargo de mis hijos si un día pasa algo terrible, pues no tanto.

No es que no pueda con el paquete, seguramente sí. Tampoco es que Andrés y yo seamos el prototipo de los padres modelo, para nada. Y de hecho nosotros somos la prueba de que los niños sobreviven a sus padres aunque éstos disten mucho de ser perfectos.

Pero Catalina es un caos. Desde que éramos muy chicas, quedó muy claro que yo era la hermana responsable y Catalina era la artista. Mucho antes de que nos diéramos cuenta de que sí, en efecto, tenía una cierta sensibilidad y una enorme facilidad para entender el arte y conceptualizarlo, ella ya era una diva como para ir por la vida con boa de plumas y turbante en la cabeza. Y yo era la que iba detrás de ella, con una lista interminable de pendientes, recogiéndole el vestuario y recordándole que tenía audición a las tres y media en el Teatro Fru-Frú.

Mi hermana nunca actuó en el Fru-Frú. Es una manera de hablar.

Lo que sí es cierto es que Catalina siempre ha ido por la vida sin pedirle permiso a nadie. Yo, que siempre siento que tengo no sólo que pedir permiso, sino que pedir perdón, aunque no haya hecho nada, no la entiendo. Y la envidio muchísimo, para qué más que la verdad. Yo era la que sufría enormidades si sacaba un ocho en matemáticas, y pasaba todo el trayecto de la escuela a mi casa pensando en lo decepcionados que iban a estar mis papás, y Catalina entregaba una boleta llena de seises como si les estuviera haciendo el favor de ir a la escuela y a ver si ya me valoran, malditos.

Yo tomaba clases de natación y de piano, Catalina vivía en clases de regularización de matemáticas, primero, y luego física y cálculo, y vivía pasando los extraordinarios de panzazo.

A mí me temblaba el ojo y se me iba el sueño antes de cada examen. Catalina llegaba a los exámenes habiendo estudiado media hora y tenía clarísimo que con pasar la materia tenía más que suficiente.

Mis hijos no podían crecer así. ¿Qué iba a ser de ellos?

Claro que la otra opción lógica, así, en el papel, serían mi cuñado Jorge y Tatiana, mi concuña. Pero son impresentables. Por lo menos Catalina los llevaría al cine y al museo y les enseñaría que no todo en esta vida es tan limpio y tan fácil como uno creería, que en la mugre y en lo complicado también hay cierto chiste.

Esto también es una manera de hablar, no es que mi hermana viva sumergida en el cochambre.

Más bien, digamos que a la hora de repartir, yo me quedé con la forma de vida convencional, la familia nuclear, los dos hijos, la camioneta y el marido, mientras que ella dice que lo único latoso de no vivir con alguien es que a veces necesitas quien te suba el cierre del vestido.

Por eso digo que la envidio. ¿Quién no? Va de aeropuerto en aeropuerto, de un lugar al otro del mundo, y sus decisiones más exhaustivas pasan por elegir entre ir a un coctel o a una exposición, y no sabe lo que es pasar las tardes teniendo que corretear, literalmente, a un par de enanos para que se metan a la tina.

Por eso también pienso, con esta duda que me sembraron los gemelos y que ellos a su vez adquirieron después de que mi suegra los puso a ver una película de ésas de huérfanos que van a dar a casa de una tía, que ella qué culpa tiene. Ella no eligió tener a mis criaturas, por más que sean unos personajes tan divertidos y a mí me hagan tanta gracia (casi siempre).

Y entonces ya cuando llego a ese punto en la reflexión, se me llenan los ojos de lágrimas de pensar en mis pobrecitos hijos y en mi pobrecita hermana.

Hasta que alguno, o mis hijos o mi hermana, me hacen alguna de las suyas, y entonces se me olvida.

Susana sí quería regresar a trabajar. Es más, se fue de incapacidad con la firme promesa de que iba a regresar al día siguiente de que los gemelos cumplieran tres meses.

—Vas a ver que ese día yo regreso, me da igual si es domingo —le dijo a su jefe en la despedida improvisada que le organizaron en su oficina.

Le quedaba claro que la habían hecho con las mejores intenciones, y que encima se pusieron todos de acuerdo para regalarle unas ropitas (que nunca les quedaron porque eran para un recién nacido como de juguete, pero la intención era buena), pero Susana se pasó las dos horas que duró la comida en la cantina de enfrente conteniendo las lágrimas. En su descargo, estaba a punto de parir, harta de no poder dormir, con un niño eternamente sentado sobre la vejiga y otro pateándole las costillas, y no lograba estar cómoda ni parada ni sentada ni de ninguna forma; lo que menos necesitaba en esas condiciones era ser el centro de atención y tener que escuchar todas las bromas sobre cómo su vida iba a cambiar para siempre y sobre todos los privilegios que iba a perder ahora que entraba en esta maravillosa etapa.

—Olvídate de volver a entrar en tu ropa —le dijo Lola, su asistente.

—O de volver a ver una película que no sea de muñequitos —abonó Gabriel, el jurídico.

—Y bueno, yo sé que ahorita tienes toda la intención de volver —dijo Javier, dándole un trago a su tercera cerveza—, pero seamos realistas: con dos hijos, no va a estar tan fácil.

Ahí fue cuando le dijo lo de que le daba igual si era domingo. Y trató de decírselo con mucho aplomo y soltura, cuando en realidad lo que quería era irse a su casa o, de perdis, sentarse en una esquina del baño a llorar y dormir. O ya más de perdis, pedirse una cerveza, aunque eso implicara tener que hacer pipí una vez más.

Les dijo que ya lo había hablado con su marido y que los dos estaban de acuerdo en que era lo más conveniente.

—Además —continuó, con el tono relajado y para nada de asesina serial—, seamos serios: en este momento, con un solo sueldo no alcanza.

—¡Pero ese sueldo lo acabas pagando en guarderías! —otra vez Ana, que andaba desatada—, ¿por qué crees que Jimena nunca regresó?

Suspiraron todos. Jimena era "la que se nos fue"; una asistente administrativa que todo lo hacía bien, de buenas y a tiempo. Hasta que se casó, se embarazó y se fue para siempre de sus vidas.

—No. A mí no me va a pasar lo que le pasó a Jimena. Van a ver —dijo Susana, dándole un trago desafiante a su vaso de agua de tamarindo—. Yo ya lo hablé con Andrés y está completamente de acuerdo en que los niños se vayan a jugar con otros niños y yo con ustedes.

—¿En serio? —preguntó Javier—, ¿tu marido está de acuerdo?

—Pues claro.

No mientas, Susanita.

No es que ya le hubiera dicho que estaba de acuerdo así: estoy de acuerdo, Susana, en que regreses a trabajar cuando los niños cumplan tres meses. No. Mucho menos estaba de acuerdo en que regresara a trabajar con Javier. Pero tampoco había dicho definitivamente que no.

La primera vez que salió el tema a colación fue a la mitad de una comida en casa de sus suegros, un domingo. Tatiana y Jorge, su cuñado, andaban sabía Dios dónde, seguramente en un yate por el Caribe o algo así, de lo que estilaban ellos, y por lo tanto la atención de sus suegros estaba completamente centrada en Susana y Andrés.

En realidad, en Susana y su enorme panza; Andrés les tenía sin cuidado.

—¿Y ya avisaste en tu trabajo, Susanita? —preguntó don Carlos—. Yo sé que estas cosas ya no se deben decir, pero a mí me sigue pareciendo una lata que las muchachitas en la oficina se embaracen; ahí está uno enseñándoles e invirtiéndoles, para que, total, terminen yéndose. Así no salen las cuentas.

Don Carlos era una buena persona, pero no era exactamente un adalid de la equidad de género.

—Pues ya avisé que me voy de incapacidad, señor —dijo Susana, mordiéndose la lengua para no decir más—. Y que vuelvo en tres meses.

—¿En tres meses? —preguntó Amparito—. Pero qué crueldad, ¿y qué vas a hacer con ellos?

—Ya estoy viendo guarderías. Unas buenísimas, casi nada crueles, de veras.

Andrés le apretó una rodilla por debajo de la mesa, su discreta forma de recordarle "no todos entienden tu humor, Susanita".

Su suegra sólo bajó los ojos y juntó las manos, en su gustada pose de madre abnegada.

—Vas a ver cuando los tengas ahí, todos chiquitos. No vas a querer dejarlos ni un minuto. Yo a mis hijos no los llevé a la escuela sino hasta que hablaron. Hasta que no me pudieron decir "mamá, la maestra me pega", no los mandé.

Movió la cabeza, como si estuviera imaginando escenarios terribles.

—Es que luego oye una cada historia —remató.

—No, señora, pero ahora hay cámaras —explicó Susana—; podemos estar cada uno en su oficina y cada cierto tiempo asomarnos a la computadora para ver a los niños, ver que estén bien y que no les hagan nada.

—¿Tú? —preguntó don Carlos mirando a Andrés—, ¿tú

vas a estar viendo que le cambien los pañales a tus hijos? ¿Y a qué hora vas a trabajar?

—No, pa, claro que no —dijo Andrés, eternamente justificando su hombría frente a su papá—. En realidad, todavía no decidimos nada.

—¿Ah, todavía no decidimos, cielito? —preguntó Susana.

—No, corazoncito —respondió su marido, con gesto de ya no des lata.

—Bueno, luego me explicas, amorcito.

—En realidad, la decisión es de ustedes —intervino Amparo, a quien horrorizaba cualquier cosa que oliera vagamente a confrontación—. Nomás sepan que aquí estamos para lo que se les ofrezca.

Cualquiera pensaría que una vez que se vieron fuera del escrutinio de sus suegros, retomaron el tema y fueron capaces de entablar una discusión seria, madura y argumentada que terminó en una negociación que a los dos los dejó más o menos contentos. Pues cualquiera estaría equivocado: salieron de ahí, cada uno convencido de que al final su opinión iba a prevalecer y que al otro se le iban a quitar los ímpetus de la cabeza en cuanto nacieran los niños o quién sabe qué cosa pasara.

Cosa que, obviamente, no sucedió.

Cuando por fin Susana logró convencer a Lola, Gabriel, Javier y el resto de sus compañeritos de oficina de que ya no podía permanecer en esa silla criminal ni un segundo más, pero que eso no era motivo para parar la fiesta —total, ellos se estaban divirtiendo infinitamente más que ella—, Susana se puso en camino y llegó a su casa tambaleándose como si viniera de una parranda monumental.

—¿Ya llegaste, Susana? —preguntó Andrés desde el fondo del departamento.

—Sí, corazón. Ya vine.

Se lo encontró derramado en el sillón de la tele, en piyama, en una mano una botella de cerveza y en la otra el control de la tele.

—¿Cómo te fue? —preguntó, con los ojos clavados en la pantalla, donde un par de comentaristas discutían sobre la liga de campeones—. ¿Te ayudo a bajar las cajas? ¿Son muchas?

—¿Cajas? —preguntó Susana, quitándose los zapatos—, ¿cuáles cajas?

Andrés volteó a verla.

—De tu oficina —dijo—. ¿No la vaciaste?

—No —se dejó caer, con todo y sus seis kilos de niños, en el sillón junto a él—. Los convencí de que dejaran mi oficina como está en lo que regreso.

—Pero si ya no vas a regresar.

—Claro que voy a regresar, ¿por qué no?

—Porque ni modo que dejes solos a los niños —dijo Andrés, despacio, como si le estuviera repitiendo algo que ya debería saber—. Habíamos quedado.

—Tampoco los voy a dejar "solos" —dijo Susana, dibujando comillas con los dedos, en un gesto que odiaba y que no sabía por qué reproducía—. Lo dices como si les fuera a dejar una pizza y el teléfono de la vecina por si hay que cambiarles el pañal. O como si los fuera a encargar en la paquetería del súper.

Andrés puso cara de dignidad ofendida.

—No estoy diciendo eso. Lo que no entiendo, a ver si tú me lo puedes explicar, es cómo pasamos de que ibas a dejar de trabajar a que nada más dijiste "orita vengo, no me tardo".

—Es que yo nunca he dicho que quiera dejar de trabajar, Andrés. Imagínate, ¿qué voy a hacer todo el día aquí metida? Me voy a volver loca.

—Nadie dice que tengas que estar aquí —dijo—. Puedes hacer miles de cosas: llevarlos a una clase, al parque; pueden ir a casa de mi mamá...

Andrés estaba completamente poseído por el entusiasmo.

—¡Es más! —dijo, como si acabara de tener una revelación—, si le pides a mi mamá, te aseguro que los cuida feliz, y tú te puedes ir al salón o a desayunar con tus amigas.

Lo miré fijamente.

—¿Cuántas veces has oído que vaya al salón o a desayunar con mis amigas?

—¡Nunca! ¡A eso me refiero! —Andrés manoteaba—. ¡Aprovecha para descansar, para dedicarte a tus hijos, a tu casa…!

Se detuvo cuando vio que su esposa no compartía su entusiasmo.

—¿Por qué pones esa cara? —preguntó.

—Porque imagínate nada más qué vida: todo el día aquí, cambiando pañales y empujando carriolas, nomás esperando a ver a qué hora llegas para tenerte la comida lista.

—¡Imagínate, qué a gusto! —dijo—; ni una maldita junta más, ni pleitos con los clientes, cero dramitas de oficina… Qué maravilla, la verdad.

—Entonces, ¿por qué no lo haces tú?

La miró como si estuviera loca.

—No, bueno, yo obviamente no puedo, Susana.

—¿Por qué no?

—Porque yo soy hombre.

—¿Y eso qué? Igual son tus hijos.

—Sí, pero tú eres su mamá. Lo normal es que tú los cuides.

—No necesariamente, Andrés. Los niños necesitan que alguien los cuide, pero en ningún lado dice que tenga que ser su mamá.

Levantó los brazos, como defendiéndose de la idea.

—Sí, bueno, los razonamientos jipis y poco convencionales están muy bien para Finlandia, pero en este país las cosas no funcionan así, Susana —la miró muy serio—. En este país las mujeres se quedan en su casa a cuidar a sus hijos y los maridos salimos a trabajar.

—¿En este país, o en la familia Echeverría?

—En… —se detuvo—. En los dos, Susana, en los dos, para qué nos hacemos tontos. Imagínate que yo ahora voy a salir con que dejo mi despacho porque me voy a dedicar a mis hijos. No, bueno.

—¡Pero es que es lo mismo, Andrés! —Susana se estaba desesperando, tenía ganas de ir al baño y le dolía la cabeza—. ¿Por qué yo sí me voy a dedicar a mis hijos? Es más, ahorita yo gano más que tú; tiene mucho más sentido que yo trabaje y tú los cuides.

Andrés se quedó muy callado. Era un tema del que nunca hablaban porque le causaba una incomodidad infinita, pero era cierto. Susana se sintió muy mal.

—Ya sabes que eso a mí no me importa —dijo, sobándole la manga y tratando de suavizar el golpe, aunque Andrés tenía otra vez los ojos fijos en la pantalla—; y tengo clarísimo que es temporal: en cuanto te afiances y tengas un par de clientes, te van a empezar a conocer y todo va a ir mucho mejor.

La miró de reojo y le dio un trago a su cerveza.

—Andrés, mi vida, no te enojes. No lo dije para molestarte.

—Pues me molesta, ya lo sabes.

—Sí, perdón. Perdón —echó mano de su explicación favorita—. Es que, con las hormonas…

Voy a tener que pensar en otra razón para cuando se me acabe el embarazo.

Suspiró.

—Ya sé que tú ahorita ganas más, Susana —dijo—, y que tal vez económicamente, como dices, tenga más sentido que tú regreses a trabajar. Pero a mí ya me está yendo mucho mejor y es más sano que tú te quedes a cuidar a los niños.

—No necesariamente —protestó—. Hay estudios…

—Así fue con mis hermanos y conmigo —la interrumpió—, y nos fue muy bien.

Susana se contuvo de preguntarle exactamente qué entendía por "bien".

—Pues mi hermana y yo —contestó— fuimos desde muy chiquitas a la guardería y nos cuidaba Blanca cuando estábamos en la casa. Y también estamos bien.

Andrés no se contuvo.

—Bueno —dijo—, tanto como "bien"…

Mami, ¿por qué todos los días salimos corriendo?

No me lo explico. No puedo. Me despierto tempranísimo, como si tuviéramos que atravesar la ciudad para llegar a la escuela, que en realidad nos queda a quince minutos caminando, y aun así cada mañana es un triunfo llegar a la puerta de la casa.

Bueno, no, el triunfo es salir de la casa y llegar a la escuela. Porque llegar a la puerta, llegamos varias veces. El problema es salir y, una vez que salimos, no regresar.

Decidí que no iba a volver a suceder. Que ahora sí íbamos a estar listos a tiempo y que no iba a haber ni una sola salida en falso.

Para garantizar el éxito de mi misión, puse en alerta a todos los participantes. Esto es, aproveché la hora de dormir de los gemelos, ese momento en que, una vez que logramos que se bañen, se pongan la piyama y se laven los dientes entro a darles las buenas noches y a leerles un cuento. Ahí mismo fue que les leí la cartilla.

—Quiero que me escuchen con mucha atención —les dije, parándome frente a sus camas.

Rosario de inmediato se incorporó debajo de las cobijas y se sentó, con los ojos muy fijos y muy abiertos.

Carlitos no. Carlitos se quedó inspeccionando su librero porque ese día le tocaba a él escoger el cuento. Que, como le decía Rosario, para qué nos hacíamos, si siempre escogía el mismo: una edición viejísima de *El sastrecillo valiente*, en versión de Disney, que era de nosotras cuando éramos chicas y que mi papá le había donado para su biblioteca con muchos aspavientos.

Mi papá decía que seguramente le gustaba porque era una historia de oprimidos que triunfan, yo le decía que probablemente le hacía ilusión que Mickey Mouse fuera el sastrecillo.

Lo tuve que llamar al orden. Abrazó su libro y se metió a las cobijas a regañadientes.

—Ahora sí. Quiero que me escuchen con mucha atención.

Les expliqué que no podíamos seguir llegando tarde a la escuela. Que hasta ese momento Carmelita, la encargada de la puerta, había sido muy permisiva y no nos había puesto retardos ni nos había dejado afuera, pero que en cualquier momento nos iban a apretar las tuercas.

—¿Qué es "permisiva", mamá?

—Como buena onda, hazte de cuenta.

—Ah —dijeron los dos.

Así que, de ahora en adelante, les expliqué, con el tono más gerencial que pude adoptar, vamos a ser más organizados y a salir a tiempo. Nada de que se les olvida el lunch (y miré a Carlitos, cuya bolsa de papel de estraza se queda muerta de risa encima de la mesa de la cocina cuando menos dos veces por semana), y nada de que ya me acordé que estos calcetines me aprietan y me los quiero cambiar (esa es Rosario, y misteriosamente siempre es un par de calcetines distinto).

—De ahora en adelante, cuando la manecilla chiquita esté en el siete y la grande en el dos, todos tenemos que estar parados en la puerta con la mochila, el lonch, la ropa que no nos apriete y el suéter, desayunados, vestidos y peinados, ¿de acuerdo?

Si les hubiera propuesto cambiarlos de familia en ese instante, también hubieran aceptado. Lo que fuera para que les dejara de dar la lata y pasáramos a Mickey y las moscas y los gigantes.

Es el problema de la soberbia, no cabe duda. Porque esa noche me dormí con la firme intención de que la mañana siguiente iba a ser el comienzo de una vida distinta, una sin gritos ni correteos. Hasta le dije a Andrés que a partir del día siguiente todo iba a ser diferente.

—Me parece muy bien, mi vida —me dijo, dándome un beso en la frente—. Cuentas conmigo.

Y luego el despertador se quedó sin pila y no sonó.

Y a partir de ahí, todo fue un desastre.

—¡Niños, levántense que es tardísimo!

—¡Es tardísimo! —dijo Carlitos, parándose como resorte y dándose un golpe espantoso en la rodilla contra la esquina del buró.

—Mami, ¿no que ya no íbamos a correr? —preguntó Rosario, que sufría más que nadie tener que despertarse.

No podía entretenerme mucho discutiendo cómo las mejores intenciones no son más que una invitación al diablo para que te descomponga el despertador; si el desayuno no estaba hecho y yo estaba en piyama, así que sólo le di una sobada leve a la rodilla de Carlitos, le aseguré que no se le había roto nada y le pedí a los dos que se apuraran a vestirse y bajaran.

Cuando salí al pasillo me encontré a Andrés. Tenía preparada una respuesta horrible por si se reía de mis esfuerzos fallidos por poner algo de orden, pero obviamente que no me dijo nada. No sé por qué siempre se me olvida que Andrés es una buena persona que no se ríe de mí.

—¿Te puedo ayudar en algo?

Claro, no sólo no se ríe de mí, sino que me ofrece su ayuda. Qué tipo.

Volteé a ver mi reloj. Eran diez para las siete. No sabía ni por dónde empezar.

—El desayuno, el lonch —me miré los pantalones de la piyama—. Vestirme.

Me tomó de los hombros y me miró a los ojos.

—Respira, Susanita, antes de que te dé un infarto —respiré

profundo—; les da tiempo de un poquito de papaya y una quesadilla a cada uno, ¿no?

Asentí.

—Pero la de Rosario con queso amarillo porque si no, no se la come.

Andrés puso cara de asco.

—No es mi hija.

—Mía tampoco —dije, desde la puerta de mi cuarto, con la piyama a medio quitar.

Esa Carmelita es una santa. Cada mañana se hace loca y se queda platicando con algún padre de familia para que los niños que llegan tarde alcancen a pasar por la puerta entreabierta sin que ella se dé por enterada. Así entraron mis hijos ese día, a las siete treinta y seis.

Y Carlitos iba sin lonch y Rosario a medio vestir.

En realidad, no. No iba a medio vestir; llevaba toda su ropa. Nomás había decidido que ella tenía mucho frío y que se iba a dejar los pantalones de la piyama debajo del vestido.

¿Que por qué no lleva mejor pantalones, en lugar de vestido, si hace frío? Porque es su vestido favorito de princesa y no está dispuesta a ponerse otra cosa.

¿Que por qué no usa unas mallitas de esas que le compra mi suegra y que se verían mucho más bonitas?

Es un misterio. Los niños, una lo descubre pronto, están llenos de misterios. ¿Por qué no se enferman si comen tantos mocos, por más que uno los esté supervisando? Ahí está: otro misterio.

¿Y por qué la papanatas de su madre no hizo nada para que la niña no fuera a la escuela con el pantalón de la piyama debajo del vestido?, preguntaría mi mamá, que era muy afecta a usar el término "papanatas", aunque casi siempre se lo dirigía a mi papá, que la verdad es que sí nos daba una cuerda terrible.

Pues porque me lo confesó a la mitad del camino, después de que habíamos logrado dejar la casa con dos salidas en falso previas, una porque Carlitos y su vejiga nerviosa tenían que hacer pipí y otra porque Rosario no le había dado un beso a su papá y no era cosa de adentrarse así nomás, sin ninguna protección, en el horrible mundo exterior.

Y cuando estábamos a tres cuadras de la escuela, cuando podíamos más o menos respirar completo porque todavía se veía bastante bola en la entrada, aquella me dice:

—¿Sabes qué, mamá?

Nada, *nada* bueno sucede después de que Rosario mi hija pregunta "¿Sabes qué, mamá?". Siempre resulta que se hizo pipí o que rompió algo en casa del abuelo y lo dejó escondido. Porque el problema es que siempre tiene el impulso de contar las cosas, y yo ya no sé si preferiría que se quedara callada y no enterarme para no tener que lidiar con las consecuencias.

—¿Sabes qué, mamá? —esta vez ya fue dándome un jalón en la mano de la que me tenía pescada, para que le hiciera caso.

—Mande, mi reina, mande.

—Fíjate que traigo el pantalón de la piyama.

Y sí. No me había percatado, pero sí. De la falda de tul del vestido azul cielito le salían las piernas a rayas naranjas y negras de su piyama de Tigger.

—¡Mijita!, pero ¿por qué?

La respuesta era muy sencilla: porque tenía frío.

—¡Me hubieras dicho y te poníamos unas mallas, Rosario!, ¿cómo vas a ir así?

Miró con atención sus tenis blancos, iguales a los de Carlitos, el calcetín de puntitos rosas, los pantalones guangos de algodón naranja y el tul azul cielito.

—¿Qué tiene? —preguntó, muy en serio.

En ese instante, mientras contemplaba la muerte social de mi hija de tres años, pensé que bastante tiempo tendría la pobre para que el mundo entero le cuestionara sus decisiones de indumentaria, que no era ni el momento ni la razón para estarle diciendo que no se veía bien y que qué iba a pensar la gente. Bendita ella que no se preocupaba, mientras que yo rezaba para que no nos fuéramos a encontrar a ninguna de las mamás del salón, porque a duras penas me había dado tiempo de pasarme un peine por la cabeza y estaba segura de que hasta lagañas tenía.

Ni modo. Rosario iría con su piyama. Además, ¿qué? Ni modo que nos escondiéramos en un zaguán para que se quitara los pantalones con alguna discreción, ¿no? Eso sí era salvaje y no cosas.

Así que optamos todos por hacernos locos, yo saludé a Carmelita muy amable, le comenté que qué bonita se le veía esa bufanda que traía puesta, y mientras intercambiábamos opiniones sobre el color bugambilia, que realmente le queda bien a todo el mundo, los gemelos se colaban por el hueco que quedaba entre la puerta, Carmelita y yo, y se metían a la escuela.

Cuando regresé a la casa y le conté a Andrés, no se rio tanto como yo pensaba. Se me hizo raro, porque por lo general le hacen mucha gracia nuestras aventuras de las mañanas.

Siempre dice que deberíamos tener nuestro propio programa. Que habría que hacer apuestas a ver cuánto logramos estirar la liga de la paciencia de Carmelita hasta que se rompa.

—Aunque yo creo que esa mujer es a prueba de todo. Está ahí desde que nosotros éramos chicos.

Pero ese día no. Ni siquiera me hizo una discreta burla sobre mis declaradísimas intenciones de comenzar una nueva vida y llegar a tiempo. Y ni siquiera Andrés es tan buena persona como para desperdiciar una oportunidad de ese tamaño. Algo le pasaba.

—¿Todo bien, mi vida?

Suspiró y miró su taza de café, ya bien frío.

—Sí, pues sí.

Después dijo que no quería ir a la oficina. Que es lo que uno dice diario cuando tiene que ir a la oficina, porque nadie quiere ir nunca.

(A menos que lleves tres años y pico metida en tu casa porque decidiste renunciar para ser madre, pero ésa es otra historia.)

Lo dijo de una manera que, pues que le creí. No era que tuviera flojera, era que genuinamente no quería ir a trabajar.

Y cuando finalmente juntó las fuerzas suficientes para ponerse los zapatos y el saco y subir por su portafolios y volver a entrar porque se le habían olvidado unos papeles y volver a salir al coche y regresar de nuevo por las llaves (mis hijos no lo hurtan; lo heredan), lo vi irse desde la puerta del garaje con una sensación horrible de angustia.

A mi marido no le gusta nada, pero nada, su trabajo.

Los miércoles de llevar a su suegra al súper no eran exactamente el momento favorito de Susana.

Y era muy injusto, porque si alguien se había beneficiado de las constantes visitas de Amparito al súper, ésa había sido Susana.

Catalina siempre decía que habían crecido en un régimen cuasisoviético. Susana pensaba que eso era una exageración, pero era cierto que la doctora y don Eduardo confiaban ciegamente en las virtudes de la restricción. En su casa había de todo, pero en cantidades limitadas.

—Una caja de galletas al mes es mucho más que suficiente, niñas.

Susana y Catalina no estaban de acuerdo con esto. Para nada. Pero no era cosa de alegar. Básicamente, porque no hubiera servido de nada: la doctora iba al súper una vez al mes, en una excursión que implicaba mucha logística y una profunda participación de sus hijas, que quedaban con ganas de no volver a recorrer un pasillo ni cargar una bolsa en sus vidas.

Y lo que compraran tenía que ser suficiente para sobrevivir hasta el próximo mes, porque hasta entonces Blanquita sólo iba al mercado, y ahí no había galletas.

A veces, Susana se preguntaba si su fuerte amistad con Juan el vecino no estaría basada en el cochino interés; si lo que más le atraía de Juan no sería el hecho de que podía tocar la puerta de su casa y saquear alegremente la alacena. Pero no se detenía demasiado en estas reflexiones. A nadie le resultaba cómodo pensar que era capaz de vender su alma por un paquete de Chocorroles.

O de roles de canela, o lo que fuera. Porque, eso sí, en casa de los Echeverría siempre había de todo. Y mucho. Y nadie hablaba de lo dañina que podía ser el azúcar en grandes cantidades, porque qué era eso de andarles restringiendo el alimento a las criaturitas, si estaban creciendo. En casa de los Echeverría había siempre más de una caja de cereal abierta al mismo tiempo, y pastelitos y galletas de varios tipos. Y, si uno tenía ganas, hasta papas fritas y Doritos de esos que don Eduardo decía que no eran más que colorante y ganas de echarse a perder el colon.

Para consternación de la doctora, que pensaba que era indigno que fuera mendigando alimentos procesados por las casas vecinas, Susana se acostumbró a ir a buscar su postre en casa de los Echeverría.

Aunque el gusto le duró poco. Una tarde llegó a buscar a Juan y se encontró a Amparito comiendo con una mujer con el pelo más negro que Susana había visto en la vida; Amparo la presentó como "mi comadre" y de Susana dijo que era "una vecinita muy amiga de Juan Diego", para luego preguntarle si no quería algo de postre e invitarla a la despensa.

Desde el fondo del cuarto que la familia ocupaba como despensa, mientras trataba de decidir si se le antojaba más una galleta de canela o una de chispas de chocolate, Susana alcanzaba a escuchar la conversación de las dos señoras en el comedor.

—Qué envidia estos niños que comen y comen y no engordan, ¿verdad? —dijo la comadre.

—Pues te diré, ¿eh? —contestó Amparo—. Mis hijos no, mis hijos ya ves que son flacos como su padre; pero esta niña ya está echando cadera y no se puede dar tantos lujos. Se me hace raro, porque su madre se cuida muchísimo.

Susana volteó a ver la galleta que tenía en la mano como si estuviera envenenada. La volvió a poner en la caja, aunque su mamá hubiera dicho que eso era una falta de higiene y que no estaba bien manosear la comida, pero ya no la quería. ¿Qué era eso de echar cadera? Se tocó con las manos el comienzo de las piernas y sí, sintió un par de zonas acolchonadas que hacía unos meses no estaba ahí.

En su casa nunca se hablaba de dietas, ni de imagen corporal, y don Eduardo y la doctora insistían siempre que podían en que había que evitar ciertos alimentos por las repercusiones que pudieran tener en la salud, pero evitaban cuidadosamente hacer comentarios sobre el tamaño de las personas y, sobre todo, de las niñas. Y sí, pensándolo bien, la doctora nunca comía dulces ni participaba del entusiasmo con el que Susana y Catalina comían papas a la francesa o malteadas, argumentando que todo le parecía "muy pesado" y, si acaso convencían a sus papás de llevarlas por un helado, a lo más a lo que llegaba la doctora era a una nieve de limón, "la más chica que haya, por favor, en un vasito". Pero Susana siempre le había atribuido eso a la naturaleza sobria de su madre y a que el disfrute no era exactamente su fuerte, pero no a una preocupación por su peso.

Al día siguiente, a la hora de la comida, Susana empezó a negarse a comer sopa de pasta, muchas gracias, y a pedir que si en lugar de darle arroz le pudieran dar ensalada, sería mucho mejor, gracias también.

—¿Y esa modita? —preguntó la doctora, el tercer día seguido en que escuchó a Susana pedirle a Blanquita que le sirviera sólo media ración de carne.

Susana dijo que no tenía hambre. Nadie le creyó.

Lo único que ganó fue una conversación con la pediatra sobre la importancia de la nutrición. La doctora no creía en librar batallas que pudiera transferirle a alguien más, así que en cuanto se encontraron en el consultorio, mientras Susana se ponía los zapatos que se había quitado para que la midieran, la doctora le sugirió en un tono que no era de sugerencia que le planteara a la pediatra sus dudas sobre lo que estaba bien comer y lo que no.

En esas circunstancias, Susana no tuvo más que fingir que escuchaba y que la pediatra la estaba convenciendo. Hasta dijo que claro, que estaba de acuerdo en que al cuerpo de vez en cuando le viene bien un plato de pasta y un pedazo de chocolate. Hombre, claro que sí.

Pero eso no iba a suceder. Podría ser que Susana accediera a comerse toda la comida que Blanquita y su mamá le pusieran enfrente, nada más por no pelear y por no convertirse en la hija problema, si ése era un puesto que tenía cubierto Catalina en casi todos los frentes, pero de ahí a permitir que alguien más volviera a hablar de sus caderas, eso sí que no. Después de ese día, se acabaron las visitas a la despensa de los Echeverría, y a Juan no le quedó más remedio que creerle cuando le dijo que de un día para otro le había dejado de gustar el azúcar.

Eso sí, se acabaron sus visitas a la despensa, pero no su fascinación por visitar a los Echeverría. Se tardó mucho tiempo en entender por qué le llamaba tanto la atención cómo funcionaba todo ahí. Porque no era que su casa no funcionara, al contrario; por más que su mamá odiara todo lo que tenía que ver con la organización doméstica, y por más que dijera que sería ama de casa si le gustara trabajar sin que le pagaran, tenía todo suficientemente organizado para que la vida de las niñas y la de su marido transcurrieran en orden.

En orden, sí, pero de manera bastante previsible. Pegado en el refrigerador con un imán en forma de dos cerezas unidas por el tallo había siempre un calendario con los menús de comida de cada día, que formulaba la doctora cada mes después de ir al súper, según un universo de opciones, todas muy sanas, todas muy balanceadas, y que ponía en la cocina para que Blanquita supiera qué preparar y qué comprar en el mercado.

Esa, para Susana, era la normalidad. No se imaginaba que había casas donde eso funcionara distinto, hasta el día en que, mientras ayudaba a Juan a estudiar para un examen de Trigonometría, vio aparecer a Amparito seguida de Magdalena, la cocinera, y sentarse en el otro extremo de la mesa del comedor.

—No nos hagan caso, niños —dijo Amparo—, pero es que mañana viene a comer un amigo de Carlos mi marido y tenemos que disponer la comida.

A Susana se le olvidó la ecuación que estaba haciendo. En su casa la comida era siempre la misma, fuera a comer quien fuera: sopa de verdura, carne o pollo, verduras cocidas y arroz o pasta. De pronto, si a don Eduardo le daba por ir al mercado de San Juan, podían variar un poco y comer camarones un fin de semana, pero era raro.

Amparo sacó de un estuche unos lentes que tenían una cadena dorada para colgárselos al cuello y se los puso. Junto a ella, Magdalena estaba parada con una libreta de taquigrafía y un lápiz amarillo, como dispuesta a recibir el parte de guerra.

—¿Todavía tenemos carne molida? —le preguntó Amparo, mirándola por encima de los lentes—, ¿será que hacemos unas albóndigas?

A Susana le pareció curioso eso del plural. Nunca había visto cocinar a Amparo.

—A Andresito no le gustan las albóndigas —contestó Magdalena con gesto apesadumbrado—. Dice que no se llena.

—¡Pues ni que fuera barril! —protestó Amparo—. Si no se trata de que se "llene". Además, puede comer arroz.

Magdalena torció el gesto.

—Pero el joven Jorge no se come el arroz. Dice que engorda, y lo mismo con las tortillas, dice que si nos lo queremos comer en Navidad o por qué le damos tanto.

Se rio.

Amparo suspiró. Ella no compartía la fascinación de Magdalena por el humor de su hijo el mayor.

—Es que no hay manera de planear nada, con estos niños. Son una bola de melindrosos. ¿Así son también en tu casa, mijita?

Ese último comentario fue para Susana, que sin darse cuenta llevaba toda la conversación observándolas con la boca abierta y sin hacerle caso a Juan, que ya había despejado mal todas las ecuaciones.

—¿En mi casa? —preguntó Susana, poniéndose roja—; no. En mi casa nos comemos lo que hay.

Amparo volteó a ver a Magdalena.

—Ahí tienes —dijo—. Los voy a mandar unos días a que se eduquen, a ver si no nos valoran.

A Susana le pareció que ésos no eran modos de hablar ni de su casa ni de la comida de su casa, pero lo de la confrontación nunca había sido su fuerte. Ni entonces ni ahora. Trató de concentrarse en los errores de Juan y no pensar en qué diferente era esa casa de la suya.

—Podríamos hacer tampiqueñas —sugirió Magdalena—, y traigo un poco de mole del mercado para hacer dobladitas, que eso sí se lo come Jorgito.

—Claro, porque eso no engorda.

Susana sintió que se le hacía agua la boca.

Cuando regresó a casa de los Echeverría, ya convertida en la novia de Andrés, Susana se topó con que nada había cambiado, ni Magdalena y su comida, ni su suegra y su enorme capacidad para administrar su casa con régimen militar. Susana estaba convencida de que si Amparito hubiera nacido en otro tiempo, hubiera sido regidora autócrata de un pequeño país o, de perdis, cabeza de una célula guerrillera. Y los hombres a su alrededor ni siquiera se daban cuenta del poder que tenía; era de esa generación de mujeres que sabían maniobrar en el sigilo para que todo terminara haciéndose como ellas querían, mientras dejaban que los hombres se regodearan en su autocomplacencia, pensando que tenían algún poder de decisión sobre sus vidas. Al contrario de la doctora, que había sido como una fuerza de la naturaleza que había aprendido a la mala a ensordecerse frente a las críticas y a las miradas resentidas de los hombres a su alrededor, Amparito había elegido sobrevivir fingiendo que era enormemente dócil y que su voluntad no tenía ningún peso ni consecuencia, mientras operaba en el sigilo, sin bajar la guardia nunca.

Para Susana, ambas eran variantes del mismo impulso de supervivencia.

Pero llegó el día en que el médico familiar se sintió en la necesidad de recomendarles que mejor Amparo ya no manejara. Fue un día en que, en la misma maniobra, le tronó el faro al coche y estuvo a punto de planchar al vecinito y a su perro, porque confundió el freno con el acelerador.

La llamada le cayó a Jorge, porque ni modo, era el primogénito, y Jorge de inmediato llamó a sus hermanos para aventarles el problema. Y como Juan estaba muy ocupado salvando migrantes en Chiapas, el que tuvo que ir a hablar con su papá fue Andrés.

—Ay, mano, sí, pero qué quieres que haga —dijo don Carlos con cara de sufrimiento—. Ni modo que yo le diga a tu madre que ya no maneje, pues cómo. Ya de por sí me odia porque dice que yo le bajo a la tele, y no le bajo, Andrés, de verdad que no. Es que ya no oye.

Andrés no quiso entrar en el tema de cuál de sus dos padres estaba más sordo, porque los dos ahí se la llevaban. Le dijo que no se preocupara, que él se encargaba, y luego fue con Susana a pedirle consejo.

—No, Andrés, pues ni modo —dijo Susana, agradeciendo que su papá al menos en eso hubiera decidido ser prudente y viviera dándole su dinero a los taxistas de la zona—; creo que tú eres el indicado para decírselo, porque lo que es tus hermanos…

—¿Y si le comentas tú? —sugirió Andrés—; a ti te hace mucho caso.

Susana le dijo que lo olvidara. Que recordara que habían quedado que cada quien se ocupaba de los suyos.

Así que el domingo siguiente, frente a las tazas de café y las migajas de la comida, los dos hermanos cruzaban miradas con su papá, todos muy nerviosos; habían quedado que se lo iban a decir en el postre, cuando ya no estuviera preocupada por la temperatura de la sopa o qué tal estarían comiendo los niños en la cocina.

—Ma —comenzó Andrés, siguiendo el guion que habían ensayado—, ¿cómo sigues de tu accidente?

—¿Cuál accidente? —preguntó Amparo, haciéndose la occisa.

—¿Cómo cuál, mamá? —dijo Jorge—. El del otro día, cuando casi te llevas al nieto de los Ochoa.

—Y al perro. No te olvides del perro —bromeó don Carlos, olvidando su propósito de no meterse.

Amparo se aferró a su estrategia de no darse por enterada.

—Ay, pues cómo voy a estar, mijito, pues estoy perfectamente —dijo, partiendo con mucho detenimiento una rebanada de gelatina de yogurt y rociándola con una cucharada de salsa de frambuesa—. Si no fue nada; el muchachito se cruza la calle sin fijarse, y ora resulta que el peligro soy yo.

—¡Estaba en la entrada de su casa! —dijo Jorge, indignado—. Bueno, de sus abuelos. No estaba cruzando la calle.

—Eso dice él —se defendió Amparito, como las grandes—. Pero claro que se me atravesó, por supuesto.

—Mamá… —dijo Andrés, con voz de súplica.

El cuello de Amparito dio una vuelta como de *El exorcista* cuando volteó a ver a su hijo.

—Tú sabes que no me gusta ser chismosa, Andresito, pero ese niño siempre ha sido muy mentiroso. ¿Te acuerdas cuando rompió la maceta de los Castillo? —le preguntó a su marido, que casi se atraganta con un pedazo de gelatina.

—Bueno —siguió Amparito, viendo que no iba a encontrar ninguna solidaridad—, les rompió una maceta de un pelotazo y no hubo poder humano que lo hiciera admitir que sí, había sido él. ¿Quién iba a ser, si no?

—Pues a la mejor sí, Amparo, pon tú que el niño es un peligro —intervino Tatiana, rompiendo la regla no escrita de que "los ajenos" no opinaban—. Pero imagínate que hubiera pasado a mayores, que el niño se cae, se pega en la cabeza y convulsiona. ¿Tú a quién crees que le van a echar la culpa? ¿Y te imaginas la que se arma?

La sinceridad salvaje de Tatiana a veces era difícil de digerir. No era algo a lo que estuvieran acostumbrados en esa casa, donde más bien se esforzaban en masajear la realidad todo lo posible. Amparo miró fijamente a su nuera, apretó los labios y agitó una campanita que tenía sobre la mesa para pedirle a Magdalena que trajera más salsa.

—Piénsalo, mamá —dijo Jorge, tratando de suavizar el golpe—. Es normal que tus reflejos no sean los de antes. El doctor Errasti dice...

Amparito golpeó con los nudillos en la mesa, en un raro despliegue de exasperación.

—¡El doctor Errasti es un viejo metiche, mijito, perdóname! —dijo, inclinándose hacia Jorge con el índice extendido—. ¿Sabes que lo mismo le hizo a la mamá de las Larrea? Sí, un día le habló a Lupita y le dijo que ay, que su mamá, que si creían prudente que saliera sola, que qué barbaridad...

—¿Ésa no fue a la que detuvieron en Centro Santa Fe por robarse calzones? —preguntó Jorge, ante el regocijo de todos, hasta de don Carlos, que soltó una carcajada.

De todos, menos de Amparito, que se puso glacial.

—Era una ropa interior térmica de seda, finísima —aclaró, sin voltear a ver a su hijo—. Y la iba a pagar, pero la dependienta enloqueció y llamó a seguridad.

—A ver —dijo Andrés, a quien siempre le tocaba restaurar el orden—. Me parece que nos estamos distrayendo. El punto aquí es que ya platicamos y pensamos que no es buena idea que sigas manejando.

Todo el cuerpo de Amparo —las manos apretadas a ambos lados del plato, la boca fruncida y la respiración a resoplidos— delataba su furia contenida. Susana quería meterse debajo de la mesa.

—Pues qué bueno —dijo, por fin—, que ya "platicamos", y que ya "pensamos". Hubiera sido amable de su parte dejarme intervenir en sus pláticas y sus pensamientos.

Se llevó a los labios la taza de café con mano temblorosa.

Los hermanos se miraban entre sí, don Carlos miraba el techo y Susana comía gelatina con los ojos fijos en el plato.

—Mamá... —dijo Jorge—, no te lo tomes a mal.

—No, mijito, ¿por qué me lo habría de tomar a mal? —el tono era venenoso—. Si no hay como tener hijos para que te salgan con que eres una vieja inútil.

—Amparo, no te pongas en ese plan —dijo su marido—. Me parece que exageras.

No, bueno. En mala hora había decidido intervenir. Amparo se puso como dragón.

—Claro, ¡qué fácil! —dijo, inclinándose hacia el otro lado de la mesa para encarar a su marido, que por reflejo se hizo hacia atrás—. Qué fácil, encima de todo, decir que exagero. Y, mira, mi vida, mejor ni hablamos...

—Amparo... —dijo don Carlos, a medio camino entre la súplica y la advertencia.

Amparo volvió a fruncir los labios y cruzó los brazos.

—Nadie quiere que te sientas mal, mamá —Andrés suavizó el tono y le puso a su mamá una mano en el brazo—; pero estamos preocupados. No queremos que te pase nada, ni que vayas a tener un disgusto.

Ay, ese Andrés tan conciliador. Qué bonito es cuando quiere calmar a otras personas que no son yo.

Pero el efecto sobre Amparo solía ser inmediato. Le cambió el gesto, puso su mano sobre la de su hijo menor y respiró profundo.

—Ya lo sé, mijito, ya lo sé. Pero ¿con todo lo que yo tengo que hacer?

Los hermanos se voltearon a ver. Hasta donde ellos sabían, su mamá nunca tenía nada que hacer.

Pero no era cosa de decírselo.

—¿Como qué, mami? —preguntó Jorge, haciendo un esfuercito.

Amparo lanzó un ruido de asombro.

—Como... ¡todo! —dijo, abriendo los brazos y abarcando toda la mesa—; como ir al súper, como comprar todo para esta comida, como ir al doctor, como ir a comer con mis amigas… ¡Todo!

—Podemos buscar un chofer —dijo Jorge.

Amparo puso cara de horror.

—¿Y dejar que quién sabe quién se meta en mi casa? ¿Con las historias que se oyen ahora? A Licha Mijangos le vaciaron la casa, ¿sí te conté? Quesque muy de confianza, y muy recomendados…

—Gregorio te puede llevar al doctor y a las comidas —dijo Jorge.

—Y el súper se pide por internet; es facilísimo —propuso Tatiana, entusiasta y torpe, como de costumbre—. Yo hace fácil dos años que no me paro en una tienda.

En ese momento, Susana vio lo que nunca había esperado ver, y mucho menos en la mesa del comedor y con tanto público: a Amparo se le arrasaron los ojos de lágrimas.

—¡Por supuesto que yo no voy a pedir el súper por internet! —dijo, furiosa e indignada—, a mí me gusta ir y ver, ¿sí? Pues ni que estuviera baldada.

Andrés volteó a ver a Susana. Le puso ojos de cachorrito suplicante.

Antes de abrir la boca, Susana ya sabía que se iba a arrepentir.

—Si quieres —dijo, con la voz muy baja y sin voltear a ver a sus cuñados—, yo puedo pasar por ti los días que yo vaya.

Claro, no fue tan fácil. Nunca era tan fácil. El estatus de heroína que salva la situación le duró a Susana más o menos dos horas, antes de que Amparito decidiera tomar el asunto por su cuenta y empezar a poner condiciones.

Mal habían llegado a su casa y desempacado a los gemelos del coche, cuando sonó el teléfono.

—Susanita —dijo Amparo, con su voz ejecutiva—. Te agradezco mucho que te ofrezcas a llevarme al súper, pero quiero saber cuándo va a ser.

Susana le dijo que ella iba los lunes, una vez que entre ella y Laura habían decidido qué se necesitaba para la semana.

Se hizo un silencio en la línea.

—Es que eso a mí no me acomoda, ¿sabes?

Susana le preguntó como qué le acomodaba.

—El miércoles, para comprar las cosas de la comida del domingo y que estén lo más frescas posibles. Porque el viernes tú no podrías, ¿o sí?

Susana pensó en sus viernes, una carrera contra el tiempo y el tráfico porque los gemelos solían tener que estar en quince lugares al mismo tiempo.

—No, el viernes no puedo.

Amparo resopló, como si el mundo la estuviera poniendo a prueba.

—Pues entonces sí, tendría que ser el miércoles. Porque yo el jueves tengo mi grupo de oración y no me daría tiempo.

—No, pues no te preocupes, Amparo —Susana enunció claramente cada una de las palabras para que Andrés, que acarreaba cosas y niños del coche a la casa, se diera por enterado—. Yo me organizo y vamos el miércoles.

Andrés juntó las manos e inclinó la cabeza, en un silencioso gesto de agradecimiento.

—Bueno. Pero no muy tarde, porque si no se me descompone toda la mañana.

—¿A las diez, te parece bien? —Susana se acordó de su papá, que decía que no había buena acción que no llevara un castigo.

—Pues si no puedes más temprano, pues sí. A las diez.

DE: LAURA
Te recuerdo que si vas a ir al súper, Carlitos decidió que no le gusta la sopa de letras, que sólo la de estrellitas.

DE: SUSANA
¿Cómo que no le gusta? ¡Saben a lo mismo!

DE: LAURA
A mí qué me dices. Son tus hijos, y como tales, no oyen razones. Y, por supuesto, Rosario ya se adhirió a la causa.

DE: SUSANA
Claro. ¿A Lucio sí le gusta la sopa de letras?

DE: LAURA
A Lucio le gusta lo que le ponga enfrente. Sabe que no tiene mucha opción.

DE: SUSANA
¿Te la llevas, entonces? Porfa.

Susana siempre decía que al casarse con Andrés había ganado una familia y había perdido el derecho a decidir. Pero era broma.

Aunque ella nunca hubiera pensado que sus hijos irían a una escuela como a la que iban. Ella hubiera preferido algo un poco menos conservador. Y, desde luego, si por ella hubiera sido, sus hijos no hubieran ido a la misma escuela que su papá y sus tíos.

Pero es buena escuela. Y salen bien preparados.

Lo que sí es que no podía negar que se llevó una gran sorpresa cuando, un domingo, en medio del pásame por favor la canasta del pan y "Andrés, mi vida, ¿puedes ir a la cocina y cerciorarte de que Rosario haya comido y no nomás paseado su comida por el plato?", su suegra les avisó que los gemelos ya tenían apartado su lugar.

—Fíjate, Andresito —dijo Amparo, sin voltear a ver a su nuera—, que me encontré a Miss Silvia en el súper. ¿Te acuerdas de Miss Silvia?

Andrés casi se ahoga con el pedazo de pan que se acababa de meter a la boca.

—¿Acordarme? —preguntó, una vez que se le calmó la tos—, ¡claro que me acuerdo! Si estuvo así de mandarme a extraordinario. Bruja maligna.

—No hables así, mijito, que te van a oír los niños —dijo Amparito, volteando a ver la puerta de la cocina, perfectamente cerrada—. Y si vieras el cariño con el que se acuerda ella de ti…

Andrés frunció la boca por toda respuesta.

—El caso es que aproveché para preguntarle, nada más para saber, cómo iban de inscripciones para el año que entra.

Susana sintió que se activaba su sentido arácnido. ¿Inscripciones?

—Bueno, ma —dijo Andrés, sintiendo la mirada de Susana clavada en su cuello—, gracias, pero todavía no sabemos bien a dónde los vamos a inscribir.

Amparo soltó un suspiro de exasperación.

—Perdónenme si soy metiche, pero no tienen tanto tiempo —partió resueltamente un pedazo de lomo con ciruela pasa y lo dejó ahí, con el tenedor y el cuchillo gravitando sobre el plato—. No me vayan a salir como estos dos, que también decidieron que la escuela era poco para sus hijos.

Señaló a Jorge y a Tatiana, que hasta ese momento habían permanecido en silencio, negociando sus platos.

—¿Estos dos, mamá? —preguntó Jorge—. Qué bonitos modos, oye. A estos dos la escuela les quedaba lejísimos, y tiene un nivel de inglés que ya no es aceptable.

—¡Por favor! —respondió Amparo, ofendida como si ella fuera responsable del plan de estudios—. Mi vida, por favor, ayúdame. ¿Sí o no que escogimos esa escuela porque era bilingüe?

El papá de Andrés, que como siempre estaba colocado en una esquina de la mesa pensando en otra cosa, levantó los ojos, muy extrañado de ver a su esposa estirando la mano para interpelarlo.

—¿Bilingüe? No, Amparito, no creo. En ese entonces ni siquiera se usaba eso; ¿no? ¿No fue por eso que tomaban clases en las tardes? La escogimos porque ahí estaba de directora tu amiga la monja esa que tocaba la pandereta.

—¡Madre Amalia! —gritaron Jorge y Andrés, muertos de risa.

E irrumpieron en un coro de "con la pan pan pan, con la de de de, con la pan, con la de, con la pan de reeeeee ta" que hizo que vinieran corriendo los niños desde la cocina, para horror de su abuela.

—Ay, mamacita, por favor —dijo Jorge, secándose las lágrimas con la servilleta de lino color crema—, a estas alturas hasta el Kínder Crayola aquí en la esquina se anuncia como bilingüe. Eso no quiere decir nada.

Amparo levantó las manos, como dándose por vencida.

—Ya sé —dijo—, que con ustedes no voy a lograr nada. Y, obviamente, con Juan Diego tampoco.

—Nunca sabes —la provocó Jorge—, ese padrecito es tremendo...

Amparo le dedicó el gesto de pocos amigos que reservaba para cualquiera que osara poner en duda la vocación de su hijo más chico.

—Pero —continuó como si no lo hubiera oído— pienso que ustedes dos podrían ser un poco más razonables. Y les recuerdo que tienen una tarifa distinta para los hijos de exalumnos. Y me parece que hay un descuento extra porque son gemelos.

—Ándale, hermanito —dijo Jorge, siempre listo a reírse de su hermano menor—. Si no te agarra por el cariño a la institución, te va a agarrar por lo pobre.

—No es eso lo que quise decir, Jorge, y ya lo sabes; no me hagas quedar mal —se defendió Amparo—. Lo que digo es que tiene sus ventajas, ¿o no, Susanita?

Claro, como vio que no tuvo éxito con su hijo, ahora viene conmigo.

—Esteeee... —Susana se aclaró la garganta, tratando de ganar tiempo.

—Digo, no es que lo tengan que decidir en este instante —Amparo apeló a su técnica de ataque más conocida: el repliegue táctico—; sólo quiero que lo tengan ahí, como una posibilidad.

—Gracias —dijo Susana, segura de que ahí había acabado la conversación.

Pero claro que la conversación no acabó ahí. El problema, y ahí sí Susana reconocía que ellos habían fallado, fue que después de ese día, en que de camino a su casa se hicieron el firme propósito de buscar escuelas que realmente los convencieran y que no fueran escandalosamente caras, cayeron en sus viejas prácticas y no volvieron a hacer nada hasta que el futuro académico de sus hijos se presentó como un presente ineludible.

La noche del tercer cumpleaños de Rosario y Carlitos, Susana se despertó a las tres y cuarto de la mañana con un único pensamiento en la cabeza.

No tenemos escuela para los gemelos.

Consideró que era un asunto de fuerza mayor, digno de zarandear a su marido hasta despertarlo.

—No tenemos escuela para los gemelos, Andrés.

—¿Eh? —preguntó Andrés, cerrando los ojos con fuerza, en franca negación—, ¿de qué hablas?

—De que ya están a punto de tener que entrar a prepri y no tenemos escuela, Andrés. ¿Qué vamos a hacer?

Susana prendió la luz del buró. Andrés soltó un gemido y se cubrió los ojos con el brazo derecho.

—¿A qué edad se entra a prepri? ¿Qué es prepri?

—El año ese antes de la primaria.

—¿Por qué no nos preocupamos cuando ya sea hora de entrar a primaria y mientras nos tranquilizamos todos? —Andrés abrazó su almohada y se dio la vuelta—. Mientras, que se queden en esa escuela en la que están.

—Que es una guardería glorificada, Andrés —dijo Susana, haciendo un último intento por mantener a su marido despierto—; está bien para que vayan a convivir con otros niños de su edad, pero no van a aprender nada. Y menos van a poder entrar a una buena primaria.

Pero Andrés ya se había vuelto a dormir.

El amanecer encontró a Susana sentada en la mesa de la cocina con la computadora, una taza de café (la quinta de esa tanda) y la libreta de los recados, donde había garabateado los nombres y teléfonos de diez escuelas distintas que le parecieron más o menos decentes.

Despertó a sus hijos, los ayudó a vestirse y a peinarse, les dio un plátano y una galleta integral a cada uno y los depositó en la guardería mucho, mucho antes de la hora oficial de entrada, junto con todos los niños a los que llevaban temprano porque sus papás se tenían que ir a trabajar.

Susana tenía una misión.

A las 8:59 marcó el primer número.

A las 9:32 todavía no había encontrado una donde no se rieran de ella por querer encontrar una escuela decente en abril.

A las 9:44 ¡por fin!, en una le dieron ciertas esperanzas.

—Tendría que traer a los niños para evaluación —dijo una mujer que se escuchaba terriblemente eficiente—, pero necesitaríamos que nos hiciera un depósito a cuenta de inscripción para hacer las pruebas.

—Sí, sí, claro —dijo Susana, con alivio—. ¿De cuánto?

Apuntó el número en un papel y luego se le quedó viendo. No podía ser. Lo repitió en voz alta, con la esperanza de que la señorita la corrigiera.

—Es correcto —dijo—. Ya, si decidimos admitirlos, se lo abonamos a su inscripción.

—Ah, claro... ¿Y si no?

—Si no, pues no —soltó una risita, como si el asalto en despoblado fuera chistoso.

—Ajá. ¿Y cuánto me dijo que era la colegiatura?

—...

—Eso es por los dos, ¿no? ¿Cuánto es por cada uno?

—...

—Ah, de acuerdo —intentó que no se le notara el terror en la voz—. Es por cada uno. Más la inscripción. Ah, sí, y lo del material. Ah, y la equitación aparte. Muy bien, oiga, pues déjeme verlo con mi marido y le llamamos para agendar las pruebas.

Debería decirle que si no les da vergüenza ser tan rateros y colgarle.

Pero no estaba dentro de las posibilidades de Susana colgarle el teléfono a nadie. Escuchó pacientemente a la señorita, aceptó que estar buscando escuelas en abril era una falta de responsabilidad terrible, le prometió hablarle esa misma tarde o mañana a más tardar (sin tener ninguna intención de hacerlo) y colgó el teléfono.

Laura la encontró sentada en la mesa de la cocina, jugando furiosamente un jueguito en su teléfono.

—¿Y ora, tú? —le preguntó, mientras se quitaba el suéter y sacaba de la despensa un delantal—, ¿qué haces que no te has ido a tus mil vueltas?

Susana dejó el teléfono, lanzó un enorme suspiro y se tomó la cabeza entre las manos.

—Tengo que hablarle a mi suegra y rogarle que me haga un favor.

—Uuuuh —dijo Laura, con cara de horror.

—Y lo peor es que es algo que me había ofrecido y que ya habíamos dicho que no, gracias.

—Tssss.

Laura abrió la puertita que escondía la lavadora y la secadora, y sacó una escoba y una cubeta.

—Pues que te sea leve, amiguita —dijo, saliendo de la cocina—. Al rato me cuentas.

Y así fue como Susana se vio unos meses después, parada frente a la puerta de la escuela, esperando recoger a sus hijos. Había llegado caminando, porque, eso sí, la escuela estaba a quince minutos de su casa, y se dirigió a la puerta como si nada.

Qué rara vibra tiene este lugar.

De pronto, una tosecita de ésas muy deliberadas la hizo voltear. Una mujer guapísima, con el pelo muy negro, con esas ondas suaves muy naturales que sólo se logran con horas de tubos y hasta los omóplatos, vestida de jeans que se veían carísimos, un suéter gris de cuello de tortuga y unos botines color miel, le sonrió como si fueran amigas de toda la vida.

—Híjole, qué pena —dijo, ladeando la cabeza y arrugando las cejas, como si realmente le estuviera doliendo algo—; perdón, pero vamos formadas.

—Formados —dijo el único hombre de la fila, al que no había visto, vestido con unos shorts color café y una playera con un vocho.

Susana sintió la cara roja, pidió perdón mil veces y se fue a buscar el final de la fila.

Perfecto, Susana, perfecto. El primer día y ya eres la tramposa que se quiere brincar la cola.

Se paró detrás de una mujer de pelo chino y ojos verdes, después de preguntarle si, de verdad, de verdad, era la última de la fila.

—Sí, sí, no te preocupes —le dijo, con una sonrisa—. De hecho, no sé ni por qué nos formamos, si los niños salen cuando les da la gana, como les da la gana.

Susana le sonrió. No supo qué hacer con esa información, ¿se formaba o no se formaba? En la duda, se pegó a la pared detrás de ella.

Lanzó una mirada disimulada al grupo de mujeres, que platicaban y se reían como si se conocieran de toda la vida. Todas iban vestidas con una variante del mismo atuendo: jeans y una blusa mona, la mayoría con botas y tacones; otras, como Susana, con zapatos bajos. Había un par, pero no más, con ropa de gimnasio, pero de la buena, no unos pants cualquiera con el resorte guango, no; leggins negros de los que respiran solos y sudaderas con muchos broches y botones, y bufandas al cuello. Todo muy propio, muy como de que Amparito estaría de acuerdo.

Susana miró sus jeans que estaban a punto de romperse del tiro, por culpa de sus muslos gordos, y el suéter de lana gris que había sido muy bonito cuando era nuevo, pero que ahora estaba lleno de bolitas y tenía una mancha de pasta de dientes que dentro de su casa no parecía notarse mucho, pero que ahora parecía brillar con luz propia.

—¿Eres nueva? —preguntó la de adelante.

—¿Se me nota mucho? —dijo Susana, tratando de ganarse un poco de simpatía.

—Nomás tantito —las dos soltaron un "jaja", horriblemente forzado.

Me quiero morir. ¿Y así va a ser diario?

—¿En qué salón está tu hijo? ¿O tu hija?

—En kínder uno —dijo Susana, levantando un dedo índice—. Hijo e hija, son cuates.

La mujer juntó las manos, abrió la boca y los ojos muy grandes y dijo "¡noooo!".

¿No?

—¡No me digas que eres la mamá de los Echeverría! —exclamó, sonriendo con unos dientes muy blancos y de muchos años de ortodoncia—. ¡Y que eres la esposa de Andrés!

Caray, ¿quién es esta mujer? ¿El Cisen?

—Sí, soy yo —dijo Susana, sonriendo a fuerzas, como si no estuviera muy incómoda—. Y sí, son mis hijos.

—Guau. No lo puedo creer —dio un paso adelante y gritó—: ¡Analóoo!, ¿a que ni sabes quién es ella? ¡Es la esposa de Andrés Echeverría!

Volteó toda la fila, y varias cabezas se asomaron para ver a la nueva a la que la de pelo chino apuntaba sin ningún disimulo.

De pronto, la de pelo negro, la que le pidió perdón y luego la echó a los cocodrilos, salió corriendo hacia Susana, los tacones haciendo clac, clac, clac contra el pavimento.

—¡No te lo puedo creer!, ¿a ver? —Susana se hizo contra la pared, agobiada por la curiosidad de las dos mujeres—. ¡No me digas que tú eres la vecinita!

¿Quién demonios es esta gente?

—Sí... soy yo —dijo Susana, sonriendo de puros nervios.

—¡Es que Andrés es de nuestra generación! —dijo la de pelo chino.

—Aaaah.

—¡Y le conocemos toooodos sus secretos!

La de pelo negro, que resultó llamarse Ana Lorena, Analó para los íntimos y las esposas de los íntimos, se puso un dedo índice sobre la boca pintada de color vino.

—De hecho, ¿a quién fue a la que cortó porque empezó a salir con su vecina? —preguntó, con pinta de que estaba tratando de recordar—, ¿no fue a ti, Clau? Y luego tuvieron ondas en el viaje de graduación, ¿qué no?

La del pelo chino, Clau, tuvo la decencia de enrojecer y quedarse mirando el piso mientras decía muy bajito algo sobre las cubas adulteradas de la discoteca del hotel.

Mami, ¿por qué dijiste que la junta fue horrible?

Ya lo sé. Estudié Ciencia Política. Tomé miles de clases donde los maestros insistían en que la política es inherente al ser humano y, por lo tanto, toda actividad humana tiene un costado de actividad política. Hice los ensayos, cité a los teóricos y hasta defendí el argumento.

Pero, seamos sinceros, nunca me lo creí. Ni modo. ¿Cómo va a ser política darle lata a tu delegado para que te rellene los baches? ¿O para que ponga en orden a los de la basura? Hombre, no. La política es lo que se hace en los palacios de gobierno y las cámaras. Lo otro es grilla y ganas de hacerla de tos, nada más.

O eso era lo que yo pensaba. En mi descargo, tengo que decir que hasta hace muy poco tiempo, yo había vivido feliz sin enterarme de nada más que de lo que se decidía en las cámaras y los palacios de gobierno, y me había mantenido al margen no sólo de los consejos estudiantiles, sino hasta de los esfuerzos de mi papá por organizar a los vecinos (para lo que fuera: desde pedir que pusieran topes en una esquina que era un peligro público hasta defender un eucalipto desahuciado al que le tenía mucho cariño). Hasta antes de ser madre, yo había podido dedicarme a la Política con mayúscula y le había hecho bastantes feos a todo lo demás.

Pero, como todo en esta vida, eso también se me acabó.

Cuando no sólo me convertí en madre, sino en madre de familia de la escuela de Andrés y de mis hijos, descubrí una realidad completamente distinta.

Oh, calamidad, descubrí que mi papá y mis maestros tenían razón.

Todo empezó con una inocente invitación a presentarnos en la junta de padres de nuevo ingreso.

Se la mostré a Andrés y, como siempre que hay una actividad que implica que nos ausentemos los dos por la tarde, hubo que deliberar.

Porque no es tan fácil dejar a los gemelos. Bueno, dejarlos es relativamente fácil; lo difícil es contar con que ellos y la casa van a estar en buenas condiciones cuando regresemos. Y es una lata encontrar quién los cuide.

Porque el problema de tener gemelos, y eso nadie te lo dice, es que son dos. Y, tampoco nadie te lo dice, no hay manos que alcancen a sostenerlos durante el suficiente tiempo para poder hacer pipí más o menos en paz sin que uno le quiera cortar el pelo a la otra, o la otra pellizque al uno, o así.

En situaciones muy de emergencia, le llamamos a mi suegra, pero dice que se cansa. Y mi papá, lo mismo. La inútil de Catalina nunca está, y Tatiana y Jorge viven del otro lado del mundo.

Entonces, cuando apareció la convocatoria para la junta en la página de la escuela, se me hizo muy fácil decirle a Andrés, "hombre, mi vida, no te preocupes; yo voy".

—¿Segura? —me preguntó Andrés, que siempre pregunta lo mismo.

—Sí, segura —le contesté yo, también como siempre.

Ternurita de mí, hasta pensé que no estaba mal cambiar un poco la rutina. Que no era lo más divertido a lo que podía dedicar una tarde, pero que así aprovechaba para salirme de mi casa y tenía pretexto para dejar a Andrés a cargo de la superproducción que implica bañar a los gemelos, darles de cenar y conseguir que se duerman. Lo hago todos los días con mucho gusto, pero una vacacioncita de vez en cuando, a nadie le viene mal.

Ya sé, ya sé. Susanita, ten mucho cuidado con lo que deseas y todavía más con lo que te da emoción.

Total, que a las seis y media yo le di un beso a mi marido, otro a cada uno de mis hijos, cogí mi mochila y salí rumbo a la escuela, "tra lará, lará", brincando por el camino como la Caperucita Roja, nomás que sin canasta y sin abuelita enferma.

Y, claro, llegué a la escuela y estaba un guardia que yo no conocía. Que me preguntó a dónde iba, y yo le dije que a la junta.

—Sí, pero a cuál.

—Pues a la de Maternal.

—¿Y sí sabe dónde es?

—Ay, claro.

Yo creo que una de las cosas que le desesperan más a Andrés de mí, es que soy incapaz de pedir indicaciones.

O sea, físicamente, sí puedo. No es que mi laringe tenga un problema específico para enunciar la frase "¿me puede explicar por dónde, por favor?", no. Simplemente no le veo el caso, porque aunque pregunte, nunca entiendo; mi capacidad de atención llega hasta "mire, se va aquí, todo derecho…" y luego dejo de escuchar. Así que, ni para qué hacerle perder el tiempo a nadie, la verdad.

Sí sabía que la junta era en uno de los salones detrás del campo deportivo, porque eso me había dicho Andrés, pero ¿yo cómo iba a saber dónde estaba el campo deportivo? ¿Y cómo me iba a imaginar que el campo deportivo no era algo que se viera así, a simple vista, nomás regando la mirada? Señor juez, no es mi culpa.

Aunque por eso había salido yo temprano, si tampoco. Pero no tan temprano como para no tener que correr el último tramo, que ya lo hice de la mano de un conserje que de plano temió que me fuera yo a quedar atrapada debajo de un pupitre.

Así que cuando abrí la puerta del salón, jadeante y sudorosa, y todavía con don Paco de la mano, me topé con las caras de cincuenta papás y mamás que me miraban con reprobación. Y un poco de desagrado.

—Es usted muy amable, don Paco, muchas gracias —le dije a la espalda de mi salvador, que ya había salido corriendo, seguramente aterrorizado de que lo fueran a vincular eternamente conmigo—. Buenas noches.

Ya en ésas, ¿pues qué haces? Pues te sientas en el primer lugar que ves, ¿no?

Después de que la Miss Tere, en su tono muy dulce y comprensivo, me dijo que no me preocupara, que todavía no empezaban, y que me sentara con calma, yo me acerqué a la primera silla que vi, junto a la puerta. Pero una mamá con unas botas color gris que me dieron una envidia horrible y el pelo con luces color caramelo que le deben haber costado un dineral, me dijo "ay, qué pena, pero ya hay alguien aquí", y puso su bolsa, antes de darme tiempo para decirle que yo ahí no veía a nadie, ay qué pena.

Y lo mismo me dijo otra mamá, de traje sastre y cara de venir de trabajar, y otra más, de blazer con jeans y zapato bajo.

Terminé, después de mucho "compermiso, compermiso", en la fila de hasta atrás, en medio de dos papás que claramente no tenían ningún interés en estar ahí y que no despegaron los ojos de su celular ni para responder mi "holabuenasnoches".

Yo esperaba que fuera más o menos como las juntas de vecinos del edificio donde vivía antes de casarme. Era cosa de tomar apuntes (siempre hay que tomar apuntes, porque, como le digo a Andrés, luego cómo te vas a acordar de en qué quedaste) y de no participar mucho para que todos nos fuéramos a dormir a una hora decente. Y, claro, de ser paciente cuando hablaba la señora Domínguez, que siempre se quejaba amargamente de que su recibo de gas llegaba mucho más alto que el de todos los demás.

Claramente, yo era de una ingenuidad pasmosa y no hubiera merecido ni que me dieran permiso de salir a la calle, de tan inocente.

Todo fue que la maestra cerrara la puerta y se aclarara la garganta, como si estuviera frente a uno de sus grupos y les tuviera que dejar bien claro que era hora de trabajar, para que se empezara a notar quién iba a dar las órdenes.

Y no era Miss Tere. Oh, no.

Analó, que no me había fijado, pero estaba sentada en la primera fila, se levantó, imponente con su metro setenta y algo y su pelo negro y brillante de anuncio de champú.

—Hola, Miss Tere —dijo, con una amabilidad que no le creía nadie—, antes que nada, nos gustaría que te presentaras, porque muchos todavía no te conocemos.

Me quedé boquiabierta. Así, como si nada, le había dado un quítate que ahí te voy y le había dejado claro quién mandaba ahí. La pobre Miss Tere se quedó sin habla como un minuto y después sólo atinó a decirnos que se llamaba Teresa y que era su primer año en la escuela.

—Pero tengo más de veinte años dando clases en kínder —dijo, como si tuviera que justificar su puesto.

Me dieron ganas de abrazarla y decirle que no se dejara intimidar. Pero me daban miedo las represalias. Claramente, Analó manejaba unos juegos de poder que ni Fidel Velázquez en sus mejores momentos.

A partir de ese momento, Miss Tere hacía todas sus afirmaciones en un tono dubitativo que más bien las hacía parecer preguntas.

—Este año —decía, tocándose nerviosamente el chongo—, ¿vamos a visitar el museo de Antropología y el Jardín Botánico?

—¿Los niños van a tener actividades fuera del salón, como el huerto y la hora de biblioteca?

—¿Vamos a aprender nociones básicas como los colores y las formas geométricas?

Después de cada frase, sin que lo pudiera evitar, sus ojos iban hasta la silla de Analó, que la miraba con la cabeza echada para atrás, la pierna cruzada y la mano en la barbilla, como si estuviera decidiendo si la dejaba vivir o la aventaba a los leones.

Se me estrujó el corazón.

Analó le dijo que estaba perfecto y que ojalá que aprendieran mucho, pero que lo que realmente les preocupaba a muchos era el tema del uniforme.

—Hay mucha gente a la que le preocupa.

Fue lo que dijo. Que es lo que uno dice cuando quiere hacer como que está representando a las mayorías pero en realidad no tiene nadie que lo respalde, como cuando en la consultoría decíamos: "yo, mire, candidato, no tengo inconveniente en que aparezca en el debate con su corbata de Tribilín que le trajo su hijita de Disneylandia, pero hay quien podría pensar que lo hace ver poco serio".

A mí, la verdad, no me preocupaba el tema del uniforme. Al contrario. Después de una vida de pasar de escuela en escuela, según cómo anduvieran mis papás de ánimos educativos, desde una escuelita experimental de ocho alumnos hasta una secundaria seudo militarizada, la verdad me parecía que lo de menos era cómo se vestía uno para ir a la escuela. Eso sí, era una ventaja el día en que les tocaba clase de Deportes y tenían que llevar los pants de la escuela porque eran dos días menos a la semana de pelear para que Rosario se pusiera otra cosa que no fuera su vestido de princesa y Carlitos no insistiera en llevarse las chanclas de la natación.

—Hay mucha gente —seguía diciendo Analó, ya de pie, alternando la mirada entre la maestra y los padres de familia— que me ha dicho que le preocupa muchísimo que haya niños que no traen chamarra del uniforme cuando es día de pants. Dicen que se ve horrible y que como que hace ver mal a toda la escuela, ¿sí me entienden?

Volteé a ver a mis compañeros de fila, a ver si ellos sí entendían. Porque yo, francamente, no. Mis hijos tenían un par de chamarras color verde perico que les regaló de cumpleaños su tía Catalina. Y se las regaló su tía Catalina porque yo le dije que era lo que realmente anhelaban y necesitaban, después de que el inútil de mi papá se negó diciendo que la mejor manera de matar el amor que siente por ti un niño es regalándole ropa.

Y perdón, pero las chamarras eran buenísimas y yo no estaba dispuesta a comprarles otras hasta que ésas les apretaran de aquí, mami, de aquí, como dice Rosario, mientras se toca las axilas.

Menos todavía les vamos a comprar unas de esas chamarras del uniforme que seguramente están hechas de nylon cien por ciento y los van a hacer volar en pedazos si se acercan a dos metros de una flama. Además de que ni calientan tanto.

Mis compañeros de fila estaban completamente absortos en las pantallas de sus celulares. El de junto a mí, creo que hasta una serie estaba viendo.

Inútiles.

Al frente del salón, la pobre Miss Tere estaba intentando responder, con una vocecita como de hormiga, que los asuntos de uniforme no eran de su competencia y que eso más bien lo decidía la dirección general.

No una señora loca que decidió que era su deber defender el honor de la escuela y combatir las chamarras color verde perico con una capucha con piquitos de dinosaurio.

No, bueno, y si les salgo a los gemelos con que ya no pueden usar sus capuchas de dinosaurio, con la ilusión que les hace, peor.

Levanté la mano para opinar. Nunca me gusta opinar en estas cosas, y tengo como consigna nunca de los nuncas ponerme en la mira de los bullys —y, claramente, Analó era una bully, de las de agárrate fuerte—, pero las capuchas de dinosaurio me terminaron de decidir.

Aunque no pude hablar porque una mamá se me adelantó. Era güera, con cairelitos, y una nariz de bolita con pecas que hizo que la reconociera. Era la mamá de José Pablo.

Lo sabía, básicamente, porque José Pablo era el mejor amigo de los gemelos, que todo lo que hacían lo hacían en equipo, y que cada día que iba por ellos a la escuela la señalaban sin ninguna discreción y me decían, a gritos, "mira, mamá; ésa es la mamá de José Pablo".

La mamá de José Pablo, que resultó que se llamaba Mónica, dijo que ella no estaba muy de acuerdo. Y sus argumentos eran más o menos los mismos que los míos, menos la capucha.

Analó, que se había vuelto a sentar, la observó como si fuera una mosca que se hubiera posado en su chai latte.

Con el mismo tono de que le daba mucha pena pero en realidad no le daba ninguna, le preguntó si ella era exalumna de la escuela.

Mónica dijo que no.

Analó frunció la boca, como si fuera una respuesta que esperaba, pero que a pesar de eso la llenaba de pesadumbre.

—Es que hay cosas —dijo—, que no entienden quienes no conocen bien la mística de la escuela.

Ay, por favor. ¿Qué demonios es eso de la mística de la escuela? Vieja ridícula.

—Quienes llevamos aquí más tiempo —dijo, tocándose el pecho como si le doliera profundamente tener que dar estas explicaciones a los ajenos—, bueno, quienes tenemos aquí toda la vida, ¿verdad, Clau?, tenemos otra visión y nos preocupamos más por cuidar ciertas cosas.

Me quedó claro que Clau era su esclava incondicional. Me dio un poco de pena, pero me la aguanté y la vi con odio mientras aquella asentía furiosamente y le hacía la barba a la otra.

Bajé la mano. Claramente, esta no era una batalla que se pudiera ganar de manera frontal.

Íbamos a tener que cabildear.

—Nunca entendiste bien cómo era hacer amigos, ¿verdad? —le preguntó una vez Catalina, en un arranque de sinceridad.

La frase le vino a la cabeza mientras se aproximaba a la puerta de entrada de la escuela el día después del espectacular fracaso de la junta de padres de familia.

Se había enojado mucho con Catalina por ese comentario y le había dicho que no se metiera en lo que no le importaba, pero sabía que tenía algo de razón. Lo suyo era la actitud cordial, pero lejana. Era timidísima, y lo disimulaba haciendo como que era tan interesante y tan profunda que no podía entretenerse en pláticas banales, y entonces no importaba que nadie quisiera sostener una plática banal con ella, porque de todas maneras no hubiera podido. Así había navegado su vida personal y su vida profesional. Era un plan perfecto.

Lo malo era tener que sostener esa actitud las dos veces al día que le tocaba interactuar con las madres de familia (y el único padre) que iban por los niños a la escuela al mismo tiempo que ella.

Cada vez que se quejaba con Andrés de que nadie quería platicar con ella y de que todas las otras mamás eran como un club privado al que ella no tenía acceso, su marido la miraba sin entender nada.

—¿Tu problema es que no quieran ser tus amigas? ¿No estamos ya todos un poco grandecitos para esas cosas?

Susana no había sabido si reírse o indignarse ante esa respuesta. Claro que ya estaban todos grandecitos, y claro que Susana sabía que no era la misma niña que cargaba a todos lados su ejemplar de *Cumbres borrascosas* para leerlo en los recreos cuando nadie más quería platicar con ella. Pero algo había en el ambiente, algo que no podía poner en palabras suficientes para explicárselo a Andrés, que la hacía sentir como si los últimos veinte años no hubieran ocurrido y siguiera en medio del patio, tratando de que la juntaran las otras niñas.

Quizás estaba exagerando. Tal vez sus recuerdos de la secundaria, donde siempre era la rara que estudiaba mucho y hablaba poco, estaban interfiriendo un poco con su percepción del presente.

No me importa. De todas maneras no me voy a esforzar en ser su amiga.

Según Susana, ya había hecho esfuerzos suficientes. Toda la primera semana gravitó con cara muy sonriente y de que era muy buena persona alrededor de los grupos de mujeres, y ni una sola le demostró el más mínimo interés. Es más, a duras penas le respondían el saludo.

La segunda semana, ya de plano mejor llevó su libro. Ya no *Cumbres borrascosas,* porque era verdad que ya estábamos grandecitos, sino una edición de bolsillo de *Utopía.*

¿Qué? ¿No todo el mundo lee filosofía del siglo dieciséis mientras espera a que sus hijos terminen de aprender a distinguir los círculos de los cuadrados?

Había decidido que se iba a vender, sí, como una persona introvertida, pero sobre todo, como una mujer que estaba tan ocupada con sus ideas, que a duras penas podía mantener un cierto contacto con el mundo tangible y cotidiano de los chismes de banqueta.

No soy rara. Soy intelectual.

O eso era al menos lo que quería proyectar.

—¿Cómo te puedes concentrar con este escándalo?

Por más que hubiera querido, no podía ignorar la pregunta, porque no provenía de más de treinta centímetros de distancia.

Levantó los ojos y vio a la mamá de José Pablo. La misma que en la junta había intentado rebelarse contra la tiranía de las exalumnas.

Le sonrió. No solo porque le había caído bien y porque la había ubicado como una aliada potencial, sino porque si algo sabía Susana era que una cosa era que una no fuera muy apta socialmente y otra, muy distinta, no hacer un esfuerzo sobrehumano para llevarla bien con las mamás de los mejores amigos de tus hijos. La experiencia le había enseñado que se pasaban muchas horas junto a los columpios, mientras los gemelos se turnaban para decir "ya orita vamos, mami" ("orita" era la palabra que más se arrepentía de haberles enseñado), mientras una tenía que hacer conversación con una desconocida. Más valía negociar rápidamente algo que se pareciera a una amistad.

Entonces, no es que hasta ese momento hubiera hecho ni medio esfuerzo para acercarse a Mónica, pero sabía que sus destinos tenían que cruzarse tarde o temprano.

—Tú eres la mamá de los gemelos, ¿no?

—Sí.

Susana no sabía si alguna vez se acostumbraría a ser "la mamá de los gemelos" o "la esposa de Andrés". O, peor todavía, "la nuera de Amparito". Hubiera preferido ser nomás Susana, pero no veía muchas posibilidades de que eso fuera a suceder, así que ya se limitaba a responder a cualquier forma por la cual la llamaran y a hacerlo de buenas.

—Soy Susana —dijo, extendiendo la mano—, ¿y tú?

No era cosa de admitir que sus hijos eran unos chismosos y tenían fichado a todo el kínder y sus parientes.

—Soy la mamá de José Pablo. Mónica.

—¡No me digas! —dijo Susana, tratando de sonar convincente—, ¡del famosísimo José Pablo!

Mónica se rio.

—Exactamente.

Susana se acercó, con aire conspirador.

—Tú fuiste la que intentó inconformarse ayer con lo de las chamarras, ¿no? —le preguntó, después de comprobar que, en efecto, nadie les estaba poniendo atención—; yo estoy de acuerdo contigo, pero no tengo muy claro qué podemos hacer.

Mónica torció el gesto y ajustó uno de los tirantes de una gigantesca mochila negra. Le había dejado una marca roja encima de la clavícula, ahí donde terminaba el cuello de su playera blanca con una foto de David Bowie.

—Lo único que logré fue que me vieran feo por advenediza.

Susana vio que por uno de los cierres de la mochila se asomaba la pata de un tripié.

—Aguas —dijo, señalándolo—. No le vayas a sacar un ojo a alguien.

El papá de Susana siempre estaba previniendo a sus hijas de la facilidad con que se le podía sacar un ojo a alguien, y es verdad que la perspectiva era un poco siniestra, pero ella la había heredado, ni modo.

Con muchos trabajos, Mónica se quitó la mochila de los hombros y la dejó caer junto a sus tenis. Cayó con un "tonk" seco que delató lo mucho que pesaba.

—Ay, sí es cierto —dijo, mirando la pata del tripié como si hubiera crecido en la última media hora—. Es que no me dio tiempo de pasar a dejar todo.

Se agachó y empezó a abrir cierres y sacar cosas. En cuestión de segundos, el pedazo de banqueta junto a la barda de la escuela se cubrió de los variadísimos y desordenados objetos que iban saliendo de la mochila de Mónica: una cámara digital, una tableta, el tripié exhibicionista, una agenda floreciente de post-its y clips, un cuaderno, un estuche de plástico transparente lleno de lápices y colores mordidos.

A Susana le empezó a temblar el ojo. Qué desastre.

—¿Quieres que te ayude? —se arrodilló junto a Mónica—. ¿Te voy pasando cosas y tú las acomodas?

Mónica puso cara de desolación, hincada en medio de su tiradero.

—¿O prefieres irme pasando y yo acomodo?

—Sí —dijo Mónica, casi aventándole la mochila de puro alivio—. Yo nunca puedo hacer que vuelva a cerrar.

Susana extendió las piernas y puso en medio la mochila abierta.

—A ver, veme pasando —paseó la mirada por el tiradero—. Primero la computadora.

La metió en un compartimento acolchonado que se cerraba con un velcro.

—Perfecto —dijo—, ahora, el estuche y esa carpeta.

Le fue pidiendo las cosas una a una, y metiéndolas a la mochila. A su alrededor, las mamás miraban la operación con mucha curiosidad.

—Ay, oye, si quieres yo le sigo —intentó protestar Mónica, sin mucha convicción—. Me da pena.

—No, ni te preocupes. A mí me encanta ordenar.

Ya sé, se oye rarísimo. Y más raro se oiría si le dijera que mi mamá me pagaba para que le hiciera sus maletas. Decía que era una maga.

—¿En serio? A mí me choca. Y José Pablo es igual, ¿te lo puedo mandar?

—¡Claro! —cerró el último cierre y le pasó la mochila a su dueña.

Mónica la ayudó a pararse.

—Muchas gracias. Ahora me va a dar miedo sacarle nada porque se va a desacomodar.

—Ah, pues me la vuelves a traer —dijo Susana, limpiándose los pantalones de mezclilla—. Mi mamá decía que tenía alma de empacadora.

—Pues eres buenísima. Deberías dedicarte a ello de manera profesional.

—Sí, ¿verdad? Debería ponerlo en mi currículum. Si un día vuelvo a trabajar, puedo ser hacedora profesional de maletas.

Mónica frunció el ceño y ladeó la cabeza.

—No —dijo, apuntando un dedo índice muy cerquita de la nariz de Susana y causándole un sobresalto—. No.

—¿No?

—No. No digas eso de que no trabajas —dijo, muy seria—, ni menosprecies lo que haces. No sabes cómo regaño a José Pablo cuando sale con que "la mamá de los gemelos no trabaja".

Imitó la voz de su hijo con un tono agudo. Susana se tomó un momento para procesar el hecho de que no sólo en su casa se hablaba con entusiasmo del prójimo.

—¡Claro que trabajas! —insistió Mónica, usando el mismo dedo índice para picarle el esternón—. Si atender a un niño es infernal, no me quiero ni imaginar lo que implica multiplicarlo por dos.

Eso fue suficiente para distraer a Susana del hecho de que las declaraciones de Mónica estaba atrayendo las miradas de las otras mamás.

—En eso tienes razón —concedió—. Es muchísimo trabajo.

—¡Y no te lo pagan!

—¿Verdad? Eso es lo que yo les digo a mis hijos cuando me preguntan que por qué no trabajo.

—Qué malagradecidos. Igualito en mi casa. Ya querría yo verlos un día.

¿Ah, verdad?

Susana se aguantó para no marcar el teléfono y decirle a Catalina que lero, lero, había hecho una amiga nueva gracias a su trastorno obsesivo compulsivo. Se sentía como sus hijos cuando salían de la escuela felices porque en el recreo habían adquirido a un nuevo cómplice.

En realidad, no era sólo su alma de acomodadora lo que las unía. Una vez que acordaron que Susana ya no iba a volver a decir que no trabajaba, resultó que Mónica también se sentía hecha a un lado por el resto de las mamás.

—¿O sea que tú tampoco eres exalumna? —le preguntó Susana.

Mónica puso cara de horror.

—¿No te quedó claro ayer? —dijo—. Por supuesto que no, por eso no entiendo la mística de la escuela. Yo crecí en Guamúchil.

—¿En Sinaloa?

Pues con razón dice "moshila" y "Guamúshil". Ya decía yo que me sonaba el acento.

—Allí mero —dijo, recargando las manos en las correas de la mochila y balanceándose sobre las puntas de los pies, como si siguiera en la primaria en Guamúchil—. Y luego ya vine a estudiar aquí y conocí a mi marido y me casé. Pero ¿tú sí eres de aquí, no?

Susana dijo que no.

—Mi marido es el que es exalumno. Yo nomás vine con mis niños por el descuento…

Se quedó callada. En su cabeza sonó la voz de Andrés reclamándole que le anduviera contando sus intimidades económicas a una desconocida.

—¿Y en qué trabajas, que necesitas tanto equipo? —dijo, para cambiar de tema.

Mónica mencionó el nombre de un sitio de internet y Susana sintió el mismo calambre en la panza que sentía cada vez que alguien mencionaba un proyecto que le gustaba. Era un compuesto de dos partes de envidia y una de vergüenza.

—Lo conozco —dijo Susana, casi con pesar—. Me gusta mucho.

—Gracias —dijo Mónica, sonriendo—; la verdad es que es bonito, pero es mucha chamba. Orita, por ejemplo, estuvimos grabando unas entrevistas y el Gabriel se fue a la oficina a editar mientras yo venía para acá corriendo a recoger al plebe.

—¡Mi mamá se hizo amiga de la mamá de José Pablo, papá!

Los gemelos no cabían en ellos de la emoción desde que habían salido de la escuela y las habían encontrado platicando. Se diría que estaban orgullosos de que su madre fuera capaz de un mínimo de socialización.

Susana se sentía como cuando había aprendido a andar en bici sin rueditas. La reacción a su alrededor era más o menos la misma.

—Felicidades, mami —dijo Andrés, en tono burlón—. ¿Ves? No todas son unas personas horribles que te tienen mala voluntad.

Según Andrés, Susana exageraba cuando decía que las mamás de la escuela eran intratables.

Pues claro, si la mitad son sus exnovias, qué va a decir.

—Ella y el marido se dedican a algo de internet, ¿no?

—Creo que es exmarido —aclaró Susana, y Andrés puso el gesto contrito que ponía siempre que se mencionaba a una pareja separada—. Sí, tienen un sitio sobre educación. Que, por los patrocinios y los colaboradores que tiene, debe pagar bien.

Pero Andrés claramente ya estaba pensando en otra cosa.

MAMITAS Y PAPITOS

Analóx te añadió al grupo.

Mami, ¿por qué vamos al futbol?

Y yo que pensé que al menos al salirme de la oficina me iba a poder liberar del celular, y el "¡PING!". Con eso de que la ignorancia es temeraria, estaba segura de que no podía haber ningún tipo de emergencia ni causa urgente para una persona cuyo trabajo consiste, más o menos, en revisar que su casa y sus hijos estén completos y en orden. Es más, por un momento hasta contemplé cancelar mi contrato con la telefónica, porque realmente, si iba a pasar tanto tiempo en mi casa, qué afán de pagar por algo que no iba a usar.

Ay, a veces yo misma me doy ternura. Obviamente, eso no pasó. Obviamente, al primer día que salí a la calle así, como Dios me trajo al mundo, sin un solo aparato encima, muy señora de los años cincuenta, regresé a mi casa para enterarme de que en las dos horas que me había tardado en ir y venir al banco y a comprar una medicina para la tos de los gemelos, se había desatado el caos.

Fue una bola de nieve, que empezó a rodar cuando mi papá vio una nota en el noticiero de la Deutsche Welle (que no entiende, pero que le gusta ver porque así se hace a la idea de que es muy cosmopolita y siente que el canal no se desperdicia), que le pareció que era muy interesante para comentarla conmigo. Y entonces habló a mi casa, y no le contestó nadie. Y habló a mi celular, y como mi celular estaba muy juicioso junto al teléfono de mi casa, tampoco le contestó nadie. Y entonces entró en crisis y le habló a Andrés, que le habló a Catalina, que desde algún emirato le contestó que no tenía idea y que por qué no mejor le preguntaba a mi papá, y entonces se cerró la pinza y cuando llegué a la casa ya estaban ahí esperándome, con todo y una patrulla, mi marido, mi papá y mi suegra.

Que una vez que se les pasó el susto y que se terminaron de convencer de que no nos había pasado nada ni a mí ni a los niños ni (nomás faltaba) a la camioneta, entonces decidieron regañarme. Como si en lugar de una mujer de cuarenta fuera una escuincla de quince años que se había salido a una fiesta sin permiso. Que qué tal que te hubiera pasado algo, que si no te das cuenta de que esta ciudad está imposible, que qué tal que los niños tienen una emergencia.

Desde entonces, salgo con el teléfono con pila y si acaso voy a estar en algún lugar donde no hay señal, si me da por llevar a los gemelos al Espacio Escultórico de Ciudad Universitaria, por ejemplo, para que vean que no todos los parques tienen subibajas, tengo que avisar primero, no vaya a ser.

Y, contra todos mis pronósticos, resulta que ahora estoy más esclavizada que antes. Antes, cuando iba a una oficina y había una persona encantadora que podía tomarme los recados, podía darme el lujo de filtrar con quién quería hablar y con quién no. Ahora, que yo solita tengo que ser mi asistente ejecutiva, mi encargada de logística, mi jefa de servicios y hasta mi gerente de marketing, es mucho más difícil fingir que las peticiones se perdieron por alguno de los canales y que por eso no contesté.

Ahora, pertenezco sin posibilidad de negarme al grupo de WhatsApp del salón de los gemelos. Y aunque lo tengo silenciado, cada vez que me asomo resulta que el número de mensajes creció exponencialmente, y me empieza a temblar el ojo porque qué tal que me estoy perdiendo de algo, qué tal que los gemelos ven mermado su desarrollo porque yo me niego a pasar diariamente los ojos por saludos, bendiciones, quejas en contra de Miss Tere, inquisiciones en torno al estado civil del maestro de música y un montón de cosas que sí tendrían que ser mi asunto, pero me dan mucha flojera.

Y también estoy condenada a contestar cuando recibo llamadas como la de ayer.

—¿Susana? ¿Cómo estás? Soy Clau, ¿no te pesco muy ocupada?

No, hombre, no. Si cuando una tiene un par de hijos de tres años lo que le sobra, sobre todo en las tardes, es tiempo. Y atención para invertirla en el teléfono, porque ¿qué necesidad hay de fijarse en qué están haciendo un par de enanos malignos llenos de iniciativa? Claro que una se puede sentar a conversar en el teléfono sin miedo a que, por ejemplo, decidan que quieren jugar con los barquitos muy tradicionales y muy nostálgicos que les regaló su abuelo que se mueven con una vela prendida (y que localizaron en un cajón donde yo los había guardado después de decirle a mi papá que tal vez los niños todavía estaban un poco chicos), y para eso parlamentan y llegan a la conclusión de que lo que necesitan es usar la estufa, porque ahí sale fuego del que prende la vela. Nadie, nadie, se llevaría un susto de muerte si se asoma a la cocina y ve a una de sus criaturitas encaramada en una silla y a la otra apachurrando el interruptor de la estufa y gritando "órale, Carlitos, ¡dale vuelta, dale vuelta!"

No que a mí me haya pasado. Por supuesto que no. Pero es algo que bien podría pasar si le hiciera caso a todas las personas que nomás quieren hablar rapidísimo y que, por razones que no entiendo, me preguntan si no estoy muy ocupada.

El problema conmigo es que soy muy pusilánime. Que no soy capaz de contestar "fíjate que sí, sospecho que voy a estar muy ocupada más o menos los próximos veinte años, porque éstos son guerrilleros y a todo le ven cara de arma, así que por qué no mejor me escribes una versión muy cortita de lo que me quieras decir y me evitas la preocupación, si eres tan amable", y en lugar de eso, por reflejo, respondo "no, no te preocupes; dime".

Que si Carlitos querría entrenar futbol en las tardes en el equipo de la escuela. Que ya Analó estaba hablando con la directora para que abrieran un equipo para Preprimaria, porque por qué sólo los de Primaria iban a tener y ellos no, si era un ejercicio tan bueno para la coordinación y para empezar a desarrollar habilidades para el trabajo en equipo. Me guardé mucho de decirle que lo último que yo necesitaba era que Bonnie y Clyde desarrollaran todavía más sus capacidades de trabajo en equipo, porque iban a terminar prendiéndole fuego a la casa.

—Ay, mil gracias por tomarnos en cuenta, oye —dije, con mi mejor tono de persona decente y bien educada—, pero ¿por qué solo Carlitos? ¿Rosario no podría ir? Es que ellos lo hacen todo juntos, y no van a estar de acuerdo en separarse.

Y menos iba a estar yo de acuerdo en soltar a uno y tenerme que ocupar en entretener a la otra, que iba a estar de muy mal humor de no participar en algo que estaba haciendo su carnalito del alma.

Por el silencio que se hizo en la línea asumí que no era una posibilidad que Claudia se hubiera planteado. El futbol era para los niños, ¿qué no? Las niñas podían hacer otras cosas más de niñas o, si acaso, jugar en su propio equipo, no todos revueltos.

—Pues… —dijo por fin—, déjame preguntarle a Analó, a ver qué dice. No tendría que haber problema, ¿verdad? Bueno, no sé. Porque tal vez sería la única niña.

Volví a usar mi tono dulcísimo para decirle que no, que no creía. Que seguramente si se corría la voz habría más de una niña interesada.

—Igual y sí, ¿verdad? —la voz no se le oía nada convencida—. Déjame ver qué opina Analó y te aviso.

Yo le dije que fuera a negociar y que yo mientras les preguntaba a los niños. Porque, y eso es algo que se aprende de muy mala manera cuando se tiene un par de hijos, una cosa es lo que los padres deciden que los niños quieren y otra, muy distinta, lo que los niños aceptan. Y bueno, tiene una que aprender a establecer prioridades y elegir sus batallas: las vacunas, el baño, la escuela y decir por favor y gracias, no es negociable; el entrenamiento de futbol, los cursos de verano y muchas otras cosas, pueden ser susceptibles de discusión.

Para mi sorpresa, los dos accedieron casi de inmediato. Ni siquiera tuvieron que discutirlo entre ellos, ni me dijeron, como ya me han dicho, "déjanos pensarlo", igual que les decimos nosotros cuando salen con una idea que no sabemos cómo rechazar. Les parecía bien lo del futbol, siempre y cuando fueran los dos, y siempre y cuando José Pablo también formara parte del plan.

Lo cual implicó un intercambio con la mamá de José Pablo, que me preguntó, muy sensata, cuánto iba a costar. Lo cual me obligó a volverle a hablar a Claudia, que le tuvo que hablar a Analó, y luego me volvió a hablar, y luego yo le llamé de nuevo a Mónica, y ya para cuando terminé de despejar todas las dudas posibles y ya que tenía el cuello torcido de tanto supervisar que los niños de verdad estuvieran dibujando mientras yo hablaba por teléfono, cuando pensaba que ya podía seguir con mi vida, gracias a Dios, ya se estaba oyendo la puerta del estacionamiento y ya estaba llegando Andrés. O sea, se había acabado la tarde.

Los niños, como siempre, salieron corriendo enardecidos a recibir a su papá, y yo me quedé en la cocina, terminando de poner la mesa y pensando lo bonito que era que el par de enanos le tuvieran tantísimo amor a su padre, y lo sabia que había sido al elegirlo como padre de mis hijos.

Hasta que lo escuché preguntarles a los niños qué les parecía eso del futbol.

—¿Y tú cómo sabes? —le pregunté, en cuanto entró a la cocina.

Pues que le había comentado Claudia. Hombre, qué bien. Y una no quiere, porque no quiere ser esa persona, preguntar exactamente con qué frecuencia habla con su novia de la secundaria. Y una tampoco quiere despejar del todo la duda que le carcome el alma: ¿será que éste le pidió que me tirara aunque fuera un lacito porque me sentía excluida del grupo? ¿Será que el futbol no era más que un pretexto para que yo no sintiera que era una paria social? No, pues ni decir nada, porque ni que esto fuera una película mexicana, ni que no nos tuviéramos confianza. Una respira profundo, recuerda que para eso es adulta, y le dice que pues sí, que los niños están contentos con la idea y que todo el plan suena bien.

Y luego le suelta, como quien no quiere la cosa, lo que va a costar la mensualidad.

—Más la inscripción y los uniformes.

Mamita:

No se te olvide que el jueves vamos a jugar a las elecciones! Por favor, mándame con:

2 cajas de zapatos y un cojín de tinta negra

Recuerda que la democracia la hacemos todos!

¡Chin! Las malditas cajas.

Susana despertó con un sobresalto. Según el reloj del buró, ése con manecillas fluorescentes que le había robado a su mamá cuando tuvo edad suficiente para despertarse sola, eran las tres y cuarto de la mañana. Exactamente la hora a la que se le espantaba el sueño todos los días.

"¿Y por qué no duermes?", le preguntaba invariablemente cualquier persona a la que le contaba, más por distracción que por otra cosa, porque le chocaba hablar del tema.

¿Qué quieren que les conteste? ¿Por principio? ¿Por diversión? ¿Porque estoy cumpliendo una manda? ¿Porque es súper divertido dar vueltas por mi casa a las tres de la mañana mientras todos los demás están dormidos?

"Debe ser que te la pasas en el celular, o en la computadora. ¿Has oído hablar de la luz azul?"

Susana había oído hablar de la luz azul, y a las nueve en punto suspendía todo su uso de pantallas: ni el celular, ni la tableta, ni la computadora aparecían por su cuarto. El celular lo ponía a cargar en el baño, para no tener ni la tentación de verlo, y sólo Andrés se quedaba horas con su tableta, pero él, lo había dejado muy claro, no tenía problemas de sueño.

"¿No será que cenas muy pesado?"

Por favor. Ninguna mujer nacida después de Jane Fonda y bautizada a fuego por los comentarios de Amparito puede cenar muy pesado.

Si acaso, media quesadilla que dejan los gemelos, y es decir mucho; si no, nopales con queso panela y un té. Eso no le quita el sueño a nadie.

"Yo lo que hago es tener una libretita en el cajón del buró y ahí apunto todo lo que no quiero que se me olvide. Porque luego es eso, como que estás dándole vueltas a las cosas y por eso no te duermes."

Susana no tenía una libretita. Susana tenía un centro de operaciones. Antes de dormirse, preparaba en una silla la ropa que se iba a poner al día siguiente para llevar a los niños a la escuela, con todo y la maleta del gimnasio, si pensaba ir; metía en su bolsa todo lo que podía necesitar: el talón para recoger las camisas de la tintorería, la lista del súper, los permisos de los niños firmados, el calcetín que apareció por error en la mochila de Carlitos (Susana prefería no preguntar), el dinero que tenía que pagarle al plomero y mil cosas que se iban acumulando. Todo lo ordenaba minuciosamente antes de ponerse la piyama y dar su día por concluido.

Últimamente, también dejaba junto a su cama una sudadera, unas pantuflas, los audífonos y el mp3, por si se despertaba a la mitad de la noche (que siempre se despertaba), para salir del cuarto y no hacerle ruido a Andrés, que se ponía de muy mal humor si la llegaba a oír.

"El otro día oí en el salón que hay unas apps que te ayudan a relajarte y a dormir, ¿las has visto?"

Susana las había visto. Hasta te daban la opción de elegir si querías que fuera un hombre o una mujer quien te dijera que por caridad, dejaras de lado tus preocupaciones de señora clasemediera mexicana y te durmieras de una maldita vez. En realidad, no decían eso; usaban un lenguaje mucho más sosegado y unos tonos melifluos, con musiquita relajante, para invitarte a que siguieras el ritmo de tu respiración y no te detuvieras a analizar ninguno de los pensamientos que te cruzaran por la cabeza.

Debería yo hacer una app donde dijera: "olvídate de la maldita escuela y los recaditos de la miss; tu suegra no necesita que estés en su casa a las diez en punto, puedes estar a las diez y cuarto; no pasa

nada si no envuelves el regalo de cumpleaños de la amiguita de Rosa-
rio, de todas maneras va a romper el papel y es un atentado contra el
medio ambiente". Me haría millonaria.

Últimamente, le había dado por decir que menos mal que no
dormía, porque así le daba mucho más tiempo de hacer cosas. Como las malditas cajas de zapatos para el bonito juego
de la democracia que se habían inventado en la escuela de los
gemelos.

Volvió a leer el recado de la Miss Tere.

¿No habrá manera de convencerla de que no nos diga "mamita"?
¿En qué siglo vive?

Cada vez que veía uno de esos recados, Susana sentía que le
daba algo y Andrés la pasaba bomba viéndola retorcerse ante
lo que llamaba una "regresión al lenguaje decimonónico del
México patriarcal y nefasto".

—No puedo creer que te dé tantísimo coraje —dijo Andrés, muerto de risa, la primera vez que llegó uno—. Déjalo
ir, por favor.

—¿Cómo lo voy a dejar ir, Andrés? —respondió Susana,
consciente de que estaba sobrerreaccionando nomás tantito,
pero incapaz de deshacerse de su furia justiciera—. Para empezar, mamita su abuela...

—Bueno, sí. Mamita de su mamita de la miss —Andrés estaba disfrutando enormidades.

Susana tuvo que reírse. Era bueno.

—No me distraigas, Andrés. Esto es serio.

—Desde luego.

—¿Y por qué dan por hecho que mamita es la que se va a
ocupar de resolver todas y cada una de las cosas que se le ocurren a la Miss Tere? ¿Me quieres explicar?

Andrés se encogió de hombros.

—Pues porque... porque así es. Tú eres la que los lleva, a ti
te conocen y, pues, yo de dónde quieres que saque las cosas

que pide, Susana; las cartulinas y las cajas y todo eso. No tengo ni idea.

—¿Y yo sí? —llegaron al punto al que llegaban siempre que hablaban de quién se ocupaba de qué con respecto a los niños—. ¿Crees que yo tengo un arsenal inagotable de objetos de papelería y disfraces de Adelita?

Andrés puso cara de que ya no se estaba divirtiendo. Susana dejó pasar el tema.

Pero no podía evitar enfurecer cada vez que alguno de los niños llegaba con una circular dirigida a "Mamita". Hasta donde había alcanzado a ver en las juntas, era cierto que las mamás eran las que más participaban y los hombres o no aparecían o aparecían casi solamente de manera ornamental, como Andrés. Y entonces Susana pensaba que no tenía sentido torturar a la miss con su propuesta de encabezar las circulares "Estimados padres de familia".

Fue a la cocina y puso agua a calentar para un té. Cuando estaba apenas empezando a calentarse, apagó la hornilla.

¿A quién quieres engañar, Susana? Ni te gusta el té.

Pero era lo que hacían las personas en la tele cuando no podían dormir, ¿no? Se preparaban un tecito. Claro que de aquí a que el agua hervía, hacías el té y estaba a una temperatura como para poderlo tomar, ya habían pasado horas y ni pensar en volverse a acostar, ya para qué. No, no parecía buena opción.

Abrió el refri. Si realmente fuera como las heroínas de las series, se serviría un whisky. O una copa de vino tinto. Pero el whisky le sabía a medicina y el vino tinto últimamente le daba un dolor de cabeza espantoso. Además de que no creía que Andrés fuera a tomarse muy bien eso de que se emborrachara a solas por la casa mientras todos dormían; apenas si podía entender que Susana deambulara en lugar de dormirse, como si fuera una cosa voluntaria.

¿Qué sería que se le antojaba? ¿Una rebanada de jamón? ¿Un pedazo de queso? ¿Unas galletas de las que llevaban los gemelos a la escuela?

Ay, no, por favor. Una galletita integral más y me desmayo.

Cerró el refrigerador y la emprendió con la alacena. En mala hora se le había ocurrido purgar su casa de todos los productos altos en grasa o carbohidratos. Ni una triste galleta María, ni un chocolate, ni siquiera una bolsa de cacahuates japoneses.

Se dio cuenta de lo desesperado de su situación cuando se sorprendió mirando con codicia una lata de ate de guayaba.

Susana, por favor. Contrólate.

En la semioscuridad de la cocina, sus ojos repararon en los dos recipientes de plástico donde los niños vaciaban los dulces de las piñatas. ¿Sería capaz de robarles a sus hijos?

Abrió el bote que decía "Rosario". Como se imaginaba, no había nada bueno: puros caramelos de los duros, sin ningún chiste, y bolsas de gomitas. Rosario era igualita a su madre: iba por el chocolate y lo demás le daba más o menos igual.

Carlitos tenía un botín mucho más interesante, pero no era tan fácil. Carlitos tenía presente el contenido de su bote, hasta el último chicle de menta, y si Susana decidía sacar, por ejemplo, uno de los conejitos de chocolate, Carlitos lo iba a saber, e inmediatamente iba a culpar a su hermana, que iba a decir que no era cierto y que ella no había sido y que todo el tiempo le echaban la culpa de todo. Y se iba a armar un drama monumental.

Con un suspiro, Susana cerró el bote de Carlitos y lo volvió a dejar en la alacena. Sacó del bote de Rosario una bolsa de gomitas y se la metió en el bolsillo de la sudadera; luego, fue al fregadero y llenó un vaso con agua. Las gomitas invariablemente la empalagaban.

Resultó que las únicas dos cajas de zapatos que había en toda la casa estaban llenas: una tenía unas pantuflas que le regaló don Eduardo a Andrés una Navidad y que jamás había usado, y la otra estaba llena de recibos del súper y facturas del año pasado que a Susana se le había olvidado darle a Andrés para que se las pasara al contador de la oficina.

Donde las encuentre éste, me mata. Yo que le juré que se las había dado y que seguramente las había perdido, como pierde todo.

Después de mucho hurgar en el escritorio del cuarto que usaban como estudio, más que nada, para tener un lugar donde guardar las tijeras y luego cerrar la puerta con llave, Susana había encontrado, refundido detrás de unos sobres que descubrió que contenían su certificado de prepa y de secundaria, un cojín de tinta. Hizo un par de pruebas y decidió que nuevo, nuevo, no estaba, pero que cumplía de sobra con los requerimientos de Miss Tere.

Y si no le gusta, que aprenda a pedir las cosas con un poquito más de tiempo, porque Mamita tiene otras cosas que hacer que cumplirle sus caprichos a la miss.

Se sentó en el sillón del estudio y miró sus cajas. La de pantuflas, con todo y un borreguito de caricatura con camisón y gorrito de dormir, y la de los recibos, de unos zapatos que había comprado por catálogo un día en que la secretaria de la clase de natación la había agarrado de bajada, después de contarle cómo estaba tratando de juntar dinero para pagarle a su hija el curso para entrar a la prepa de la UNAM.

Le pasó por la cabeza que sus hijos no podían presentarse con esos esperpentos a la escuela. Qué iban a decir de ellos.

Qué van a decir de mí.

Abrió la bolsa de gomitas y se metió a la boca una color verde.

Seguro las otras mamás tienen reservas inagotables de cajas mucho más elegantes. De Jimmy Choo, o de Manolo Blahnik.

Otra gomita. Ahora, roja. Y un trago grande de agua.

O, al menos, tienen reservas inagotables de cajas sin polvo.

Mami, ¿tú por quién vas a votar?

Vamos poniéndonos de acuerdo: soy madre, no santa. El haber echado un par de seres humanos al mundo, básicamente porque tanto el irresponsable de mi marido como yo pensamos "ay, no creo que nos vayamos a embarazar luego, luego", no me vuelve un ser mejor. Es cierto que lo intento, sí. Lo intento con todas mis fuerzas, me cae. Pero a veces me sale y a veces no.

Hay días en que tengo que mentirles a mis hijos. Por su bien. En mi descargo, cada vez que lo hago les deposito una cierta cantidad en una cuenta que les abrí en el banco para cuando tengan que ir a terapia por lo malitos que los dejó la educación que recibieron.

Que es mucho más de lo que hicieron mis padres por mí, francamente. Y años luz más de lo que hicieron los papás de Andrés.

Y tampoco es que les mienta con demasiada frecuencia. Ni que tuviera tanto dinero para depositarles todo el tiempo. Soy muy cuidadosa y no lo hago así, sin mayor motivo. Sobre todo ahora, que no solo hacen preguntas sin cesar, como si les dieran un premio, sino que tienen capacidad suficiente para registrar mis respuestas, mido muy bien mis palabras y pongo mucha atención a lo que les digo, porque, como en las series policíacas, sé muy bien que todo lo que diga podrá ser usado en mi contra.

Pero hay circunstancias que no se pueden prever. ¿Cómo puedo yo anticipar, por ejemplo, que en esa escuela tan de avanzada y tan creativa en la que están (que escogió mi suegra, pero ése es otro tema), les van a organizar unas elecciones de mentiritas para que puedan participar de la vida democrática del país y tengan oportunidad de ir formando su conciencia cívica? Que por mí, está muy bien y es absolutamente necesario. Es más, cuando yo tenía una vida que implicaba algo más que ir por los niños a la escuela y ocuparme de que en la casa hubiera algo decente de comer y ropa limpia que ponerse, yo era la principal promotora de la causa democrática y organizaba campañas y redactaba boletines de prensa. Pero ni en esos momentos, ni cuando el país se cimbraba por culpa de los fraudes electorales, se le ocurría a nadie preguntarme por quién iba a votar.

Hay distintos tipos de personas. En esta elección, por ejemplo, hay quien llena su coche de estampitas o se dedica a adoctrinar a los vecinos y a enumerarles todas las razones por las cuales hay que votar por este candidato y de ninguna manera votar por este otro.

Como mi papá, que está convencido de que por fin la revolución de sus años dorados de estudiante, sus años sesenta, se va a volver realidad y ahora sí vamos a vivir en un país con justicia social y donde el poder y la riqueza se repartan equitativamente. Yo le digo que no estaría tan segura de que todo va a ser tan fantásticamente perfecto como lo predican, pero ya me convencí de que no hay manera de que cambie de opinión.

Mis suegros, en cambio, están aterrorizados de que les vayan a cambiar el mundo que conocen, donde crecieron y donde viven tan bien. De nada sirve que Juan, que casi en cuanto se ordenó de sacerdote salió corriendo a Chiapas a trabajar con los migrantes, les diga que hay cosas que tienen que cambiar y que viven con los ojos a medio tapar, porque nomás no lo quieren escuchar. Y no sólo no lo quieren escuchar, sino que Jorge, mi cuñado, le discute que es muy fácil ser socialista cuando no tienes una empresa que dependa de ti e inversionistas que pueden salir corriendo si sienten que el país se está volviendo Venezuela.

Yo soy ese tipo de persona que prefiere tomar sus decisiones en su fuero interno y no tener que estarlas justificando ante nadie. Sobre todo una que me plantea tantos conflictos.

El problema es que no se me da muy bien eso de decir "a ti qué te importa", y jamás se lo diría a mis hijos. Así que mientras vamos de camino a la escuela, acarreando las loncheras, las chamarras y mis cajas de zapatos polvosas, mientras Rosario me pregunta cómo funcionan las elecciones de verdad y Carlitos se queja amargamente de que a él nadie le pregunta nada en serio, yo voy preparando la respuesta para la pregunta que ya sé que viene y que es inevitable.

—¿Y tú por quién vas a votar, mami?

Y entonces, como en mis mejores momentos, como cuando tenía que preparar a un candidato para que hablara con la prensa después de que le habían sacado al sol un trapito inconfesable, puse mi mejor cara de póker y les dije a mis hijos que era una decisión que todavía no había tomado, que quería esperar a que salieran las últimas encuestas y que me faltaba leer un poco más sobre las plataformas de los candidatos.

Ya sé, ya sé. Si no puedes con ellos, confúndelos. Es el truco más bajo del mundo, pero prefiero eso a decirles que no sólo ya tomé mi decisión, sino que a menos de que suceda algo que nadie espera, el presidente va a ser ese que entusiasma a su abuelo materno y que aborrecen sus abuelos paternos.

No estoy lista para que me citen como su fuente.

Ese domingo, la comida pintaba para ponerse sombría.

—¿Y si mejor no vamos? —le preguntó Susana a Andrés—, ¿y si decimos que Rosario se siente mal?

Andrés la miró de soslayo mientras aseguraba a Carlitos en su asiento del coche. No le gustaba que Susana mencionara "ni de broma" que los niños podían enfermarse.

Susana puso los ojos al revés.

—No digo peste bubónica, Andrés, no seas dramático. Digo que puede tener un empacho de esos que se curan con tecito de manzanilla y pan tostado.

—¿Por qué no quieres comer con los abuelos, mami? —preguntó Carlitos, que no perdía detalle—, ¿y por qué dices que Rosario se siente mal?

—¡Yo no me siento mal! —dijo Rosario, muy digna—, ¡y no quiero tecito!

Susana suspiró. Claramente, no iba a llegar muy lejos con este público.

Resignada, le dio la vuelta a la camioneta y se subió al asiento del copiloto.

—Es que van a estar todos de muy mal humor, Andrés —dijo, una vez que su marido se sentó junto a ella, después de revisar que hubiera puesto correctamente las botellas de vino en la cajuela—. Imagínate.

Andrés la miró con el ceño fruncido.

—No, ¿por qué? Todavía no sale el resultado —encendió la camioneta y giró el cuerpo para echarse en reversa—. Todo puede pasar.

Claro, Andrés. Todo puede pasar.

No era cosa de sacarlo de su error ni de citarle las encuestas más recientes, que le daban al candidato de izquierdas una ventaja abismal sobre sus opositores. A menos de que sucediera algo muy, muy extraño —o muy, muy grave—, él sería el nuevo presidente del país.

Por reflejo, Susana se miró la mancha en el dedo pulgar que revelaba que había votado esa mañana. Había votado de muy mala gana, nada más porque una no puede hablarle a sus hijos de las conquistas democráticas del pueblo mexicano y luego no presentarse en la casilla, pero había terminado eligiendo por eliminación, teniendo que decidir entre la opción que le revolvía el estómago y la que le revolvía la conciencia.

Y también se había presentado convencida de que su voto

no iba a cambiar ni para un lado ni para el otro el resultado de la elección. Hacía muchas semanas que se había hecho evidente que todo estaba decidido y que el candidato de izquierdas iba a ganar de calle, pero su marido, y su familia política en pleno, se negaba entonces, y se negaba ahora, a admitirlo: todo podía pasar, nada estaba decidido, en este país siempre hay sorpresas.

Por eso Susana intentaba ahorrarse la comida de ese domingo; no tenía ganas de ver a la familia Echeverría tratando valientemente de convencerse de que aquello que temían con tanto ahínco se iba a volver realidad.

Susana hubiera pasado horas viendo correr la avenida Insurgentes por su ventana y meditando sobre la miopía social de sus suegros si no hubiera sido porque la camioneta empezó a chillar. Se prendía un foquito, y sonaba un ¡PING! intermitente, que como era tan parecido al de los mensajes de su celular, Susana había logrado ignorar hasta ese momento.

Pero Andrés no lo iba a ignorar. Ni de broma.

—¿Y eso? —preguntó Andrés, viendo el tablero con cara inquieta.

—Le falta aceite o hay que ir al servicio —dijo Carlitos, antes de que Susana pudiera decir nada.

—¿Y tú por qué sabes? —preguntó Andrés, viendo a su hijo por el retrovisor y luego a Susana—, ¿ya había pasado?

Susana pensó un momento su respuesta.

—Sí, ya había pasado —explicó—, pero la llevé a la gasolinera y me dijeron que los niveles estaban bien, que seguramente es un corto.

Andrés torció la boca.

—¿Fuiste a ésa donde sólo atienden mujeres? —levantó una mano, tratando de detener el comentario que ya sabía que Susana estaba a punto de soltar—. No por otra cosa, sino porque la mayoría acaban de empezar en esto, y no saben.

—Sí, fui a ésa —confirmó Susana—, pero tampoco es que tenga mucha ciencia, ¿no?

Andrés levantó los hombros.

—Yo creo que hay que llevarla con Toño, que la vea, y que te diga...

—Que nos cobre un dineral...

—Que arregle lo que haya que arreglar y así nos evitamos que le pase algo más grave —concluyó Andrés, eligiendo ignorar el comentario de Susana.

Susana guardó silencio. Todo lo que tuviera que ver con la camioneta la ponía de mal humor; ella era tan feliz con su cochecito que había tenido desde antes de irse a vivir con Andrés, ese que no exigía gastar una deuda externa cada vez que lo llevaba a la gasolinera, que cabía en cualquier lugar y que se podía dejar tranquilamente en la calle sin miedo a que le robaran un espejo y se desequilibrara todo el presupuesto familiar.

Pero su cochecito deportivo que había comprado a plazos no pudo sostener los estándares del bully de Jorge su cuñado. Ah, no; para su cuñado nada era suficientemente nuevo ni suficientemente caro. Para Susana era un misterio que, si Andrés era tan centrado y sensato para casi todo, no fuera capaz de ponerle un alto a su hermano mayor y decirle que no se metiera en lo que no era su asunto.

—¿Qué onda, hermanito? —había dicho un día, viendo a Susana desenrollarse fuera del coche, con todo y los niños, la carriola, la gigantesca pañalera y un refractario con un pay de manzana que había llevado para el postre—, ya cámbiale el coche a tu mujer, ¿no? Cualquiera diría que no te alcanza.

Lo cierto era que no, no les alcanzaba, pero no era cosa de decírselo en esos términos a Jorge, que siempre encontraba la manera de dejar bien claro que él era un tigre para los negocios (qué tan legítimos, ésa era otra historia), y que consideraba que su hermano el chiquito era bastante inútil.

—Ay, oye —dijo Susana—, ¿qué tiene de malo mi coche? Claro que nos alcanza, pero yo de pensar que tengo que maniobrar una cosa de ésas, me quiero morir.

Señaló con la barbilla, porque tenía las manos ocupadas con

las sillas de los gemelos, el vehículo del tamaño de un microbús estacionado en la puerta de casa de sus suegros.

—¿Ésa? —dijo Jorge, mirando su monstruo—, no, hombre; ésa apenas y alcanza para todo lo que tienen que cargar con los niños. De hecho, ya la quiero vender y comprar el siguiente modelo, que ya salió. ¿No te interesa, hermanito? Es una súper camioneta, y ya te ahorré lo que cuesta sacarla de la agencia.

Y así fue como Susana se convirtió en una señora con camioneta.

Y, poco después, en una señora con camioneta a la cual se le prendía un foquito.

—A ver sus pulgares, muchachos —dijo Alberto, el papá de Andrés, que los estaba esperando en la puerta—. Aquí el que no vota, no come.

—¡Nosotros sí, nosotros sí! —gritaron muy emocionados desde el coche los gemelos, mostrando los dedos gordos que Susana les había manchado con un plumón para que se estuvieran en paz—, ¡mira, abuelo!

—¡Ya vi, ya vi! —dijo Alberto, caminando hasta la camioneta donde se quedó esperando, sin demasiada paciencia, a que los padres terminaran de maniobrar con las sillas del coche para abrazar a sus nietos—, ¡ay, ya, cuánto amarre! Ora resulta que transportan a los niños como si fueran Lladrós.

—Explíquenle a su abuelo, niños, que no es por gusto, que es la ley —dijo Andrés, sacando a uno y luego a la otra y poniéndolos sobre el piso—. Órale, papá; todos tuyos.

Alberto tomó a un niño con cada mano y se fue caminando con ellos hasta la puerta.

—Es nuestra última oportunidad —le susurró Susana—, vuélvete a subir y vámonos hasta Acapulco.

Andrés se rio y torció la boca en un gesto de resignación.

—Ni modo, mi vida. A darle.

La familia Echeverría se juntaba a comer todos los domingos. Todos los domingos. Salvo Juan, nadie más tenía permiso de no ir. Claro, el discurso oficial era que era una actividad a la que se acudía voluntariamente, pero todos sabían que no era cierto, ni de lejos: la comida se planeaba con precisión militar, y se esperaba un rigor similar para asistir, para comer y para participar en la conversación. Fue una de las tantas cosas a las que Susana se tuvo que acostumbrar cuando empezó a salir con Andrés.

—¿Y si mejor nos vamos a comer quesadillas a La Marquesa? —preguntaba cada domingo en la mañana.

Al principio, Andrés le respondía con una larga explicación sobre las expectativas de su familia y la importancia de mantenerse cerca; cinco años después, hacia "mmhm" y seguía con su vida.

La casa, como siempre, estaba dos grados más fría que la calle; mientras que afuera el sol de julio derretía las banquetas, adentro los árboles del jardín, esos que se habían ido poblando durante los años que los Echeverría habían vivido ahí, daban la sombra suficiente para mantener una temperatura decente en el verano y helada en el invierno.

Susana cerró los ojos y los volvió a abrir, juntando fuerzas para enfrentar a su familia política. Se asomó a la cocina para intentar saludar a Amparo, pero la encontró en una ardua discusión con Magdalena sobre dónde servir la ensalada y mejor sólo le mandó un beso de lejos y se fue a la sala.

Jorge estaba sentado en el sillón de flores de una plaza, con la vista fija en la pantalla de su celular, mientras que en el sillón grande, el que Amparito había heredado de una tía y en el que no se podía uno sentar muy confiado porque se desmoronaba, Tatiana y Juan se miraban sin decirse mucho, cada uno sosteniendo un vaso como si fuera una tabla de salvación.

—¡Juan! —gritó Susana, con sorpresa de ver a su cuñado—, ¿qué haces aquí?, ¡qué gusto!

Juan, claramente aliviado de tener un pretexto para huir de las opiniones de Tatiana, brincó de su asiento para darle un abrazo a Andrés y Susana.

—¡Hola! Vine a votar —mostró su pulgar, en el gesto del día—; como nunca sé dónde voy a estar, no he cambiado mi credencial.

Tatiana soltó un resoplido.

—Yo no sé ni para qué te tomaste el trabajo —dijo, dándole un trago a su vaso que, a juzgar por el pedazo de cáscara de limón, contenía un gin and tonic—. Ni para qué perder el tiempo, si ya sabemos todos cómo va a quedar...

—No sabemos —dijo, en automático, Jorge, levantando los ojos y sin acusar recibo de los recién llegados—, justo me estoy mensajeando con los de la asociación, y dicen los de Monterrey que allá, puro voto duro por el nuestro.

—Ah, ¿sí? —dijo Juan, adoptando su tono combativo—, ¿y quién es el nuestro, tú?

—¿Me consigues uno de esos gin and tonics, porfa? —le susurró Susana a Andrés—. Y de paso les echas ojo a tus hijos.

—¿Y por qué no vas tú? —respondió Andrés, tapándose la boca con la mano y hablando entre dientes.

—Porque no quiero perderme el pleito.

Andrés dio la media vuelta y se fue a la cocina, no sin antes lanzarle una mirada de reproche. Los pleitos entre Jorge y Juan eran una tradición familiar con la que Andrés no podía estar de acuerdo.

—Juan ya podría ser más prudente y quedarse callado —argumentaba, cada vez que salían de una comida familiar que había incluido pleito entre los dos hermanos porque tú no te acabas de enterar de que la desigualdad es el cáncer que va a acabar con este país, y tú no entiendes que desde el púlpito las cosas son muy fáciles, pero otros tenemos una familia que mantener y empleados que dependen de nosotros.

Susana no podía evitar ponerse del lado de Juan, porque le caía mejor y porque ni muerta defendería las posturas de Jorge.

Aunque, si tenía que ser sincera, también había momentos en que le daban ganas de tomar a Juanito por las inexistentes solapas de su sudadera (para desánimo de Amparito, Juan se negaba a usar alzacuellos o cualquier otra prenda que delatara su dignidad clerical) y decirle que dejara de hacerse menso y se cuestionara un poquito más las cosas.

Últimamente, le daban ganas con más frecuencia.

—Por favor, hermanito, no me salgas con que te pagamos el viaje hasta acá para que votaras por ese idiota —decía Jorge, desde su sillón.

—No tengo por qué darte explicaciones —respondió Juan, tomando un puño de nueces de un platito en la mesa de centro—. ¿Y qué onda contigo y tu "te pagamos"? ¿Qué?, ¿me mandaste un cheque?

Tatiana tronó la boca, mirando al infinito con cara de enorme aburrimiento.

—Niños, por favor, no peleen —se oyó la voz de Amparito, que entraba en la sala armada con una charola llena de botanas y nueces de refuerzo, y un vaso que le pasó a Susana—. Ora sí, te saludo, Susanita, ¿cómo estás?

Intercambiaron los besos de rigor.

—Bien, bien, muchas gracias —respondió Susana—, ¿Andrés está con los niños?

—Sí, sí. Creo que salieron a buscar los triciclos con todo y Carlos.

Susana se acomodó en uno de los sillones más nuevos. Ese grupo podía estar entretenido durante horas, los gemelos dando vueltas interminables en los triciclos y Andrés y su papá discutiendo los destinos del país después de la elección.

—¿Fueron a votar? —preguntó Amparo a sus dos nueras.

—Ash, sí —contestó Tatiana—. Desde temprano, no fuera a ser que los *bad guys* nos quitaran la casilla.

Susana se rio.

—¿Cuáles *bad guys*?

—¡Los *bad guys*, Susana, los *really bad guys*! —dijo Tatiana, animándose por primera vez y poniendo cara de horror fingido—, ¡esos que nos quieren quitar nuestra casa y van a convertir a este país en *fucking* Cuba!

Su marido ni se enteraba de sus burlas, tan intensa estaba su discusión sobre las consecuencias sobre la inversión extranjera de una política proteccionista y una economía basada en el populismo.

—Bueno —dijo Amparito, siempre lista a defender a sus hijos—, tampoco sé si es para reírse tanto, niñas. Mis amigas están francamente preocupadas. Y no todas son alarmistas; unas sí, la verdad, pero no todas.

Susana guardó silencio. Sentía que ya había gastado todo el aliento y la energía que le tocaba gastar en convencer a su suegra de que sus amigas, de pronto, podían ser un poquito exageradas, y que muchas de ellas no verificaban del todo sus fuentes antes de difundir la información. Cada domingo, o cada miércoles que la acompañaba al súper, Amparo le planteaba diversas versiones, ya que ella "estaba enterada de esas cosas" y luego se daba a la tarea de creer lo que le daba la gana y de ignorar olímpicamente las explicaciones de Susana sobre las noticias falsas y las burbujas de contenido.

—Yo creo que sí va a ganar —dijo Susana, tomándole la mano y viéndola fijamente a los ojos—, pero no es cosa de preocuparse tanto.

Amparo suspiró.

—Ay, bueno, si lo dices tú, mijita, me tranquilizo. Porque tú estás enterada.

Susana, en realidad, había estado enterada, pero no era cosa de decírselo así, de sopetón y en medio de la botana. ¿Qué necesidad tenía de quitarle a su suegra la inocencia y explicarle que sí, le echaba un ojo distraído al noticiero mientras se subía a la caminadora y leía tres pedazos de cada periódico que le llegaba? Ninguna. Que al menos una persona en el mundo siguiera creyendo en el potencial profesional de Susana.

De: Catalina
Porfa, convence a tu papá de que no vaya a la toma de posesión.
Se lo va a tragar el pueblo!
Besos.

Nada ponía de peor humor a Susana que recibir esos mensajes de su hermana. ¿Qué esperaba que hiciera? ¿Que amarrara a su papá a la pata de la mesa? ¿Que le dijera como a los gemelos, que no le importaba si no estaban de acuerdo, la tenían que obedecer?

"Obedecer" no era la palabra favorita de don Eduardo. Nada del concepto le resultaba simpático, y ahora, sin el ojo vigilante de la doctora sobre sí, se rebelaba ante cualquier intento de las mujeres a su alrededor para limitar su conducta.

Maldita Catalina. Claro, a miles de kilómetros de distancia, todo es facilísimo.

Desde que salió de la carrera, Catalina siempre estaba en otro lado, haciendo otra cosa. Al principio, don Eduardo y Susana seguían puntualmente sus viajes, a veces a Granada a una feria de arte con la consigna de conseguirle a un millonario un cuadro para su sala de Vail, otras a Nueva York a una subasta porque otro millonario (uno distinto, Catalina quién sabe de dónde los sacaba) estaba obsesionado con las tablas flamencas y quería completar su colección, pero de un tiempo para acá la geografía se iba poniendo menos predecible: Dubái, Catar, Corea del Sur, lo cual había obligado a padre e hija a desempolvar el atlas de la biblioteca para ubicar exactamente dónde estaba Catalina en ese momento y por qué enviaba mensajes a horas muy raras, haciendo referencia a experiencias vividas en días a los que ellos ni siquiera habían llegado todavía.

—Papá, no es necesario que vayas por el atlas —le explicaba Susana, una vez tras otra—; lo tengo aquí en el teléfono, mira.

Y, una vez tras otra, la respuesta era la misma.

—En esa pantalla mínima no se puede ver nada. Yo quiero buscarlo por mí mismo y verlo en mi libro grande, como yo quiera.

Don Eduardo no era bueno para obedecer ni cuando le convenía; ni cuando le podía ahorrar un viaje hasta el librero.

Esa parte exótica de la vida de Catalina era fascinante; su presencia cercana, un poco menos. Cuando por casualidad sus viajes la llevaban a pasar por México e irrumpía en sus vidas como un ente caótico, llena de cosas que contar y de opiniones sobre cómo estaba llevando cada uno de sus familiares su vida, podía llegar a ser un poco agobiante.

En eso es igualita a mi mamá. Siempre sabe mejor que tú lo que necesitas y lo que estás haciendo mal.

Su última visita había sido poquito después de un día en que don Eduardo decidió que era momento de deshacerse de la enciclopedia que ocupaba el entrepaño más alto del librero, porque eso nadie lo usaba en esa casa, y para cuando los gemelos ya estuvieran en edad de usarla y entenderla, toda la información iba a estar vieja.

—Imagínate, mijita —le explicaba mientras esperaban que los atendieran en la sala de urgencias, porque obviamente se desplomó del precario banquito en que se había subido y se lastimó un pie—. Ya ni la Conquista es la Conquista. Con eso de que diario sale una teoría nueva, ora va a resultar que los que vinieron fueron los marcianos. Ah, que marcianos ya no hay, tampoco, ¿verdad?

Susana había tenido que respirar muy profundo para no darle una nalgada y gritonearle, por insensato.

¿Qué no ves que ya tengo suficiente con dos niños?

Y, como era de esperarse, Catalina armó un tango monumental en cuanto entró en la casa y vio a su papacito con el pie en una férula y la barba de tres días.

—Lo de la barba no sé por qué sea —dijo Susana, cuando recibió la llamada escandalizada de su hermana—, porque todos los días va un enfermero que lo ayuda a bañarse y se ocupa de que se organice y se tome sus medicinas.

—Sí, Susana, pero hay cosas que no puedes dejarle a un extraño —dijo Catalina, ya instalada en su papel de hija resignada—. Tiene una que estar al pendiente, porque, en una de ésas, se nos deprime.

Susana se mordió la lengua para no preguntarle exactamente cómo le iba a hacer para estar "al pendiente", para que no se "nos" deprimiera, desde el otro lado del mundo, aunque la respuesta se hizo evidente poco después.

Quien iba a estar al pendiente, según Catalina, iba a ser Susana, pero ella iba a ser la encargada de apuntar exactamente en qué y en dónde se tenía que fijar.

"Mira este artículo", decía por ejemplo uno de los miles de mensajes que le empezaron a llegar de su hermana a todas horas, "¿crees que tu papá esté durmiendo suficiente?".

"Hablé hace rato y Blanquita me dijo que ayer había mandado al enfermero por chalupas a La Poblanita. Q ondaaaa???"

"Mañana es el aniversario de la doctora. Aguas, plis!"

—¿Quieres que yo le conteste? —había preguntado Andrés un día en que los mensajes pusieron a Susana particularmente furiosa—. Yo, sin problema, le escribo y le digo que si le preocupa tanto por qué no está aquí ocupándose en lugar de torturarte.

—No, no —dijo Susana, arrepintiéndose como siempre de haber dejado que se le escapara la frustración con su hermana—. Lo hace de buena fe, y tiene razón. Es una mula, pero tiene razón.

—No, mi amor —insistía Andrés, enojado como siempre que Susana defendía a la irresponsable de su hermana—. No tiene razón; qué fácil opinar cuando no estás aquí y no te ocupas de nada. Por lo menos, mi hermano el padrecito está tan clavado con sus cosas y sus indígenas que no nos da la lata con mis papás.

157

—No son "sus indígenas" —dijo Susana, en automático—. No son de nadie.

—Bueno, ahí, sus menesterosos.

—¡Andrés!

Más allá de los berrinches que le pudiera provocar su hermana, Susana estaba de acuerdo en que era un despropósito que su papá se lanzara a la toma de posesión del nuevo presidente.

Pero lo conocía bien: no era cosa de hablarle y darle una instrucción, como hubiera hecho Catalina antes de subirse a un avión al otro lado del mundo.

En lugar de eso, se arregló temprano después de dejar a los gemelos y fue a verlo a su casa.

En medio de la puerta de hierro sólido pintado de blanco había un timbre y, encima del timbre, un letrero que decía "NO SIRVE. TOQUE USTED LA CAMPANA", que llevaba ahí no sabía cuántos años.

Susana tocó la campana. Tenía llaves, pero le daba un cierto pudor entrar en una casa de adultos así nomás, sin avisar.

No había ninguna señal de que fueran a abrir. Susana se entretuvo viendo cómo la cuadra de casa de sus papás poco a poco se iba poblando de condominios horizontales y edificios de departamentos.

En un ratito ya no voy a poder estacionarme.

Cuando estaba a punto de volver a tocar, se escuchó:

—¿Quieeeeeén?

—¡Yo, Blanca! —gritó Susana.

—¡Ay, la niña Susana! ¡Llegó la niña, chaparro! —Engels, el "chaparro", respondió con un ladrido—. Ya voy, ya voy. Es que no encontraba las llaves. A ver, ya.

Se oyó un cerrojo que corría, seguido de otro, una palanca al piso y, finalmente, la puerta se abrió diez centímetros. Apareció un ojo y un pedazo de la cara redonda de Blanca.

—Pásale, pero con cuidado. A este le anda dando por salirse.

Susana tuvo que ingeniárselas para caber por la rendija de la puerta, mientras Blanca sostenía al Engels por el collar.

—No te vaya a tirar, Blanquita —dijo Susana cuando vio a su nana trastabillar por las baldosas del patio.

—No, qué va —lo soltó y volvió a atrancar la puerta—. Si nomás se hace el chistoso porque estás tú. ¿Verdá, Engels, que sólo quieres lucirte con las visitas?

Muy consciente de su propia importancia, Engels se sentó frente a Susana y enseñó los dientes, con un gesto que sólo hacía más evidente que era una mezcla de millones de razas distintas, con un lejano aire a bóxer, pero con un hocico puntiagudo y una sonrisa ganadora. Se sabía irresistible.

Estiró una pata.

—¿Qué le pasa? —preguntó Susana, haciéndose para atrás para defender sus pantalones color café claro.

—Ay, quiere darte la pata, Susanita —dijo Blanquita, agachándose con muchos trabajos para sacudir la pata que el perro estiraba orgullosísimo—, ¿no ves que fue a la escuela? ¿Verdá que fuiste a la escuela y eres muy elegante, chaparro? ¡Enséñale!

—Ah, ¿éste sí fue a la escuela? Porque el Marx era un desastre, ¿te acuerdas?

Marx fue el perro anterior al Engels. Su papá siempre decía que había adoptado al Marx nomás para que las niñas aprendieran a respetar la majestuosidad de las otras especies, y las niñas, que ya para ese momento no lo eran tanto, dijeron que ni se veía tan majestuoso y más bien babeaba mucho. Y Marx, primero, y luego Engels, terminaron convirtiéndose en la compañía eterna del dueño de la casa.

—Bueno, pero pásale, pásale —Blanca abrió el cancel de vidrio que daba a la entrada de la casa—; sí, pasa tú primero, chaparro, ándale. ¿Vienes a ver al señor?

—Sí, ¿ya está listo?

—Uh, ya. Ya ves que desde las siete se levanta, ¿a qué?, no me preguntes. Pero ya desayunó y está en su estudio.

Para probarlo, Engels salió corriendo por el pasillo en busca de su dueño.

—Oye, Susanita —dijo Blanquita, tomando a Susana por el brazo—; tú que te llevas más con Laura, ¿no sabes qué tiene?

Susana trató de pensar como a qué se estaría refiriendo.

—¿Qué tiene de qué, tú?

—Pues... —Blanquita desvió la mirada—, no sé. Está como rara. Más misteriosa que de costumbre, fíjate. Y ya no quiere sacar al chamaco ni a la esquina.

El "estudio", como lo llamaban solemnemente, estaba en el límite de ser una bodega, si no fuera por el escritorio que sobrevivía valientemente al asedio de montones de pilas de libros y cajas llenas de papeles de la universidad, fotocopias de artículos y actas de calificaciones que don Eduardo había mudado cuando, en un arrebato de responsabilidad, decidió abandonar su cubículo de la universidad para que la ocupara un investigador más joven.

—Es que yo ya voy de salida, ¿no? —argüía en ese momento—, pues más me vale irme haciendo a la idea.

Pero a lo que nomás no se hacía a la idea, era a tirarlo todo, y de ahí el cajerío que, aparentemente, había llegado para quedarse. Sobre todo ahora que ya no estaba la doctora, que no tenía empacho en amenazar a su marido con sacar todas las cajas al patio y prenderles fuego si no las ponía en orden. Susana era incapaz de hacer algo así, aunque no le faltaran ganas; cada vez que salía de ahí apuntaba en su lista de pendientes proponerle a su papá que revisaran caja por caja a ver qué se podía tirar.

Pero ¿a qué horas?

—Papacito, ¿qué haces?

Sentado en su escritorio, don Eduardo miraba algo en la computadora que se había negado a aprender a usar hasta que Catalina le había enseñado a manejar los motores de búsqueda y que desde entonces visitaba con pasión, siempre y cuando no estuvieran cerca sus nietos, que ya no se atrevían a preguntar nada por miedo a que el abuelo sacara el diccionario.

Tuvo que repetir la pregunta tres veces, y luego agacharse hasta quedar en su rango de visión, antes de que su papá se enterara de que ahí estaba.

—¿Eh? —dijo don Eduardo, confundido, quitándose los audífonos—, ¡mijita, qué gusto! ¿Qué haces por aquí?

—¿Qué estás viendo? —Susana intentó sortear las cajas para asomarse a la pantalla, pero entre las cajas y la velocidad de su papá para cerrar la tapa de la computadora, se quedó con las ganas.

—Nada, nada.

—No estás viendo porno, ¿verdad?

Por favor, no. Lo único que me falta es cargar con ese trauma.

Don Eduardo se horrorizó.

—¡Por supuesto que no, Susana! ¿Cómo se te ocurre?

—Ay, bueno, no te pongas así. Como respondes tan misterioso…

—Yo entiendo que para tu generación es diferente, Susanita —dijo don Eduardo, poniendo una mano sobre la computadora y otra sobre su pecho, muy solemne—, pero en la mía todavía existe el pudor, y tiene muchas causas, no nada más ésa, fíjate.

Quién sabe qué andaría haciendo, porque ya que se pone digno…

—Bueno, bueno, perdón —dijo Susana—, discúlpame si invadí tu privacidad. Vine a ver si no me quieres acompañar aquí al mercado sobre ruedas.

—¿Al mercado? ¿Qué no tienes uno en la esquina de tu casa?

Susana había anticipado esa pregunta.

—Sí, pero ahí no venden los tlacoyos que le gustan a mis hijos. Y eso pidieron de comida de cumpleaños para el lunes.

—Eso pidió Carlitos y luego cabildeó a la papanatas de su hermana hasta convencerla, no me digas —don Eduardo rio al recordar a su nieto—. Esa pobre va a tener que aprender a decir que no algún día, mijita; es peor que tú.

Susana optó por dejar pasar el comentario.

—Bueno, ¿me acompañas? Ándale, y así caminas unos pasos de los que te dijo el doctor.

Don Eduardo miró con odio el reloj contador de pasos que le habían regalado de Navidad y con el que peleaba continuamente.

—Ándale, pues. Todo con tal de que no suene a las seis de la tarde y me obligue a darle vueltas a la mesa del comedor hasta que se calle.

—¿Y sigues con tu idea de ir al Zócalo? —Susana lanzó la pregunta con toda la inocencia que pudo fingir, mientras le señalaba a su papá un desnivel en la banqueta.

—¡Hombre!, ¡pero claro! —respondió don Eduardo, levantando los dos puños—, por una vez que ganamos…

—¿Ganamos, kimosabi?

Cruzaron la calle en medio de un camión de la basura y dos señoras que intentaban vaciar sus botes. Susana estuvo a punto de coger de la mano a su papá, como hacía con los gemelos, pero se detuvo a tiempo.

—Pues yo voté por él y ganó. Así que ganamos, ¿no? —dijo don Eduardo, sin darse cuenta de nada—. Y la izquierda es la izquierda, mijita.

—Ay, papacito, la izquierda… si es más mocho y menos incluyente que mi suegra, oye.

—Nadie es perfecto, Susanita —don Eduardo recurrió a la frase que había usado toda la campaña—; al menos él seguro no roba.

Era una discusión que Susana ya había dejado por imposible.

—Yo creo que no deberías ir, papá. Va a haber muchísima gente. ¿Por qué no lo ves en la tele? Le puedo decir a mis suegros que te inviten y lo ves en su tele gigante.

Don Eduardo sonrió con gesto maligno.

—¿Te imaginas? Seguro habría jamón serrano y vino francés,

162

para pasar el mal rato de ver a nuestro país en manos de los pelafustanes.

—Dices… vino francés, ¿como el que hay en tu casa? —Susana no pudo resistir la tentación.

Don Eduardo sacó el labio inferior, como hacían sus hijos cuando sentían que no los estaba tomando en serio.

—Pues voy a ir, así muera aplastado por las multitudes entusiastas. Moriré como un héroe.

—No seas absurdo, papá —insistió Susana—. ¿Cómo te vas a ir, cómo te vas a regresar?

—Ah, no te preocupes. Ya lo tenemos todo arreglado. Con uno de esos Ubers.

Susana dio un paso atrás y miró a su papá con detenimiento por primera vez; estaba muy rasurado y perfumado, y su chaleco de lana color guinda no tenía ni una sola mancha. Algo escondía.

—¿Lo tenemos? ¿Así, en plural?

—Sí. Mira, ahí está la señora de los tlacoyos. ¿Cuántos quieres?

—Eduardo Fernández, no me saques la vuelta. ¿Con quién vas?

Don Eduardo volteó, ya con cara de franca impaciencia.

—Susanita, ¿en qué quedamos con lo del pudor? —levantó la palma de la mano derecha, como siempre que quería enfatizar su posición—; no soy ni uno de tus hijos, ni un viejo inválido. Te agradezco que te preocupes, pero déjame que yo me las ingenie, ¿estamos?

Susana se quedó petrificada con el arrebato de su papá. Bajó los ojos y fingió que inspeccionaba los contenidos del puesto.

—Es que, entiéndeme, Susanita —dijo don Eduardo, ya con voz más tranquila—; entre tu hermana y sus artículos sobre nutrición y tú, me hacen sentir como si tuviera mil años.

—No queremos que te pase nada —dijo Susana, sin poder levantar los ojos todavía.

—Yo sé, y se los agradezco. Pero entiende que soy perfectamente capaz de hacerme cargo de mis cosas y necesito poder tener mi privacidad y negociar mis relaciones sin tener que darle explicaciones a nadie, ¿sí?

Susana torció la boca. No sabía que era peor, si tener la discusión, o tener la discusión enfrente de la señora de los tlacoyos, que los miraba sin perderse ni una palabra.

—Es más —insistió don Eduardo—, si a ésas vamos, a ti no te vendría mal tener algo tuyo, que no sea nada más comprar tlacoyos y contarme los pasos.

Susana no contestó.

Tuvo que hacer un esfuerzo para no llevar a su papá a empujones de regreso a su casa. Todavía, mientras le ayudaba a abrir la puerta que invariablemente se atoraba, don Eduardo volteó y la tomó del brazo.

—No me lo tomas a mal, ¿verdad?

—¿El qué, papacito?

Su papá quitó la mano, con cara de alivio.

—No, nada —dijo, dirigiéndose a su casa—. Nada. Hasta luego, mijita. Me saludas a Andrés y a los niños. ¿El jueves comen aquí?

Susana dijo que sí a todo, con mucha prisa, y salió corriendo hacia donde había dejado estacionada la camioneta.

Claro que no, papi, cómo te lo voy a tomar a mal. ¿Quién podría tomarse a mal que le digan que lo que hace es una tontería?

Apretó un botón del llavero y, como por arte de magia, se abrió silenciosamente la cajuela. Susana aventó dentro una bolsa con veinte tlacoyos, cuatro aguacates y medio kilo de queso panela con muy pocos miramientos.

No, claro. Los quiero ver. Yo me voy a dedicar a "realizarme", y a ver quién es la idiota (porque sería una idiota; en este país, nunca es un idiota) que se dedica a velarles el pensamiento y a preocuparse de que no se caigan en una coladera por estar gritando consignas como si siguieran de mitin en el 68.

Metió la llave en el interruptor y de inmediato se escuchó, fiel, "¡ping!".

Ash. El foquito.

—Bueno, ¿y qué se supone que haga? —a veces, cuando la sacaba de quicio, Susana hablaba en voz alta con la camioneta—. Con la cantidad de cosas que tengo que hacer, y tú dando lata sin que me puedan decir qué te pasa.

—¿Todo bien, señorita Susana?

Susana se sobresaltó al escuchar la voz de Raimundo, el chofer de la casa de junto a la de sus papás.

—Raimundo, buenas tardes, ¿cómo está? —dijo Susana, reponiéndose rápidamente—. Sí, muchas gracias, todo bien. Nomás esta cosa que no sé por qué se prende.

Raimundo, muy delgado, con las manos manchadas de fumar cigarros sin filtro y el pelo muy corto lleno de chinos cubiertos de canas, hizo un gesto de desagrado.

—Éstas luego son bien escandalosas —sentenció—. ¿Me permite?

Hizo un gesto y Susana se bajó para dejarle el asiento.

Raimundo volvió a meter la llave en el interruptor y otra vez el circo del sonido agudo y el foquito. Contempló un momento el tablero y lo apagó.

—¿Hace cuánto no lo lleva a servicio, Susanita?

Claro, ahora va a resultar que es mi culpa.

—Pues no crea que tanto, fíjese —Susana hizo un esfuerzo por recordar—. Los niños acababan de entrar a la escuela, así que debe haber sido como por septiembre.

—No, pos sí está raro —Raimundo frunció el ceño y se le hizo una arruga profunda en medio de los ojos—. Porque ese foco es de que ya le toca servicio o le falta aceite. Pero pues no.

Perfecto. La respuesta es que no hay respuesta. Y mi queso, asoleándose.

—Pues ni modo, Raimundo, quién sabe qué sea —dijo Susana, tratando de dar por terminada la sesión—. A'i luego, si me da tiempo, me doy una vuelta por la agencia, para que se lo apaguen.

—Ándele, sí —Raimundo se bajó del coche y ayudó a subir a Susana, deteniendo la puerta—. A ver qué le dicen, porque ya ve que estas camionetas fifís son rete escandalosas.

166

Susana alcanzó a darle las gracias antes de que le cerrara la puerta del coche.

—¿Te acuerdas de Raimundo, el chofer?

Andrés, como siempre, estaba acomodando sus cubiertos bien derechitos y llenando los vasos de agua de limón. Ante la pregunta, volteó a ver a Susana.

—¿El de casa de los García de la Vega? Sí, claro. ¿Qué tiene?

—Me lo acabo de encontrar —al arroz le faltaba sal. Susana se levantó y tomó el salero de una de las puertas de la cocina—. Me dijo que la camioneta era una camioneta fifí.

Andrés puso los ojos al revés, como sabía Susana que iba a hacer. Lo sacaba de quicio esa palabra, que el candidato ganador había desenterrado del vocabulario nacional para hacer alusión a lo que consideraba excesivamente lujoso y corrupto y, por lo tanto, ajeno a su proyecto.

—Sí, bueno —dijo Andrés—. A ver qué tal le parece cuando desaparezcan los fifís y se quede en la calle. A ver si entonces le da tanta risa.

—Ay, mi vida, qué reacciones. No lo dijo de mala fe. Cálmate.

Andrés se rascó la frente, con cara de agobio.

—Sí, sí, ya sé —admitió—, pero es que ahorita ya no sabes. La gente está de un agresivo... Todo porque este cuate les da cuerda.

Quién me manda a sacar el tema.

—Como que ya es medio tarde para que no hayan traído a los niños, ¿no? —preguntó Susana, tratando de desviar la atención—, ¿por qué no le escribes a Claudia, nomás para saber si todo bien en el entrenamiento?

Andrés terminó de cortar el pedazo de pollo que tenía en el plato y se lo metió a la boca.

—Mejor escríbele tú, ¿no? —dijo, después de masticar concienzudamente—. Ustedes son las que se ponen de acuerdo para esas cosas.

Sí, claro. Nos "ponemos de acuerdo". Más bien, ella me da instrucciones y yo le digo, "sí, Clau, como tú quieras".

Susana tomó su teléfono y fingió estudiarlo detenidamente, sin ningunas ganas de comunicarse con la exnovia de su marido convertida en mamá del salón de los gemelos.

Venturosamente, en ese momento desapareció el ruido de la aspiradora que se oía desde la sala y apareció Laura por la puerta.

—Hola, hola —dijo, poniendo la aspiradora en el piso para enrollar el cable y guardarla en el clóset junto al refrigerador—. No interrumpo. Hola, Susana. Hola, Andrés.

—Hola, tú —dijo Susana—, ¿ya comiste? ¿Quieres algo? ¿Quieres de tu arroz que no tiene sal pero fuera de eso está bueno?

Laura torció el gesto.

—Claro que tiene sal. Lo que pasa es que tú tienes el peor paladar del mundo. Si no está saladísimo, no te sabe.

—¿Verdad? —dijo Andrés—. Eso es lo que yo le digo.

—Como que nació baja de sodio —respondió Laura, mirando a Andrés, quien, de pronto, recordó lo mucho que lo incomodaba la situación con Laura y fijó la mirada en su plato.

Laura y Susana intercambiaron una mirada sabia.

—En fin —dijo Laura, quitándose el delantal de cuadritos que traía puesto y poniéndose una sudadera con capucha que había dejado doblada en una repisa del clóset y con la que parecía una niña de secundaria, flaquita y engañosamente indefensa—. Muchas gracias por el ofrecimiento, pero aunque mi arroz sí está bueno, más vale que me vaya porque tengo que pasar por Lucio. No quiero que se me oscurezca.

Susana recordó las palabras de Blanquita y miró con más atención a Laura. Pero como también había dicho Blanquita, Laura tenía una capacidad especial para no revelar nada. Le sostuvo la mirada a Susana y enarcó las cejas.

—Sí, ¿dime? —preguntó. Lo suyo nunca habían sido las sutilezas.

—No, nada —contestó Susana, haciéndose bolas—, ¿todo bien?

Laura levantó un hombro.

—Pues... normal. Nomás la prisa, ¿por?

—No, por nada —Susana se adelantó para apretarle un hombro y darle un beso en el cachete, mientras Andrés sólo atinaba a levantar una mano y hacer un gesto torpe—. Te deposité lo del mes, a'i luego revisas y me dices.

Andrés y Susana la siguieron con la mirada hasta la puerta, sin decir nada.

—Ella seguramente votó por este cuate, ¿verdad? —dijo Andrés, una vez que oyeron cerrarse la puerta de la casa.

Susana levantó los hombros.

—No tengo idea, mi vida —sonrió—, ¿por qué no le preguntas?

Andrés se mordió el labio superior y bajó la barbilla, con gesto contrito.

—Porque es capaz de decirme que qué me importa.

—Y hará bien —dijo Susana, cubriendo la mano de su marido con la suya—. Aunque, no te creas, tampoco las tenía todas consigo. Tenía sus reservas, y ahora, por los artículos que me manda todo el tiempo de sus compañeros de la universidad, se me hace que no están tan contentos con los proyectos que está anunciando. Pero la verdad, no los he leído, si los quieres, te los puedo pasar.

Andrés masticó su pollo con gesto meditabundo.

—Depende —dijo—, ¿tienen muchas letritas muy chiquitas?

Susana se rio y le acarició un hombro.

—Y luego por qué dice mi papá que lindas en lo ágrafo.

—Ay, tu papá. Tan tierno.

Susana tomó su plato y el de su marido y los llevó al fregadero para enjuagarlos.

—Ni me lo menciones —dijo.

—¿A tu papá? —preguntó Andrés—, ¿y eso?

—Hoy me salió con una...

Siempre era una monserga limpiar los granos de arroz y que no se quedaran pegados en el fregadero, en la esponja y en todos lados. Susana desquitó su frustración agitando la fibra sobre el bote de basura orgánica.

—¿Pues qué te dijo?

Se dio por vencida, se incorporó, abrió la llave y puso la esponja debajo del chorro de agua.

—Nada, una tontería. ¿Quieres café?

—Sí, gracias.

Con mucho cuidado para no ir a tirar todo, Susana sacó de una de las alacenas de arriba la cafetera italiana que también era una lata de limpiar pero que le hacía tanta ilusión. Sacó del congelador el café molido (ya sabía que era mejor molerlo en el instante, pero ni ella ni Andrés se consideraban tan conocedores del café como para notar la diferencia), llenó el depósito de agua y de café y la puso al fuego.

Vio de reojo a Andrés, que ya había sacado su celular y revisaba sus correos.

—¿Azúcar o Splenda? —le preguntó. La decisión dependía de qué tan gordo se había sentido esa mañana.

—Azúcar, por favor —respondió Andrés, sin levantar la vista de la pantalla.

Ah, con que nos andamos sintiendo esbeltos…

Sacó dos tazas y le puso a una una cucharadita de azúcar. A un lado de la estufa, en la hornilla junto a la cafetera, había una olla chiquita con arroz y un sartén con pollo, para que comieran los gemelos cuando sus múltiples actividades extracurriculares se los permitieran.

Todo para que Claudia les lleve jicamitas y galletas de amaranto y ya no quieran comer nada.

Susana estuvo a punto de guardar la comida y evitarse el pleito con unos gemelos cansados y sin hambre, pero el ruido del café subiendo la distrajo.

—Mi papá me salió hoy con que por qué no hago algo más que comprar tlacoyos y contarle los pasos —dijo, mientras se sentaba en la mesa de la cocina y continuando la conversación como si nada.

La cara de Andrés se tardó varios segundos en registrar que entendía de lo que le estaba hablando.

—¿Eso te dijo? —preguntó—, ¿y tlacoyos? ¿Cuándo compras tlacoyos?

Susana se acercó la taza a los labios y le sopló al café hirviendo.

—Fui a comprar ahí a la vuelta de su casa, dizque para el cumpleaños de los gemelos. Pero era un vil pretexto para convencerlo de que no fuera el sábado al Zócalo.

Andrés soltó un ¡JA!, muy genuino.

—¿Y lo convenciste?

—Claro que no —dijo Susana, siguiendo con la yema del dedo índice el dibujo de su taza, uno de los ratones de Cenicienta—. Pero eso es lo de menos, ¿cómo ves lo que me dijo?

Andrés dio un sorbo a su café, muy caliente.

—No es exactamente amable —respondió, cauto—, pero acuérdate que también tu mamá decía siempre que con tu posgrado habían comprado el pedazo de papel más caro del mundo, ¿te acuerdas?

Susana levantó los ojos al cielo.

—Ay, sí es cierto. Que porque ni lo usaba —recordó—. Sí, pues es lo mismo.

Andrés asintió.

—Ajá.

Susana apoyó los codos sobre la mesa, algo que no hacía jamás frente a sus hijos, a quienes se los tenía prohibido, y le sopló a su taza.

—¿Y si me busco algo, tú? —aventuró—, ¿algo de medio tiempo, ahora que los gemelos ya están por entrar a preprimaria?

Andrés la miró con horror.

—¿Tú? —preguntó—, ¿como para qué? ¿Y quién se va a encargar de todo?

Claro. De comprar los tlacoyos y contarles los pasos.

171

DE: SUSANA
¿Soy una idiota por no trabajar?

DE: MÓNICA
¿Huh? ¿De qué hablas, Willis?

DE: SUSANA
Nada, olvídalo. Mi papá y Andrés, que me hacen enojar.

Fue muy complicado explicarle a los gemelos por qué se tenían que salir temprano de su clase de música y por qué no, no podían esperarse a cantar la canción de despedida.

—¿Qué no vamos a la casa? —preguntó Rosario, desde su silla en el asiento trasero del coche.

Cómo podía darse cuenta, amarrada como estaba y con apenas dos años, era un misterio para Susana, pero lo cierto era que lo lograba: siempre que llegaban al Viaducto, se echaba a llorar porque sabía que era el camino del pediatra y las vacunas, por ejemplo. A Carlitos, en cambio, lo hubiera podido llevar al fin del mundo y se habría dado cuenta hasta que llegara y viera que no había refri ni lechita.

—Ahorita vamos, mi reina —contestó Susana—, vamos nada más a hacer una cosa.

—¿Qué cosa? —preguntó Carlitos.

—Una cosa.

Había quedado con Laura de verse en la salida de la terminal de autobuses de Taxqueña, pero cuando se acercó no la vio por ningún lado. Apenas una pareja de señores mayores con dos maletas y una muchachita con un bebé.

Se orilló y marcó el teléfono, pero antes de que le contestara, sintió que golpeaban el vidrio de su ventana.

Era la muchachita.

Bueno, era Laura, pero le costó reconocerla. Más que joven, se veía desvalida y cansada, con una maleta de lona colgando de cada brazo, y un arnés pegado al pecho con una bolita de carne con ojos como capulines y un gorro amarillo hasta las orejas.

Se bajó del coche y la abrazó.

—¿Cómo estás? ¿Y quién es este muchacho? —dijo Susana, acariciándole un cachete al bebé.

La cara de Laura se animó.

—Éste es Lucio. Di hola, Lucio.

—Hola, Lucio, mucho gusto.

Susana abrió la cajuela y entre las dos metieron las maletas.

—Me temo que te vas a tener que ir atrás, entre las dos sillas —dijo—, perdón, pero por ley no pueden ir adelante.

—No te preocupes —dijo Laura—, no hay problema.

Empezó a llover; una de esas tormentas de la Ciudad de México que empiezan casi sin avisar y que lo cubren todo de agua. Susana se concentró en navegar en medio de los autobuses y los taxis, y apenas iba prestando atención al interrogatorio al que los gemelos estaban sometiendo a Laura. De vez en cuando, alcanzaba a verla por el retrovisor y se le encogía el corazón: Laura siempre había sido ojerosa, pero ahora tenía unas marcas profundísimas debajo de los ojos, y se le habían acentuado las arrugas de la frente. Era algo más que el cansancio de una madre reciente.

—¿Eres amiga de mi mamá? —preguntó Carlitos.

—Sí, desde que éramos chicas —dijo Susana, mientras trataba de convencer a un microbús de que la dejara cambiar de carril.

—¿Y es cierto que se portaba muy bien? —preguntó Rosario.

—Ay, sí —le contestó Laura, riéndose—; su mamá siempre se ha portado *muy* bien. Aburridísima.

Al día siguiente, cuando Susana bajó a la cocina ya Laura estaba cortando una papaya en trocitos, con Lucio dormido en una de las canastas de guardar la fruta.

—¿Qué haces? —le preguntó Susana.

—El desayuno, mensa. Pues qué crees —dijo Laura, pasándole una taza de café. Tenía el pelo recién lavado y en su cara ya se empezaba a reconocer a la Laura de siempre.

—No, pues déjame te ayudo.

Susana abrió el refri y empezó a sacar huevos, jamón y un litro de leche.

—Yo lo hago —dijo Laura, quitándole la leche de las manos—; es lo menos que puedo hacer.

—No tienes que hacer nada —dijo Susana—; yo ahorita lo hago rápido. A ver, pásame.

Laura dejó el cuchillo encima de la tabla y volteó a ver a Susana.

—No seas necia —dijo—; déjame ayudarte.

Susana se sentó con su café. Era inútil.

—Además —dijo Laura—, lo hago por tu bien. No puedo creer el estado de mugre en que tienes esta cocina.

—¡Claro que no! —protestó Susana.

—¡Claro que sí! —dijo Laura, señalando con el cuchillo la campana sobre la estufa—, ¿has visto la cantidad de cochambre que tiene esa cosa? ¡Guácala!

—Ash...

—¡Y la alacena! —insistió Laura—, ¿me quieres explicar por qué tienes cinco latas de puré de tomate, todas caducas? ¿Qué, en tus múltiples escuelas no te hablaron del botulismo?

Susana cerró los ojos y respiró hondo.

—No le vayas a decir a Andrés —levantó una mano—, te juro que al rato las tiro, pero no le vayas a decir. Siempre me está molestando con eso.

Laura se rio.

—Como en casa de tus papás —se aclaró la garganta—. Eso de las fechas de caducidad es una estrategia más de las malditas trasnacionales...

Susana soltó una carcajada. Ya se le había olvidado la capacidad de Laura para imitar a don Eduardo. Engrosaba la voz y gesticulaba igualito.

—No es más que un engaño para que compres más, mijita.

—Te faltó la parte de los conservadores —dijo Susana, secándose los ojos.

—Ah, sí es cierto. Ejem. Además —dijo, volviendo a cambiar la voz—; todo tiene tantos conservadores, Susanita, que ya es materialmente imposible que se pudra...

—¡Es prácticamente petróleo! —dijeron las dos, a coro.

Lucio, desde su canasta, miraba de una a la otra sin perder detalle. Cuando las oyó gritar y reírse, él también gritó, dispuesto a no quedarse al margen.

—¿Tú también quieres reírte de mi papacito? —dijo Susana, sacándolo y sentándolo en su regazo; le pasó los labios por la cabeza tibia y olorosa a jabón—; pobrecito, tan obsesivo.

Lucio balbuceó su aprobación.

—Pero sí es cierto, ¿eh, Lucio? Yo nunca tiro nada.

—No, ya me di cuenta —dijo Laura, abriendo una alacena—. Ni la mugre. ¿Dónde están los platos, chula?

—En la puerta de arriba, a tu mano derecha —dijo Susana, levantándose con todo y Lucio y abriendo la puerta de los platos—. Y ni está tan sucio.

Laura volvió a señalar; la fila de azulejos azules que cubría la pared tenía una línea de mugre de donde ya no había llegado el trapo.

—Ándale —dijo Susana, impresionada—. Es que se me olvida revisar.

—¿Quién te limpia?

Susana hizo una mueca.

—Marcela, una mujer que me recomendó la señora que trabaja con mi suegra. Viene tres veces a la semana.

—¿Y por qué haces esa cara? ¿No te cae bien?

—Es muy rara —Susana se metió un pedazo de papaya a la boca—. Y estoy segura de que es una espía a sueldo de Amparito.

—Ah, eso seguro. Seguro ya instaló cámaras y revisó tus cajones.

—Ay, no exageres. Lucio —dijo, sentando al bebé sobre la mesa de la cocina y viéndolo a los ojos—, dile a tu madre que no exagere.

Lucio se le quedó viendo con sus ojos negros y solemnes.

—Lucio, dile a tu tía que no se haga, que si a poco no cree que su suegra es capaz.

—Es capacísima.

Al día siguiente, Susana llegó del súper y se encontró a Laura sentada en la mesa de la cocina. Estaba absorta cosiendo algo que se parecía sospechosamente a un vestido de Rosario.

—¿Qué haces? —preguntó Susana. Laura se sobresaltó.

—Qué susto me pegaste, méndiga —dijo Laura, poniéndose la mano en el pecho—, ¿por dónde entraste?

—Por la puerta —dijo Susana, señalando la puerta que comunicaba la cocina con el estacionamiento—, ¿qué estás haciendo?

Laura le mostró el vestido.

—Todos los botones estaban a punto de caerse —dijo—, les estaba dando unas puntadas.

Susana soltó el aire, con exasperación, y puso las dos bolsas de lona que venía cargando del súper en el mueble de la cocina.

—¿Traes más cosas? —preguntó Laura, poniéndose de pie—, ¿te ayudo?

—Quedan como tres bolsas más, no te preocupes.

Susana salió al estacionamiento y regresó con dos bolsas en cada mano. Laura ya estaba sacando un paquete de pan y otro de queso panela de las primeras bolsas y los estaba acomodando.

—Espérate, hombre; yo lo hago —dijo Susana, adelantándose—; no te preocupes.

—No, si no estoy preocupada —dijo Laura, sacando cosas y agrupándolas para guardarlas.

—Digo que no tienes que hacerlo —Susana intentó quitarle una de las bolsas de las manos—; yo puedo, tú vete a...

179

—¿A...? —preguntó Laura.

—A... no sé, ¿a dormir una siesta? No sé. ¿No tienes que ir a denunciar a tu marido o algo así?

Susana cayó en cuenta de que no tenía nada clara la situación legal o emocional de Laura.

—Bueno, no —Susana trató de revertir su comentario—, no sé si lo quieras denunciar, o qué estés pensando. No tienes que dormir una siesta, tampoco. No sé, no sé. Lo que tengas que hacer. ¿Dónde está Lucio, por cierto?

Laura la miró fijamente.

—Lucio está dormido en la sala —dijo—. A ver, veme pasando las cosas del refri.

Abrió la puerta del refrigerador y extendió la mano. Susana le pasó un paquete de jamón envuelto en plástico.

—Ése déjalo en el cajoncito —dijo Susana—; si lo pongo en otro lado, Andrés no lo encuentra y decide que ya no hay.

—Ay, Andrés —dijo Laura, abriendo el cajón—. Sí sabes que no me casé, ¿no?

A Susana casi se le cae el frasco de mayonesa que tenía en la mano por el abrupto cambio de tema.

—Esteee... —dijo—. Sí, sí sé. Me dijo Blanquita.

—Ay, mi mamá. Pobre. Estaba infartada. Lo que no sabes, porque ella tampoco lo sabe, es que Lucio no está registrado como hijo de Manolo.

—¿Cómo?

—Pues así. Se apellida como yo y no hay datos del padre, y punto.

—¿A poco eso se puede?

Laura la miró con la mezcla de ternura y pena ajena con que la veía desde que estaban en la prepa.

—Noooo, Susanita. Lucio es la única criatura en todo México que tiene un padre indeseable.

—Ay, bueno —dijo Susana, apenada—; yo cómo voy a saber.

—Pues eres muy afortunada —dijo Laura, en voz muy baja y fingiendo un terrible interés en la etiqueta de la mantequilla.

Siguieron un rato en silencio, Susana desempacando y Laura ordenando las latas y los frascos. De vez en cuando, tomaba una lata, revisaba la fecha de caducidad y la ponía encima de la mesa.

—Entonces, ¿eso quiere decir que ya no te puede molestar? —preguntó Susana, sin poder contenerse más.

Laura soltó un resoplido.

—Pues, como poder, siempre puede. Y le sale muy bien. Pero no tiene ningún derecho sobre Lucio. Y yo lo denuncié por violencia doméstica...

Fijó la mirada en el piso, como recordando.

—El juez me preguntó qué había hecho para provocarlo —dijo, volteando a ver a Susana con la boca fruncida que ponía cada vez que se sentía indignada—. Y me recomendó que me regresara a mi casa y dejara de hacerla de tos.

—Imbécil —dijo Susana.

Laura asintió.

—Pues sí —dijo Laura—. El caso es que ahora estoy aquí y no sé qué voy a hacer ni de qué voy a vivir.

—¿Como qué estás pensando? —preguntó Susana, subiéndose a la cubierta de la cocina y columpiando las piernas, como cuando eran chicas—, ¿ya buscaste en la UNAM o en la UAM?

—No. Pero no creo que haya mucho. Además de que un sueldo de maestra de asignatura no alcanza ni para la leche de aquí mis ojos.

—No, pues no —Susana abrió un paquete de galletas con chispas de chocolate y se lo extendió a Laura, que tomó una y le dio una mordida—, ¿y qué otras opciones tienes?

—Pues limpiar tu casa, por ejemplo. ¿No ocupas un ama de llaves que sepa Sociología?

A Susana se le atoró la galleta. Tosió.

—No, ya en serio —dijo, una vez que se recuperó—, ¿qué vas a hacer?

—Lo digo en serio —dijo Susana, apoyándose contra la mesa y cruzando los brazos—. Si no te entiendes con la tal Marcela, ¿por qué no yo?

—Porque, porque... —dijo Susana, tratando de encontrar unas palabras que se parecieran a lo que estaba pensando—, porque no. Qué raro. Tú eres mi amiga.

Laura se le quedó viendo con una sonrisa que pugnaba por salírsele de los labios.

—¿Soy tu amiga, no tu criada, es lo que quieres decir?

Susana cerró los ojos, horrorizada.

—No uses esa palabra —dijo—, es espantosa.

—A mí "desempleada" o "en la calle" me parecen más espantosas, fíjate —cambió el tono—. Ya en serio, ahora sí, ¿por qué no?

—Porque fuiste a la universidad, porque tienes una carrera —dijo Susana, agitando los brazos con desesperación.

—¡Una carrera que estudié siendo perfectamente consciente de que no da dinero para vivir! —respondió Laura, en el mismo tono—. Dime, ¿cuánto le pagas a la tal Marcela?

Susana dijo una cantidad.

—Ajá. ¿Por cuántas horas?

—Pues unas cinco, seis. Depende.

—¿Lava, plancha y cocina?

—Lava y plancha, sí. Cocinar... —Susana frunció las cejas—, en realidad, sólo la comida, y casi siempre somos los niños y yo, y a veces ni eso, porque vamos a casa de mis papás. De pronto le pido que haga un arroz o algo, para tener. Bueno, y limpia.

Laura le echó una mirada sardónica.

—Sí, eso no mucho, ni con tantas ganas. ¿Tiene seguro social?

—Sí, claro. Andrés la tiene en la nómina.

—¿Le pagas aguinaldo?

—Sí.

—¿Vacaciones?

—Sí. Navidad y verano.

—¿Si se enferma y no puede venir, igual le pagas?

—Nunca se enferma, es como una súper mujer. Pero si se enferman sus hijos o así, pues sí.

—¿Y podría conseguir trabajo en otro lado?

—Uy —Susana hizo un gesto con la mano—, claro. Las amigas de mi suegra se la pelean. Dicen que es súper bien hecha.

—Chale. Con qué poco pinole les da tos —dijo Laura—, pues ya está, ¿ves? Todos salimos ganando, hasta las amigas de tu suegra.

Susana no estaba convencida.

—No sé, Laura…

—Si lo que te preocupa es la lucha de clases o que les enseñe a tus hijos "La Internacional", no tienes de qué preocuparte.

—Ésa ya se la saben —dijo Susana, riéndose a pesar de la situación—; se las enseñó mi papá. Carlitos hasta la fecha pregunta qué demonios es eso del imperio burgués.

—¿No le has dicho que vaya a casa de su abuela Amparo?

—O a la suya propia, o a la de cualquiera de sus amiguitos —dijo Susana—, para qué nos hacemos.

Las dos mujeres cruzaron una mirada.

—Mira, Susana —dijo Laura, seria—. Exactamente, ¿para qué nos hacemos? Por más que busque, no va a haber un trabajo relacionado con la Sociología que me dé las condiciones que tú me estás diciendo que le das a la mujer que limpia tu casa.

Laura bajó los ojos. Era cierto.

—Y yo tengo que mantener a mi niño y pagarle las vacunas y darle de comer.

—Pues sí —dijo Susana, siempre con los ojos bajos.

—Y es un trabajo que sé hacer, y que hago bien, y ustedes me van a tratar dignamente, ¿no?

—Pues sí —Susana no atinaba a decir otra cosa—, pues sí.

—No sufras —dijo Laura—. Ya no te voy a decir más. Si quieres, platícalo con Andrés y me avisas qué decidieron.

Se incorporó y tomó las cuatro latas que había separado.

—Yo voy a confrontar a mi pobre madre, a presentarle a su nieto y a cerciorarme de que estas latas salgan de esta casa, antes de que las vuelvas a guardar.

Mami, dice Clau que por qué no le contestas

Porque me va a preguntar si mi muchacha no tendrá días libres o una pariente en su pueblo que se quiera venir a trabajar con ella, porque la suya "le salió malísima", y no quiero entrar en esas intimidades. Y ustedes no quieren ver la cara de Laura si le pregunto.

Espero que se le olvide.

Es más fácil eso que explicar mi relación con Laura. Que entrar en los detalles de que básicamente crecimos juntas, y ni hablar de explicar que Catalina y yo pasamos más tiempo con la mamá de Laura, que Laura misma.

Nos tardamos en darnos cuenta. Para nosotras, era normal que Blanquita estuviera en la casa todos los días, de lunes a sábado, y que de vez en cuando viniera de visita Laura, en vacaciones o fines de semana, y que jugara con nosotros hasta que Blanquita venía a decirle que "no molestara a las niñas", o que "se fuera a la cocina para que le diera de comer". Fue la primera vez que nos topamos de frente contra el doble discurso de mis papás: eran unos fieles convencidos de que la única manera de sacar al país de su atraso era por medio de la revolución proletaria y el combate a la desigualdad, pero eso no parecía estar peleado con el hecho de tener a una mujer viviendo en su casa que les servía la mesa y nunca se sentaba a comer con ellos.

Cuando Catalina —ay, Catalina, siempre peleando las batallas que a mí me daban miedo— tuvo edad suficiente para darse cuenta, ella sí preguntó.

—¿Por qué Laura vive con su tía y no con nosotros? —preguntó un domingo, después de que pasamos las tres el día entero vistiendo a las muñecas y jugando a la comidita.

Mis papás cruzaron esa mirada que decía "pero no quisiste darlas en adopción".

—¿Por qué no vive aquí, si aquí vive su mamá? —insistió Catalina, pegando con un dedo en la mesa para enfatizar sus palabras, con el mismo gesto que todavía sigue usando.

Yo miraba mi plato fijamente. Catalina siempre nos metía en problemas.

La doctora suspiró y apretó los labios. Mi papá se aclaró la garganta. Daba la impresión de que no era la primera vez que hablaban del tema.

—¿Te gustaría que Laura viniera a vivir aquí, Catalina? —preguntó mi papá.

Catalina lo pensó un momento y dijo que todo dependía, ¿iba a dormir con ella?

Era cuando me habían acondicionado el cuarto de hasta arriba para que durmiera sola, con un escritorio grande para hacer mi tarea y guardar mis colores y que mi hermana no los cogiera y les dejara la punta chata, y Catalina había descubierto las enormes ventajas de tener una cuarto para ella sola.

La doctora soltó una risa sarcástica.

—¡Qué generosa y desprendida, mijita! No, yo pensaría que durmiera con su mamá, en todo caso.

Catalina se quedó callada, contemplando los escenarios.

—Bueno, entonces sí.

—¿Tú qué opinas, Susana? —preguntó mi papá.

Yo dije que estaba bien, y pregunté si iba a venir con nosotros a la escuela.

Y mi mamá le lanzó a mi papá una mirada mortífera.

—¿Qué te dije?

Cada vez que me acuerdo, siento culpa por haber interrogado tan feo a mis papás. Catalina hablaba, y yo le iba susurrando preguntas que yo también quería que me contestaran, y preguntamos de todo, hasta que mis papás dejaron en claro que Laura no iba a ir a nuestra misma escuela, sino a una en la esquina de la casa. Cuando preguntamos por qué, la respuesta no fue clara, igual que tampoco fue cuando preguntamos por qué no iba a ir a la natación con nosotras, o de vacaciones. Apenas pudieron balbucir, muertos de la vergüenza, frases como "es que no se va a sentir a gusto" o "es que no es justo con ella". Pobres; los arrinconamos contra la pared y los obligamos a confrontar sus más arraigados prejuicios burgueses.

Ya al final, cuando los pobres tenían cara de que habían pasado por el potro de la Inquisición, a mí se me ocurrió preguntar si Laura sí querría vivir con nosotros, lo cual trajo consigo todavía más miradas confundidas y suplicantes de mis papás.

Resultó que no, Laura no quería vivir con nosotros. Laura estaba muy tranquila viviendo con su tía y sus primos, con quienes había vivido prácticamente toda su vida, y no tenía ninguna necesidad de abandonarlos. Cuando Blanquita le preguntó, Laura dijo que no, que ella con su tía estaba muy contenta, pero que sí quería ir de vez en cuando a jugar con Susanita y Cata, muchas gracias.

Luego se fue a Veracruz a hacer la carrera y no volví a saber de ella hasta el velorio de la doctora, mientras yo contemplaba las baldosas del piso, sentada en un sillón de piel falsa en una de las salas de la funeraria, con un vaso de café aguado que se me iba entibiando en las manos.

Sentí que alguien se sentó junto a mí y volteé, pensando que no tenía ganas de hablar con absolutamente nadie. Pero era Laura, con los chinos más desmelenados que nunca y unas botas de matar víboras que tal vez para eso habían servido alguna vez. O alacranes, de perdis, me acuerdo que pensé.

—¿Cómo vas?, ¿necesitas algo?

Le dije que no creía; que faltaban los papeles de la cripta, pero que ya mañana se los pedía a mi mamá...

Y Laura movió un poquito la cabeza y en ese instante yo me di cuenta de que mi mamá ya no estaba. Ni para organizar, ni para corregirme, ni para mirarnos con desaprobación cuando le decíamos "la doctora". Era como si hubiera pasado el día en un sueño: la llamada, el hospital, la casa de mi papá, la funeraria... y apenas despertaba para darme cuenta de que era medio huérfana. Y ahí Laura me abrazó y yo dejé que me corrieran las lágrimas.

—Se te van a hacer mapas en la cara —dijo, igual que nos decía mi mamá cuando llorábamos.

Y me reí y me limpié las lágrimas con la servilleta del café hecha bolas, porque tampoco traía pañuelos, otra cosa que hubiera horrorizado a mi mamá.

DE: CATALINA
Tu papacito postea fotos en el Zócalo en FB. Q ondaaaaa???
Desde cuándo tiene feis? Y de dónde sacó esa playera del
Che?????
Pélame!!!!

*N*o *me estoy dejando mangonear por mi hermana Catalina. No.*
Susana se pasó todo el camino a casa de su papá repitiendo
la frase como un mantra. Por un lado, le daba un coraje espantoso que Catalina diera por hecho que ella se iba a hacer cargo de todo lo que tuviera que ver con su papá y con Blanquita,
y que además se sintiera en la libertad de sugerir, proponer y
hasta hacer demandas, todo desde una muy higiénica y cómoda distancia.

No sabe lo que es estar aquí y lidiar con él.

Sobre todo ahora que andaba tan misteriosito y tan sin que-
rerle decir a Susana qué estaba haciendo. La noche anterior,
como si le hiciera falta, Susana se despertó en la mitad de la
noche recordando las palabras de su papá sobre "negociar sus
propias relaciones". ¿A qué relaciones se refería? ¿Estaba saliendo con alguien? Guácala. Después de la Secundaria debería estar prohibido usar ese término. Se había quedado con el
ojo pelón durante horas, y cuando por fin pudo dormir, soñó
que su papá se casaba con Maléfica.

Mientras Andrés manejaba y se peleaba con todos los me-
trobuses de Insurgentes, y los niños cantaban felices una canción machacona que les encantaba y que insistían en escuchar
en cuanto se subían al coche, Susana aprovechó para hacer un
examen de sus sentimientos, como le recomendaba siempre
que hiciera el psicólogo con el que había ido tres meses antes
de que Rosario necesitara tratamiento ortopédico y Carlitos

terapia de lenguaje y fuera necesario enfrentar el hecho de que había que recortar los honorarios de alguno de los terapeutas, y tenía que ser el suyo.

¿Cómo se llama lo que estás sintiendo? ¿Y dónde lo sientes?

Susana trató de recrear la voz pausada y grave de Eugenio, el terapeuta, que le transmitía una tranquilidad inmensa.

Estoy enojada. Y siento mucha culpa de estar tan enojada.

Y, como siempre que sentía algo, Susana lo sintió en el estómago, en forma de algo pesado y denso, y en el cuello. Giró un poco la cabeza para aliviar la tensión.

Andrés la miró de reojo.

—¿Qué tienes? —extendió la mano derecha y le hizo un poco de masaje arriba de la clavícula. Susana sintió de inmediato el dolor del músculo contraído—. Pobrecita, ¿te duele?

Susana asintió, mientras respiraba profundo y exhalaba por la boca.

—Sí —dijo, por fin—. Llevo todo el día con dolor de cabeza.

Andrés puso las dos manos en el volante para dar la vuelta a la izquierda.

—¿Y te tomaste algo?

—Sí, pero nada sirve. Es pura tensión.

—Mami, ¿por qué te da tensión? —preguntó Rosario desde el asiento de atrás, haciéndose oír entre el coro de "Mu, mu, mú; tin, tin, tin; la vaquita de Martín", que habían aprendido un día en un curso de verano y se había quedado como disco favorito para escuchar en el coche.

Andrés y Susana se miraron, compartiendo la broma. Sus hijos no tenían edad para comprender las complejidades de los sentimientos humanos, por más que Rosario de pronto sintiera enojo y tristeza porque las otras niñas se negaban a jugar con ella, o por más que Carlitos anduviera como perro sin dueño cuando Rosario se iba a casa de una amiguita y lo dejaba solo, sin tener con quién jugar.

No es cosa de que aprendan que el enojo tiene que servirse siempre con guarnición de culpa. Que se enojen y se desenojen libremente.

Con Andrés sí había hablado hasta el cansancio del tema. Pobre.

—Entiendo que tengas sentimientos muy encontrados con esto de que tu papá esté... —Andrés se quedó sin saber cómo completar la frase—, ¿viviendo un segundo aire?, ¿rehaciendo su vida?

Susana sacó la lengua y contrajo el estómago, como si las palabras de su marido le dieran ganas de vomitar.

—Guácala —dijo, por enésima vez—. No digas esas cosas.

—Pues es que no sé qué decir —Andrés miró de reojo el partido de futbol que estaba viendo muy quitado de la pena cuando Susana había irrumpido en la sala con su costal de sentimientos a cuestas—. ¿Está explorando la posibilidad de tener otra pareja? No, bueno, eso suena peor.

Susana se sentó en otro de los sillones y subió las piernas, abrazándose a sus rodillas. Por un momento no se escuchó más que el murmullo de la tele a la que Andrés le había bajado el volumen cuando se percató de la crisis.

—Es que no me puedo quitar de la cabeza una idea horrible —dijo, pasándose un mechón de pelo detrás de la oreja—. Que ya por fin se siente liberado.

Eso último lo dijo sin voltear a ver a Andrés. Le daba mucha pena.

—Ay, Susana, qué cosa tan dramática.

—Ya sé, ya sé. Es como de canción tropical de quinta, ya lo sé.

Se mordió un pellejito del índice derecho.

Andrés, resignado, apagó la tele.

—No, no. Síguelo viendo —dijo Susana, sin ganas—. Yo ya me voy a dormir.

Andrés movió la cabeza.

—No, a ver. Ven —le hizo un gesto para que se acercara—. Cuéntamelo todo.

Susana puso la cabeza sobre sus piernas y dejó que Andrés le acariciara la cabeza. Cerró los ojos y se concentró en lo familiar de esa sensación.

—Me parece muy bien que mi papá tenga una... compañera —dijo, encontrando una opción un poco menos nauseabunda que el resto.

—Ajá, eso ya lo sabemos todos porque eres una buena persona y quieres mucho a tu papá y nadie lo pone en duda —dijo Andrés, ajustando el volumen de su voz para que fuera apenas más audible que el de los comentaristas que discutían la pertinencia de una decisión arbitral—. Pero eso no es lo importante, lo importante es lo que sientes tú, y lo que te está causando tanto conflicto.

—¡Pues es que cómo! —dijo Susana, incorporándose y subiendo la voz—, ¿cómo resulta que mi mamá se muere y éste en diez minutos ya está instalado en Mauricio Garcés?

Andrés frunció el ceño.

—Lo narras como si fuera una película de misterio. Como si se hubieran puesto de acuerdo para deshacerse de tu mamá en un instante y consumar su amor.

—¡No te rías, Andrés, es horrible!

A Andrés le había hecho mucha gracia su propia imagen del par de setentones conspirando con fines románticos.

—No es horrible, Susana. Es lo que es, y ni modo. Tu papá siempre ha hecho lo que ha querido y mientras esté bien y no se ponga en riesgo, yo diría que qué bueno. Así hay alguien más que lo cuide, no sólo tú y la loca de Blanquita.

—Ay, no —dijo Susana, viendo al cielo—. Blanquita. No he comentado el tema con ella, pero seguro la próxima vez que me pesque sola, se va a quejar amargamente.

—Pero no le des cuerda. Ni te encuerdes tú sola, mi vida. Mira —y extendió la mano derecha como siempre que quería establecer un argumento y no quería que la contraparte se perdiera ni un pedazo de la explicación—, en primer lugar, tu mamá se murió hace ¿cinco, seis años?

Susana hizo una cuenta rápida.

—Ya casi seis.

—Muy bien. Luego —y se empujó la yema del dedo anular derecho con la del índice izquierdo, para señalar que iba a la segunda parte—, tú y Catalina ya están grandecitas y se dedican a hacer su vida y negociar sus cosas, ¿no es cierto?

Susana quiso protestar, porque el hecho de que tuviera casi cuarenta años y unos hijos propios no quería decir que no se le desgarrara el corazón de pensar que su papacito convivía (Susana se negaba a utilizar cualquier término que sonara a romance; nomás no podía) con una señora que no era su mamacita.

—En tercer lugar —siguió Andrés, ya entusiasmado con su recuento—, te recuerdo que desde siempre ha sido muy amiguero y muy sociable...

—Sí, bueno, eso sí. Mucho más que mi mamá, que ya es decir.

Andrés se dio una palmada en una pierna, como felicitándose por su capacidad de persuasión.

—Pues ya está. Qué bueno que se haya encontrado con alguien, esperemos que sea una persona decente y de su edad, con quien pueda acompañarse, en lugar de hacer todo solos y no tener ni a quien platicarle con quién se pelearon en la fila del banco, ¿no?

Susana frunció la boca, derrotada. Ella y Andrés tenían peleas épicas, que luego se contaban el uno al otro con lujo de detalles, con personas en la fila del banco.

Se volvió a acostar y volvió al piojito, derrotada.

—Me caes muy mal, fíjate —le dijo a Andrés, que le subió un poco al partido.

—Ya lo sé, mi vida. Soy insoportable.

Pero a Susana enojarse con su papá siempre la dejaba llena de culpa, aunque se hubiera enojado en la intimidad del sillón y sin que se enteraran más que Andrés y los comentaristas de la tele, así que un par de días después, un sábado en que los gemelos salían de su partido de futbol llenos de entusiasmo, propuso que fueran a visitar al abuelo.

Andrés la conocía demasiado bien como para cuestionar sus motivaciones. No era que le encantara que cediera a los chantajes de su hermana ni a su propio sentimiento de culpa, pero sabía que tampoco había muchas opciones; si no iban, Susana iba a estar comida por sus propios fantasmas durante días.

Así que, con el pretexto de que los nietos se morían de ganas de saludarlo, se presentaron en casa de don Eduardo el sábado al mediodía.

Que, tradicionalmente, era la hora de la botana.

—El señor está en el jardín —dijo Blanquita, cuando los vio entrar por la cocina—. Niños, ahí está Lucio, por si lo quieren ir a saludar.

Carlitos y Rosario salieron corriendo a buscar al hijo de Laura, que les tenía una paciencia infinita.

—¡Pero lo obedecen, niños! —gritó Susana, más por cubrir el expediente que por otra cosa, porque ya habían pegado la carrera al piso de arriba.

Laura y Lucio ocupaban las recámaras que eran de Susana y Catalina cuando vivían ahí. Blanquita se había opuesto, diciendo que eso no era correcto, y se había quedado en su cuarto de la azotea con su baño junto. Con los años había accedido a que le pusieran un calentador, pero no había habido manera de que se mudara a otra de las recámaras de abajo, porque "qué iba a pensar la señora".

Laura no aparecía nunca cuando estaban ellos. Entraba y salía de la casa sin llamar la atención y sólo hablaba con don Eduardo cuando se lo encontraba solo y con ganas de platicar. Decía que eran el último refugio académico uno del otro.

Susana se asomó por la ventana de la cocina que daba al jardín y vio a su papá sentado en la silla de hierro forjado que siempre ocupaba, con un tequila y un puñado de cacahuates japoneses que se iba metiendo a la boca de uno en uno. Tenía los ojos entrecerrados, a lo lejos se oía a João Gilberto y la escena era, en conjunto, la estampa misma de la satisfacción.

Méndigo.

Cruzó una mirada con Andrés, pero ninguno dijo nada porque Blanquita no les quitaba el ojo de encima.

—Bueno, pues vamos.

Tuvo que hacer un esfuerzo para no comportarse como una escuincla malcriada y coser a su papá a preguntas, pero tenía el consuelo de que Andrés la estaba pasando todavía peor que ella.

Desde el momento en que se sentaron, don Eduardo no había parado de hablar de la toma de posesión.

—¡Es que no sabes el entusiasmo, mijo! —le decía don Eduardo a Andrés, que tenía una sonrisa congelada en el rostro y seguramente estaba maldiciendo el momento en el que se había dejado convencer por su esposa—; el zócalo estaba a reventar...

Susana se sintió en la necesidad de interceder por su esposo frente a su papá y su alma enardecida.

—Ay, no, papá, pero eso de hacer ceremonias con los pueblos originarios y las canciones, y todo el numerito...

—No sabes qué emocionante estuvo, Susanita —dijo don Eduardo, sin acusar recibo de su tono burlón—. Era un gozo ver a la gente así, feliz, como si por primera vez se le hubiera hecho justicia.

¿Quién usa la palabra "gozo"? Desde luego, tú no, papacito. ¿A quién se lo escuchaste?

—¡Y es que por primera vez se nos hizo justicia! —don Eduardo hizo un gesto enfático que casi lo deja bañado en tequila—. Acuérdate la de veces que fuimos a votar y nos salieron con que mágicamente había ganado el tipo por el que no había votado ni su mamá.

—Sí, eso está muy bien —concedió Susana, entrando en un tema que le incomodaba mucho menos que el tema de su nueva madrastra, como decía Catalina—, pero lo que da un poco en los nervios es el frenesí y el furor. Raya en el culto a la personalidad, ¿no se les hace?

Intentó incorporar a Andrés a la conversación, pero su marido no despegaba los ojos de su vaso de cerveza.

—No, no, para nada —dijo don Eduardo, que también volteó a ver a Andrés, con igual resultado—. Es que no hay de otra; de veras, no cabe duda que sí tiene algo muy magnético. Como que sabe cómo hablarle a la gente.

Andrés, cuya educación lo volvía incapaz de contradecir ni de incomodar a nadie, mucho menos a su suegro, sólo acentuó su sonrisa y levantó las cejas, sin comprometerse a nada.

—Cómo se siente el sol, ¿verdad? —dijo, tratando desesperadamente de cambiar el tema—. Ni parece que ya sea diciembre.

—N'ombre, ni te imaginas cómo pegaba allá en la plancha del Zócalo —dijo don Eduardo, sin darse cuenta de nada—. Menos mal que nosotros estábamos en la terraza de uno de los hoteles, debajo de una sombrilla, si no, la insolada que nos hubiéramos puesto.

—Ah, ¿cómo? —preguntó Susana, con toda la mala intención del mundo—, ¿estuvieron todo el tiempo echándose un tequilita mientras observaban el devenir de la historia? Y yo que los hacía parados al rayo del sol, al pie del templete. ¡Qué barbaridad, qué falta de compromiso con la historia!

¿Y quiénes somos "nosotros", los que "estábamos", papacito?

—¿Bueno?

—¿Mijita? —se oyó la voz de don Eduardo—, ¿Susanita? ¿Me escuchas?

—Sí, papá —le gritó Susana al celular en altavoz—, te escucho muy bien, ¿tú?

—Más o menos —a pesar de que el teléfono estaba junto a la estufa y Susana estaba a un metro, en el fregadero, se escuchaba a gritos—. ¿Qué te estás bañando o qué?

—No, no —Susana ahogó una maldición y cerró la llave del agua—. Estoy enjuagando unos botes de leche.

—¿Y eso tan raro? ¿Qué les enjuagas?

—Los lavo para que los lleven los niños a la escuela.

—Aaaaah. ¿Y qué van a hacer con ellos?

Susana se mordió el labio y vio la hora en la pantalla del microondas. En cualquier momento iba a ser hora de ir por los niños y todavía no les había preparado nada para la salida.

Y sobre mi cadáver que una de las madres preocupadas por el bienestar de mis hijos les vuelve a dar media zanahoria roída porque pobrecitos, a ellos nadie les trajo. Que vayan a hacer sentir malamadre a ver a quién.

—Es la semana del reciclaje y hacen un concurso. Creo que hasta te lo han contado.

—Ya me acordé, que no sabían lo que era un pepenador.

Sí, tener que explicarles cómo se organiza el servicio de limpia y por qué hay gente que hurga en la basura para vivir fue de los grandes momentos de mi semana, papacito, muchas gracias.

—Esteee... —intentó Susana—, ¿como qué se te ofrecía, chulo?

—¿Mande? —respondió don Eduardo—. ¿A mí?

Susana, aprovechando que su papá no podía verla, echó para atrás la cabeza y apretó los puños, desesperada.

—¿Para qué te hablaba yo? ¡Ah, ya sé! ¿Cómo verías que me prestaras a Hansel y Gretel el miércoles para que comieran conmigo? Tengo autorización para pasar por ellos, ¿no?

Inmediatamente, el cerebro de Susana dejó de recorrer mentalmente el refri en busca de un refrigerio sano y rápido (y que los melindrosos de sus hijos se fueran a comer) y empezó a disparar preguntas.

¿Por qué de pronto mi papá quiere convivir tanto con mis hijos? ¿Con quién se tiene que hablar para que los recoja alguien distinto? El miércoles... ¿No tenían nada que hacer el miércoles?

—El miércoles no se puede, papá —dijo Susana, recordando—. Tienen clase de natación.

Don Eduardo suspiró.

—Ay, estos niños con agendas de primer ministro.

Susana hizo "mhm", sin ahondar en el tema, que le chocaba y abrió el refrigerador.

—Podrían ir el jueves.

Oyó a su papá chasquear la lengua.

—El jueves, el jueves... No sé si el jueves se pueda.

—¿Por qué no se va a poder? —preguntó, sacando un pepino de uno de los cajones y cerrando el refri—. Da lo mismo miércoles o jueves, ¿no?

—Pues no, no da lo mismo.

—¿Por? ¿Tienes algo que hacer? —Susana sacó una tabla de picar verdura de una puertita debajo del fregadero.

—¿Qué tanto haces?

Viviendo, papacito, que no todos estamos jubilados.

—Estoy preparándoles un refrigerio a los niños para que se coman a la salida de la escuela.

—Qué consentidos.

—Papá, ¿puedes el jueves?

—No, si el del problema no soy yo. Yo poder, sí puedo.

—¿Entonces quién es el del problema? —preguntó Susana, guardando las barritas de pepino en un tóper.

—Umm... Blanca. Sí, es Blanca. Ya ves que luego tiene que ir al mercado.

—Blanca desde siempre va al mercado los viernes.

—Ay, bueno, no sé —dijo don Eduardo, incómodo—. Déjame ver y yo te hablo.

—Ándale, pues, papá. Me avisas. Te mando besos.

El jueves, que siempre sí resultó que se podía, Susana se vio frente a muchas horas de libertad. Sin la perspectiva de tener que ir por los niños, su mañana parecía eterna.

¿Y si me voy a cortar el pelo?

Debería llevar el coche a verificar.

Desde cuándo estoy diciendo que quiero probar esa clase de yoga del gimnasio...

Pero no. Tenía algo mucho más urgente que quería hacer. Dejó encima de su cama la ropa del gimnasio y tomó su teléfono.

Buscó un número y mandó un mensaje.

"¿Cómo estás? ¡Hace siglos que no te veo! ¿Puedes comer hoy?"

Y, antes de arrepentirse, lo mandó.

—¿Ya la esperan?

—No, fíjese que llegué muy temprano.

El capitán, "Armando", decía su gafete, hizo un gesto de comprensión, como si en la Ciudad de México fuera común que la gente llegara muy temprano a donde fuera, y le pidió que lo siguiera.

Susana tuvo que hacer un esfuerzo para no avanzar dando brinquitos, como hacía Rosario cuando estaba muy contenta. No podía creerse fuera de su casa, entre puras personas vestidas de traje y hablando en tonos graves, sin una sola sillita alta a la vista.

Contrólate, Susana. El señor está trabajando y no tiene la culpa de que nunca salgas.

El capitán Armando le ofreció una mesa en la terraza. Susana se asomó y vio que "la terraza" ocupaba un pedazo de banqueta, y que justo frente a la mesa que le ofrecía Armando con un gesto, del otro lado del cordón que marcaba el límite del restorán, había una mujer sentada en el piso vendiendo muñecas de trapo. Sintió un familiar apretón en el estómago.

—En el salón está bien, muchas gracias.

El restorán era uno de esos restoranes viejos, de siempre, con una carta que no cambiaba nunca, con platillos como ostiones Rockefeller y carne a la tampiqueña, y unos comensales que tampoco cambiaban, más que de partido político. De camino a su mesa, que estaba en una esquina, Susana contó al menos tres diputados plurinominales y un senador de lo que a esas alturas del país se consideraba la oposición.

—¿Le voy trayendo algo de tomar, mientras espera? —preguntó el capitán, desdoblando una servilleta blanca de tela gruesa y poniéndosela en el regazo.

Uy, un negroni. Como cuando no tenía hijos ni existía el alcoholímetro.

—Un agua mineral —dijo Susana—; nacional, si me hace favor.

Miró su reloj. Eran las dos y diez. No tenía idea de cómo calcular ni el tiempo ni las distancias en esta ciudad; con eso de que su radio de acción se había reducido a su casa, la escuela, el súper y las casas de sus papás y sus suegros, no tenía idea ya de cuánto se hacía a ningún lado.

Bueno, no te pongas dramática, Susana. También a veces vas al pediatra. Ah, y a la natación.

Desde luego, ya había perdido la costumbre de salir a restoranes entre semana. Comer fuera con los niños era una experiencia que padecían todos: los niños, los padres, quienes fueran tan ilusos como para querer acompañarlos y el resto de la clientela. La última vez que habían salido, cuando los gemelos tenían como dos años, Carlitos por poco y tira a un mesero y Rosario estuvo a nada de caerse de cabeza en una fuente.

De vez en cuando, se los dejaban a sus suegros, pero eso implicaba más logística que un tratado internacional: meses de negociaciones previas, regateos, cruce de agendas porque no fuera a ser que ese día Amparito tuviera comida con sus amigas o su suegro se fuera al dominó, ruegos a Magdalena para que no se fuera a su casa ese día, y meses enteros, después, de quejas sobre dolencias reales o inventadas que se habían desencadenado por corretear detrás de uno u otra.

Preferían quedarse en su casa y pedir algo. Y, ya en plan festivo, abrir una botella de vino y dormirse a las diez.

Así que sí, Susana tenía razones para sentir que se había sacado la lotería. Le dio un trago a su agua mineral, recargó la cabeza en el respaldo de su silla y cerró los ojos.

Se dio gusto escuchando las conversaciones de las mesas vecinas, un placer culpable que antes podía disfrazar de "investigación encubierta" y ahora no tenía más remedio que atribuírselo a que era muy metiche. Pero no era su culpa: el volumen de las voces era tal, que ni la musiquita de salterio que escupían las bocinas del techo era capaz de amortiguarlas.

—Va a querer que le pasemos todas sus ocurrencias así, como si fuéramos sus achichincles; de mí te acuerdas. Pero no nos vamos a dejar.

—Salud, salud. ¡Por la marcha inexorable de la historia, compañeros!

—¿Te imaginas, el cochinero en los contratos? A ver, si tanto quiere perseguir la corrupción. Al que te platiqué se le deben estar haciendo yoyo los calzones.

—No sabes la de broncas para salirme de la oficina.

La voz conocida le hizo abrir los ojos. Lucía no había cambiado nada. Alguien en su adolescencia le había dicho que se parecía a Audrey Hepburn y no desperdiciaba oportunidad para acentuar el parecido: el pelo cortito, el vestido negro, los tacones altísimos, los lentes oscuros gigantes que traía en la mano, todo tenía un cierto toque a Audrey. Lo único que desentonaba era una bolsa de esas que tienen la marca escrita en todos lados para que a nadie le quede la menor duda de que son carísimas. Cuando se acercó a saludarla, a Susana le pegó en la nariz el olor de un perfume dulzón. Agradeció haberse puesto un vestido (el menos arrugado que encontró, uno gris oscuro de cuando ella también trabajaba en una oficina y era importante), y unos tacones negros, no tan espectaculares, pero decentes.

Susana se levantó para darle un abrazo de ésos donde las clavículas apenas si se tocan a su excompañera de oficina. Ni parecía que en otro momento, no tan lejano, habían sido inseparables.

—Te apuesto dos a uno que tus "broncas" no son ni de la mitad del tamaño de las mías —dijo, volviéndose a sentar y tratando de sonar como si no se sintiera rarísima; como si todos los días saliera corriendo de su casa sin avisarle a nadie.

Lucía soltó una risa burlona.

—Ay, sí, claro —dijo—. Tú ni trabajas. Ni quien te la haga de tos.

—Déjame pensar —dijo Susana, apretando la boca y entrecerrando los ojos—. ¿Tú tuviste que sortear a tres instancias administrativas distintas para que te dieran permiso de que tu papá fuera a recoger a tus hijos a la escuela?

—No —Lucía enarcó una ceja gruesa, pero perfectamente dibujada.

Susana ladeó la cabeza.

—¿Tuviste que negociar con Blanquita el menú, decirle que no importa cuán bueno estuviera su mole de olla, los niños no se lo iban a comer, y amenazarla con las penas del infierno si les dejaba tomar refresco, por más que lo pidieran?

—Uy, no. Pero salúdame a Blanquita.

—De tu parte, gracias. Pero todavía no acabo. ¿Pasaste una hora en tu clóset buscando algo que no estuviera manchado de chocolate o de plastilina, y que no pareciera piyama?

Lucía apretó los labios y negó con la cabeza.

—Bueno —dijo Susana, apuntando a su amiga con el dedo índice—, entonces no me salgas con que te costó trabajo salir de la oficina, ¿sí? De amigas.

—No, no. Yo, mira...

Lucía hizo como que se cerraba la boca con un cierre. El gesto, típico de cuando intercambiaban chismes y hacían juramentos de discreción absoluta que les duraban cinco minutos, puso de buenas a Susana. De pronto, sus hijos, su papá, los recados perentorios de Catalina, Andrés, sus suegros y todo eso que conformaba su vida diaria, se quedó allá, lejos.

—¿Dejaste tu coche en el valet?, ¿no te parece que cobra un dineral? —preguntó Lucía, sacando el celular de su bolsa y frunciendo el ceño mientras picaba la pantalla.

—Vine en taxi. Mi papá se llevó mi camioneta para ir por los niños.

Lucía levantó los ojos, con gesto de horror.

—¿Tú, con camioneta? —se rio—. Qué peligro, no manches. Tu marido o es muy temerario o es muy irresponsable.

—¿Y por qué tendría que haber sido decisión de mi marido? —dijo Susana, sintiéndose extrañamente a la defensiva—, ¿qué, yo no puedo haber decidido que quería una camioneta?

—No —dijo Lucía, moviendo la cabeza—. Perdón, pero no. Ése es uno de los clásicos actos de agresión que nos hacen los hombres, con el pretexto de que dizque nos quieren: nos compran un coche horrible y gigantesco en una ciudad donde nunca hay lugar para estacionarse.

Susana sólo levantó los hombros.

—Es muy cómoda para llevar y traer a los niños.

—Ajá. Claro.

Susana aprovechó que tenía que hacer pipí y que no tenía ningunas ganas de seguir hablando del tema, para decir que iba al baño.

Cuando regresó, el alma se le fue a los pies. En su mesa vio sentado un perfil que reconoció: la nariz recta, levemente ladeada por un balón mal colocado en tercero de secundaria, el pelo negro que se tenía que haber cortado hace dos semanas y que se le enchinaba arriba de la oreja, y las manos que gesticulaban mientras le explicaba algo a Lucía.

Instintivamente, se escondió detrás de una columna.

¿Y ahora? ¿Qué hace este idiota aquí?

Hacía mucho tiempo que Susana había dejado de imaginarse escenarios en los que se encontraba casualmente con Javier. No es que hubieran terminado peleados, eso hubiera implicado que Susana lo enfrentara y le dijera que quería dejar de saber de él porque no le hacía bien; más bien Susana, después de un mes de salir con Andrés, se presentó un día y le dijo que ya lo había pensado mejor y que no quería que se asociaran. Y luego procedió a borrar todos sus números y a bloquearlo de todos lados.

Súper madura. Pero yo asumí que jamás lo iba a volver a ver.

Y, claro, como le había ocultado todo a Lucía, porque se moría de pena, Lucía no tenía por qué saber que en este momento a Susana se le estaba exprimiendo el estómago como jerga.

Se acercó, porque ya los meseros la estaban viendo raro.

—¿Cómo ves a quién le cancelaron ahorita mismo una comida? —dijo Lucía, señalando a Javier, que ya se estaba levantando para saludar a Susana.

Susana le ofreció de mala gana el cachete y trató de no reaccionar cuando le dijo que qué milagro y le reclamó que no se hubieran visto en tanto tiempo.

Como si nada.

—Ay, sí. —dijo Susana, tratando de parecer cordial—. Me cambió un poco la vida.

—¡Cuánto le habrá cambiado, que ya es señora de camioneta! —dijo Lucía, adoptando el tono burlón que siempre habían tenido cuando trabajaban juntos, y que a Susana le pegó en los nervios.

Se obligó a sonreír, y a poner cara de "pues sí, ya ven".

—¡No lo puedo creer! ¿Tú? ¿Tú, que hacías llorar a senadores y diputados y no aceptabas ningún acuerdo? ¿Tú, que eras el terror de la cámara alta y la baja?

Y dijo el nombre de un político. Uno de esos que Susana fingía no conocer y que estaba sonando mucho para convertirse en el líder de la bancada mayoritaria en el Senado.

Por reflejo, Susana revisó las mesas de alrededor para cerciorarse de que no hubieran oído. En estos lugares había que tener cuidado.

—Bueno, pero eso fue hace mucho —dijo—, y cuidado y se corre la voz y le llega a mi familia política.

Javier le dedicó una sonrisa burlona.

—¿Te da vergüenza tu pasado?

—No, claro que no —dijo Susana, haciendo un gesto como si quisiera aplastar las palabras de Javier—. Pero no tiene nada que ver con quien soy ahorita.

Antes de que Javier pudiera volver a la carga, apareció un mesero que puso frente a Susana un vaso corto con un líquido rojo, una rodaja de naranja y hielos.

—Negroni, señorita.

—Pero...

Lucía la interrumpió, levantando su propio vaso de vodka tonic.

—No nos puedes hacer el desaire, Susana —la chantajeó—. Por los viejos tiempos...

Ya se me había olvidado lo sonsacadores que son éstos.

Susana respiró profundo y levantó su vaso.

Brindaron. Por los viejos tiempos.

Pidieron sin ver la carta: Susana y Lucía una ensalada mixta, sin cebolla y con el aderezo a un lado, para compartir, y el pescado a la parrilla para Susana y una pasta para Lucía; Javier, unos camarones rasurados y la carne a la tampiqueña.

—¿Pedimos un vinito? —preguntó Javier, mientras el mesero los miraba.

—Yo tengo que regresar a la oficina —dijo Lucía.

—No, no —Susana levantó su Negroni—. Tengo que ir por los niños.

Javier miró al mesero con aire de fatalidad.

—Ni hablar, ni hablar. ¿Te encargo otro whisky, entonces?

Susana no había reparado en el vaso vacío de Javier. Otro detalle que había olvidado.

—Bueno, ahora sí, cuéntanos —dijo Javier, acomodándose en su silla—, ¿qué es de tu vida? ¿Cómo te pesca nuestra nueva realidad?

Por primera vez desde que había llegado, Susana se rio con ganas.

—¿Cuál nueva, mi rey? —dijo, con sorna—. Es la misma de siempre. Mira, nomás.

Hizo un gesto que abarcó el restorán completo, con todo y terraza con vista a la pobreza.

—Bueno, oye, no te pongas así. Apenas van llegando.

Susana levantó las palmas de las manos.

—Tienes razón —concedió—. Es que, con la campaña... Terminé agotada, ¿ustedes no?

—Uy, no —dijo Lucía—, para nada. Fue la mejor que hemos tenido en años, ¿no se te hace? Participación, ideas, discusiones... se puso bien.

Susana negó con la cabeza.

—¿No se te hizo? —preguntó Javier.

—No. Se me hizo eterna, me harté de escuchar a mis suegros anticipando el fin de los tiempos y a mi papá cantando el fin de la opresión.

Lucía se rio.

—Y tú, en medio.

—Y yo, en medio, como mensa, poniendo todas las encuestas en perspectiva y explicándole a mi suegra que el audio que mandó alguien en su chat del grupo de oración diciendo que las masas estaban saqueando el Chedraui sonaba más falso que nada.

Javier echó la cabeza para atrás, de puro deleite.

—No manches, los audios.

—Para eso sí se acordaban que un día tenía yo vida —*Susanita, ¿estás hablando mal de tu familia política con un par de extraños?*—, para preguntarme si sí sería cierto eso que les habían mandado los del club, o para preguntarme si sería prudente ir a los mítines.

—Y a que luego no te hacían caso —dijo Lucía—, mis papás, igual.

—¡Claro que no!, ¡obviamente que no! —dijo Susana, gesticulando con su vaso—. El irresponsable de mi papá hasta se nos escapó para ir a la toma de posesión y luego publicó sus fotos en el feis. Como adolescente.

El mesero interrumpió su jolgorio con sus dos primeros platos. En el de Javier nadaban diez camarones enormes, fresquísimos, en una alberca de salsas con pedacitos de chile y cebolla.

Susana tenía frente a sí el cúmulo de lechugas más aburrido de la historia y una salsera con vinagreta.

¡Mocos! ¡Los niños!

Susana dejó de prestarle atención a Javier, que juraba conocer "de muy buena fuente" (*¿pues qué otra cosa van a decir?*, *¿"quien me lo dijo es mentirosísimo pero la historia merecería ser cierta"?*) la conversación entre el presidente y el candidato ganador la noche de la elección.

¡Le dije a mi papá que iba a estar pendiente!

—¿Qué te pasa? —preguntó Lucía, viéndola revolver frenéticamente el contenido de su bolsa elegante, colgada en un perchero junto a la mesa— ¿Qué buscas?

—¡Mi celular! —explicó Susana, tratando de encontrar su teléfono entre montones de pañuelos desechables, no todos nuevos, tres lipsticks porque no podía decidirse por uno, una bolsita de toallitas húmedas, dos paquetes de galletas, su cartera y varios juegos de llaves.

Tenía tres llamadas perdidas de Andrés.

Chin. Ya debe estar pensando que me chupó la bruja.

—¿Susana? —dijo Andrés sin dar tiempo a que sonara ni dos veces el teléfono—, ¿dónde estás?, ¿qué pasa?

—Estoy comiendo, Andrés —Susana se sintió irritada por el tono de alarma de su marido.

¿Como qué quiere que pase? ¿No me puedo despegar ni un segundo de mi casa?

—Llamé a la casa y no me contestó nadie.

—Porque los niños están con mi papá. Él los recogió de la escuela.

Javier levantó una mano y le hizo gestos al mesero para que

les trajera otra ronda. Susana intentó protestar en silencio, pero él hizo como que no se enteraba.

—Sí, ya le tuve que hablar a tu papá y ya me dijo —le reclamó sutilmente Andrés—. Pero ¿tú dónde estás? Pensé que también ibas a comer ahí.

¿Qué más da dónde estoy? ¡Déjenme un rato, caray!

—No, yo estoy... —Susana miró a su alrededor, a las mesas, los meseros y todas las personas a las que nadie les cuestionaba por qué no estaban en casa de sus papás vigilando que sus engendros no se llenaran las narices de chícharos—. Estoy comiendo con una amiga.

Javier levantó las cejas.

—¿Con una amiga? ¿Qué amiga?

—¿Mande? Casi no te oigo.

—Que con qué amiga estás comiendo —se oyó la voz de Andrés, fuerte y clara.

—Con Lucía —dijo—, no la conoces. Es del despacho.

—¿Lucía? —volvió a repetir Andrés—. No, ni idea. Bueno, ¿y qué? ¿A qué hora te desocupas o qué? ¿Qué va a pasar con los niños?

A la hora que yo quiera, y los niños por mí que duerman en la banqueta, fíjate.

—Ya en un ratito salgo para allá y paso por ellos y por la camioneta.

Se hizo un silencio.

—Ah, ¿tu papá, además, tiene la camioneta? —el tono de Andrés ya era de franca molestia.

—Sí, para que los recogiera, por las sillas y eso —Susana trató de aplacarlo—, pero no te preocupes, ahorita los recupero a todos.

—Bueno, por favor no te tardes, ¿sí? Ya ves cómo se ponen los niños cuando los sacas de su rutina.

No, no. Por favor, explícame cómo se ponen mis hijos. Ándale.

—No, en un ratito más ya me voy —insistió Susana—. Te aviso cuando salga. Besos.

Colgó y dejó el celular a un lado. Sin ganas de dar explicaciones, Susana le dio un trago al segundo Negroni que no había pedido y partió un pedazo de pescado blando.

Cuando levantó los ojos, se encontró a Javier y a Lucía mirándola como con tristeza.

—No te puedo imaginar metida en tu casa —dijo Lucía—. ¿No te aburres? Yo me estaría sacando los ojos.

Susana masticó despacio.

—No, ¿eh? Tengo un montón de cosas que hacer.

—¿Llevar y traer a los niños y vigilar a tu papá para que no se vaya al Zócalo?

A Susana no le gustó el tono burlón de Javier.

—Entre otras cosas—dijo, levantando la cabeza, retándolo—, ¿por? ¿Te parece poco?

Javier sacó el labio inferior y ladeó la cabeza.

—No. Me parece que está muy bien que lo hagas si eso es lo que quieres —dijo—, pero no creo que sea lo que tú quieres.

—¿Y por qué? —Susana se inclinó hacia delante—, ¿por qué no?

—Porque eres muy buena para esto como para abandonarlo y dedicarte a hornear panquecitos —su voz adquirió un tono más serio—. Y porque, a como se ven las cosas, a este país le va a urgir alguien que pueda disentir.

Susana se rio.

—Según veo en las redes sociales, si algo le sobra a este país es quien disienta.

—Sí, Susana, pero no en Twitter y Facebook —dijo Lucía—, algo en serio.

—Pues para eso están ustedes —dijo Susana, a la defensiva.

Se hizo un silencio. Los tres clavaron los ojos en el mantel, como si se les hubiera acabado la cuerda.

—Lo único que digo —dijo Javier, después de un momento— es que podrías volver el día que quisieras y serías bienvenida.

Susana negó con la cabeza.

—No —dijo—. Después de como me fui, no le puedo salir a Fernando con que fíjate que siempre sí quiero regresar...

Javier la miró, extrañado.

—¿Fernando? —preguntó—. Fernando se retiró hace dos años.

Susana casi se desmaya.

—¿Se retiró Fernando?

—¡No, bueno! —Lucía dejó a medio camino su bocado de pasta—, ¿cómo no lo sabes? ¿No eran muy amigos tus papás y Fernando?

Susana levantó los hombros.

Tampoco es cosa de ponerse así, digo. Yo cómo voy a saber.

—Sí —dijo Javier, hablando muy despacio como si tuviera miedo de que a Susana se le escaparan los detalles—. Hace como dos años, Fernando nos juntó a todos y nos dijo que las cosas estaban muy difíciles, que ya no era el de antes, que había que saber cuándo retirarse...

Sus manos imitaron los gestos pausados y circulares de Fernando.

—Y como acababa de pasar lo de su divorcio de Toni...

—¿Qué? ¿Toni está divorciada?

"Toni es el gran amor de la vida de tu padre."

La frase daba vueltas y vueltas en la cabeza de Susana, como cuando echaba los tenis de los gemelos a la lavadora y luego los oía hacer "toink, toink, toink" cada vez que pegaban con una pared.

No debe haber tenido más de once años cuando escuchó a su mamá decirla, y sin embargo, no se le olvidaba. Le hizo una impresión tremenda.

Era una fiesta de cumpleaños. Probablemente de la doctora o de don Eduardo y, como siempre, habían invitado a comer a Fernando, Toni y sus hijos: Fernandita y Daniel. Susana, harta de estar confinada al jardín, donde habían mandado a los niños a que se "entretuvieran sin matarse", como decía don Eduardo, entró a la casa a negociar con su mamá que ya los dejaran comer. O, de perdis, que le dieran la opción de matar a Fernandita, que era perfecta y le daba en los nervios.

Pero se topó con su mamá, recargada contra el dintel de la puerta de la cocina, sosteniendo un cuenco lleno de hielos que acababa de sacar del congelador.

—Mamá —dijo Susana—, ¿ya podemos comer?

La doctora no contestó. Susana siguió la línea de sus ojos y encontró a su papá y a Toni, discutiendo un libro que Susana recordaba haber visto durante meses en el buró de su mamá.

—Mamá —repitió Susana, ahora en voz mucho más baja,

a sabiendas de que se estaba metiendo donde no le correspondía—. Mamá.

La doctora suspiró, y rodeó con su mano helada los hombros de Susana, atrayéndola hacia sí. Susana casi se desmaya del desconcierto.

—Toni es el gran amor de la vida de tu padre, Susanita.

Nunca volvieron a hablar del tema. Alguna vez Susana, ya mucho más grande y ligeramente más valiente, le había pedido explicaciones a su mamá, pero la doctora se había negado a dárselas.

—¿Que yo dije qué? —preguntó, mientras paseaban por los Campos Elíseos, lamiendo sendos helados de pistache y disfrutando de uno de los pocos días de vacación que Susana se había concedido ese verano en que estudiaba la maestría—. Ay, mijita, por favor. Qué novelerías son ésas.

La doctora era economista. Y de las rígidas. Su mundo giraba en torno a datos, evidencias y realidades susceptibles de ser medidas. Todo lo demás, lo que no se podía explicar, predecir o cuantificar, prefería ignorarlo. No se detenía en figuraciones como si su matrimonio era feliz o si sus hijas vivían satisfechas; hacía lo que podía con lo que tenía a la mano, y seguía adelante.

Y, mientras, Susana, que no era así, se angustiaba enormemente. A esas alturas, ella y Catalina ya habían consumido suficientes telenovelas a escondidas, inclinadas sobre la mesa de la cocina, turnándose para echar aguas por si se aparecían sus padres, que les tenían prohibidísimo sintonizar siquiera el canal dos, como para manejar términos del tipo de "amante", "infiel", "divorcio" y "la engaña con otra mujer". Las noches insomnes de Susana se llenaron de escenas donde Toni, que era una señora encantadora, que siempre le había caído muy bien porque no sólo le preguntaba cosas, sino que ponía atención a sus respuestas, era la causante de una separación terrible de sus padres que dejaba a las dos niñas obligadas a compartir cuarto con Fernanda y a separarse de su mamá y de Blanquita.

Porque Blanquita se tenía que quedar con la doctora, ¿no? Así era, al menos, en las telenovelas; el señor de la casa era el que empacaba diez corbatas en una maleta una tarde y se iba.

Y don Eduardo ni tenía tantas corbatas. Tenía más bien suéteres.

Durante meses, Susana se mantuvo hipervigilante de la relación de sus padres. Cualquier apariencia de frialdad la interpretaba como una muestra inequívoca del horror que se les venía encima. Si un fin de semana don Eduardo decía que prefería no ir al cine porque quería descansar, que se fueran ellos, a Susana le daban ganas de abrazarse a sus rodillas como en película de Pedro Infante (ésas que veían en el canal cuatro, y que también tenían prohibidas) y pedirle "no nos dejes, papacito, no te vayas".

Nunca lo hizo. Conocía lo suficiente a sus padres como para saber que lo único que iba a conseguir con eso era que la regañaran por melodramática y la sujetaran a un interrogatorio inquisitorial sobre su consumo televisivo. No pudo hacer más que mantenerse alerta y prevenir cualquier tipo de tropiezo en la vida matrimonial.

Que nunca hubo. Don Eduardo y la doctora se quisieron y se aguantaron como los grandes. Y fueron tan felices como iban a ser siempre, hasta el día en que la doctora se sintió mal en una junta, pidió por favor que llamaran a una ambulancia porque tal vez estaba indispuesta y cuando llegó al hospital ya había sido víctima de un infarto fulminante.

Don Eduardo pasó años metido en su casa, tristísimo. Preguntándole a sus hijas ora qué iba a hacer si se le había ido la Rosario.

—¡Susanita! —dijo Blanquita viéndola entrar por la puerta de la cocina—. Qué bueno que llegaste, ¿de dónde vienes así, tan elegante?

—Ay, de un lugar muy raro, Blanquita, ni me preguntes —respondió Susana dándose un beso en los dedos y posándolos sobre el cachete de la mujer que las había cuidado y malcriado desde la infancia—. ¿Mi papá y los niños están en el comedor?

—Sí, Susanita, ahí están —por la forma en que Blanquita apretaba la boca y se acariciaba la trenza, Susana adivinó que quería decir algo más.

—¿Están nada más ellos? —preguntó, sospechando la respuesta.

—No —dijo Blanquita, levantando la ceja con el mismo gesto de cuando de chicas no querían terminarse las verduras. Se acercó y dijo en voz baja—. Tenemos visitas.

—Ah —dijo Susana, siguiéndole la corriente—, ¿cuántas visitas?

Blanquita, sin soltarse la trenza, suspiró teatralmente y vio el techo, como pidiendo al cielo que le diera fuerzas.

—Una, nomás —dijo, sin bajar los ojos—. La señora Toni.

Ya lo sabía. No sé por qué lo sabía, pero ya lo sabía.

—Y nada más ella, ¿eh? —insistió Blanquita, ahora sí, viendo a Susana para comunicarle lo imperioso de la situación—. No venía con el doctor Fernando.

A Susana le sorprendió el tono reprobatorio de Blanquita, que siempre se había llevado bien con la señora Toni. Pero no podía evitarlo; para ella, cualquier mujer que "se metía" a la casa de un señor, por muy viudo que fuera, estaba internándose en un terreno que no le correspondía.

—La señora me lo encargó —decía, cada vez que alguna de las hermanas le hacía burla de su celo.

—No le hagas, Blanquita —le respondía Susana—, a mi mamá no le dio tiempo de encargar nada.

—Es cierto —concedía Blanquita—; Nuestro Señor se la llevó muy pronto, sin que sufriera, porque era muy buena. Pero si hubiera podido, me lo hubiera encargado, ¿a poco no?

Ésa era la típica lógica de Blanquita. Nunca perdía y, cuando perdía, arrebataba.

Susana se asomó por el cuadrito de cristal de la puerta abatible que separaba la cocina del comedor. Todo su aplomo se le fue a los pies cuando confirmó que sí, esa señora sentada junto a su papá, con el pelo corto peinado con crepé y pintado de caoba, la nariz recta y los labios gruesos color frambuesa era Toni, la esposa —exesposa, según acababa de averiguar— del mejor amigo de su mamá.

Volteó a ver a Blanquita.

—¿Ah, verdad?

—¿Y ora?

Blanquita sólo torció el gesto.

Susana se quedó parada, sin saber qué hacer. Por un momento contempló salir por donde había entrado y llamar desde la calle a su papá con cualquier pretexto para no ir nunca por sus hijos. Sentía en la espalda los ojos de Blanquita, muerta de curiosidad por saber cuál iba a ser el desenlace de ese pequeño drama de la vida real.

Puso una mano sobre la puerta y se obligó a empujarla.

Respira, Susana, respira. Recuerda que tú eres el adulto, tú eres el adulto, tú eres el...

—¡Mami! —gritaron Rosario y Carlitos, y se pararon para lanzarse a sus brazos como si no la hubieran visto en años.

—¡Hola, monstruos! —dijo Susana—; no se paren, no se paren, sigan comiendo. ¿Cómo están?

—¡Miss Tere dice que le debes una circular! —gritó Rosario.

—¡La mamá de José Pablo dice que te ha mandado un millón de whats y no le contestas y que eso no es de amigas! —gritó Carlitos.

Susana levantó las manos, pidiendo silencio.

—Criaturas, por caridad. Qué van a pensar de ustedes —volteó por fin a ver a los adultos de la mesa: su papá estaba muerto de risa viendo a los niños y Toni fingía estudiar con detalle los bordados oaxaqueños del mantel.

—Hola, papá —le dio un beso en el cachete—. Hola, Toni, qué gusto.

Tuvo que hacer acopio de todas sus fuerzas para darle un beso y hacer como que no era rarísimo todo.

—Susanita, qué gusto verte —hasta la voz la seguía teniendo igual, un poco más ronca—. Hasta que se me hizo conocer a tus hijos, que son igual que como los describe su abuelo, una monada.

¿Eh?

Susana respondió al comentario con una sonrisa súper falsa y se sentó en su lugar, entre Rosario y Carlitos. Como siempre, Carlitos tenía su lugar regado de migajas y el plato completamente limpio; Rosario, en cambio, había cumplido con comerse cada uno de los granos de arroz y había dejado a un lado un montoncito de chícharos y zanahorias cortadas en cubitos.

—Rosario, mijita —dijo Susana metiendo el tenedor al plato de su hija y agradeciendo la distracción—, ¿por qué no te comes las verduras?

—Es que no me gusta todo junto, mamá.

—Pero es arroz con chicharitos y zanahorias, mijita. Ni modo que no estén juntos.

—Igualita que tú a esa edad —dijo don Eduardo, minando cualquier autoridad de Susana—; cuidadito y los platillos se tocaban, porque no te comías nada. Era peor que el Apartheid.

—¿No te gustaba el arroz con chícharos, mami? —preguntó Carlitos.

—Sí, hombre, claro que me gustaba —dijo Susana, enviándole a su papá una advertencia con los ojos—. Tu abuelo sólo está haciendo chistes.

—Cuidadito y la salsa de las albóndigas se escurría al arroz, porque la comida se convertía en una tragedia, ¿te acuerdas?

Ese último comentario ya fue *sotto voce* y dirigido a su compañera de mesa, no a Susana ni a los niños.

—Tú disculpas el caos —Susana se dio por vencida con Rosario y sus manías y se dirigió a la mujer sentada a la derecha de su papá—, pero es que...

Hizo un gesto con las manos, como queriendo decir que la rebasaba la situación.

—No te preocupes. A esa edad son tremendos. Mi hijo el más chico, Danielito, ¿te acuerdas de él, no?, tuvo una época en que no comía nada. Pero nada, punto, ¿se acuerdan? Su terapeuta decía que era una forma de rebelarse contra su papá, que ya sabes que era un tirano, o bueno, es todavía.

O sea, ¿cómo?, ¿qué?, ¿perdón? ¿Sí se acuerda que el "tirano" era amigo de mi mamá, que en paz descanse, y usted dizque también? ¿Y que era mi jefe? ¿Y qué hace aquí? ¡Y suelte a mi papá, maldita lagartona!

—Sí, me acuerdo perfecto. ¿Cómo está Daniel? Me enteré que se quedó a cargo del despacho, ¿cómo le va?

Susana cerró la puerta del baño, le puso el seguro y le dio un leve empujón a la puerta para cerciorarse de que realmente estaba cerrada. Con tantos niños, nunca se podían tener demasiadas precauciones.

Sacó el celular de su bolsa y marcó.

—¿Qué onda? —dijo, cuando escuchó la voz de su hermana—, ¿dónde estás?

Se escuchaba un ruido espantoso de bocinas de coches y gente que gritaba.

—Saliendo hacia una junta, que aquí ya es de mañana —le gritó su hermana—, ¿tú?

—En casa de mi papá.

—¿Y por qué se oye tanto eco? —se rio—. ¿Estás encerrada en el baño?

—No —dijo Susana, olvidándose de su vestido y sentándose sobre el mueble del lavabo.

—Estás encerrada en el baño —confirmó Catalina—. ¿Y eso? ¿Es porque ya no aguantas a tus hijos?

—No. Es porque llegué y hay visitas —dijo Susana.

Y hay una señora con mi papá que no es mi mamá. Dios mío, parece que estoy en la secundaria.

—¿Visitas? —preguntó Catalina—, ¿en jueves?

—Sí, fíjate nada más —dijo Susana—. Toda una sorpresa.

Se hizo un silencio en la línea.

—Aaaaah —dijo por fin Catalina—. Ya entiendo. Toni.

—¿Por qué no me habías dicho?

¿Por qué siempre soy la última en enterarse de todo?

—Ay, pues se me había olvidado —dijo Catalina, con su despreocupación de siempre—, ¿y la viste feo?

—No, no la vi feo —Susana, columpiando las piernas que colgaban del lavabo—. Yo no veo feo.

Catalina suspiró.

—Es que por qué nadie me dice nada.

¿Estás llorando, Susana?

—¿Estás llorando, Susana?

—Susanita, ¿viste que a tu camioneta se le prende un foquito?

Ay, ya basta con el foquito.

—Sí, papá —dijo Susana, maniobrando para salir por la estrechísima puerta de la casa de sus papás—. Ya vi.

—Es que puede ser grave, Susanita.

Tranquila, Susana. Tranquila.

—Sí, abuelo —gritó Carlitos desde atrás, siempre servicial—. La señorita de la gasolinera no sabe qué es. Que tal vez un corto.

—Ah, no me digas —dijo don Eduardo, y Susana bajó la ventanilla para que su papá metiera la cabeza y pudiera conversar con su nieto más en forma—. ¿No serán los fusibles, tú?

—¿Los qué? —preguntó Carlitos.

—Los fusibles, Carlitos —dijo Susana, buscando los ojos de su hijo por el espejo retrovisor—. Pero dile a tu abuelo que no estamos seguros de que estos coches todavía tengan fusibles. Dile que ya todo son chips.

—Ya todo son chips, abuelo —dijo Carlitos, solemne.

Don Eduardo entrecerró los ojos, escéptico.

—No estoy tan seguro, pero bueno, está bien —le mandó un beso a los niños con la mano y le dio un beso en el cachete a Susana—. Vete con cuidado, mijita, hablamos luego.

—Sí, ándale. Ya métete que tienes esperando a tus visitas —le respondió Susana, mirando hacia el interior de la casa con la ceja levantada.

Don Eduardo enrojeció.

—Ya sabía yo que algo iba a escuchar —levantó el dedo índice—. Ya sabía yo.

Por toda respuesta, Susana movió la cabeza, forzando una sonrisa, y se echó en reversa para salir a la calle. Antes de dar la vuelta, sacó la mano por la ventanilla y se despidió de su papá.

Mami, ¿por qué no te cae bien
la amiga del abuelo?

El truco está en contestarle a los niños algo que vayan a entender y no los deje traumatizados de por vida. Porque estoy segura de que la explicación melodramática de que es que Toni antes tenía otro esposo pero en realidad mi papá y ella siempre se amaron en silencio, no sólo no les va a resolver ninguna de sus dudas inmediatas, sino que se va a quedar almacenada en sus pequeños inconscientes y va a aflorar en el momento más inoportuno, ya que tengan edad y condición para entender que la vida se parece mucho más de lo que uno querría a una telenovela chafa.

—Claro que me cae bien, Carlitos, ¿por qué dices eso?

—Pues es que Blanquita dijo "uy, van a ver ahorita que llegue su mamá y la vea". ¿Verdad?

Rosario confirmó. Así, así había dicho.

Esa Blanquita, tan comunicativa. Voy a tener que volverle a recordar sutilmente que aquí las criaturitas ya entienden, procesan y repiten todo lo que escuchan.

Y no se conforman con cualquier respuesta, como ahora mismo no me estaban quitando los ojos de encima hasta que no les diera una explicación que consideraran más satisfactoria.

Les di una cierta versión de los hechos.

Toni claro que me caía bien. A Toni le debía, por ejemplo, haber visto todas las películas de princesas, porque ella nos llevaba a Catalina y a mí a verlas.

—¿Y por qué no iba con sus hijos? —preguntó Rosario.

—Íbamos con su hija. Su hijo Danielito no iba porque decía que las películas de princesas no son para niños.

—¡Pero sí son! ¡A mí me gustan! —Carlitos era un fiel admirador de Mérida.

—Pues eso pensaba él, Carlitos, qué te puedo decir.

No les dije que mi mamá nos tenía prohibido ver esas películas porque según ella no hacían más que perpetuar estereotipos machistas y dejarnos con la idea de que lo mejor que nos podía pasar en la vida era que viniera un hombre y nos rescatara.

—Así no son las cosas, niñas —nos decía, cada vez que salía el tema a la conversación, que era cada vez que se estrenaba alguna película en el cine—; en esta vida nada se consigue con casarse, por más que sea con un príncipe azul que las lleve a vivir a un castillo. En esta vida las cosas se logran estudiando, esforzándose y trabajando mucho, y saliendo adelante por los propios medios, ¿me entienden?

Y decíamos que sí, que entendíamos. Aunque a esas alturas; yo tenía ocho años y Catalina, seis, lo único que queríamos era ir al cine a ver a los ratoncitos y al hada madrina que sacaba su varita y hacía "bíbidi-bábidi-bú"; no teníamos mayores ilusiones con respecto a nuestro futuro, además de que nuestros años junto a la doctora nos habían enseñado que todo lo bueno en esta vida cuesta mucho esfuerzo.

Pero mi mamá no contaba con Toni, que tenía de consentidora, de "papanatas", decía mi mamá, lo que la doctora tenía de infranqueable.

Fue Catalina, por supuesto, la que negoció todo. Catalina tenía unos alcances con los que yo ni soñaba; nada le daba pena, nada le costaba trabajo y hasta la fecha se le resbala absolutamente lo que pueda opinar el mundo de ella.

Entonces un día en que Toni fue a comer a la casa, se esperó a que se parara al baño y la fue a interceptar.

—No hagas planes para el viernes en la tarde —me dijo cuando regresó, muy críptica, como mafioso de película.

Y, en efecto, un par de días después, mi papá nos preguntó si queríamos ir el viernes al cine con Toni y con Fernandita.

—Sí, sí queremos —dijo Catalina, antes de que yo pudiera decir nada.

Después le reclamé. Qué tal que yo no quería, le dije. Qué tal que no tenía ganas de convivir con Fernandita, que ya desde entonces era un hígado y me decía que era una escuincla inmadura porque ella ya tenía nueve años y no tenía paciencia para tratar con mocosas de mi edad.

—Claro que quieres —me contestó—. Sí vamos a ir a ver *Cenicienta*.

Y no sólo eso. Íbamos a ir a un cine en la colonia Del Valle que parecía un castillito. Era como un sueño hecho realidad.

—Pero ¿a poco mis papás nos van a dejar?

—Mi papá ya dijo que si queríamos ir —dijo Catalina, con el tono que adoptaba siempre que yo demostraba no estar a la altura de las circunstancias.

Lo bueno es que desde muy chica había aprendido a no dejar que se me notara en la cara la sorpresa, así que cuando Toni se paró en la puerta de mi casa y les dijo a mis papás que nos regresaba en cuanto terminara el documental sobre las mariposas monarca, yo ni pestañeé.

—A ver, niñas —nos dijo Toni, una vez que estábamos sentadas en la parte de atrás de su coche, un Atlantic color café—, ¿son conscientes de que no está bien mentirle a sus padres?

Las dos dijimos que sí, que éramos conscientes.

—Entonces, ¿les parece bien que vayamos al cine, nos compremos unas palomitas…?

—Yo quiero Sugus —interrumpió la inoportuna de Fernandita.

—Bueno, ¿que nos compremos cada quien la golosina que

quiera, veamos la película y luego regresemos y hablemos claramente con sus padres?

Catalina, que siempre ha sido de disfrutar ahorita y pedir perdón después, dijo que sí, que claro. Yo no estaba tan segura. Una cosa era desobedecer, pero desobedecer y luego confesar, me ponía muy malita de mis nervios.

Aunque eso no me impidió disfrutar la película. Sentada en la butaca, con mi bolsa de palomitas y una naranjada Bonafina llenísima de colorante y azúcar, fui la más feliz del mundo. Pero, con todo y todo, a pesar de que me horroricé con las hermanastras, me emocioné con el vals y adoré absolutamente a los ratoncitos, en el fondo del estómago tenía un ronroneo que no me dejaba en paz. Llegando a la casa íbamos a tener que confesarles nuestra falta a mis papás, y esa perspectiva lo cubría todo con una nubecita negra.

—Tenemos una confesión que hacer —dijo Toni en cuanto mi papá abrió la puerta.

—No me digas que alguna vomitó —se oyó la voz de mi mamá desde la sala—. Susanita, ¿fuiste tú? ¿Qué te he dicho de esa naranjada horrible?

Antes de que pudiera defenderme y decir que qué afán de que fuera siempre yo la que había hecho algún tiradero, Toni salió en mi defensa y preguntó si nos podíamos sentar todos en la sala. Fernandita, claro, dijo que ella por qué si ella no había hecho nada y Toni le dijo que porque sí y que se sentara sin dar lata.

La reacción de mis papás fue la típica en ellos: cada uno lo tomó, por razones distintas, como una afrenta personal, y se tardaron un rato en darse cuenta de que el tema no les concernía a ellos, sino a nosotras.

La doctora, por supuesto, retomó su asunto del discurso machista y heteropatriarcal, y los estereotipos de género y las damiselas en desgracia.

—Ay, Rosario —la interrumpió Toni, a la mitad de su diatriba—. Esos modelos existen y no es prohibiéndoles películas como vamos a combatirlos. Yo creo que tus hijas y la mía ya saben a estas alturas que las mujeres tenemos los mismos derechos y merecemos las mismas oportunidades que los hombres.

Mi papá, sentado en su sillón de orejas, se retorcía las manos, sin saber cómo decir lo que estaba pensando.

—Yo estoy absolutamente de acuerdo con lo que dices, Toni —empezó—, pero ¿qué quieren?, me duele la mentira. Ya saben que hemos acordado que las mentiras no, no están bien.

Se escuchó un "ash", proveniente de Fernandita, que volteó los ojos al revés para dejar bien claro hasta qué punto le dábamos flojera todos.

Y ahí fue cuando Catalina preguntó si no se valía mentir cuando nadie escuchaba tus razones.

—Dijimos que queríamos ir y no nos dejaron —dijo, cruzada de brazos y desafiante mientras yo miraba el piso fijamente, con ganas de meterme debajo de una mesa—. Entonces, ni modo, no nos dieron otra opción que decir una mentira.

De reojo vi que los tres adultos cruzaban miradas. No era un mal argumento, para nada.

—Sí, pero les habíamos dicho que no queríamos que la vieran.

—Pero era una película para niños —contestó Catalina—. Si es una película tonta o que nos da malas ideas, es nuestra responsabilidad. No es como si fuera una película para grandes y la hubiéramos visto.

—No es como las telenovelas —dije yo, muy quedito, pero queriendo contribuir a la discusión.

En ese punto, Toni dijo que ella se disculpaba por la parte que le tocaba, que no lo iba a volver a hacer y que ahí nos dejaba para que nos hiciéramos bolas.

Pero el daño a mis papás ya estaba hecho; por más que a mi mamá las películas de Disney le crisparan los nervios, ya habíamos establecido nuestro supremo derecho a tener mal gusto.

Cada cierto tiempo, Toni, a veces con y a veces sin Fernandita, pasaba por nosotros y nos llevaba al cine.

Hasta su último día (o casi), mi mamá insistió en que mi absurda idea de casarme se la debíamos a Toni y a las películas de princesas.

—¿Qué les parece si hoy hacemos una tarde de cine? Susana se asomó por el espejo retrovisor para ver a sus hijos, que guardaban un silencio sospechoso. Se estaban viendo el uno al otro.

—¿Qué es eso, mami? —preguntó Rosario.

—Pues ahorita que lleguemos a la casa preparamos unas palomitas y vemos una película —les explicó Susana, como si fuera lo más obvio del mundo—, ¿qué les parece?

Más silencio.

—¿Primero vamos a ir al doctor? —preguntó Carlitos—, ¿nos van a inyectar?

—¡Nooooooo! —gritó Rosario, desconsolada.

—No, no, a ver —dijo Susana—. Tranquilos. No vamos a ir al doctor ni va a haber inyecciones ni nada. Cálmense.

El semáforo se puso en verde y Susana tuvo que dejar de mirar el espejo retrovisor. Pero el silencio de los niños no la engañaba, estaba segura de que se estaban comunicando, en su lenguaje secreto de hermanos gemelos, la mejor manera de hacerle saber a un adulto responsable que su mamá había pegado la carrera.

No es tan extraño que veamos una película un jueves cualquiera, así como así, ¿no?

Pero, haciendo cuentas, sí era extraño. El tiempo de los gemelos, igual que el de Susana, estaba programado hasta el último segundo; dividido entre la escuela, las tareas, las clases de natación y futbol, las horas para comer y las horas para dormir. No había demasiado espacio para la espontaneidad, o para sentarse a ver películas como si fueran unos niños de tres años sin ninguna ambición.

Susana siempre había jurado que no iba a ser así. Cada vez que se veían obligadas a dejar la holganza para emprenderla en una clase de natación o de inglés, o de regularización de matemáticas, en el caso de Catalina, las hermanas juraban que si tenían hijos, jamás los iban a torturar de esa manera. Iban a poder hacer lo que quisieran, iban a poder pasar las tardes echados en su cama, si eso era lo que les daba la gana, y no los iban a someter interminablemente a un discurso como el de su madre sobre la importancia de la productividad y lo horrible que era perder el tiempo,

Eso pensaba Susana, y eso más o menos había acordado también Andrés. Sus hijos serían libres. Hasta que los gemelos cumplieron un año, aprendieron a actuar en complicidad, y se hizo evidente que o les encontraba alguna actividad, o corrían peligro las vidas de todos, la integridad de la casa y la existencia misma de la familia.

Sí. A los gemelos había que mantenerlos ocupados, o se atenían a las consecuencias. Susana lo aprendió de mala manera el día en que se distrajo hablando con el hombre encargado de reparar el refrigerador y cuando escuchó ruidos como de chapoteadero y corrió afuera a ver qué estaba pasando, encontró el piso anegado y a los gemelos discutiéndole que se habían cansado de esperarla para que les ayudara a regar las plantas y habían decidido tomar el asunto en sus propias manos. Al día siguiente, después de una tarde de exprimir jergas y secar el piso de madera, los gemelos comenzaron felizmente sus clases de natación después de la escuela.

Pero esa tarde, no. Esa tarde, se sentaron los tres, cada uno con un recipiente con palomitas porque Rosario tenía la costumbre de chuparles la sal y volverlas a dejar, y hacía mucho que habían decidido como familia que ella tenía derecho a comer sus palomitas como quisiera y los demás tenían derecho a no comer palomitas lamidas previamente.

Andrés se sorprendió mucho cuando llegó de trabajar y se los encontró hechos bola frente a la tele.

—¿Y ora? —preguntó, mientras dejaba su mochila junto al mueble de la entrada—, ¿en qué momento se relajó la disciplina?

—¡Papá, papá! —gritó Carlitos, brincando como un resorte desde el sillón—. ¡Ven! ¡En la cocina hay palomitas para ti!

—¡Estamos viendo *Peter Pan*! —gritó Rosario—, ¡y ya entró volando a la casa de los niños!

Susana pausó la película.

—No me juzgues —dijo, abarcando con un gesto los tazones vacíos de palomitas y los vasos de agua de limón a medias—; lo necesitábamos.

Andrés hizo a un lado a Carlitos y se sentó junto a Susana.

—No te juzgo para nada —le dio un beso en el cachete—. Sólo me sorprende que estén tan relajados en una tarde de escuela.

—¡Ya no tenemos tarea! —se defendió Rosario—. La hicimos con el abuelo y su amiga Toni.

Andrés levantó las cejas.

—¿Su amiga Toni?

Susana se puso el dedo índice discretamente sobre los labios, indicando silencio.

—Luego te cuento —dijo en voz baja.

—Bueno, a ver —dijo Andrés, cambiando con entusiasmo de tema—, acompáñenme por mis palomitas y mientras me van contando qué ha pasado.

Susana miró a su marido irse con un niño a cada lado, interrumpiéndose y discutiendo qué había sucedido primero y quién tenía más derecho a contarle qué parte a su papá.

Cuando por fin los niños Darling regresaron a su casa y Peter Pan a su vida de niño eterno, Rosario y Carlitos a duras penas podían abrir los ojos. Fue un triunfo lograr que se mantuvieran en pie el tiempo necesario para meterlos debajo de la regadera, enjabonarlos, enjuagarlos más o menos y ponerles la piyama.

—Si se les caen los dientes por no lavárselos, le voy a decir al DIF que fue tu culpa —dijo Susana, mientras levantaba pedazos de palomitas de la alfombra de la sala.

—Y voy a decir que tú los pusiste a ver una película bien políticamente incorrecta —dijo Andrés, levantando un cojín del piso y poniéndolo sobre el sillón.

—Ni me digas. Yo que la escogí porque no era de princesas.

Apiló los tazones con restos de palomitas, con todo y el de palomitas chupadas de Rosario.

—Pero si aquí también hay princesa—insistió Andrés—, una que combina el discurso machista y el prejuicio contra los pueblos originarios.

Susana movió la cabeza.

—Muy mal. Soy una pésima madre.

—¿Quieres una copa de vino, pésima madre? —Andrés sacó del refrigerador una botella de vino blanco y la agitó, con gesto invitador.

Susana sacó dos copas de la alacena, por toda respuesta, y se desplomó sobre una silla de la cocina.

—Ándale, padre sonsacador.

Así como sus hijos no veían películas entre semana, Andrés y Susana no solían abrir botellas de vino con la cena. Pero todo apuntaba a que el día de Andrés había sido igual de complicado que el de su esposa.

—¿Qué tal estuvo tu día? —preguntó Susana, sirviéndole a Andrés un plato del picadillo que había dejado hecho Laura.

Andrés tomó un poco con su tenedor y la observó con detenimiento.

—¿Tiene pasitas?

Susana volteó los ojos al revés.

—No, padre de Carlitos, no tiene pasitas. Una sola vez le puso y ya nunca más.

—Es que no me gustan las pasitas.

Susana le puso una mano en el brazo.

—Lo sé —dijo—. Me lo comentaste la primera vez que te hice un panqué, ¿te acuerdas? Hace millones de años.

Se voltearon a ver con el asombro con el que se miraban siempre que hacían cuentas del tiempo que llevaban juntos.

—No tiene pasitas —repitió Susana, sonriendo—; está muy bueno.

—¿Te acuerdas del proyecto de la planta en Querétaro? —preguntó Andrés, después de vaciar su plato y servirse un poco más.

Susana dijo que sí, sí se acordaba.

Claro. El proyecto gigantesco. Si no hemos hablado de otra cosa durante un mes.

—Pues hoy me habló el cliente —Andrés acariciaba la base de su copa de vino, distraído—, que cree que no es buen momento.

Susana sintió que se le caía el alma a los pies. De ese proyecto dependía su presupuesto de un mes.

—¿Cómo que no es buen momento? —se inclinó sobre la mesa—, ¿de qué habla?

Andrés apretó los labios.

—Pues dice que no saben cómo se va a poner la cosa, y si va a estar fácil o no conseguir los permisos —volteó a ver a Susana con cara de preocupación—. Nadie está invirtiendo ahorita.

Susana respiró profundo y sacó el aire con un soplido que le hizo bailar el pelo de la cara.

—La verdad es que yo no comí con Lucía —dijo, mientras se paraba a recoger los platos, para evitar mirar a su marido de frente.

—¿Cómo? —preguntó Andrés—, ¿entonces qué hiciste?

Susana abrió la llave del fregadero y dijo, muy bajito:

—Bueno sí. En realidad sí y yo iba a comer originalmente con ella, nada más. Pero se nos pegó Javier.

Lo tuvo que repetir, más fuerte para que no lo tapara el ruido del agua corriendo.

—¿Javier? —preguntó Andrés, cruzándose de brazos—, ¿tu amigo ese del despacho? ¿Ese patán con el que medio salías y te trató fatal? ¿Y me quieres decir por qué?

En mala hora decidí sincerarme y contarle toda esa historia.

—Pues porque tenía una comida en el mismo lugar y lo plantaron y se quedó con nosotras.

—No, quiero decir que por qué no me dijiste.

—Pues no sé —dijo Susana, enjuagando los cubiertos—; me sentí como cuando me hablaban mis papás y yo no estaba donde les había dicho que iba a estar.

—Yo no soy tu papá —apuntó Andrés, innecesariamente—. Y perdón, pero sí me parecería importante que me dijeras cuando estás comiendo con un ex.

—Ay, mira —se defendió Susana—, mira quién habla.

Andrés levantó una mano.

—Clau es mi amiga, y fuimos novios en la prepa. No se compara.

—Pues no sé si se compare o no, pero tampoco me cuentas.

Susana abrió la puerta de la lavadora y se quedó mirándola. Sintió el peso de todo el día, el alcohol y el subibaja emocional que le caían encima.

—Tienes razón en enojarte —dijo, volteando a ver a su marido—, te debería haber dicho. Me sacó de quicio.

Andrés cruzó los brazos, haciendo un puchero.

—Bueno, está bien —concedió—, nomás para la próxima sí dime. Qué numeritos son ésos de andarse escondiendo las cosas.

—Ay, sí —Susana cerró la puerta de la lavadora y se volvió a sentar, tomándole las manos a su marido—. Ya sé. Discúlpame.

Andrés le tomó una mano olorosa a jabón de trastes y le dio un beso. Una de sus mayores cualidades era que no podía estar enojado más de tres minutos.

—No te preocupes. ¿Y qué cuenta ese genio de la política mexicana?

—No mucho —dijo Susana—. Se queja, como todos.

—Pues sí —la mandíbula cuadrada de Andrés se puso rígida de tensión—. No nos faltan motivos.

—Pero dice que debería volver a trabajar.

Andrés soltó la mano de Susana y tomó un trago de vino. Puso un codo sobre la mesa y apoyó la barbilla sobre la mano.

—Ay, Susana.

DE: CLAUDIA
Todo bien? Me habló Andrés, que si no sabía dónde estabas!!!!

DE: SUSANA
Sí, sí. Fue mi papá por los niños y yo me fui a una comida, ¡qué pena!

DE: CLAUDIA
No te preocupes! Algo así le dije que había pasado. Beso!

ACADEMIA DE FUTBOL "PENTAPICHICHI"

Se les recuerda a los padres de familia que a partir del mes de enero aumentarán las colegiaturas. Por favor, comuníquense con Miguel para mayores informes.

Mami, ¿por qué dice el tío Jorge que la tarjeta de papá es de hule?

Porque su tío vive bajo la errónea impresión de que es muy simpático.

Y porque ayer que fuimos los cuatro a cenar mientras mis suegros se quedaban con los niños, rechazaron la tarjeta de crédito de Andrés.

Yo me quise morir, no tanto porque me diera pena encajarle la cuenta a Jorge, porque no me da ninguna, sino porque esas cosas a Andrés lo ponen muy malito de sus nervios.

Desde que llegamos al restorán, le vi la cara a mi marido y pensé que esto no iba a acabar bien. Pero era obvio: si Tatiana y Jorge iban a escoger el lugar para ir a cenar, pues no iban a decir, hombre, unos tacos en el malecón o una franquicia de ésas donde hay grupo versátil y las bebidas las sirven en copa Chabela con varios popotes para compartir, ¿verdad? Claro que no. Desde que llegaron a la palapa, donde los gemelos y yo hacíamos un hoyo grande porque su papá no nos dejaba ayudarle con su edificio de diecisiete pisos con todo y estacionamiento subterráneo, y nos dijeron que estaban felices porque habían conseguido una reservación en un súper lugar de un chef catalán, Andrés y yo nos volteamos a ver y empezamos a sufrir.

Yo más que Andrés, la verdad, porque además de la perspectiva de que una cenita cualquiera (y con Jorge mi cuñado, para mayor tristeza) nos desbarrancara el presupuesto para todo el mes, yo no tenía nada que ponerme. ¿Quién se va a la vacación de año nuevo con su familia política pensando que necesita un vestido para una cena elegantísima? Nadie. A menos que tu familia política sea la familia real de Inglaterra. Según pude comprobar mientras Andrés intentaba bañar a los gemelos sin que se saliera uno de la regadera y luego la otra, el único vestido más o menos decente que tenía era un camiserito color naranja y ni en la playa podía parecer apropiado para salir a cenar a un lugar que entusiasmara a Jorge y a Tatiana.

Si yo tenía dudas de mi atuendo, la mirada de Amparo cuando toqué en su cuarto para llevarle a los gemelos me lo dijo todo.

—Qué relajado se siente uno en la playa, ¿verdad?

Y me quedó clarísimo que se estaba refiriendo a mi vestidito que parecía más bien como una bata de esas que se ponen encima del traje de baño las señoras elegantes, pero ni modo. Le podría yo haber dicho que la culpa era de ella por criar a un hijo tan pretencioso, pero no era cosa de arruinar nuestra bonita vacación con una crítica a su hijo el mayor.

Le contesté que sí, que qué bárbaro, y empujé a Carlitos y a Rosario dentro del cuarto. Me concentré para que tuvieran el buen sentido de desobedecer y portarse súper mal, a ver si a mi suegra le quedaban energías para seguir haciendo chistecitos.

—¿Qué les parece si pedimos el menú de degustación? —dijo Jorge, y a mí se me atoró el trago que le acababa de dar al agua mineral (francesa, obviamente). El menú de degustación implicaba cinco platos y vinos y champaña y creo que hasta un gorrito y un espantasuegras. Y, por supuesto, era carísimo.

¿De qué había servido que yo hubiera hecho una exhaustiva investigación previa, leído el menú en internet y seleccionado los cuatro platos más baratos para que los pidiéramos entre Andrés y yo? De nada. Tuvo que salir Rico MacPato con sus ocurrencias.

Intenté decir que no, que yo no podía comer tanto en las noches, y que qué tal que me daba un empacho espantoso, pero Jorge dijo que no fuera aguafiestas y que ellos siempre cargaban con un botiquín equipadísimo exactamente para este tipo de situaciones.

—Tengo unos alka-seltzer que compré en Alemania que te curan hasta el cáncer —dijo Jorge—. Nada que ver con los que venden aquí.

Tatiana dijo que sí era cierto, que no tenía idea en qué eran distintos, pero que eran una maravilla.

Pues por eso me caen gordos, ¿no? ¿Quién va a Alemania, come tanto como para necesitar comprar medicina para el empacho y luego lo presume? ¿Y en qué puede ser mejor el de allá que el de aquí? En fin. El caso es que así son para todo y por eso me dan en los nervios.

Redoblé mis esfuerzos. No, es que miren, yo tengo el estómago muy delicado, y al mediodía me comí unos camarones que como que no me acabaron de convencer del todo, y no quiere uno pasar un mal rato, y los niños, ya saben. Pero no sabían y, si sabían, no les importaba. No seas así, ándale, por una vez que nos liberamos de los niños y podemos ir a un lugar más o menos decente, vamos a hacer que nos luzca.

Y ya cuando fue Andrés el que dijo que se veía buenísimo el menú y que quién no querría probar un pedazo de rabo de toro relleno de jaiba, me di por vencida. Si a él no le preocupaba el tema, pensé, ¿a mí por qué?

La verdad es que yo tenía un hambre espantosa. Qué camarones ni qué nada. Había comido lo poco que habían dejado mis hijos de una orden de nachos, y no había sido mucho; yo seguía pensando que eran unas criaturitas que comían poco y que siempre dejaban más de lo que se comían, pero eso era una más de las cosas en que mis hijos habían cambiado y no se habían tomado la molestia de avisarme. Estaban a diez minutos de convertirse en adolescentes y yo no me había dado cuenta ni a qué hora.

Así que ya, dejé de protestar, y dije que me parecía perfecto lo del menú. Y vino un mesero con pinta de galán de la época de oro del cine nacional y nos dijo que habíamos tomado la mejor decisión del mundo, que no nos íbamos a arrepentir.

Y ahora, claro, me gustaría tener su teléfono para hablarle y decirle que ya nos arrepentimos, que ahora qué hacemos.

Pero ni llorar es bueno.

Ni siquiera porque al final de los cinco platos yo tenía más hambre que al principio y estaba decidida y francamente borracha.

Aunque, en mi descargo, no era mi culpa. ¿A quién se le ocurre que los cinco platos sean de un tamaño como para un enanito y las copas de vino como para un gigante? ¿En qué cabeza eso es una decisión prudente?

Pues claro, llegó una endivia con una cosa medio viscosa dentro, muy buena, y eso era el primer plato. Y luego tres tostadas del tamaño de una moneda de diez pesos, con un poquito de pescado y otras ocho salsas y aderezos, y ése era el segundo plato. Y el tercero, una mano (chiquita) de cangrejo y un poquito de langosta, en espejo de no sé qué y con infusión de no sé cuántos. Y el plato fuerte, una (¡una!) costilla de cordero, con cuatro zanahoritas y tres chícharos chinos y un rectángulo de papa. Y cuando me pusieron enfrente un plato con tres pastelitos, me dieron ganas de llorar, de hambre y de frustración. Y me dieron todavía más ganas de ahorcar al mesero que cada vez que aparecía nos preguntaba qué nos estaba pareciendo todo y nos explicaba cada plato con más detalle que si hubieran sido sus hijos más queridos, todos.

—Ay, oiga, pues nos parece bien, pero poquito, ¿no cree? —le dije, cuando preguntó después del cangrejo bonsái, ya sintiendo la tercera copa de vino pegándole a mi buen juicio y mi capacidad de discernimiento.

A Jorge y a Tatiana sólo les faltó pedir perdón por mi mal comportamiento. Decir algo así como "discúlpela, ella nada más sale a los tacos", pero se contuvieron. Sólo hablaron muy fuerte como para acallar lo que yo había dicho y dijeron que todo era maravilloso y que qué bárbaro.

Voltee a ver a Andrés, que tenía el ceño fruncido y cara de que no se la estaba pasando bien, y me hice el ánimo de no decir nada impropio el resto de la cena.

Aunque, claro, como me siguieron dando de beber, a pesar de que yo decía que a mí por favor sólo un poquito y no, mire, es que luego me duele la cabeza, ya para los postrecitos y el café tuve muchos problemas para caminar en línea recta hasta el baño.

Y cuando llegamos al cuarto, Andrés ya no me hablaba.

—¿Me puedes decir qué te pasa? —pregunté, con la enunciación más precisa que pude lograr, que no era mucho decir.

Sólo movió la cabeza, como si no tuviera caso ni siquiera hablar del tema.

—En serio, Andrés, dime, qué tienes.

—Vas a despertar a los niños.

Los niños estaban coagulados cada uno en su cama, sin ningún peligro de ir a despertar por lo menos en las próximas ocho horas, y así se lo dije.

Bueno, no le dije tanto, dije algo así como "¡los niños qué!, ¡están redormidos!". Es una pena, pero no soy muy articulada cuando bebo.

Me quité el vestido y me quedé en ropa interior. Encima de la cómoda, junto a los flotadores de los niños había una bolsa de cacahuates que mi suegra les había dado en la playa y que no se habían comido, porque picaban. La abrí, me senté en la cama y me la empecé a comer.

—No te comas eso, te va a doler el estómago.

—Claro que no —dije, furiosa de que mi marido me regañara—. Y si sí, le pido a tu hermanito uno de sus alka-seltzers importados, weee.

Creo que dije algo como "inidisisilkisiltzirsimpirtidis,wiii". Ya sé, muy mal.

Y eso no le gustó a Andrés. Bueno, nada le gustaba, en realidad, ni que me burlara de su hermano, ni que estuviera abiertamente ebria, ni que en mi borrachera hubiera decidido ponerme beligerante.

Pero ¿qué esperaba? Eso le pregunté, "¿qué esperabas? ¿Que me bebiera todo eso con el estómago prácticamente vacío y no me hiciera ningún efecto?"

Y en lugar de darme el avión, ayudarme a ponerme la piyama y hacerme piojito hasta que me durmiera, decidió encararme. Lo cual me hace pensar que en él también habría hecho algunos estragos el maridaje salvaje, porque por lo general no me da mucha bola cuando me pongo necia.

—Esperaba que te comportaras, Susana.

—¿De qué estás hablando? —subí el tono, vi que Rosario movía una pierna y lo repetí más quedito—, ¿de qué estás hablando?

—Te portaste fatal, criticaste todo, le hiciste unas caras espantosas a mi hermano y luego cuando llegó la cuenta no fuiste para apoyarme ni tantito.

El problema de este tipo de discusiones es que una suele tener muchas más emociones que datos a la mano. Sí me acordaba de haberme quejado; lo de hacerle malas caras a Jorge no era algo terriblemente nuevo, ni terriblemente maduro, pero bueno, todos tenemos defectos, pero lo de apoyarlo...

—¿Como en qué querías que te apoyara? —pregunté—, ¿pretendías que me ofreciera para lavar platos hasta cubrir la deuda?

Y esto, por alguna razón, me pareció chistosísimo y me provocó un ataque de risa.

—Imagínate —decía, mientras hacía la finta de enjabonar platos—, me estaría ahí hasta el otro año.

Mi ataque de hilaridad no contribuyó a mejorar el humor de mi marido. Al contrario.

Me desperté a las cuatro de la mañana con un dolor que me taladraba la cabeza. Estaba hecha bolita en un extremo de la cama de Rosario, quien por suerte no se había dado cuenta de nada, porque no es fácil explicarle a tu hija de tres años por qué tú estás tirada en calzones encima de su cama, con el rímel corrido y una bolsa vacía de cacahuates en la mano, mientras su papá duerme, muy ordenado, como siempre, con su piyama puesta y sus dientes lavados, soñando seguramente con que está casado con una de esas mujeres tan monas y de buena familia que hacían las delicias de su mamá.

No tenía otro remedio que meterme al baño y ponerme la piyama yo también, lavarme la cara y los dientes como pudiera, y tomarme una aspirina mexicana, pensando que qué poco mundo el mío, francamente, que mi botiquín completo estaba manufacturado entre el Bravo y el Suchiate.

Me metí a las cobijas y estoy segura, pero segura, de que escuché a mi marido hacer "ash", en sueños.

De por sí, a Susana le horrorizaba pelear. Pero pelear con una cruda que le trepanaba el cerebro, mientras intentaba infructuosamente convencer a sus hijos de que no se comieran la arena y hacía lo posible por mantenerse fuera del sol, alcanzaba niveles como de castigo de mito griego. Estaba segura de que en cualquier momento bajaría un águila a comerle el hígado, que por lo demás estaba lleno de alcohol y pasándola igual de mal que el resto de su cuerpo.

Andrés llevaba todo el día haciéndole el vacío. Cuando Susana despertó por segunda vez, él ya se había ido a correr y había regresado cubierto de sudor y monosílabos.

—¿Cómo te sientes?

—Bien.

—¿Hace mucho calor?

—Más o menos.

—¿Te encontraste a tus papás por ahí?

—No.

Muy maduro, Andrés. Muy buen ejemplo para tus hijos.

Pero no tenía fuerzas para emprender una discusión sobre la necesidad de comportarse como adulto aunque estuviera haciendo muinas. Apenas si podía encontrar la energía suficiente para arrear a los gemelos para que se vistieran y más o menos se lavaran para ir a desayunar. El pelo de Rosario era una desgracia de remolinos y nudos, y Carlitos tenía una costra de baba que no tuvo más remedio que quitarle de camino al desayuno con más baba, chupándose el pulgar y tallando el cachete de su hijo mientras Andrés, bañado, planchado y fresco como una lechuga, caminaba delante de ellos como si no los conociera.

El tratamiento monosilábico siguió durante todo el desayuno, y la playa. En cuanto los niños se distraían lo suficiente, Susana hacía un esfuerzo por preguntarle qué le pasaba y si no había manera de que hablaran.

Y Andrés le contestaba que no le pasaba nada y que mejor se concentrara en que sus hijos no acabaran en el mar.

La que va a acabar en el mar soy yo, voy a agarrar una balsita de esas que rentan en la orilla y voy a remar, remar, remar hasta llegar a Belice. Y una vez ahí, que me encuentren.

Pero no tenía mucha oportunidad de perderse en ensoñaciones tropicales: cuando no la interrumpía Amparito para preguntarle si se habían divertido la noche anterior *(hombre, como unos enanos, no tienes una idea)*, aparecían Tatiana y Jorge con sus niños perfectos para avisar que habían alquilado un velero y que no los iban a ver el resto del día *(híjole, qué pérdida)*. Entre la cruda, el sol y el mal humor, le entró lo que su papá llamaba "la chipilez" y quiso hacerse bolita en un camastro y llorar, como cuando era chiquita y extrañaba a su mamá.

Paradójicamente, fueron los gemelos y su incapacidad para estarse en paz lo que la salvó. Entre que Carlitos no quería prestarle a Rosario la cubeta roja y Rosario había decidido que la arena le picaba y ya no quería estar ahí, los niños empezaron a quejarse de todo, a chillonear y, en general, a dar una lata negra, que provocaba que su abuelo, inmerso en un juego de ajedrez con Andrés, les lanzara cada tanto miradas de esas que nunca deberían dirigirse a los nietos.

Lo cual le dio a Susana una muy buena oportunidad para dejar a Andrés rumiando su enojo y perdiendo espectacularmente en su juego. Con el pretexto de que iba a llevarlos a la alberca para que no se fueran a insolar, pescó de un brazo a cada niño, les puso chanclas y gorras y salió corriendo en pos de un ambiente más fresco y donde nadie les lanzara miradas matadoras cada cinco minutos.

O sea, no que haya sido mi mejor momento, ¿verdad? No es que yo esté muy orgullosa de mí misma porque logré ponerme como placa de tráiler en un lugar pretenciosísimo con los insoportables de mis cuñados. De ninguna manera. Pero, ay, como si a él nunca le hubiera pasado; como si no hubiéramos salido del último cumpleaños de Catalina a las siete de la mañana y él no hubiera querido invitar a desayunar al valet parking y una vez que el pobre hombre le dijo que no, que muchas gracias pero que él a donde quería ir era a su casa, no se hubiera puesto necio con que quería ir a ver el amanecer al Zócalo.

—¡Ma, mira! ¡Mira, ma! ¡Ma! ¡Ma! ¡MA!

Los gritos de Rosario le taladraron el tímpano.

—¡Rosario, por favor, baja la voz! No se trata de agotar la paciencia de todo el hotel —le dijo, viendo que más de un turista bajaba su libro y los miraba de soslayo—. Más bajito, mijita, ¿qué quieres?

—¡Quiero que veas cómo nos echamos clavados y que nos digas quién lo hace mejor! ¿Verdad que yo?

Ay, Rosario. Ojalá la vida te conserve esa seguridad.

Se acomodó mejor en el borde de la alberca y los vio entrar y salir de la alberca una vez tras otra, y ella una vez le daba la victoria a uno y la siguiente a la otra, para indignación de Rosario.

—Se me hace que no te estás fijando, mamá.

—Sí me estoy fijando, mi reina, pero así es mi juicio, qué quieres. Los dos son muy buenos.

La vio con una mirada de incredulidad que le recordó a la doctora cuando alguien intentaba convencerla de que le habían dado el puesto a un hombre por encima de una mujer porque él tenía más méritos.

Si me viera mi mamá en éstas, me mata; tratando de convencer al menso de mi marido de que su furia no es conmigo, sino consigo mismo, y que yo no tengo la culpa de que su tarjeta no haya pasado ni

puedo hacer nada para resolver la absurda relación de competencia
que tiene con su hermano mayor.

Miró a sus hijos, con los flotadores en los brazos que los hacían parecer como una imitación de Popeye el marino, gritando felices y comenzando cada frase con "¿sale que...?". Sale que éramos piratas, sale que tú eras un tiburón, sale que la escalera era un castillo...

—Niños, vengan para acá.

—Orita, ma.

—No, no. Orita, vengan. Rápido.

Carlitos fue el primero en llegar, sacando la cabeza y sorbiéndose los mocos verdes que se le asomaban por cada fosa nasal.

—¿Qué, ma?

—Mande, Carlitos. Mande —dijo, por reflejo.

—Mande, ma.

—Siéntate aquí —señaló la bardita que recorría toda la orilla de la alberca—, y tú también, Rosario. Aquí.

Se voltearon a ver, tratando de explicarse la extrañísima conducta de su madre, y se sentaron.

—Quiero que me escuchen muy bien los dos —dijo, y dos pares de ojos cafés enrojecidos por el cloro de la alberca la miraron fijamente—. Quiero que me prometan que siempre se van a llevar bien y nunca se van a pelear.

—¿Ni cuando Carlitos me jale el pelo?

—¿Ni cuando Rosario me diga que soy apestoso, mamá?

—¿Ni cuando sea mi turno de jugar con la cubeta y no me la preste?

—¡No es cierto! ¡Ni la había empezado a usar! —dijo Carlitos muy indignado—, y tú la tuviste años y ni la usaste.

Susana levantó las manos para acallar lo que pintaba para convertirse en un intercambio eterno de agravios.

—No quiero que se peleen por cosas importantes. No querer prestar la cubeta y jalar el pelo no está bien, ya lo saben. Pero quiero que siempre sean amigos.

—Pero somos hermanos —dijo Rosario, arrugando la nariz que ya se le estaba despellejando.

—Pero también pueden ser amigos. Como Catalina y yo, que somos hermanas y también amigas.

Intentó no pensar en lo que diría su hermanita de oírla hacer esas declaraciones tan temerarias, pero decidió que era cierto.

Si Catalina cree otra cosa, pues muy su problema.

—¿Por qué dicen los niños que les hiciste prometer que siempre iban a ser amigos?

Andrés salió del cuarto donde los niños estaban sentados viendo una película y se sentó en una silla de la terraza. Susana estaba acostada en un camastro, escuchando a los grillos y pensando que se la iban a comer los moscos.

—Porque no quiero que lleguen a los cuarenta años odiándose porque uno gana más dinero que el otro.

Susana fingió estar muy ocupada en la operación de extender una toalla y ponérsela en las piernas como para reparar en la mirada de su marido.

—¿Eso crees? —preguntó, con tono muy digno—, ¿que yo odio a mi hermano?

Susana torció la boca.

—No necesariamente que se odien, eso suena muy mal —dijo—, pero sí están muy acostumbrados a competir, y a ti te da por compararte con él.

Andrés miraba una fila de hormigas en el piso de concreto.

—Y no entiendo por qué te comparas —siguió Susana—, si son completamente distintos. Por suerte.

Andrés se cruzó de brazos y Susana estuvo tentada de decirle que no lo hiciera porque iba a arrugar su camisa azul pizarra tan bonita que combinaba tan bien con su bronceado.

—No me comparo, ni lo odio, como tú dices. Y sí sé que somos muy distintos. Tú no lo puedes entender porque tu familia es muy rara, pero así son las relaciones entre hermanos.

Ay, cálmate. Mi familia al menos entiende que en buena medida cuando uno se va de vacaciones, se va de vacaciones de sus parientes, no se los lleva consigo, fíjate.

—Mi familia sí es muy rara, ni siquiera voy a intentar negarlo. Pero yo asumo que Catalina es un genio de lo que hace, aunque ni tú ni yo entendamos bien qué sea eso, y gana muchísimo dinero y va por la vida conviviendo con jeques árabes, pero no me acomplejo ni me hago mala sangre por eso.

Andrés negó con la cabeza.

—Entre mujeres es distinto. O hasta con Juan.

Susana entrecerró los ojos.

—¿Es una cosa de machos alfa, entonces? ¿O qué me estás queriendo decir?

—No estoy de humor para tus rollos feministas, Susana. Me refiero a que a nadie le cae en gracia que le rechacen la tarjeta y tener que aguantar la caridad de otro, ¿sí? Aunque ese otro sea mi hermano, al que por cierto quiero mucho y no odio para nada, muchas gracias.

Susana se inspeccionó las cutículas. Andrés siguió.

—Pues no, no me cae en gracia, ¿sí? Que me pase eso enfrente de mi esposa, y que encima mi esposa, en lugar de apoyarme, o por lo menos comportarse a la altura, esté tan borracha, que no pueda hacer nada más que pelearse con el mesero porque los platos estaban chiquitos.

—¡Eran una miseria, Andrés, no me digas!

—Así son esos restoranes, Susana. Si lo que quieres es comer hasta enfermarte, la próxima vez vamos a McDonald's.

—Ay, cálmate, ¿sí? Si tú pensaste exactamente lo mismo, no me digas que no.

—¡Sí, pero yo no lo dije!

—¿Mami? ¿Qué pasa?

La figura de Rosario con su piyama verde pistache se dibujó contra la puerta corrediza.

—Nada, mi reina, nada —dijo Susana, levantándose—, ¿en qué va la película?, ¿ya casi acaba?

—¿Se están peleando? —dijo Carlitos, asomándose detrás del cuerpo de su hermana.

—No. Estamos teniendo una conversación de adultos, pero ustedes no tienen de qué preocuparse. Ustedes, a su película, enanos.

Los fue empujando de vuelta al sillón y después de repetirles otras dos veces que no estaban peleando, los dejó ahí y regresó a la terraza. Andrés estaba en la misma posición, sentado con las piernas extendidas y los brazos cruzados, mirando fijamente el piso.

—Sí creo que tenemos que hablarlo como adultos, Andrés —y, ante el gesto agónico de su marido, insistió—; aunque no quieras ni siquiera pensarlo, tenemos que hacernos a la idea: no nos alcanza con lo que tenemos ahorita.

Andrés volteó a derecha e izquierda, con gesto paranoico.

—No es necesario que lo anuncies a los cuatro vientos, Susana. No hay ninguna necesidad.

—Bueno —dijo Susana hablando en voz más baja—, no creo que seas el único al que le pasa. Para todos ha sido muy difícil el cambio de sexenio.

—Es que eso es lo que yo digo —dijo Andrés, extendiendo la mano—; que es una cosa temporal. Que el despacho va a levantar tarde o temprano.

—¡Pero no lo sabes, Andrés! ¡Estás, igual que todos, esperando a que empiece a correr el dinero para la obra pública! ¡Y no se ve para cuándo! Y mientras, ¿qué hacemos? ¿Sufrimos cada vez que nos llega una circular de que aumentaron la colegiatura, o las consultas del pediatra, o peor todavía, nos aterrorizamos de pensar que hay un imprevisto y no tenemos para cubrirlo?

Con cada pregunta, Andrés se fue encogiendo en su silla hasta quedar prácticamente con la cabeza entre las rodillas. Susana se compadeció de él.

—Créeme que no lo digo para torturarte, mi vida —dijo, hundiéndole los dedos en el pelo como hacía con Carlitos cuando se acurrucaba junto a ella para ver la tele—, no es mi costumbre. Pero es cierto que las cuentas no nos salen.

Andrés se incorporó y volvió a mover la cabeza.

—¿Y no podemos recortar algo?

Susana abrió los brazos.

—¿Como qué? ¿Como el terapeuta de lenguaje, que le ha servido tanto a Carlitos? ¿O como el ortopedista que ya logró que Rosario no camine con las puntas de los pies viendo para dentro? ¿O quieres que ahorre en el súper, y tú les explicas por qué no pueden comerse un kilo de jamón entre los dos a la semana?

La cara de Andrés se puso verde debajo del bronceado. Suspiró.

Mami, ¿qué es ser feminista?

Lo primero, siempre, es averiguar el origen de la pregunta. Ayuda mucho para entender qué demonios es lo que están preguntando, y si, por ejemplo, estuvieron conviviendo con Catalina mi hermana y adquirieron toda suerte de nociones novedosas.

Nunca sabes, con Catalina. Mis hijos la adoran y cada vez que viene lloran y lloran para que no se vaya y cuando se va, me preguntan cuándo vuelve a venir. Tiene un poco que ver con que siempre les trae regalos.

¿A mí, un perfumito de las tiendas del aeropuerto, un paquetito de cacahuates del avión, de perdidas? No. Nada. A veces, cuando se acuerda, me manda algo en Navidad o en mi cumpleaños. Pero a mis hijos, siempre, y cosas que se ve que escoge con mucho cuidado, y teniendo siempre en mente mi regla de que lo que les vayas a dar, tiene que ser idéntico o te arriesgas a una tragedia griega de agárrate fuerte. Las mochilas que usan, y que insisten en que el zapatero remiende una y otra vez, provienen de mi hermana; los crayones con los que dibujaron hasta que sólo quedó el recuerdo, se los regaló ella. Las gorras que usan cuando vamos al zoológico, el paquete de calcomanías con los planetas que brillan en la oscuridad y que pegamos en el techo (y donde, por pura nostalgia, yo puse a

Plutón, aunque esté condenando a mis hijos a la obsolescencia). Todo proviene de ella.

Como provienen también muchas de las preguntas de mis hijos que más me han causado problemas en los últimos tiempos. Cada vez que salen con "mami, ¿por qué el tío Juan no se casa?", o "¿por qué el Sol no se derrite, si está tan caliente?", casi estoy segura de que detrás de la pregunta está la mano negra de Catalina.

Por eso es bueno saber, porque si resulta que proviene de Catalina, más o menos puedo saber qué tenía mi hermana en su loca cabecita a la hora de poner esas nociones en las cabezas de mis hijos.

Como decirles, por ejemplo, que su abuelo Eduardo es feminista. Cosa que los aperplejó doblemente, porque no saben lo que es ser feminista y les suena a algo muy raro. Como si eso quisiera decir que el abuelo Eduardo es invisible, o espía ruso.

Pobres, ya tendrán tiempo de saber que no hay buena respuesta para esa pregunta. Por ahora, les dije que un feminista o una feminista, porque nunca es demasiado temprano para educar en la responsabilidad compartida, es alguien que se preocupa por cuidar y defender a las mujeres.

—¿Como el abuelo Carlos, cuando le abre la puerta del coche a la abuela?

No exactamente, pero no es momento de explicarles. Ni de decirles que tanto su abuelo Carlos como su abuelo Eduardo son de una generación que pensaba que las mujeres estaban bien en su casa, cuidando a sus hijos.

Sí, hasta mi papá. Con todo y lo que diga mi hermana, que de pronto sale con unos inventos, que me da la impresión de que crecimos en colonias distintas. Según ella, el matrimonio de mis padres fue perfecto y color de rosa. Y yo creo que se llevaban bien, pero porque mi mamá hacía unos esfuerzos brutales.

—Pero sí nos llevaba a la natación. Eso no lo hacían los papás de nuestra generación.

No, no lo hacían. Pero porque las mamás de nuestra generación no trabajaban jornadas de diez horas y eran el sostén principal de la casa. Pero mi papá veía cada viaje a la natación, donde además se divertía como enano, porque se dedicaba a chismear con el resto de las mamás de la clase y a que le dijeran que era un santo por hacerse cargo de sus pobrecitas hijas abandonadas por su madre, como si le tuvieran que dar una medalla.

Y ni hablar de ocuparse de nada más. Para eso estaba Blanquita. Y mi mamá, que iba al súper, organizaba las comidas, torturaba a una de sus asistentes para que nos consiguiera vacaciones y cursos de verano, y encima iba por la vida diciendo que podía darse el lujo de trabajar en lo que quería gracias a que tenía un marido maravilloso.

DE: DESCONOCIDO

¿Ya viste que están quedando todos tus conocidos? Yo que tú, le daba una vueltecita a mi CV.

Abrazo.

Susana se recargó en la parte de atrás de las gradas, tratando de no pensar en lo incómodo que era pasar una hora sentada en el metal helado.

—Qué instrumentos de tortura son estos asientos, ¿no, mijita? —dijo don Eduardo, revolviéndose en su asiento y cerrando los ojos en un gesto agónico—. De haber sabido, me traía mi cojincito, el que uso para ir al beis.

—Sí, no se me ocurrió decirte —se disculpó Susana—, y una cobija, no hubiera estado mal.

—Bueno, por lo menos tenemos café —don Eduardo levantó su termo azul, con el logo del sindicato de maestros, y brindó con Susana.

La parte que Susana no contempló cuando inscribió a los gemelos a la escuela de futbol era que iban a tener partidos los fines de semana. Y muy temprano, porque no era cosa de hacer que se levantaran temprano los adolescentes o los niños de ocho.

Tal vez lo del aumento en la cuota sea un buen pretexto para cambiarles la actividad. Pueden jugar canicas.

Miró a su alrededor, tomando nota de las caras de agotamiento de la mayoría de los padres. Había un hombre más o menos de su edad, vestido con unos pantalones de resorte que tenían toda la pinta de ser su piyama y una gorra de los Pumas, y con cara de estar sufriendo, pero mucho.

Pobre, seguro viene crudísimo.

No era como Andrés. Andrés tomaba el entrenamiento de futbol de los niños como una actividad casi sagrada: cada sábado los arrancaba aullando de sus camas, los ayudaba a ponerse el uniforme y mientras desayunaban le recordaba a Rosario que tenía que subir más para buscar el balón y a Carlitos que no era necesario que estirara la pierna hasta las orejas del contrario para bajar los pases. Susana no sabía qué la conmovía más: si el entusiasmo con el que Andrés seguía cada semana los partidos o su fe en que los niños eran capaces de entender y seguir sus indicaciones aunque se las diera mientras todavía no terminaban de despertar. Cada sábado, los veía salir y regresar felices.

—¿Y a qué debemos la ausencia del director técnico? —preguntó don Eduardo, dándole otro trago a su café.

—Tenía una junta con unos clientes.

—¿Los del puente gigante?

Susana no recordaba haberle dicho a su papá. Pero a don Eduardo no se le iba una.

—Sí, los del puente —dijo Susana, mientras le aplaudía a un niño del equipo de los gemelos que casi había logrado recibir un pase en el área chica—, pero no te creas que tengo muchas esperanzas.

—¿Y eso?

Susana levantó los hombros.

—Todos los proyectos se están cayendo, papá. Nadie quiere invertir.

Padre e hija guardaron silencio mientras contemplaban a los niños correr de un lado a otro de la cancha, dejando la pelota allá, perdida. Susana no pudo evitar sonreír y mostrarle a su papá cómo Carlitos y Rosario corrían de la mano. Dentro de su casa podían sacarse los ojos, pero en cuanto se salían al mundo, eran un frente común inquebrantable, independientemente de lo que opinara Andrés sobre la importancia de repartir juego y de tomar posiciones estratégicas.

—Son un encanto, mijita —dijo don Eduardo, con una sonrisa y los ojos fijos en la cancha—, pero dudo mucho que su fichaje nos vaya a sacar de pobres.

—No, ni esperanzas.

La circular, doblada discretamente en cuatro y guardada en lo más profundo de la bolsa de Susana, le había provocado una cierta ansiedad. Seguramente el aumento no sería muy grave, no podía serlo si la flamante "clínica de futbol" era poco más que una oportunidad para que los niños corrieran sin freno en un espacio confinado y, de vez en cuando, si se encontraban con la pelota, le dieran un empujón con el pie, pero era el principio. En ese momento, cualquier mención de dinero ponía a Andrés en un estado de tensión terrible; no importaba que Susana se sentara con él una vez tras otra a hacer cuentas y a demostrarle que la situación no era tan grave como él se la imaginaba, vivía pensando que estaban al borde de la ruina.

—Es que qué caros son los hijos —decía, cada vez que Susana sacaba la hoja de cálculo que tenía con todos los gastos del mes—. Ve nada más la cantidad de dinero que se va en colegiaturas.

—Sí, mi vida. Un montón —decía Susana, con la esperanza de que ese momento de estupor pasara pronto.

¿Qué quieres?, ¿que no estudien?

Cada vez que pasaba, tenía que contenerse para no perorar sobre cómo la clase media mexicana le había dado la espalda a la educación pública. Y se sentía terriblemente culpable de ni siquiera contemplar que sus hijos fueran a la misma escuela pública que Lucio, pero así era.

—¿Y qué otros proyectos tiene ahorita Andrés?

La pregunta tomó a Susana por sorpresa. Fingía seguir el juego, pero en realidad estaba haciendo cuentas y tratando de balancear los pros y contras de que los niños siguieran en el futbol.

—¿Otros proyectos? Pues no muchos. Está haciendo unas oficinas y estaban viendo si un amigo de mi suegro les daba una construcción en Celaya, pero imagínate los gastos de ir y venir, es absurdo.

Don Eduardo apretó los labios.

—No, pues no está fácil.

—No, no está.

Otra vez, fingieron estar absortos en el partido. Hasta sus lugares llegaban los ronquidos del hombre de la gorra de los Pumas, que ya se había dado por vencido.

—¿Y qué van a hacer?

Susana fingió buscar en el morral de lona que traía cargando una botella de agua y un par de barritas de granola.

—¿Susana?

—¿Mhm?

—¿No me oíste? Te pregunté que qué van a hacer.

—¡Mira!, ya es el medio tiempo. ¿Quieres darle tú el agua y las barritas?

Don Eduardo se levantó y la volteó a ver, enarcando la ceja. Susana se hizo la loca y sólo le dijo que pusiera atención a los escalones.

—Luego son traicioneros, ten cuidado.

Pues claro que te oí, papacito, pero si supiera qué vamos a hacer ya lo estaría haciendo y no estaríamos teniendo esta conversación.

Como siempre, la sorprendió la velocidad a la que se desplazaba su papá, con todo y que, como él decía, tenía una cadera biónica.

Tuvo que gritarle a Rosario y a Carlitos que tuvieran cuidado con su abuelo. A pesar de que todos los goles los había anotado el otro equipo y ellos se habían limitado a correr de arriba abajo del campo, estaban frenéticos, y no medían que, por más que sus intenciones fueran buenas, un abrazo entusiasta de los que les gustaba propinar podía provocar que su abuelo terminara internado.

El abuelo subió ayudado por los gemelos.

—¡Mami!, ¿viste que casi le pegamos?

—Sí, sí vi —dijo Susana—. Carlitos, ¿quieres dejarme la envoltura de la barrita? No las vayan a tirar al piso.

—No, yo aquí la guardo —dijo Rosario, que disfrutaba enormemente guardarse la basura en los bolsillos—. Junto con la otra.

Susana no quiso ni contemplar cómo era posible que Rosario siguiera conservando la envoltura pringosa de la semana anterior, porque la respuesta más obvia era que su uniforme no se había lavado desde entonces. Y de pronto le vino a la mente la imagen de Rosario quitándose los shorts y haciéndolos bolita debajo de la cama.

Tengo que fijarme bien en que se los quite e inmediatamente los meta en el cesto de la ropa sucia.

Era interminable. Cuando no era Carlitos quitándole las agujetas a los tenis para que sus muñequitos hicieran rappel, era Rosario acumulando montones de ropa debajo de su cama.

—Denme los dos toda la basura que tengan y váyanse, que ya va a sonar el silbato —dijo, abriendo y cerrando la mano con gesto perentorio hasta que Rosario accedió a soltar todo su tesoro.

Vieron sus cabezas oscuras subir y bajar, mientras corrían por las gradas para ir a la cancha. El entrenador los recibió recordándoles que era mejor pararse viendo hacia la portería contraria.

—¿Y cómo está Toni? —preguntó Susana, más por distraer a su papá del tema de su economía familiar que porque realmente le preocupara mucho el asunto.

Los pómulos de don Eduardo, arrugados y largos como de personaje de El Greco, se pusieron rojos.

—Está muy bien, mijita. Muchas gracias. Te manda muchos saludos.

—¿La ves muy seguido?

—Pues… —hizo un gesto con la palma extendida, como de más o menos—, ¿qué será? Unas tres veces por semana. El domingo vamos a ir a la ópera, por ejemplo, y luego a comer con unos amigos suyos. Los Guzmán, ¿te acuerdas?

Susana negó con la cabeza. Tal vez sí, si rascaba en su memoria, encontraba por ahí algún recuerdo de esas personas, pero no tenía muchas ganas de rascar en su memoria en lo que tocaba a Toni. Siempre le daba miedo lo que pudiera encontrar.

—El que te mandó saludar mucho el otro día fue Danielito.

Susana no pudo evitar un gesto de asco. Un resabio de infancia, como de cuando Blanquita se empeñaba en que comiera betabel.

—¿Qué caras son ésas, mijita? Ni que tuvieras la edad de estos niños —dijo don Eduardo señalando con la barbilla al campo y a los veintidós chamacos que corrían sin descanso (sí, también los porteros; nadie tenía muy clara ni la estrategia ni las reglas).

—Perdón, papá, pero es que... Danielito.

—Es buena persona —sonrió—, no es el más simpático del mundo, pobrecito, pero es buena persona.

—Ah. Fíjate —Susana paseó la mirada por las gradas, huyendo del tema de conversación, y se topó con un intercambio entre el papá de la gorra de los Pumas, que había despertado en el medio tiempo, y Claudia. Él intentaba convencerla de algo y ella, a juzgar por los brazos cruzados, la boca apretada y la forma tan enérgica en que sacudía la cabeza de un lado a otro, no estaba dispuesta a ceder.

¿No me digas que aquí el Señor Piyamas es el exmarido? No, bueno. Se lo tengo que contar a Andrés.

—Y se quedó con la consultoría, ¿sí sabes?

—Sí, algo me habían contado —dijo Susana, absorta en el drama doméstico que se desarrollaba a cinco metros.

Está muy mal que una esté aquí de metiche, ya sé. Y pobre, según lo que cuenta Andrés, aquél es un inútil que no la ayuda en nada. Pero, también, si no quieren que una los vea, que no tengan sus conversaciones en un lugar público.

—¡Susanita!

Susana reaccionó por instinto, sentándose derecha y clavando la mirada en su papá. Una vez que cayó en la cuenta de que ya no tenía diez años y ya no la podían dejar sin salir a jugar con Catalina, relajó el cuerpo y la actitud.

—Mande, papacito, mande —preguntó—. ¿Por qué me gritas?

—Porque estoy teniendo una conversación contigo y tú estás descaradamente metiéndote en lo que no te importa, mijita.

Con su termo azul señaló hacia donde Claudia intentaba ignorar al Señor Piyamas y volteaba a todos lados con cara de que ahí no estaba pasando nada.

Susana hizo un puchero.

—No me estaba metiendo —dijo, mordiéndose un pellejo del pulgar derecho—, y no era una conversación, tú me estabas contando de lo amable que es tu nuevo hijo Danielito.

—¿No te digo? Como adolescente. Lo único que estoy diciendo es que podrías aprovechar para hablarle y ver si no le hará falta una especialista en comunicación política. Te aseguro que te recibiría feliz.

—Ya lo hablé con Andrés y él no quiere.

¿De veras eso dije?

La doctora le hubiera preguntado de cuándo acá las mujeres estaban limitadas absolutamente a hacer lo que su marido quisiera, o si el vecinito tenía alguna otra propuesta para completar los gastos que no pasara por que Susana consiguiera un trabajo, pero don Eduardo era incapaz de decirle algo así.

Él sólo se quedó callado el resto del partido.

Si tienes problemas de insomnio, es malísimo trabajar en tu cama.
Susana lo sabía de memoria. Lo decían todos los artículos, los serios y los no tanto, que había leído sobre el tema. También había tomado tés, había evitado la luz azul, se había comprado un ventilador que mantenía el cuarto a una temperatura suficiente para que Andrés pasara un mes completo con carraspera, se había acostumbrado a dormir con audífonos para escuchar meditaciones tranquilizantes para conciliar el sueño y, aun así, había días en que dormía muy bien y había días en que daba vueltas por su casa hasta que caía rendida sobre un sillón y ahí la encontraban Andrés o los gemelos. Así que no había demasiada evidencia de que tantos cuidados realmente tuvieran algo que ver con la calidad de su sueño, y puesto que su recámara era el único lugar donde podía huir de Laura y su aspiradora inmisericorde, Susana decidió encerrarse.

Metida en su cama, vestida con los jeans y la sudadera que se ponía cuando no le daba tiempo de bañarse antes de ir a dejar a los gemelos, Susana tomó uno de los cuadernos de doble raya que cada año les hacían comprar al principio del año escolar y que al final regresaban con más de la mitad de las hojas sin usar.

¿Para qué se afanaba cada principio de año forrando, cortando y pegando el plástico y poniendo con su mejor cursiva (que no era muy clara ni muy bonita, pero era la que tenía), "Rosario Echeverría Fernández", para que su niña hiciera tres gusanitos malhechos y ocho planas de Ma, Me, Mi, Mo, Mu? ¿Y por qué al año siguiente había que volverlo a hacer? ¿Qué tenía de malo el cuaderno del año anterior?

Era algo que la ponía de muy mal humor.

—Y no sólo es un gasto innecesario, Andrés; es antiecológico. Y es un pésimo ejemplo para los niños.

En esas ocasiones, Andrés la miraba recorrer el cuarto con las tijeras en una mano y el pliego de plástico en la otra, llena de indignación, y guardaba silencio. No compartía para nada su furia con la escuela ni sus teorías conspiratorias sobre la maestra asociada con el consorcio papelero, pero hacía lo imposible por no meterse en problemas.

—Pero en la próxima junta lo voy a decir. Ora sí.

—¿Qué vas a decir? —preguntaba Andrés, levantando los ojos de su tableta con terror.

—Pues lo de los cuadernos, oye. Es un despropósito —respondía Susana con la boca tensa y el corazón palpitándole en las sienes como siempre que desafiaba su propia fobia al conflicto.

—Ay, no, Susana, por favor. Van a pensar que no nos alcanza.

Y Susana chasqueaba la lengua y decía que a ella qué le importaba lo que pensaran esas personas que ella ni conocía, y Andrés se aferraba a su tableta como a un salvavidas y le recordaba que sí los conocían, que de hecho él conocía a algunos de muchísimos años, y que por favor, por favor, dejara ir lo de los cuadernos y eligiera pelearse por algo que valiera más la pena.

Susana decía que eso valía la pena.

Andrés decía que mejor eligiera algo que no los hiciera quedar como unos tacaños que no eran capaces de pagarles a sus hijos ni un cuaderno nuevo.

Y ahí Susana respiraba profundo, y capitulaba.

Pero guardaba los cuadernos, ah, claro que sí. Y los usaba hasta su último suspiro para anotar pendientes y hacer listas del súper, a pesar de que sólo verlos la ponía de malas por una razón doble: el desperdicio y el recordatorio de la preocupación de Andrés por la opinión de todo el mundo.

Que lo hace, por ejemplo, negarse a decirle a su familia que estoy buscando trabajo.

—No es necesario que se lo digamos a todo el mundo —le había dicho el día anterior—. Preferiría que ni mis papás ni Jorge se enteraran todavía.

Susana había tenido que morderse la lengua para no cuestionar a su marido acerca del terror que le tenía a su familia y a sus estándares imposibles.

¿Ya ves cómo sí puedo elegir mis batallas?

Accedió a no decir nada; tampoco era que sintiera una necesidad apremiante de contarle al mundo entero.

Y no era que le diera pena. Al contrario, más pena le daba pensar que no percibía más dinero que el que le daba su marido. La detenía más bien un extraño pudor.

Le mandó un mensaje a Catalina, contándole. Siempre se habían contado esas cosas. Su teléfono sonó veinte segundos después de que había apretado "enviar".

—¿A estas alturas, Susana? —se oyó la voz de Catalina, sin siquiera un "holabuenastardes" de por medio—; ¿cómo piensas hacerle, si tienes años sin trabajar? ¿No me habías dicho que ya ni ves las noticias? ¿Sabes quién es el presidente, y esas cosas, o nomás pura caricatura?

Susana se contuvo para no colgarle. Pero debajo de todo ese sarcasmo de Catalina, había un punto de razón. Cuando ella se había ido ya las redes sociales empezaban a ser un factor decisivo en las campañas, y ahora su sospecha es que no sólo eran decisivas: eran *la* campaña. Y la forma de gobernar y la rueda de prensa y el instrumento de propaganda, todo en un minicuadrito del teléfono inteligente. Ella usaba su celular, si acaso, para mesmerizar un rato a los niños si les tocaba esperar mucho afuera del pediatra, o para asediar silenciosamente a su papá, en plan hija preocupona, o a algún que otro periodista o "líder de opinión", pero ni de lejos consideraba tener eso que había visto que llamaban "presencia digital". Ni siquiera tenía muy claro qué era eso.

Fue por su tableta al baño y se volvió a sentar sobre la cama en posición de flor de loto, siempre con el teléfono en la oreja.

—Lo del presidente no me preocupa. Sigo sabiendo quién es y el número de legisladores en las cámaras sigue siendo el mismo. Y siguen siendo todos iguales. Me preocupan estas cosas de ahora, de que si el Facebook, y que si el YouTube.

Las carcajadas de Catalina, muy fuera de lugar para una mujer pensante, hubiera dicho la doctora, la llenaron de indignación.

—No manches, Susana —seguía riéndose—, qué onda con tu decrepitud. "Estas cosas de ahora...". Son como las cosas de hace diez años, ya nada se maneja por ahí.

Susana le dijo que si le iba a ayudar o nada más se iba a reír como tonta, y Catalina le dijo que podía hacer las dos cosas al mismo tiempo. Era un chiste que ya tenían muy bien puesto.

—Abre una cuenta de Twitter.

—¿Y eso cómo se hace?

—Por Dios, Susana, ¿cuándo fue la última vez que trabajaste, en la campaña de López Portillo?

Tuvo que admitir que siempre había un becario o alguien de sistemas que hacía esas cosas. Catalina le dijo que por eso era tan inútil, porque se había acostumbrado a ser jefa, y luego le fue diciendo "dónde tenía que picarle". En pocos minutos, Susana ya tenía una cuenta, @SusaFernandez12.

Pocos minutos más, y Susana ya sentía que la rebasaba la tecnología.

—Ya no entiendo nada, Cata. ¿Quiénes son estas personas? ¿Has visto lo que tuitea el presidente gringo?

—Vamos a hacer de cuenta que no dijiste nada, Susanita, porque si sales con algo así en una entrevista, te van a mandar de vuelta al siglo diecinueve con todo y tu familia política del Porfiriato.

Se rio. Catalina tenía esa cualidad.

—Sí son un poquito porfiristas. Pero no les digas.

Catalina le hizo prometer que no iba a mandar ni medio currículum antes de entender cómo funcionaban, al menos, Twitter, Instagram y TikTok.

Susana tomaba apuntes frenéticos en su cuaderno.

—¿Eso es con dos ces, como el ruido del reloj?

—¡Susana! Es con dos kas, por favor —Susana oyó que tronaba los dedos junto a la bocina—; no te me atarugues, ¿sí, hermanita? Y me escribes si necesitas algo más.

—Sí.

—¡Pero me escribes!

—Que sí, caray, que sí. Gracias. Te quiero. Bai.

Colgó y se puso en posición fetal.

¿Y si mejor me dedico a vender panqués de nata?

Pero ésa tampoco era una opción. Recordó la última vez que intentó llevar un pastel para festejar el cumpleaños de los gemelos y los millones de interrogantes a las que la sometieron las maestras: ¿qué tipo de pastel iba a ser? ¿Con azúcar refinada o miel de agave? Si iba a llevar leche, ¿habría manera de que fuera deslactosada?, y no iba a llevar nueces, ¿verdad?, y, ¿seguro no iba a llevar algún aceite de cacahuate o algo así? ¿No sería posible que les pasara una carta con la lista de ingredientes para que las mamás firmaran si querían que su hijo comiera o no? Susana no se sentía con fuerzas para averiguar si el panqué de natas se podía hacer con leche de almendras.

No. La historia de Susana no era de ésas en que la heroína se reinventa y salva el honor de su familia a partir de la repostería; no tenía una receta de galletas transmitida durante generaciones de madres a hijas, y ni siquiera sabía manejar un horno de manera confiable. Ella lo que sabía hacer era pensar, anticipar y calcular, y si no podía vender eso, no servía para nada.

Orden y progreso, Susanita. Orden y progreso.

En el cuaderno doble raya, con un lápiz amarillo mordido y sin goma, también sobreviviente del tráfago escolar, escribió "Posibles contactos". Debajo puso todos los nombres que recordaba, con todo y sus oficinas y sus puestos. Después, hizo la lista de todos los amigos de sus papás que pensaba que podrían no haberse retirado todavía.

Incluso, ya en la actividad frenética, vació el cajón de su buró hasta encontrar, en medio de las circulares de la escuela, las ligas del pelo, el manual de operación de una tele que ya no tenían, los juguetes y los calcetines sin par de sus hijos, un aparato del que pensaba que se había despedido para siempre.

Su Blackberry.

La sostuvo en la mano derecha, sintiendo su peso familiar en cada uno de los músculos. Durante años había sido una especie de apéndice omnipresente, de fetiche que no soltaba porque qué tal que algo se ofrecía. Por un instante, sintió pánico.

My precious…

Maldito Andrés y su obsesión con esas películas.

Hola, ¿te acuerdas de mí? Soy Sus…

Obviamente se acuerda, Susana, no seas ridícula.

¿Cómo andas? ¿Tienes tiempo para un caf…?

¿Un café? ¿Para qué demonios quieres un café? Si lo que quieres es rogarle que te dé trabajo, pídele una cita; dile que a qué hora te puedes presentar en su oficina y plantearle tu terrible historia de madre abnegada que necesita trabajar para pagar el kilo de jamón de sus hijos.

¿Te acuerdas que te dije que ya no iba a trabajar porque me iba a dedicar a mi familia y te dejé el puesto tirado?

—Aj —Susana dejó su celular en la mesita frente a la tele y se dejó caer en uno de los sillones.

—¿Qué pasó? —Andrés, como todas las noches, estaba "viendo la tele", lo cual quería decir que tenía el control remoto en la mano y cada quince segundos, más o menos, le cambiaba al canal, sin terminar de ver nada. Susana decía que era como una ruleta rusa, pero en fresa.

—Pues que no tengo idea ni por dónde empezar a pedir trabajo.

Clic. El partido de la liga española.

—¿Ya le hablaste a Fernando?

Clic. El noticiero.

—Fernando se retiró a principios de año.

Clic. Una serie con dos policías corriendo detrás de un tipo con una pañoleta en la cabeza y muchos tatuajes.

—Qué mala onda. ¿Y quién se quedó en su lugar?

Clic. Una corrida de toros.

¿Todavía pasan toros en la tele? Qué salvajes.

—Danielito.

—Uf. Y con lo pesado que es.

Clic. Una película de Cantinflas.

—Ay, ésta es buenísima, ¿no la has visto?

—Pues es que no vi ni cuál es, mi vida.

Clic. Otra vez el noticiero.

—Ya me voy a dormir, mejor.

—¿Por qué? —Andrés despegó los ojos de la pantalla y volteó a verla—, ¿te sientes mal?

—No, no mal —dijo Susana, rascándose la cabeza como hacía desde chica cuando estaba muy cansada—. Sólo un poco... abrumada.

—¿Abrumada? ¿Y eso cómo es?

—Pues así —Susana se sentó sobre uno de los brazos del sillón—. Como que todo se me viene encima, ¿sí entiendes?

Andrés asintió, muy despacio, con las pupilas que se le iban hacia la tele.

—¿Es por lo del trabajo? —dijo, por fin—. Si te mete en tantos conflictos, déjalo. Yo estoy seguro de que algo tiene que salir en el despacho. Tampoco es que sea tan...

—¿Tan qué? —completó Susana—, ¿tan urgente?

Andrés la volteó a ver con una cara que claramente quería decir "POR FAVOR, YA NO ME TORTURES Y DÉJAME CON MI TELE Y MI NEGACIÓN".

—Yo sé qué preferirías no hablar del tema, Andrés, perdón —dijo Susana—, pero tú empezaste.

—No —se defendió Andrés—. Tú solita te echaste a andar.

279

Yo iba a resolver lo de la tarjeta, y todo, y tú saliste con que tenías que salvar la situación.

Susana se hizo para delante para alinear sus ojos con los de su marido.

—No seas injusto, Andrés. No te cuentes la historia de que lo estoy haciendo porque soy una egoísta protagónica. No tenemos de otra.

Andrés suspiró, jugando con el control remoto y con los ojos fijos en la tele.

—Andrés —Susana estiró la mano y la puso sobre la de su marido.

Y sobre el control remoto.

Clic.

—Entiendo muy bien que te cueste trabajo. Créeme que lo entiendo. Pero no tienes por qué cargar con esa responsabilidad tú solo.

—Es que las colegiaturas… —dijo Andrés, otra vez con la mirada perdida—, y la reinscripción…

—Y el súper, y Laura, y el pediatra, y los zapatos —enumeró Susana con los dedos—, y la maldita camioneta…

—No metas a la camioneta en esto, ¿sí? Ella no tiene la culpa.

Susana se rio.

—Bueno, aunque sea sin la camioneta. Es mucho, Andrés.

Andrés volteó los ojos hacia Susana.

—Es que no es tanto. Yo debería poder solo, Susana. Mis papás…

Susana movió la cabeza.

—Es otra economía, mi vida. Si quieres, te hago un diagrama.

Movió la cabeza, muy asustado. Detestaba las lecciones de macroeconomía de Susana.

—Bueno, pero… mi hermano…

Otra vez lo interrumpió Susana.

—Para empezar, en esa casa trabajan los dos. Y sus pobres hijos no, porque todavía no pueden hablar de corrido, pero espérate tantito.

Andrés sonrió.

—Además de que nadie sabe bien a bien qué hace tu hermano que siempre tiene tanto dinero, ¿no?

—No empieces, Susana. Es consultor.

Susana sólo arrugó una ceja.

Consultor... lo que he visto yo con los consultores...

—Está bien, está bien —dijo Susana, levantándose—. Sólo digo que, ni modo, así son las cosas y esto elegimos y hay que ver cómo le hacemos.

Andrés volvió a suspirar.

—Pues sí, hay que ver cómo le hacemos.

—¿Qué haces ahí sentada? Pareces loca.

Susana miró a su alrededor. Sí era raro, pero no era para tanto. ¿Quién no se ha quedado pasmada, sentada en el borde de la tina, después de bañarse, con el pelo chorreando y envuelta en una toalla?

Se lo dijo a Laura, pero eso no le hizo quitar la cara de preocupación. Puso en el piso la cubeta que traía en la mano con los líquidos de limpiar el baño y se sentó junto a Susana.

—Te vas a enfriar, mensa —dijo, tomando las puntas de su pelo y exprimiéndolas en la tina, con la consecuente lluvia de gotas heladas—. ¿Qué te pasa?

—Nada, estaba pensando.

—¿Y no puedes pensar seca y vestida?

—Sí.

Pero seguía sin moverse. La idea de emprender todas esas tareítas que implican salirse de bañar, como secarse, untarse cremas, secarse el pelo, ponerse el desodorante, el perfume, el maquillaje… le provocaban una flojera infinita.

—¡Susana! —gritó Laura, dando una palmada—. ¡Reacciona!

—¡Aaaaaay! —dijo Susana, poniéndose la mano en el pecho para calmarse el corazón—. ¡Me asustaste!

—Más me estás asustando tú a mí —la cogió del brazo y la hizo pararse—. Estás como ida. A ver, ven, agacha la cabeza.

Cogió la toalla de manos y, antes de que pudiera reaccionar, le talló la cabeza para secarle el pelo.

—¡Ay, ay! —se quejó Susana—, ¡mi pelo, los nudos!

—Pues entonces sécate tú —le dijo, soltándola y pasándole la toalla—, pero ya. Antes de que hable al Fray Bernardino para que vengan por ti.

Susana cruzó los brazos para impedir que se le cayera la toalla que la envolvía.

—Ya no existe el Fray Bernardino —dijo, muy digna—, y eso ya no se puede decir. Tienes que ser más sensible con la salud mental de las personas.

Laura volteó los ojos al revés.

—Y tú tienes que ser más sensible con la tranquilidad emocional de las personas. Yo llego, pensando que o ya te fuiste, o de menos ya estás haciendo lo que sea que hagas cuando tus hijos están en la escuela, y te encuentro aquí, jugando a los Encantados.

—Estaba pensando, ¿sí? Y salte, para que me vista.

—Ay, qué ridícula; como si no te conociera —Laura tomó su cubeta, la vació y la volteó en el pasillo, del otro lado de la puerta—, pero me voy a sentar aquí afuera, ¿eh? Cuidadito y te vuelves a pasmar.

La perspectiva de que Laura volviera a emprenderla con su pelo como si tuviera la edad de Rosario le dio energías suficientes para abrir el bote de crema.

—¿Entonces? —preguntó Laura, a través de la puerta emparejada—. ¿Qué te pasó que estás así?

—Nada, nada grave. Un asunto ahí, con Andrés.

—¿Un asunto? —preguntó—, ¿un asunto de qué?

—De nada, hombre, te digo que no es grave.

—¿Te puso el cuerno? No me digas que te puso el cuerno, porque lo mato.

—No, claro que no, ¿cómo crees?

—Pues no sería el primero, tampoco. ¿Entonces? ¿Es jugador compulsivo y tiene una deuda horrible?

—¡No!, ¡mucho menos! —Susana se puso crema en las puntas de los dedos y se la esparció con golpecitos alrededor de los ojos, como les había enseñado la doctora—. Se te ocurren unas cosas espantosas.

—Es que como te encuentro así, como si te hubiera caído el mundo encima, pienso que te cayó el mundo encima, fíjate.

Lo peor era que sí sentía como si le hubiera caído el mundo encima, pero de pronto, viéndolo con los ojos de Laura, se sintió muy ridícula. Sintió que no era para tanto.

Se puso los pantalones de mezclilla y la camisa que había dejado a un lado del lavabo.

Laura dio un golpe en la puerta.

—Ey —dijo—, ¿por qué ya no hablas? ¿Te volviste a pasmar?

Abrió la puerta, con la toalla mojada en una mano y el cepillo en la otra.

—No, cómo crees —salió al pasillo—. Si quieres pasar a limpiar, me puedo terminar de arreglar aquí afuera.

Laura alzó las cejas y ladeó la cabeza, viendo a Susana de arriba abajo.

—¿Qué? —Susana optó por fingir que no entendía—, ¿no venías a limpiar? Pensé que sí, perdón.

—¿Por qué no me quieres contar? ¿Es algo vergonzoso? —puso cara de horror—, ¿tienes una enfermedad inconfesable?

Susana se sentó sobre la cama que Andrés acababa de hacer antes de irse.

No se me vaya a olvidar dejarla lisa. Andrés odia que la cama tenga arrugas.

¿Y a mí qué? Que la desarrugue él. No todo lo tengo que hacer yo.

Susana respiró profundo y sacó el aire por la boca.

—No, no es vergonzoso y no tengo una enfermedad inconfesable.

—¿Es uno de tus problemas de señora rica? ¿Como cuando le pegaste a la camioneta y no sabías cómo decirle a Andrés?

Susana se quedó callada, pensando.

—Sí, y no —contestó—. Justamente el problema es que no soy señora rica.

Laura se rio.

—Es el problema de todas, mi reina —se levantó y enderezó la cubeta para llenarla de agua—, ¿entonces sí es lo del juego compulsivo?

—Que no, caray, te digo que no.

—Lástima —dijo, torciendo la boca—. Eso hubiera vuelto a tu marido un poco más interesante. ¿Entonces?

—Tengo que regresar a trabajar.

Laura la miró con los ojos y la boca muy abiertos, mientras en el lavabo el agua se derramaba.

—¿En serio? ¿Por?

—Pues por qué ha de ser; porque ya no nos alcanza.

Laura cerró la llave del lavabo, bajó la cubeta y respiró profundo antes de caminar hacia Laura y plantarse frente a ella con las manos en las caderas.

—Dime la verdad, Susana, ¿necesitas que ya no venga? —preguntó—. Puedo buscar trabajo en otro lado. El otro día Toni me preguntó si tenía días libres.

Susana se horrorizó.

—¡Claro que no! ¡Nomás eso faltaba! ¡Somos pobres, pero no tanto!

¿Y qué demonios hace Toni preguntando nada?

Laura cerró los ojos y se apoyó las palmas de las manos en la frente, con pinta de que estaba haciendo acopio de paciencia.

—Entiendo que tienes angustia y tal —dijo, abriendo los ojos y viendo fijamente a Susana—, pero tratemos de no usar las categorías así nomás, ¿no, Susanita? ¿"Somos pobres"? ¿En este país? ¿Te cae?

Sí, Susana, no te mediste.

—Tienes razón. Digamos que estamos intentando no desbarrancarnos de la clase media —dijo, en tono conciliador—; obviamente, el problema no es tu sueldo, sino la escuela, y la hipoteca, y los coches, y los seguros, y las vacaciones…

—Deja de retorcerte las manos, que me estás poniendo nerviosa.

Susana no se había dado cuenta, pero sí; era el mismo gesto

que hacía Amparito cuando caía en la cuenta de que faltaba un lugar en la mesa.

—¿Ya hiciste las cuentas y no hay manera de recortar?

Susana sabía que con Laura la mejor opción siempre era decir la verdad, o arriesgarse a que se obstinara en encontrarla.

Se soltó las manos y las dejó caer a los lados de la cadera.

—¿Qué recortamos?, ¿la escuela?, ¿la terapeuta de lenguaje?, ¿la clase de natación?

Laura no pudo disimular un gesto de horror, y Susana recibió un recordatorio más de las circunstancias diametralmente opuestas en que crecían Lucio y los gemelos. Sintió vergüenza, pero no había nadie más a quien pudiera decirle esas cosas.

—Tienes razón en llamarlo "mi problema de señora rica", porque eso es —admitió—. Pero parecen problemas irremontables. ¿Te imaginas que Andrés les diga a sus papás que no podemos ir de vacaciones con ellos porque nos quedamos sin un mes de hipoteca? Ellos se infartan, y Andrés, se muere de vergüenza. Si ya de por sí, cada vez que su hermanito ve la camioneta le dice que no sea tacaño y ya la cambie.

Laura tronó la lengua. Si Susana tenía problemas con Jorge su cuñado, Laura no podía ni verlo.

—Bueno, y, a ver —dijo Laura, cruzando los brazos—, si así están las cosas, entonces, ¿qué le buscas? ¿Cuál es tu problema? Pues mandas tu currículum y donde te acepten ahí te quedas y ya, ¿no? Digo, tampoco es que vaya a ser tan difícil. Por fortuna para ti y desgracia para la humanidad, siempre hay chamba para los que hacen lo que tú.

Susana echó la cabeza para atrás, en un gesto de fastidio. Laura siempre le reclamaba que hubiera escogido "enseñarle a los candidatos a mentir", como decía ella, en lugar de preocuparse de que las cosas cambiaran realmente. Susana intentaba defenderse y argumentar que sí estaba logrando cambios, pero no llegaban a nada. Laura siempre terminaba diciendo que lo que Susana hacía contribuía a fomentar lo peor de la política.

—No te creas; tampoco es que vaya a estar tan fácil conseguir algo.

—¿Por qué no?

Susana sacó su celular del cajón de los calcetines donde lo había aventado antes de meterse a bañar. Estuvo tentada a tirarlo por la ventana, pero se contuvo a tiempo y tuvo que darse por satisfecha con apagarlo, refundirlo en el fondo del cajón y cerrarlo bien fuerte.

Lo volvió a prender y las dos se quedaron esperando en lo que se prendían todos los foquitos, sonaban alarmas y el aparato aquel volvía a la vida, cargado de todo lo que Susana tenía que hacer, saber, cumplir y decidir de inmediato.

—Mira.

Abrió su cuenta de correos y le pasó el teléfono a Laura.

Laura leyó el primer correo y levantó la vista.

—Ay, no exageres, tampoco es tan terrible. Tenía que haber uno al menos que te dijera que el lugar de una madre es junto a sus hijos y que mejor aproveches para concentrarte en tu familia —vio la dirección del correo—, ¿no son éstos los que trabajan con puros grupos de católicos fundamentalistas?

Susana levantó los hombros.

—Sí, pero les escribí por si las dudas. Y ya ves.

Laura puso cara de "eso te pasa" y le pasó el teléfono a Susana.

—¿Y quiénes más?

Susana maniobró la pantalla, pasando correos.

—Unos que dizque son de izquierda —dijo un nombre—, y que me aclaran que no discriminan en contra de las mujeres y mucho menos de las madres, pero que ahorita no tienen espacio.

—Ahí está, no pueden.

Susana le lanzó a Laura una mirada con el ceño fruncido.

—Ya averigüé y hace diez años que no contratan a una mujer.

—Malditos. ¿Y quién más?

Susana siguió buscando.

—Una compañera de la carrera, que me pregunta si no preferiría algo menos demandante, como dar clases o asesorar tesis.

—Espero que le hayas contestado algo horrible.

Susana movió la cabeza y dejó el teléfono sobre la cama.

—No le he contestado. Ni a ella ni a nadie. ¿Qué les puedo decir?

En eso, el teléfono hizo un ruido y vibró sobre la colcha. Susana lo levantó y abrió el correo que acababa de llegar.

—Ay, no.

—¿Qué? —preguntó Laura, tratando de ver por encima de su hombro—, ¿otra vez te batearon?

—No, peor. Dicen que si quiero ir a una entrevista.

Laura hizo cara de que no entendía.

—Ah, pues eso está bien, ¿no? ¿Cuál es el problema?

—Es el despacho de Fernando —dijo, dándole al asunto el tono de circunspección que requería—. Bueno, de Danielito, ahora.

A Laura le entró una mezcla de risa nerviosa y risa de verdad. Se tapó la boca.

—Chale, no inventes. ¿De ahí de donde te fuiste bien digna porque ibas a poner tu despacho y siempre no y pusiste una familia?

Susana asintió.

—Ahí mero. Y ni te imaginas quién sigue trabajando ahí.

—¿Quién?

—Javier.

Laura abrió la boca y los ojos muy grandes y usó una palabrota de las que estaban prohibidas en esa casa.

—Yo pensé que esa cucaracha ya se había ido de oficial mayor de algo, o que había sido víctima de una enfermedad terrible.

Susana torció la boca.

—Por desgracia, no. Ahí sigue.

—Pues chale.

—Pues sí.

Mami, ¿quién es Esperancita y por qué le cae mal a papá?

E sperancita era la recepcionista del despacho hace mil años, cuando mi mamá todavía trabajaba ahí. A nosotras nos parecía una viejecita dulce como de los cuentos, pero no debe haber tenido más de cuarenta y cinco, cincuenta años, y cuando lo pienso me dan ganas de regresar en el tiempo y preguntarle si no ha pensado en cambiar de peluquero o renunciar definitivamente al crepé.

Era un encanto. Siempre tenía en su escritorio un trastecito de vidrio soplado lleno de dulces, y siempre nos ofrecía.

—Tomen nada más uno, niñas —nos decía mi mamá, invariablemente.

E invariablemente la llamaban por teléfono o tenía que entrar a una junta y nosotras nos dábamos vuelo sacando dulces del trastecito; Catalina los de naranja y yo unos que estaban cubiertos de chocolate y tenían rellenito, aunque a mí lo que me gustaba era el chocolate y luego ya no sabía qué hacer con el caramelo empalagosísimo.

Y no es que le caiga mal a Andrés, si Andrés ni la conoció nunca ni ha tenido nada que ver en su vida con Esperancita. Lo que a su padre de ustedes no le gustó, criaturitas del Señor, fue que me hiciera tantas bolas para contarle cómo me había ido en la entrevista. Que cuando me preguntó en la noche cómo me había ido yo no me hiciera al ánimo de que lo que realmente me estaba preguntando era si íbamos a tener que pedir prestado para pagar la hipoteca del próximo mes o si ya iba yo a tener un sueldo, y en lugar de contestarle sí, vida mía, no te preocupes, de ahora en adelante voy a recibir un cheque cada quincena y nuestras preocupaciones están más o menos resueltas, me soltara a contarle mi trauma porque en lugar de Esperancita está ahora una escuincla sin ningún chiste que no es que no tenga un trastecito con dulces, es que a duras penas te da las buenas tardes.

Así me pasa cuando estoy nerviosa, yo no tengo la culpa. Mi mamá se ponía como una dragón, cuando me preguntaba cómo me había ido en un examen de Cálculo y como según yo siempre me iba a mal y ahora sí iba a reprobar, empezaba a soltar una historia de mi maestro y cómo siempre sacaba de su mochila una bolsita con gises y un borrador, y tú crees mamá que siempre sea la misma bolsita, ¿no la cambiará nunca?, ¿y cómo no termina lleno de polvo de gis hasta las cejas, mamá? Hasta que o mi mamá de plano se iba a hacer otra cosa y se resignaba a ver mi calificación de Cálculo cuando llegaran las boletas o me agarraba los cachetes entre las palmas de las manos y me decía "Susanita, gobiérnate", y me sacaba de mi trance.

Pero nunca le he contado a Andrés esa estrategia de mi mamá, porque con ella tuve suficiente y además ya estoy grandecita para que me anden diciendo que me gobierne, francamente. Así que él no tiene más remedio que escucharme hasta que se me acaba la cuerda y logro juntar valor suficiente para contarle lo que no sé cómo contarle.

El problema fue que ahora sí me tardé. Pero, en mi descargo, eran muchas cosas. Toda la experiencia fue como un viaje al pasado, y lo peor es que a diferentes momentos del pasado. Y un cachito de atisbo del futuro, la verdad, no lo voy a negar. Ya de por sí es raro que mi primer trabajo (y el único, porque la nevería donde cobraba y hacía bolas de helado de vainilla el verano entre quinto y sexto de prepa no cuenta, si me pagaban con propinas y paletas de chamoy) haya sido en el mismo lugar donde trabajaba mi mamá. Está bien, no nos cruzamos nunca porque ella ya estaba trabajando en otra oficina cuando yo llegué, y ella estaba en algo más de mercados y economía en lo que yo no tenía nada que ver, pero, mal que bien, era el mismo lugar donde de chiquita mi mamá nos llevaba cuando no tenía con quién dejarnos y mi papá tenía algo a lo que no podía faltar.

Y lo siento mucho, pero a mí me impresionó mucho que siguieran teniendo los mismos sillones en los que mi mamá nos dejaba sentadas con nuestros cuadernos de iluminar y nuestros colores, y cuidado y nos movíamos de ahí, porque nos iba como en feria. Ahí pasábamos horas, yo sufriendo horrores porque todo el mundo pasaba y nos veía como si fuéramos animalitos en el zoológico, y porque Catalina coloreaba saliéndose todo el tiempo de la rayita y no le importaba nada, y usaba azul y verde para las caras, y nunca me hacía caso cuando le decía que las personas no son de ese color.

—En mi mundo, sí.

No, Catalina, no hay más que un mundo y en este mundo las personas no son azules, y no puedes hacer todo como tú quieras, ¿sí?

Pues igual que Catalina no ha cambiado, y sigue necia en hacer todo como ella quiere, que resulta que siempre sí se puede, si eres ella, claro, los mismos sillones siguen ahí. No sé quién se los habrá retapizado, porque hasta ganas me dieron de preguntarles, de lo bien hechos que están. Si hubiera estado Esperancita claro que le pregunto y ya tendría yo el teléfono, para los sillones de la sala de mi papá, que están hechos una desgracia y no se les quita el olor del Engels por más que Blanquita los lava y los lava.

Pero no estaba Esperancita, fue lo que le expliqué a Andrés. Estaba esa muchachita que no tenía en su escritorio más que una computadora, un teléfono, un bote con plumas negras todas iguales y un bloque de post-its. Ni una triste foto, un dibujito, una plantita, nada.

—¿Crees que eso sea porque Danielito no la deja o ella estará muerta por dentro?

Ya para ese momento, Andrés tenía la mirada vidriosa y movía mucho la mandíbula, como cuando se pone muy tenso y le empieza a doler de tanto apretarla.

—Susana, me vale Esperancita, la nueva recepcionista, su escritorio, los sillones y de qué color pintaba las caras tu hermana. Nada de eso me importa. ¿Me quieres contar de la entrevista, por favor?

¡Pero si justamente le estaba contando!

Ya sé, no le estaba contando lo que él quería oír. Bueno, y luego ya pasé con Danielito, que ya no le puedo decir así porque cualquiera diría que va por la vida empujando un arito y vestido de marinero, y pues no. Es un adulto, tres años más grande que yo, creo, que no pierde la oportunidad de decirte que estudió el posgrado en Harvard ("sí, Danielito; yo fui a la fiesta que te hicieron tus papás cuando te ibas a ir porque tu papá era mi jefe y ni modo de decirle que prefería quedarme en mi casa viendo el techo"), y que francamente hizo muchos cambios que según yo al despacho le vinieron muy bien; se concentró en el área de comunicación política, cerró la Economía y, por lo que me dijo, tiene un montón de clientes nuevos.

—Bueno, ¿y te va a dar trabajo sí o no?

—Pues claro que sí, Andrés, claro que sí. Es demasiado pragmático como para hacerme ir hasta su oficina para decirme "chin, qué pena, chaparrita, pero no te queremos ni regalada". Claro que sí.

Obviamente, me la tuvo que hacer cansada. No era cosa de decir oye qué bien que me escribiste porque justamente ahorita necesitamos a alguien como tú que conozca a estos lagartones que están en el gobierno y que pueda navegar sin quedar mal con nadie ni hacernos de más enemigos de los indispensables, claro que no. Me tuvo que decir que había sido una decisión difícil dadas mis elecciones de los últimos años, y me tuvo que contar cómo su esposa (que también estudió en Harvard, fíjate, por si te lo estabas preguntando) con cada niño no se había tomado más que cinco días de incapacidad y de vuelta a la oficina como si nada.

—¿Y eso qué?

—No sé, Andrés, me lo contó. ¿Qué querías que le dijera? ¿"Si lo que quieres es hacerme sentir mal porque yo me quedé tres años cuidando a mis hijos, no lo vas a conseguir"? Obviamente no, porque yo estaba ahí pidiéndole trabajo y si tenía que sonreír y decirle que qué bárbara, qué heroica su esposa, pues era lo que había que hacer.

Y pues sí, Andrés me preguntó por Javier y yo le dije que está en la oficina pero no vamos a trabajar directamente porque él lleva otras cuentas. No le dije que Danielito sabe toda la historia porque en esa oficina no hay forma de que nada se mantenga en secreto, y que fue muy amable y me dijo que no me preocupara, que no quería que me sintiera incómoda de ninguna forma.

Y también me preguntó cuánto iba a ganar, y cuando le contesté ya no quiso que le siguiera contando.

—Pase, por favor. El maestro la está esperando.

Susana siguió por un pasillo larguísimo, flanqueado por cubículos, hasta la puerta donde, según le dijo la recepcionista que no era Esperancita, ni de lejos, estaba la oficina del maestro. Le iba a ser muy difícil acostumbrarse a que Danielito ya no era Danielito, el hijo menor de Fernando, que siempre había sido un ñoño monumental hasta para sus estándares y con el cual las obligaban a convivir en todas las fiestas, a pesar de que un día les dejó muy claro que no le gustaban las niñas, ni la televisión, ni las muñecas ni ninguna de las cosas que a ellas les parecían tan fascinantes.

Ay, pues púdrete.

Era una pena que Fernanda, la hija mayor, no se hubiera quedado al frente del despacho. Ésa sí les caía bien. Bueno, un poco mejor. Pero, igual que Catalina, había decidido abrazar las humanidades, para horror de sus padres (igual que para los papás de Catalina), y la última vez que Susana supo de ella estaba dando clases en alguna universidad de Argentina.

Y eso me dejó a merced de Danielito, el ñoño de Danielito.

El maestro, Susana, el maestro.

Se abrió la puerta y salió un hombre vestido con traje gris, camisa blanquísima y corbata con dibujitos color naranja, de ésas que gritan "soy carísima", con voz muy chillante y a los cuatro vientos.

Pero ni todas las corbatas carísimas de París ni las camisas claramente hechas a la medida podían ocultar al Danielito de los dientes salidos y el remolino en la punta de la cabeza (que, a juzgar por la cantidad de gel, seguía siendo un enemigo difícil de vencer). Susana comprobó con alivio que al menos el resto de su cuerpo había alcanzado a crecer a la par de sus brazos y sus piernas, y ya no parecía que en cualquier momento iba a empezar a caminar como hombre de Cromañón.

—¿Susana?

No, el hombre araña.

—Este... sí.

Era muy raro estar ahí parados, sin saber ni cómo saludarse; si de mano, como en una entrevista de trabajo normal, donde no existe el antecedente de que uno le ofreció dinero a la otra a cambio de que se comiera un chapulín en el viaje familiar a Oaxaca, o darse un beso en el cachete, porque mal que bien se conocían desde que nacieron, o qué.

A espaldas de Susana, la oficina estaba en silencio. No se oía ni uno solo de los teclazos que sonaban cuando entró. Se imaginó que todos estaban pendientísimos de la conversación, y que estaban dando el chou de las nueve y media.

Espero que uno de los que están viendo no sea Javier.

Susana tomó la iniciativa, decidió que saludarse de mano

era rarísimo en ese contexto y le dio a Danielito un beso en el cachete, y él a cambio le apretó un brazo y le hizo un gesto para que entrara a su oficina.

La oficina estaba muy en consonancia con la corbata: mucho vidrio, mucha piel negra, mucho aluminio cromado. Un escritorio de cristal súper minimalista, como el de la recepcionista, con una computadora portátil, un bloc amarillo de notas y una pluma fuente negra, pesada, con pinta de regalo de graduación. Y en medio del escritorio, bien a la vista, una copia del currículum de Susana.

En una esquina había un sofá y un silloncito. Le señaló el silloncito y se sentó en el sofá.

Ni una triste macetita, ni un detalle de color.

El único indicio de que ahí vivía un humano eran dos fotos en un librero detrás del escritorio; en una, Danielito en un paisaje nevado, con goggles y traje de esquiar, con dos niños que, a juzgar por los dientes y las rodillas salidas, debían ser sus hijos, y una mujer con pinta sorprendentemente normal. Susana sabía que se había casado con una mujer que conoció en la maestría, pero se imaginaba que se había ido por el cliché de la güera flaquísima con pinta de vender un hijo con tal de salir en *Forbes*, y no; era una mujer guapa, sí, pero nada extraordinario, con el pelo oscuro hasta la barbilla y dos hoyitos en los cachetes.

Eso me pasa por creer en los clichés.

—¿Conoces a Katy? —preguntó Danielito cuando la sorprendió espiando sus fotos—. No estoy muy seguro.

—No, creo que no —estaba segura de que no—. Sólo por referencias.

Asintió, como si estuviera procesando la información. Seguía tomándose tan en serio como siempre.

—Es que decidimos casarnos en Estados Unidos. Imagínate casarnos aquí, con la de compromisos de mis papás... Nos sale carísimo.

Susana asintió.

No me lo tengo que imaginar, príncipe.

—Tú, en cambio, tienes una foto de mi boda —le señaló—, qué chistoso.

—¿Eh? —se le descompuso la seriedad—, ¿dónde?, ¿cuál?

Apuntó a la otra foto, donde salían sus papás, Toni y Fernando, bailando, alzando los brazos y muertos de risa. Se paró y la trajo, sin dejar de verla como si se la hubieran cambiado.

—¿Es tu boda? —preguntó—, ¿en serio?

—Sí, en serio —Susana se sentó en la orilla del sillón para enseñarle—; de hecho, aquí al fondo se ve a mi papá regañando a un mesero. Seguro porque le estaban llevando cubas a los del grupo y ya los estábamos perdiendo.

Se acercó el marco a la cara.

—Es cierto, es tu papá. No, pues ni idea, y eso que yo se la tomé. No me acordaba.

—¿Y tu mamá no está por aquí? —Daniel seguía buscando, como si fuera a encontrar a Wally.

—No, no. Mi mamá ya para entonces ya...

Levantó los ojos, con cara de culpable.

—Ah, claro. Perdón, qué poco sensible...

Susana levantó una mano, con mucha práctica.

—No te preocupes.

Volvió a poner la foto en su lugar, cogió del escritorio el bloc, la pluma y el currículum y se sentó.

—Bueno, pues a lo que venimos. Háblame de ti.

—Nací en 1977 en el seno de una hermosa familia mexicana de clase media...

Le lanzó una mirada de incomprensión.

Si bien dice Andrés que no todo el mundo está de humor para mis chistes.

Tosió un poquito para disimular la pifia y se sentó más derecha, haciendo tierra con un pie para que no la tragara el sillón.

—Como dice ahí —señaló el papel—, estudié la licenciatura en la UNAM, y luego me fui a una maestría que resultó ser un doctorado en LSE.

Movía la cabeza y apretaba los labios, corroborando que lo que le iba diciendo estuviera escrito.

—¿Y por qué Londres?

—¿Eh? ¿Por qué no?

—No, bueno, porque sí, es buena y todo, pero... digamos que no es la única.

Un gesto mínimo, casi imperceptible, hizo que Susana volteara a la pared. Encima de su cabeza, como ángeles de la guarda, estaban sus títulos, uno de Berkeley, el de licenciatura (porque no lo aceptaron en ninguna universidad mexicana, Susana recordaba los dramas como si hubieran sido ayer), y el otro, de maestría, de Harvard.

Ahí Susana entró en crisis. Ni modo de darle la razón y decirle que, claro, que lo de menos era dónde estudiaras si sabías trabajar y tenías claro que querías hacer de tu vida. Danielito nunca se lo iba a creer, además, pero si le contestaba una pesadez, como que a Harvard entraba cualquiera, y que además ese programa era de los de un año y con que no te murieras y pagaras te daban el título, probablemente no iba a tener tantas ganas de contratarla.

Recordó el texto que Andrés le había mandado cuando le avisó que ya iba a entrar a la junta.

"Recuerda: gemelos, colegiatura, zapatos. Gemelos, colegiatura, zapatos."

—No, desde luego no es la única. Pero tenía la parte sentimental, ¿ya sabes? Mis papás ahí fueron, y eso.

—Pues sí...

—Además de que lo de menos es dónde estudies. Ya a estas alturas, con que sepas trabajar y tengas claro qué quieres hacer de tu vida.

—¿Verdad? —Daniel extendió el brazo, con entusiasmo—, eso mismo le decía yo a mi papá. Ahora que lo veas, le dices, porque hasta la fecha me basurea.

—No, pues no creo verlo, la verdad.

Me salió del alma. No, pues no creía verlo, sobre todo si ahora resultaba que íbamos a ser hermanastros...

Daniel se puso rojo. Aparentemente, él tampoco había caído en la cuenta de que don Eduardo iba a ser su nuevo papá.

O sea, no su nuevo papá, pero… bueno.

—Bueno, claro. No, no pensaba que lo fueras a ver —soltó una risita muy forzada—. Es que no sabes la lata que me daba todo el tiempo, ¿a ti no te pasaba lo mismo con tu mamá?

Susana volteó los ojos al revés.

—Uy, todo el tiempo. Y bueno, desde que dije que me iba a casar, me salió con que mi diploma había resultado el pedazo de papel más caro de la historia.

—Bueno, es que tú además te casaste y dejaste de trabajar —dijo Danielito, acabando con el breve momento de empatía.

Susana sonrió, apretando los labios.

Salió de la oficina como levitando. Entre el esfuerzo de ser amable con Danielito, que era una experiencia totalmente nueva para ella, y la oferta que acababa de recibir, no se enteró ni de a qué hora se materializó Javier en la mitad del pasillo.

Se lo topó de frente y tuvo el impulso de dar la media vuelta y esconderse en un baño.

Susanita, no seas ridícula. Afronta tu pasado.

—¿Cómo estás? ¿Cómo te fue?

Hizo un gesto con la cabeza hacia la oficina que Susana acababa de dejar.

Susana levantó los hombros.

—Pues yo creo que bien. Quiere que empiece el lunes.

Javier levantó un brazo para que chocaran sus palmas, en un gesto de triunfo. Susana lo miró, horrorizada, pero no tuvo más remedio que levantar la mano también.

Ni los gemelos en el futbol. No me atrevo a voltear, pero ojalá nadie me esté viendo.

—Tenemos que ir a festejar —dijo Javier—; aquí a dos cuadras hay una cantina donde hacen los mejores caracoles que hayas probado en tu vida, ¿vamos?

Susana no pudo evitar ver su reloj.

—Pero son las diez y media.

—¿Y qué tiene? —preguntó Javier—. Ya están abiertos. Le digo al jefe que fue una junta fuera de la oficina para ayudarte a ponerte al corriente de cómo están las cosas.

Después de todo lo que acabamos de hablar de ti, yo creo que no nos va a creer.

Susana sacudió la cabeza.

—No puedo. Tengo que ir por los gemelos. Y me dan ñáñaras los caracoles.

¿Por qué no le dije que en qué parte torcida de su cabeza piensa que yo voy a aceptar irme a una cantina a las diez de la mañana? ¿Y con él?

Sentada en la camioneta, mientras se cambiaba los zapatos de tacón por unas alpargatas, se recriminó por no haber enfrentado mejor la situación. Por más que Daniel dijera que no, era obvio que en algún punto iban a tener que trabajar juntos, era inevitable; pero Susana no podía hacerle frente a todo lo que se recriminaba por haber salido con él.

Me trató retemal.

Le vinieron a la mente las escenas, una detrás de otra: los pleitos a gritos, las veces que habían quedado en algo y no había cumplido, el hecho de que invariablemente la presentara como "una compañera de la oficina".

Sacudió la cabeza, como para pasarse en limpio, y arrancó la camioneta.

El foquito, puntual, hizo "ping".

Andrés se negaba a que le dijeran nada a sus papás.

—Obviamente sí les vamos a decir, Susana, pero todavía no sé cómo.

—Pues sí, mi vida, pero el miércoles se supone que voy a llevar a tu mamá al súper, y tengo que estar en la oficina. ¿Qué se supone que haga? ¿Le digo a Daniel que los miércoles tengo que llegar a la una porque tengo un compromiso ineludible? ¿Porque es mi día del golf?

Andrés puso la cara que ponía siempre que no le hacían gracia los chistes de Susana.

—Pues no, claro que no. Claro que algo le tendrás que decir a mi mamá, pero no sé bien qué.

Susana se detuvo a tiempo antes de dar una patada en el piso, de la frustración que le generaba la inmovilidad de su marido.

Era domingo en la mañana y llevaban discutiendo el tema desde que Susana había regresado de su entrevista, pero cada vez que Susana intentaba que hablaran del asunto, Andrés la esquivaba olímpicamente.

Pues me vale. Que se quede su mamá en la puerta, esperándome, y que le hable a su niño para que la lleve al súper.

No, pues claro que no. Va a decir que soy una grosera y me va a recordar eternamente como "la que me dejó plantada el día que más me urgía comprar un pedazo de gruyere y unas uvas para llevar de botana al grupo de oración".

Susana se dio por vencida. Cuando Andrés se ponía así, era como si se cerrara a ningún tipo de razonamiento. Lo único que quedaba era dejarlo que saliera de su marasmo solo.

—¿Me enteré que vas a entrar a trabajar con Dani, Susana?

Susana y Andrés se voltearon a ver. Claro. No contaban con Tatiana.

Tatiana era como un ente todopoderoso y omnisciente que Susana estaba segura de que había sido puesta en el mundo exclusivamente para hacerla sentir mal. Lo sabía todo, lo podía todo y conocía a todo México (bueno, a todo el México que valía la pena conocer, se entiende).

Desde el primer día en que la vio, cuando Jorge se apareció con ella de la mano en la comida del domingo de casa de sus papás y dijo que estaban "saliendo", Susana había experimentado sentimientos encontrados hacia esta nueva persona que irrumpía en su vida de manera tan abrupta. Era, al mismo tiempo, amenazante y extrañamente irresistible: combinaba un físico espectacular, como de catálogo de modas, con todo y cabellera negra brillante, piernas larguísimas y ojos verdes, con el carácter fácil y bien dispuesto de quien está acostumbrado a que las cosas le salgan bien y a la primera. Representaba todo lo que puede despertar las inseguridades de una mujer, pero era buena persona. Era un problema.

Claro que, en un principio, no le pusieron mayor atención. La vida les había enseñado a no encariñarse demasiado con las mujeres que Jorge llevaba a la casa. Es más, en un momento de valor de su suegra, muy poco usual, por cierto, hasta le había pedido a su hijo que se abstuviera de "traer una muchachita distinta cada semana".

—Ni tiempo me da de aprenderme sus nombres, mijito —le había pedido, en su momento de sinceridad—; y luego las empiezo a confundir y ya mejor a todas les digo "chula". Van a pensar que ya se me chispó la cuiria, no hay derecho.

—¿Te sirvo postre, chula?

—¿Y tú por dónde vives, chula?

—Mejor no salgas en la foto, chula, porque luego sufro horrores de tener un montón de fotos de los cumpleaños con pura muchachita que ni conozco.

Eso último nunca lo llegó a decir, su intachable educación y sentido de la cortesía se lo impedían, pero se lo había confiado a Susana.

—Álbumes y álbumes llenos de caras de las que ya nadie se acuerda, mijita; tú dime si hay derecho.

Para Amparito, que consideraba las comidas de los domingos como sagradas, era casi un sacrilegio que se sumaran "ajenos", como ella decía, a los comensales.

—Siquiera convéncete de que te caen simpáticas antes de traérnoslas, mijito —insistía.

Pero con el tiempo se hizo evidente que con Tatiana la cosa iba a ser distinta. Era claro que esa mujer no estaba jugando y que le había echado el ojo a Jorge su cuñado, y el pobre no iba a saber ni para dónde hacerse. Pasó de ser "chula" a ser "Tatiana" y, sólo una vez, "Tatis", ímpetu que la interesada cortó en el acto con un seco:

—*Only* Tatiana, *never* Tatis, *please.*

Que casi le provoca un infarto a Susana. En la vida se había atrevido a hablarle en ese tono a la mamá de Andrés. Con todo y que de vez en cuando le daba por decirle "Susi", cosa que le provocaba unas náuseas casi irrefrenables.

Así era Tatiana. Nada la detenía, nada le daba pena, nada le causaba conflicto. Vivía perfectamente segura de todo y se conducía por el mundo como si fuera su territorio.

Parte era que conocía a *todo* el mundo. Quien no había sido su compañero en la carrera, era vecino de sus papás en Valle de Bravo o tenía una prima que fue su compañera en la escuela. El mundo de Tatiana era, al mismo tiempo, chiquitito y amplísimo.

—Llevé a los niños al pediatra —decía, por ejemplo, un domingo, mientras Magdalena servía la mesa—; y me encontré a Lilí Medina. ¿Ubicas a Lilí Medina?

Esa última pregunta iba dirigida a Susana, que tenía que contestar que no, no ubicaba a Lilí Medina.

—Es prima de Érica, mi amiga.

—Ah.

No era cosa de explicarle que tampoco tenía idea de cuál de todas era Érica su amiga y que, la verdad, ni necesidad tenía de averiguarlo. Al principio, Susana había hecho enormes esfuerzos para mantener en la memoria todos y cada uno de los nombres, con todo y las historias, los matrimonios, los noviazgos fallidos, los embarazos y las carreras, pero pronto lo dejó por imposible. Además de que se convenció de que no tenía ninguna utilidad: los relatos de Tatiana tenían una vida propia que no requería de la intervención de Susana ni de ningún interlocutor para vivir. Nacían, crecían, se multiplicaban y morían solitos, alimentados únicamente por el entusiasmo y el interés de su creadora.

Generalmente, era cosa sólo de darle un pequeño empujón, un "¿y cómo está tu amiga Érica?", para que se sumergiera en un recuento exhaustivo de la última tragedia de Érica y la plomería de su casa nueva en Camino a Santa Teresa.

—Es que cuando compraron la casa nadie les avisó que la instalación estaba pensada para tres baños y pusieron cinco, o sea, *hello!* —decía Tatiana, para después hacer un alarde de conocimientos sobre ingeniería hidráulica que a Susana la dejaban muy perpleja.

Porque ésa era otra característica de Tatiana: sabía de *todo.* Y todo lo explicaba con detalle, abriendo mucho los ojos y moviendo las manos.

Era hipnótica. A Susana le encantaba oírla hablar aunque no le entendiera ni le pusiera atención. Sobre todo, le gustaba que la dejara en paz y no le preguntara demasiadas cosas; que cada semana se conformara con preguntarle cómo estaba y que Susana le respondiera "bien, ¿y tú? ¿Qué tal la terapeuta de Jorgito?", lo cual era suficiente para echarla a andar y garantizarle a Susana unos veinte minutos de no tener que hablar de sí misma.

Por eso le resultó tan extraño que cambiara el guion y le preguntara algo concreto.

Se hizo un silencio. A lo lejos se escuchaba el radio que Magdalena siempre tenía prendido. Susana se hizo loca regañando a los gemelos, que por una vez estaban muy tranquilos, comiéndose cada uno su sopa de frijol.

—*Oh, my god,* ¿era secreto? —dijo Tatiana, tapándose la boca—. Híjole, qué pena. Es que me contó Daniel.

Susana hizo un gesto con la mano, como si no tuviera importancia.

Hombre, por favor. Haz uso de mi vida privada como si fueran los baños de la casa de tu amiga Érica. Si para eso es, nomás faltaba.

—Daniel iba con mi primo Francisco en Harvard —le explicó Tatiana al resto de la mesa—. Y me los acabo de encontrar en el cumpleaños de Francisco. ¿Te acuerdas, Jorge, que te lo presenté? Uno con una esposa gringa, monísima.

Jorge hizo un gesto de que no sólo no se acordaba, sino que lo tenía sin cuidado.

—Te dije, Jorge, que tenía un súper *big outfit*, y ahí fue que Francisco se acordó que tú trabajaste con su papá, ¿no?

—Mhm —dijo Susana, deseando fervientemente que se abriera la tierra y la tragara.

—¡Y que nos dice Daniel que habías ido a entrevista y que ibas a entrar a trabajar con ellos! Y yo, *what?*, ¡si ella siempre ha sido súper *stay-at-home mom*, súper *housewife*, nada que ver!

Susana sintió que era momento de recuperar un poco de su dignidad. Se dirigió principalmente a sus suegros, porque a Jorge lo que pudiera decir lo tenía sin cuidado, los gemelos seguían intentando pescar los pedacitos de tortilla de la sopa y a su marido prefería ni voltearlo a ver, segura de que la iba a taladrar con la mirada.

—Pues sí —explicó, con una sonrisa fingidísima—. Dado que los gemelos ya están súper aclimatados en la escuela, pensé que era buen momento para buscar algo. No creí que fuera a ser tan rápido, pero pues sí; le escribí a Daniel, me entrevistó y, ¡zas!, empiezo el lunes.

Lo dijo todo sin tomar aliento, y conforme hablaba sentía que se iba poniendo roja. Al terminar, volteó a ver a su suegra, que apretaba los labios, seguramente pensando en su súper perdido.

—Pues muchas felicidades, Susanita —dijo su suegro, más rápido de reflejos—. Ojalá que te vaya muy bien.

Levantó su copa de vino en un brindis espontáneo que los demás se tardaron en secundar.

—Pero va a ser medio tiempo, me imagino, ¿no?

La voz de Amparito era un reproche y un canto a la madre abnegada, todo en uno.

—Más o menos.

Claro que no.

—¿Y cómo le vas a hacer para los niños y la recogida de la escuela?

Se me había olvidado que aquí les encanta hacer preguntas.

—Todavía no nos ponemos de acuerdo. Yo creo que unos días yo y otros días Andrés —Susana miró a Andrés, intentando decirle por telepatía que la rescatara, por favor.

—Tenemos que afinar unos detalles, ma. Ése, por ejemplo.

—Pero cómo, mijito, si tú tienes que trabajar. ¿Ya ven? Si no me hubieran arrebatado el coche, yo podría ir por ellos. ¿A poco no les gustaría que yo fuera por ustedes a la escuela?

Rosario y Carlitos dijeron que sí, que claro, sin entender muy bien lo que estaba pasando. Nadie se dio por enterado de la recriminación de Amparito.

—Lo mejor es una *nanny* que maneje —dijo Tatiana—; alguien de súper confianza, para que le puedas dar una tarjeta. Como Ade, en mi casa; los lleva, los trae, se encarga del súper, de comprar los uniformes... yo creo que si un día yo me fuera, nadie se daría cuenta.

—No, sí nos daríamos cuenta —dijo Jorge—, cuando no viéramos zapatos tirados por toda la casa, o bolsas de *shopping* cada tercer día. Igual diríamos, algo está raro...

Tatiana le hizo una mueca.

—No, en serio —dijo, apuntando con un dedo a Susana—; *driving nanny*. ¿Laura no sabe manejar?

Susana se imaginó a Laura escuchándose describir en esos términos y casi suelta una carcajada.

—No, no. O sea, sí sabe manejar, mi papá nos enseñó a las dos, pero ella cumple otras funciones.

Tatiana movió la cabeza.

—Pues yo que tú me lo pensaba, ¿eh? Porque olvídate de ser cero productiva.

Mami, ¿por qué toda tu ropa está tirada?

No sé qué es peor: ser la nueva en un trabajo o ser la nueva que en realidad no es nueva porque ya había trabajado ahí y se fue porque iba a ser ama de casa y luego se arrepintió.

Aunque no me arrepentí, pero Andrés insistió mucho en que no quería que todo el mundo se enterara.

—¿Qué les vas a decir cuando te pregunten por qué regresaste? —me preguntó ayer en la noche, mientras yo contemplaba con muy poco entusiasmo las tres opciones que había mandado a la tintorería para mi primer día de trabajo y que había desplegado sobre mi cama con la esperanza de que alguna me convenciera: un vestido azul marino que estaba un poco muy corto, unos pantalones grises que me iban a arrastrar si no me los ponía con unos tacones altísimos, de esos que usé una época y no había vuelto a ponerme desde el embarazo, y una falda de tubo color miel que aún no sabía si me hacía ver como informante de la Segunda Guerra Mundial o nada más como un tamalito mal amarrado.

Lo volteé a ver. Estaba tan absorta tratando de recordar si alguna de mis blusas blancas estaría limpia y planchada, que tuve que hacer un esfuerzo para repetir en mi cabeza la pregunta y tratar de encontrarle sentido.

—¿Qué les voy a decir? Pues no sé, ¿por qué les tendría que decir nada?

Andrés, sentado en el silloncito que mi suegra me había regalado porque era perfecto para amamantar a los gemelos, y que ahora que los gemelos se habían mudado a la comida sólida y administrada con cuchara se había quedado convertido en el sillón de las grandes preguntas, me miró fijamente.

—No sé, ¿no te van a preguntar? ¿No te vas a encontrar a Cuquita la telefonista en el baño y te va a decir "ay, pero si se había ido a tener a sus niños tan preciosos, y a atender a su marido ese tan guapo y exitoso, ¿qué hace aquí de vuelta?"

Eso lo dijo juntando las manos en gesto de éxtasis por mis niños tan preciosos y mi marido tan guapo. Me reí.

—No creo. Y creo que las oficinas dejaron de tener telefonistas como en mil novecientos ochenta, tío.

—Bueno, no sé. La secretaria, la recepcionista, yo qué sé.

—¿A dónde crees que voy a ir a trabajar? —le pregunté—, ¿a una película de Mauricio Garcés?

—Ay, cálmate, luchadora social. No me tires tu rollo feminista. Yo no soy el que lleva una hora meditando su atuendo para el día de mañana.

El problema con Andrés era que era muy molesto cuando tenía razón. Y a veces sí, tenía razón. Le saqué la lengua.

—Muy madura —dijo, riéndose—. Bueno, entonces yo opino que les digas que sí te fuiste porque tu marido guapísimo y tus niños preciosos te requerían, pero que ahora que ya se fueron a la escuela, de pronto te viste con mucho tiempo libre y pensaste que era mejor hacer algo de provecho.

—Aaaaaah —puse cara de mucho interés—, fíjate qué buena decisión la mía. Ahora, que, dime, ¿por qué no me dediqué mejor a una buena obra, a una fundación o a la Cruz Roja o a organizar los bazares de la escuela?

Andrés apoyó la barbilla en la palma de la mano y se quedó pensando un momento.

—¡Ya sé! —dijo, con la cara iluminada—, porque te gusta tener tu dinerito. Tampoco es que te sientas bien pidiéndole a tu marido dinero cada vez que quieres comprarte una bolsa, ¿no?

Crucé los brazos.

—¿Cuándo te he pedido dinero para comprarme una bolsa? A mí ni me gusta comprar bolsas; con las que me regalan tu mamá y Tatiana tengo mucho más que suficiente.

—Y las que te regala tu madrastra nueva, no te hagas.

Le volví a sacar la lengua. La semana pasada Toni llegó a casa de mi papá con una bolsa roja preciosa, quesque porque la había visto y había pensado en mí. Era claramente un intento por comprar mi buena voluntad, pero, a ver, ¿qué ganaba con hacerle la grosería de despreciarlo, a ver?

—Bueno, en realidad no tienes que dar explicaciones —dijo Andrés, ya muy entusiasmado con el historión que se estaba armando en su cabeza—; ya que cada quién piense si quieres acumular una fortuna para nuestras vacaciones en Europa o para que los niños se vayan a tomar lecciones de esquí a Suiza.

—Óyeme, no; perdóname. Si alguien va a ir a Suiza a tomar lecciones de esquí en esta familia voy a ser yo. Esos malagradecidos se pueden quedar con el patín del diablo que les trajeron los Reyes y al que nunca le han hecho ningún caso.

Me miró con impaciencia.

—Lo que digo es que Cuquita no tiene por qué saber que necesitamos tu sueldo para el aguinaldo de Laura.

—O para las vacunas, o las consultas del pediatra... —le recordé.

—Eso. Mejor que piense "ay, qué moderno y amable su marido, que le da permiso de trabajar y realizarse."

¿Por qué sería que mi mamá decía que a Andrés lo criaron con valores como del siglo diecinueve?

—Oye, pero qué amable eres, de veras.

En el despacho no había secretarias, sino asistentes, y no todas eran mujeres, pero la primera en cuanto cruzabas la puerta seguía siendo la usurpadora de la silla de Esperancita, que miraba a Susana como si hubiera venido al mundo solamente a darle problemas.

—¿Dónde te estacionaste? —le preguntó, sin hacer caso de la sonrisa de Susana ni de su comentario sobre que la vida las había vuelto a reunir.

—En el estacionamiento de aquí a dos cuadras.

Se rio, como si no pudiera creer tanta ineptitud.

—¿Sabes lo que te van a cobrar? —preguntó—. Yo que tú lo movía.

Susana intentó explicarle que lo había dejado ahí porque no tenía muy claro si el despacho me podía dar lugar de estacionamiento, pero ya estaba muy ocupada viendo al teléfono y a su racimo de foquitos prendidos con pinta de urgentes como si fuera su peor enemigo.

—¿Dices que ya viste a los de Recursos Humanos? ¿Te vas a quedar a trabajar aquí?

¿Y esta escuincla por qué me habla de tú?

Tranquila, Susana. Controla a la doctora que llevas dentro.

No era una pregunta para la que exista una respuesta satisfactoria, y no era cosa de ganarse fama de difícil con alguien a quien iba a tener que ver todos los días.

—Apenas voy a ver a alguien en Recursos Humanos —Susana levantó las dos manos con los dedos índice y medio cruzados—. Pero ya dijo el maestro Daniel que sí me quedo, así que yo creo que sí.

Se contuvo para no sacarle la lengua ni decir "lero, lero".

En ese momento, como una visión de su pasado, apareció Ale.

Ale, ya convertida en una mujer de unos sesenta años, pero todavía con el pelo negro brillantísimo hasta los hombros, un mínimo de maquillaje y un traje sastre impecable con una mascada al cuello que hizo que Susana quisiera hacerse chiquita para que no viera que ella no había logrado más que sus pantalones grises y unos zapatos azul marino, porque no le había dado tiempo de bolear los negros.

—¡Susanita! —gritó, en un impulso que inmediatamente refrenó, y mejor le extendió la mano—. Doctora Fernández, qué gusto.

Susana le dio la mano, con la misma sensación de estar soñando que había experimentado desde que empezó a buscar trabajo en ese despacho.

Como esos sueños en que de pronto me doy cuenta de que nunca presenté el final de Cálculo y por lo tanto no terminé la prepa.

—Diana, ¿qué pasó? —dijo, dirigiéndose a esa mujer a la que yo no dejaba de darle disgustos—, ¿por qué no me había avisado que ya estaba aquí mi cita de las nueve?

¿Cómo? ¿Ale es la de Recursos Humanos?

Y apenas cayó en cuenta. Cuando Daniel le escribió con copia a Alejandra Morales, de recursos humanos, para que agendaran una cita, Susana nunca se enteró de que era Ale, la que había sido asistente de su mamá durante años, y que se había ido cuando Susana trabajó ahí.

Y ahora, claramente, estaba de vuelta.

—Ay, licenciada —le respondió la tal Diana, con cara de que si se encontraba a Susana en un callejón oscuro, no respondía por su vida—; pues yo cómo voy a saber. Nomás se queda ahí, parada.

Susana observaba el intercambio viendo primero a una, y luego a la otra, con ganas de preguntarle a esa muchachita si

314

consideraba que ésa era la mejor actitud para conservar su trabajo.

Alejandra claramente opinaba que no, no era la mejor actitud. O eso decía al menos la mirada que le lanzó antes de sonreírle abiertamente a Susana.

—En fin —dijo, juntando las manos como para pasar a otro tema—, el caso es que ya nos juntamos. Pásele por aquí, doctora, le muestro dónde va a estar su oficina.

Se echó a caminar, con el paso firme y acelerado de siempre, por el pasillo frente a la fila de oficinas con paredes de cristal. Susana fue detrás de ella, pensando en qué momento sería prudente rogarle abiertamente que no le dijera "doctora", porque peor le acentuaba su malviaje.

Otra vez, Susana se sintió entre sorprendida e intimidada por el tamaño y el carácter de la nueva oficina. En lo que en su cabeza ya se llamaba "mi primera vuelta" en ese despacho, la oficina era bastante informal, no tenía más que dos oficinas grandes, una para cada uno de los socios, que cuando no estaban usaban como sala de juntas alternativa. Estaba en una casita en Tlalpan, cerca de casa de los papás de Susana, y el reto máximo que enfrentaba era que los vecinos decidieran darse por enterados de que estaban violando el uso de suelo y correrlos. Pero eso no pasó; ellos cumplían con respetar los lugares de estacionamiento y cooperar para el aguinaldo del cuidador y del señor que se llevaba la basura, y el resto del vecindario cumplía con dejarlos trabajar en paz.

Claro, eso había sido antes de que Fernando se retirara y decidiera dejar el despacho en manos de su hijo, que luego luego empezó a hablar de identidad corporativa y de actividades de integración. Obviamente, ese discurso no combinaba con la casita con el parque a tres cuadras y el puesto de jugos en la esquina, eso era poco elegante y nada acorde con su identidad corporativa. De ahí que ahora las oficinas estuvieran en el piso doce de un edificio que no quedaba cerca de nada, en la mitad de Santa Fe, donde lo más parecido que había a un parque donde poder irse a sentar con calma era un camellón cercado por los microbuses.

Pero no era cosa de quejarse. Cuando Ale paró un poco su carrera frenética por el pasillo, le sonrió como si no le estuvieran apretando los zapatos.

—Perdón si Diana te dio lata —acercándose y hablándome en voz muy baja—; entró hace poquito porque yo pensé que tenía mucho potencial, pero de pronto ya no sé.

—No, hombre, para nada. Fue amabilísima.

Tal vez exageré. Ale me vio igual que me veía cuando yo le juraba que ya había terminado la tarea.

—Bueno, sí tú lo dices. Pues, como verás, las cosas han cambiado un poco.

Extendió los brazos y un par de cabezas se levantaron con curiosidad desde los escritorios, donde estaban agrupados en racimos de dos o tres, frente a monitores, o hablando. Susana les sonrió.

—Toda esta zona de aquí —señaló una cuarta parte de los escritorios de en medio— son los analistas.

Se acercó, y a Susana le llegó el olor de jabón de lavanda que usaba desde que trabajaba con la doctora.

Y que yo envolvía cada Navidad renegando porque siempre me tocaba envolver los regalos mientras Catalina se hacía loca y desperdiciaba el diurex.

—Ahí están los que acaban de entrar y los becarios —me dijo, como si estuvieran todos contagiados de una enfermedad horrible—. A todos ellos no les toca oficina.

No, les tocaban las incomodísimas "caballerizas", filas de mamparas con escritorios donde no se podía tener la menor privacidad.

—Oquei.

—De ese otro lado, están los de administración y recursos humanos, o sea, yo. Esa oficina, la de en medio, es la mía. Para lo que se te ofrezca.

—¿Ésa con el Olaf?

316

Señaló la puerta con la reproducción en cartón del mono de nieve de la película *Frozen*.

Susana hizo un gesto de inevitabilidad.

—Me lo dio mi nieta y cuidadito si un día viene y ve que no está.

Susana logró lo impensable: en lugar de caer desmayada y gritar que a qué maldita hora le había dado tiempo de tener una nieta, si en su cabeza Ale tenía cuarenta años y ella, Susana, acababa de salir de la prepa, le contó que sus hijos también estaban obsesionados.

Lo cual, irremediablemente, llevó a una conversación sobre los gemelos, donde, ni modo, Susana se dejó llevar un poco, y ya cuando acordó ya estaba mostrándole las fotos del celular de cuando los disfrazó de chicharitos en su vaina para el desfile del día de la primavera.

—Ay, ¡no lo puedo creer! —dijo Ale, conmovida—; ¿y la niña dices que se llama Rosario? Ay, sí, tiene la mirada pesada, pesada de tu mamá.

Susana no supo qué contestarle. No era que su mamá tuviera la mirada pesada. Era que nadie se la podía sostener, que era otra cosa.

Ale le devolvió el celular y siguió caminando hasta llegar a la puerta de una oficina en la esquina. La placa decía Dra. Susana Fernández Díaz.

—Taraaaaaaaán —abrió la puerta con un gesto como de mago.

Susana se sintió mal con todos los de afuera. No esperaba que le dieran una oficina tan pronto. Desde luego que sabía que no entraba a un puesto de los más bajos; si a ése había entrado años antes, pero le hubiera resultado lógico que la sentaran en uno de los escritorios de afuera.

Inconscientemente, volteó hacia donde estaban todos los que acababan de entrar. Un grupito como de cinco, todos muy bañaditos y con cara de haber salido de la universidad hacía cinco minutos, la miraron con odio.

—No les hagas caso, Susanita —dijo Ale, leyéndole el pensamiento—. Tú ya pasaste por ahí muchos años. Te mereces una oficina donde encerrarte y trabajar. O llorar porque extrañas a tus hijos, yo qué sé.

—Ay, no, pero ¿por qué voy a llorar? —Susana se rio—. Si los malditos se fueron a la escuela y ni una vez voltearon a ver a su pobre madre. Para nada voy a llorar. Ya están organizados, todo está en orden y yo, a trabajar, sin distracciones.

Inclinó la cabeza, como incrédula.

—Bueno, como tú digas —dijo, quitándole con mucha atención a Susana una pelusita de la solapa—; yo te tengo que decir que si necesitas salir o irte temprano para ir a cuidar a tus hijos, no hay problema. Pero supongo que sabes, por experiencia, que sí hay un poco de problema.

Susana dijo que entendía.

—¿Qué más te tenía que decir? —se dio golpecitos debajo de la nariz con la punta del índice, como para ayudarse a recordar—. Ah, sí; en un rato vienen de sistemas a instalar tu cuenta de correo… ¿te dijeron que hay una cafetería en el piso nueve?

Dije que sí.

—No te voy a mentir, es como comida de hospital, con mucha sopa de coditos y mucha gelatina. Yo te recomendaría que trajeras tu propia comida.

No se le antojó nada la sopa de coditos.

—Sí me dijeron, pero sí traje algo para comer.

Un paquete de galletas Marías y un yogurt para beber que pesqué en el refri mientras hacía el lunch de los gemelos, pero si le digo a Ale, seguro insiste en que coma otra cosa.

Le dio un par de instrucciones más, probó que rodaran las ruedítas de la silla del escritorio y se fue. Ah, antes le enseñó a marcar el teléfono.

¿Creerá que no sé cómo marcar un teléfono?

Susana se sentó en su silla nueva, recargando los codos y dando un par de vueltas, para comprobar que estuviera bien aceitada.

Sacó su propio teléfono, el que sí sabía cómo marcar, de su bolsa y le habló a Andrés.

—¿Bueno?

—¡Tengo una oficina!

Casi no escuchaba, había un ruido espantoso de una máquina y gritos de trabajadores.

Ay, que iba a estar toda la mañana supervisando una obra.

—¿Mande? ¿Qué dijiste? —gritó por la bocina—; ¿que tienes qué?

Puso la mano alrededor de su boca y el teléfono, para que la oyera mejor.

—¡Que tengo una oficina!

—Ah, qué bueno, mi vida. Yo estoy en la obra —explicó, como si no hubiera quedado claro—. ¿Y a qué hora te vas a salir para ir por los gemelos?

¿De qué me estaba hablando?

—¿Yo? No, Andrés, yo no me puedo salir. Quedamos en que el camión de la escuela los va a dejar en casa de mi papá y tú de ahí los tienes que recoger.

Se lo dije mil veces, mil.

—¡Pero si yo todavía tengo que pasar por mi oficina! ¡Tengo que revisar unos presupuestos, hablar con Lalo!

Susana suspiró. Lalo era su socio y sus juntas podían durar cinco minutos o dos horas, nomás porque así eran ellos.

—Te dije, Andrés —su propia voz le sonó horrible—. Te dije que había que pasar por ellos. Y mi papá tiene algo que hacer en la tarde y necesita que los recojamos temprano. Además, si Carlitos no está en la casa no hay manera de que haga la tarea, y hay que bañarlos...

—Oye, pero espérate —me interrumpió—; ahora que lo pienso, yo ni siquiera puedo ir por ellos.

—¿Cómo no vas a poder, Andrés? Si te había dicho...

—¡Porque no tengo las sillas! No los puedo subir al coche. ¿Te acuerdas que te dije?

Le vino a la mente el momento en que Andrés, parado en la

mitad de la cocina, insistía en que alguna razón había para que Susana no se llevara la camioneta. Y también el momento en que le dijo que dejara de dar lata y que no eran horas de cambiar todas sus cosas de la camioneta a su mini coche.

Lo peor era que otra vez tenía razón.

De: Claudia
Entonces, ¿sí cuento con tus hijos para el próximo viernes, verdad? Pls, confirma.
XXOOXX

Mami, ¿los hombres también pueden ir al spa?

Por supuesto que, en medio del tiradero de la primera sema-na, había olvidado completamente la fiestecita de la hija de Claudia. ¿Quién invita a una fiesta de cuatro años con tres meses de anticipación? Tres meses son una eternidad, y si eres una madre de familia cuya vida cambió drásticamente en esos tres meses, entonces nadie debe esperar que recuerdes absolutamente nada.

A menos que se trate de Claudia, a quien seguramente nada se le olvida y quien probablemente ya ahorita tiene elegidos, comprados y envueltos los regalos de Navidad. De este año y del que sigue.

Yo nunca he sido así. Por más que hago listas compulsiva-mente, escribo pendientes y me angustio todo el día, llego al veintitrés de diciembre sin regalo para Tatiana, al día antes de una boda sin tener idea de qué me voy a poner, y al día antes de entrar a clases sin haber terminado de forrar cuadernos. Y si eso era cuando, teóricamente, tenía muchísimo tiempo para ocuparme de esas cosas, de dos semanas para acá, ya no me acuerdo ni de lo que sí me acordaba.

Así que cuando llegué a mi casa el miércoles, exhausta des-pués de una reunión donde uno de los becarios decidió que me iba a enseñar a usar Instagram, sin hacer caso de mis protestas ni oír que francamente él y yo teníamos asuntos más útiles en los cuales invertir nuestro tiempo, lo último que quería escuchar era un reclamo de Claudia.

Peor todavía: un reclamo de Claudia en voz de Andrés.

—Que por qué no le has confirmado a Claudia si van a ir los niños a la fiesta.

Mi impulso, no es que me enorgullezca, pero es la verdad, fue decirle a Andrés que si no se daba cuenta de los miles de cosas que tenía que hacer, que por favor le dijera a su amiguita que dejara de mandarme mensajitos a todas horas y, sobre todo, que dejara de mandarme recados con mi marido, que a ver qué tan bien le caía que yo estuviera conspirando con su marido a sus espaldas.

Claro que Claudia estaba separándose del hombre que iba al futbol en piyama, así que mi diatriba no iba a tener mucho sentido.

Le pregunté a Andrés por qué no le había dicho que sí, que sí iban a ir. Que se morían de emoción.

Y me respondió, previsiblemente, que él no sabía. Que las cosas de los niños siempre las veía yo.

—Y me dijo que te recordara que la fiesta es de spa, así que tienen que llevar traje de baño y chanclas.

Era muy probable que los trajes de natación siguieran, oh, sorpresa, en la mochila de la natación desde la semana pasada. Ojalá no se hubieran hongueado.

—¿Qué es eso de la fiesta de spa?

Andrés ya estaba muy tranquilo, claramente aliviado después de haberme pasado la estafeta y haber convertido el asunto de Claudia, la fiesta, los trajes y los niños, en mi problema. Estaba feliz, sentado frente a su tele, con una cerveza y un racimo de controles de aparatos en la mano izquierda.

—Ay, es una cosa que está muy de moda y me choca. Van unas muchachitas y les hacen como un spa, con mascarillas y manicures. Nada que ver con las fiestas que nos hacía mi mamá, donde había gelatinas y agua de Jamaica y, si bien nos iba, jugábamos Encantados.

Pero no me estaba oyendo. Lo perdí en lo de las mascarillas. Me miraba con horror.

—¿Y a eso va a ir Carlitos?

¡Pues claro que iba a ir Carlitos! Con los gemelos así es, por lo menos en lo que se ponen más adolescentes: donde va una va el otro y viceversa. Si no, se ponen insoportables.

En mala hora le di tantos detalles. Se instaló en macho mexicano, de espuelas y sombrero y todo, diciendo que ésas eran cosas de niñas y su hijo de ninguna manera se iba a acostumbrar a esas... a esas... a esas... cosas.

Le dije que por favor no fuera exagerado, que seguramente iban a pasar mucho más tiempo corriendo en el jardín en traje de baño que tirados en una cama de masajes; que si no se había dado cuenta de que sus hijos no podían permanecer sentados más de cinco minutos sin empezar a retorcerse y aprovechar la más mínima oportunidad para salir disparados a dar vueltas como trompos chilladores.

—Además, yo no sé ni de qué te quejas. ¿No has visto las uñas de tu hermano Jorge? Te apuesto diez a uno a que se las pule una manicurista.

Y entonces, claro, no sólo estaba arriesgando la hombría de su heredero, sino que encima ponía en duda la integridad de su hermano mayor.

Y ahí sí ya todo me dio flojera y le dije que si iban los dos a la fiesta, salían de la escuela, se iban con Claudia y de ahí yo los podía recoger como a las seis.

—O, si prefieres cuidar la virtud del príncipe, entonces tendrías que ver cómo recogerlo, que coma, que se entretenga y ya luego llegamos Rosario y yo de nuestros trabajos y nuestras fiestas de niñas.

El argumento le pareció suficiente para decir que, bueno, que estaba bien. Que tal vez había exagerado y que, en realidad, sí eran muy chicos todavía para tantas diferencias. Y que también le parecía ridículo lo de la fiesta de spa, que por favor nosotros no fuéramos a hacer una nunca.

Eso sí, sin que yo me diera cuenta, lo adoctrinó.

Todo el camino a la escuela el viernes, mientras acariciaba la maleta donde traía una bata de toalla, un traje de baño (sin honguear, porque todavía mi ángel de la guarda no me abandona del todo) y unas chanclas, me fulminó con una batería de preguntas que se veía que habían acumulado entre los dos durante semanas.

Que si los hombres también podían ir al spa. Y no contaban con la ñoña de su madre que les habló de los romanos y la salute per l'acqua y las albercas heladas.

Pero les prometí que no iba a haber albercas heladas. Que ésas sólo en los hoteles de Cuernavaca que le gustaban a su abuelo Eduardo.

Que si los niños debían ir a las fiestas de niñas. Ay, Andrés. Les dije que si los invitaban, claro que sí; que lo que sí estaba definitivamente mal era ir a una fiesta a la cual nadie te hubiera invitado.

Que si era cierto que si te pintabas las uñas te quedaban negras.

—¡Claro que no! —contestó Rosario—; la abuela siempre las trae pintadas y no las tiene negras. Yo he visto.

Era inútil preguntarle quién le había metido ese miedo particular en el cuerpo. Les dije que mejor ninguno se pintara las uñas, porque no tenía la menor idea si en la casa iba a haber con qué despintarlas, que se portaran bien y que por favor no le dieran lata a Claudia.

A partir de las dos de la tarde, que Claudia mandó una foto al grupo de WhatsApp de "¡Fiesta de spa!", con diez niñas y Carlitos, todos con sus batas de colores y los dedos al aire, Susana no se pudo concentrar más.

Primero, tuvo que espiar y aumentar la foto lo suficiente hasta que se convenció de que Carlitos sí tenía cara de que la estaba pasando bien y no se veía que ninguna de las niñas lo estuviera torturando.

Porque luego esas niñas, ya en bola, pueden llegar a ser terribles.

Y luego vio que el bulto de bata azul marino con un gorro que le tapaba hasta la nariz guardaba un fuerte parecido con José Pablo y, sí; cuando vio con calma el chat, comprobó que Mónica estaba incluida.

Hombre, de haber sabido.

Estuvo a punto de mandarle un mensaje a Mónica y empezar a compartirle sus angustias, pero se contuvo. Encima de su escritorio tenía una encuesta, una propuesta que tenía que revisar y una iniciativa de ley de uno de sus clientes que quería prohibir la venta de comida en las calles porque le parecía antihigiénica, y se negaba a abandonarla, por más que Susana le dijera que era la manera más sencilla de cortar de tajo su carrera política.

Pero claro, no podía dejar de revisar su celular cada dos minutos. Qué tal que habían llamado, qué tal que algo se ofrecía, qué tal que sus hijos estaban en peligro y ella no se enteraba. Qué tal que en la fila de la salida el siguiente comentario era "su hijo con el brazo con fractura expuesta por no dejarse pintar las uñas y ella sin hacer caso porque, ¿sí sabes?, se metió a trabajar".

A la quinta leída al mismo párrafo de un proyecto de ley aburridísimo, tuvo que hacer un alto y respirar profundo.

No va a pasar nada, Susana, no seas ideática.

Inhaló en cuatro tiempos y exhaló en ocho, como le enseñaron en el curso psicoprofiláctico al que se inscribió antes de saber que Rosario estaba prácticamente sentada encima de Carlitos y que no iba a haber manera de sacar a esos escuincles de su cuerpo si no era con una cesárea.

Inhalar, dos, tres, cuatro… exhalar, dos, tres, cuatro, cinco, seis…

¿Si serían ocho? Me siento mareada.

Inhalar, dos, tres, cuatro… exhalar, dos, tres, cuatro, cinco. Seis. Siete…, ocho…

—Susana, ¿estás bien?

Abrió los ojos y se encontró a Ale viéndola muy asustada. Le sonrió.

—Sí, Ale, no te preocupes.

—Es que iba yo pasando y te vi, así como rara, y dije, se está desmayando, Susanita se está desmayando.

—Es que mis niños se fueron a una fiesta…

Sintió un nudo en la garganta. ¿Por qué sintió un nudo en la garganta?

¡Susana, por favor!

Ale puso cara de preocupación. Caminó, llena de autoridad con su traje sastre y sus zapatos de tacón bajo, hasta su lado del escritorio y le tomó la mano.

—Los extrañas, ¿verdad? Sí pasa.

Si le contestaba, se iba a echar a llorar. Asintió y se mordió el labio.

—Ay, Susanita. Te entiendo —le dio un apretón—. Una piensa que qué bueno, que se va a liberar y a desentenderse, y nada. Nomás los anda una piense y piense. Malditos chamacos.

Bueno, ya. Era lo que le faltaba para terminar la semana; una sesión de llanto.

—A la doctora no sabes la de peros que le ponían porque se tomaba la tarde del viernes —le dijo, volteando a su alrededor para cerciorarse de que no las estuvieran espiando—; a cada rato le querían poner juntas y comidas, nomás por darle en la cabeza. Y, claro, a tu papi no lo bajaban de mandilón y baboso, nomás porque las cuidaba. ¿Tú crees?

Le vino a la mente la mesa de su casa, un viernes, debía haber tenido diez años, y Catalina, ocho, y para variar estaban tratando de convencer a sus papás de que las llevaran al cine a ver alguna película de Disney (¿sería *La bella y la bestia*?), y aquellos con su discurso sesentero sobre la propaganda yanqui, contraproponiendo que si lo que querían era una película podían ver el video de *Pedro y el lobo,* ahí en la casa, donde el piso no estaba pegajoso y los asientos eran más cómodos.

—¡Pero ésa es bien aburrida! —decía Catalina.

—¡Y Catalina siempre llora porque le da miedo el lobo!

—No me da miedo; sólo pienso que qué tal que ahora sí se come al pato.

—Siempre termina igual, mensa.

—Señora —la irrupción de Blanquita en el comedor era algo raro en la mitad de la comida, y más raro todavía que trajera en la mano el teléfono y tras de sí el cable, como una cola larguísima que siempre provocaba pleitos porque "alguien va a terminar matándose con ese hilo que se enreda en todos lados", pero que era inevitable—; le hablan del despacho. Que es urgente.

La doctora se quedaba callada un momento, respiraba profundo y luego soltaba una especie de bramido exasperado, muy quedito, que podría pasar desapercibido para alguien que no estuviera, como sí estaban Susana y Catalina, al pendiente de sus más mínimos cambios de humor.

—Ése es tu amiguito Fernando, que no me perdona —le decía a don Eduardo, ante lo cual él torcía la boca y las cejas, en un gesto solidario.

Se aclaró la garganta y le sonrió a Ale, que ya tenía cara de estarse arrepintiendo de haber entrado.

—¿Tus hijos ya cuántos años tienen?

—Ya son grandes —dijo—, tienen dieciocho el más chico y veintitrés, la grande.

—Ah, sí. Que me dijiste que ya tenías una nieta.

Ale y sus embarazos, Ale y sus incapacidades, Ale y sus visitas al Seguro Social y al pediatra, y el drama cuando el idiota del padre de los niños se fue y le quería quitar la casa. Todo se había discutido en el comedor de casa de Susana.

—¿Ven, niñas? Por eso ustedes tienen que estudiar y tener una carrera, para que no vayan por la vida así nomás, indefensas.

Aunque Ale podía calificarse de todo, menos de indefensa. Pero cualquier pretexto era bueno para insistir en lo de estudiar.

La casa de Claudia estaba en un fraccionamiento enorme, lleno de casas todas iguales. El vigilante de la entrada le dio muchas explicaciones, después de esperar pacientemente a que rescatara su cartera con su identificación de las entrañas más profundas de su bolsa, y luego le dijo que "no había pierde".

Pero claro que había. Siempre hay pierde. Sobre todo cuando hay callecitas con nombres como Pino y Abedul y Olmo, y Susana no lograba acordarse cuál de todas era la de Claudia.

Y qué pena preguntarle al vigilante. Va a pensar que soy idiota.

De pronto, el coche de atrás empezó a tocar el claxon. Pero como loco. Susana se asomó por el retrovisor y vio un Jeep negro y, en el volante, a un tipo como de su edad, con lentes oscuros y una gorra. Ni idea. Le hizo gestos para que la rebasara y la dejara perderse en paz.

Se le emparejó, bajó la ventanilla y se quitó los lentes oscuros. En un instante, a Susana le pasaron por la cabeza todas las historias que le contaba Amparo en cuanto le dabas la más mínima oportunidad.

¿Qué tal que es un asaltante?, ¿qué tal que tiene nefastas intenciones?

—¿Vienes a casa de Claudia, no? —dijo, señalando el camino frente a ellos.

—No —dijo el espíritu de Amparo, que claramente había tomado posesión de su cuerpo.

—¿No? —arrugó el entrecejo. Tenía la nariz llena de pecas—. ¿No eres la mamá de los Echeverría?

Ni Amparo sería capaz de negar a sus hijos. Ni en los momentos de mayor peligro.

—Sí, sí soy su mamá —admitió, sin elaborar—, perdón, pero estoy un poco perdida.

Sonrió.

—Eso pensé, por eso te venía tocando el claxon, porque ya te ibas a pasar. Es aquí en la siguiente calle, a la derecha.

Lo siguió hasta una casa con la misma fachada blanquísima y el mismo techo de vigas y tejas de ladrillo que las demás. En el garaje había un estacionamiento para cuatro bicicletas, ordenadas por tamaños, como en Ricitos de Oro, pero el lugar donde claramente iba la más grande estaba vacío y sólo quedaban las marcas de las ruedas que delataban que el dueño se la había llevado no hacía mucho.

Ándale. Se largó con todo y bicicleta, el Señor Piyamas.

Cerraron los coches, con los "pip-pips" de rigor, y caminaron a la puerta.

—Oye, perdón que me meta, pero ¿sí viste que a tu camioneta se le prende un foquito?

Susana ya había decidido que no iba a contestar más esa pregunta.

—Me llamo Susana —dijo, después de tocar el timbre. Además de la gorra, el hombre traía puestas unas bermudas color caqui, una sudadera gris y unos tenis azul marino viejísimos.

—Mucho gusto —dijo, sacándose una mano del bolsillo y levantándola en saludo—, yo soy Gabriel.

—Aaaaaah. El famoso Gabriel.

—¿Famoso? —volvió a juntar las cejas.

—No, no famoso. O sea, que había visto tu nombre en el chat y no sabía quién eras. Pero ya sé, jeje.

Diosanto, Susana, compórtate.

Claro que sí era famoso, claro que era el único "papito" que participaba en el chat de papás, porque, a pesar de que el carácter liberal y de avanzada de la escuela obligaba a que los grupos estuvieran constituidos por todos los padres, la gran mayoría de los hombres estaban muy ocupados haciendo cosas muy importantes como para participar en las discusiones sobre los disfraces del desfile de la primavera o la firma de los permisos para ir al Jardín Botánico. ·

—Ni para qué pierdo el tiempo leyéndolo —dijo Andrés cuando les empezaron a llegar las notificaciones, con el tono firme de quien no duda de la bondad de sus actos—; si tú estás al pendiente, me puedes avisar si hay algo que yo tenga que saber.

Pero Gabriel sí participaba y sí opinaba, y hasta se ofreció para llevar el agua de limón el día del desfile.

Y ésa era la razón por la que existía un grupo alternativo, llamado "Sin Gabriel", donde pululaban los mensajes en cadena, los chistes de doble sentido y unas fotos que a Susana le daban mucha vergüenza, porque esos muchachitos si no sus hijos, bien podrían ser sus sobrinos. En segundo grado, o algo, pero sus sobrinos.

—Pobre, es que lo abandonaron —le dijo un día Analó, sin que ella le hubiera preguntado—; un día la mamá de los niños dijo "a'i te ves", y se largó. Qué maldita, ¿no?

Así que ése era Gabriel, el abandonadito. El que ponía tan incómodas a las mamás del grupo y les causaba tanta curiosidad.

Se abrió la puerta y apareció Mónica, en sus fachas de siempre de pantalones llenos de bolsas, tenis y una playera de los Ramones. Susana se sintió ridícula con su falda gris y sus tacones.

Pero daba igual. Mónica no le estaba prestando ninguna atención. Ante la mirada sorprendida de Susana, se estaba desarrollando una escena como de película romántica, donde el muchacho, Gabriel, veía a la muchacha, Mónica, como si fuera un ángel caído del cielo, y ella a él, otro tanto.

—Esteeee —dijo Susana después de contar hasta diez—. Hola, Mónica. Mónica, Gabriel, Gabriel, Mónica, ¿por qué abres en una casa que no es la tuya?

—¿Yo? —preguntó, poniéndose roja y mirándolos como si no acabara de entender qué estaba pasando—, ah, porque Claudia fue a ver a los niños al jardín.

Se oyó la voz de Claudia desde el fondo de la casa.

—¡Pásenle, pásenle! ¿Les ofrezco un vinito?

—No, gracias —gritaron los dos al mismo tiempo, mientras seguían a Mónica por un pasillo con una pared rosa mexicano cubierta de fotografías en blanco y negro de los niños hasta llegar a la sala, donde ya estaban sentadas, con copa en mano, Analó y otras dos mamás.

—¡Ay, no sean aguafiestas, hombre! —dijo Analó, levantando su copa—, ¡si ya es viernes!

Susana se rio e hizo una broma sobre que si se había perdido estando sobria, no quería ni imaginarse lo que iba a pasar si bebía.

—Yo soy alcohólico en recuperación —dijo Gabriel, sentándose en un sillón individual y cogiendo uno de los bastones de zanahoria artísticamente combinados con barritas de apio y hummus en un platito en la mesa de centro—, así que prefiero mejor no.

La sala se llenó de un silencio culpable. Cada una miraba su copa sin atreverse a darle un trago, y de pronto todas hablaron al mismo tiempo.

—¿Quieres agua de Jamaica de la de los niños? Está endulzada con miel de agave.

—¿Prefieres que nosotras no bebamos? Yo no tengo problema.

—Debe haber agua mineral, ¿no tienes agua mineral, Claudia? ¿Con hielos?

—Qué valiente eres, oye, yo no sé si podría...

Susana y Mónica cruzaron una mirada.

Ándale. La situación se complica.

Gabriel levantó las manos, con todo y la zanahoria.

—Ay, ay, una por una. Sí quiero agua de Jamaica, Claudia, muchas gracias; no, bebe lo que tú quieras, yo no tengo problema, mientras no beba yo; no quiero agua mineral, muchas gracias, y no, no es que sea valiente, es que es eso o perder la custodia de los niños.

Más silencio. El chat se iba a poner de alarido.

Venturosamente, ése fue el momento que escogió Carlitos para darse de cabeza contra la puerta de cristal que daba al jardín. No le pasó nada, pero el golpe le dio a Susana pretexto suficiente para ayudar a Rosario a recuperar todas las cosas que habían dejado regadas, tomar a sus hijos y salir corriendo rumbo a su casa.

—Andrea quería que todas nos pintáramos las uñas de rosa, mamá —dijo Rosario, desde su asiento—, pero les dije que ni Carlitos ni yo teníamos permiso.

—Qué bueno, mijita, que seas sensata —dijo, distraída. Llevaban años en el semáforo de la esquina de casa de Claudia, y estaba empezando a pensar que nunca lograrían llegar a la casa.

—Sí. Aunque las demás sí se las pintaron. De rosa clarito —el tono era nostálgico.

—Otro día yo te las pinto, mijita, no te preocupes.

Había tantas cosas en la vida de los gemelos que sucederían "otro día", que Susana ya no quería ni llevar la cuenta: helados de dos bolas, visitas a un parque de diversiones en Satélite, patines de línea…

¿Qué voy a hacer el día en que pretendan que cumpla todas mis promesas?

Abrió la guantera y sacó un paquetito de galletas saladas, de las que dan en las marisquerías, y trató de abrirlo con mucho sigilo. Todavía no lograba hacerse a la idea de ir a trabajar con lonchera y llevaba dos días comiendo cacahuates japoneses y yogurt de la tiendita de la esquina.

—¿Qué es eso? —preguntó Carlitos, que tenía un oído agudísimo para los empaques—, ¿qué comes?

—Unas galletas, mijito, porque tengo hambre.

—¿Me das?

—No. Perdón, pero no, Carlitos. Me muero de hambre.

—¡Yo también! —fue su defensa.

—¿Sí?, ¿te mueres de hambre? ¿Qué les dieron de comer en casa de Andrea?

—Espagueti con albóndigas y brócoli con queso y agua de Jamaica y pastel —enumeró Rosario.

—¡Pero a mí sólo me dieron dos espaguetis, mamá! ¡Y una albóndiga mini!

Hizo un círculo con el dedo índice y pulgar para ilustrar el tamaño lamentable de su albóndiga.

El desconsuelo que invadió a Susana cuando le pasó lo que quedaba en el paquete (porque ni modo que, si lo estaba educando para que supiera compartir, le anduviera dando el mal ejemplo) era demasiado grande para ser nada más provocado por la pérdida de unas galletas.

DE: SUSANA
Ándale, chiquita. Ya te vi.

DE: MÓNICA
???

DE: SUSANA
No te hagas, todos te vimos ligando desvergonzadamente con el
padre de familia.

DE: MÓNICA
¡Claro que no!

DE: SUSANA
Es feo mentir.

DE: MÓNICA
No me molestes.

Susana dio un par de golpecitos en el vidrio y vio con satisfacción cómo Catalina brincaba dentro del coche.

—¡Maldita, qué susto me diste! —dijo, bajando el vidrio—. ¿Qué haces ahí escondida?

—¿Yo?, nada. Yo vengo llegando —señaló el coche de Andrés, estacionado enfrente, en la sombra, pero no debajo de un árbol ni junto a una coladera ni muy cerca de una entrada, según sus especificaciones—. Más bien, qué haces tú ahí sentada, ¿por qué no tocas?

Catalina hizo un gesto culpable y bajó los ojos.

—Porque no quiero que Blanquita me pregunte cuándo voy a regresar y por qué no tengo un novio formal.

Susana volteó los ojos al cielo.

—Cálmate —dijo, abriendo la puerta para que se bajara su hermana—. Ni que fueras tan importante.

Como siempre, Susana se sintió inmediatamente acomplejada junto a su hermana.

O sea, ¿sí te das cuenta de que es sábado?

Pero no, parecía que Catalina no se daba cuenta. O, peor todavía, si le decía algo, lo más probable sería que volteara a ver su ropa —los pantalones de tubo beige, las sandalias de plataforma y la blusa sin mangas color turquesa—, y dijera algo como "precisamente por eso, vengo informal", y eso dejaría a Susana y sus jeans, sus alpargatas y su camisa de cuadritos rosas en un muy mal lugar.

Y tan satisfecha que estaba yo con mi atuendo.

Pero era inútil. Catalina siempre había tenido la gracia de ponerse cualquier cosa y que se viera bien, mientras que por más que Susana eligiera su ropa con cuidado y la trajera limpia y planchada, se veía descuidada.

Trató de no albergar malos sentimientos contra su hermana menor y mejor le dio un abrazo.

—¿Cómo estás? ¿Cómo te fue de viaje?

Catalina frunció los labios —gruesos, como los de la doctora, pero mejor delineados—, y movió la cabeza en un gesto vago.

—Pues más o menos. Eterno, como siempre.

—¿Tu departamento? ¿Bien?

Otra vez el mismo gesto.

—Sí, aunque estoy segura de que Marcos hace fiestas cuando yo no estoy. Me encontré a dos vecinos en el elevador y los dos me vieron horrible.

Susana fingió estar muy ocupada sacudiéndose una inexistente mancha de polvo en el pantalón para no contestar. Marcos era un amigo de Catalina impresentable que teóricamente le cuidaba el departamento cuando ella no estaba.

Lo menos malo que te puede pasar es que haga fiestas.

—Deberías rentarlo y quedarte aquí cuando vengas —dijo, señalando la puerta blanca—. Total, a duras penas pasas un mes aquí al año.

Catalina suspiró.

—Ya lo sé. Pero imagínate: tener que buscar inquilinos, y que ahora ya se van, y que ahora ya se les descompuso el calentador, o que su perro ladra y los vecinos se quejan... Me muero de flojera.

Susana tocó la campana.

—Pues siquiera consíguete a alguien más decente que lo cuide.

—Ay, pero ¿quién? —giró la cabeza a un lado y le sonrió—, ¿no te quieres ir tú, para descansar de tu familia?

Susana enarcó las cejas, y puso cara de que la propuesta misma la escandalizaba.

Qué más quisiera. Aunque fuera los fines de semana, para pasarme la mañana viendo la tele en piyama y sin que me remuerda la conciencia por estar poniendo el mal ejemplo.

Las dos, sin darse cuenta, hicieron la cabeza hacia delante. Del otro lado de la puerta se oía acercarse la voz de Blanquita, alegando con el Engels, y una voz de niño, la de Lucio.

—Detenlo, mi vida, que no se salga.

Y el leve quejido de Blanquita agachándose para levantar el seguro de la puerta. Cuando por fin le vieron la cara, le faltaba un poco la respiración.

—¡Blanquita, mira nomás cómo te cansas! —dijo Susana, adelantándose a ayudarla con la puerta—. Ya no deberían poner ese seguro, con el trabajo que cuesta quitarlo.

Catalina, mientras, había cogido por el collar al Engels, tratando de que no tirara a Lucio o se lo llevara esquiando hasta la calle.

Blanquita, todavía sin poder responder, agitaba un dedo índice regordete en señal de negación.

—¡Cómo crees, Susanita! —dijo, cuando por fin recuperó el aliento—. Si últimamente está horrible la colonia. Ya van dos casas que asaltan en esta calle.

—¿En esta calle? —preguntó Susana.

Si hay dos casetas de vigilancia en una sola cuadra, ¿cómo va a ser?

—Bueno, no en ésta, ésta. Pero por aquí cerca.

Las hermanas cruzaron una mirada cómplice.

—Pero pásenle. El señor está ya en el jardín.

Mientras caminaban, y Blanquita le preguntaba puntualmente a Catalina por qué no tenía un novio formal, Susana aprovechó para cuestionar discretamente a Lucio.

—¿Y cómo has estado?

Porque ni modo que le pregunte si se ha manifestado el canalla de su padre biológico, ¿verdad?

Lucio, que iba feliz pasando su manita por el lomo del Engels, le contestó que bien, gracias.

—¿Y tu mamá? ¿Cómo está?

Otro "bien, gracias".

—¿La escuela?

Lo mismo.

—¿Tus amigos?

Bien, gracias.

Atravesaron toda la casa y llegaron al jardín de atrás, y Susana seguía sin tener información. Tuvo que conformarse con lo que veía, que era a un niño de dos años, cachetón, chimuelo y con el pelo lleno de remolinos, que corría feliz detrás de un perro feísimo.

No deben estar tan mal las cosas.

—¡Pásenle, niñas!, ¿qué les ofrezco?

Don Eduardo se levantó de la silla y señaló la mesa y la barra. Claramente había decidido montar una ofensiva. Nada de cacahuatitos japoneses y aceitunas de caducidad dudosa, no; la mesa completa del jardín estaba cubierta de trastecitos con mejillones, angulas, carnes frías, almendras ahumadas…

—¿Eso de ahí son Chips Fuego?

Susana señaló un plato lleno hasta el tope de papas fritas color magenta, que le encantaban a Catalina y que su papá siempre había dicho que las tenía que ir a comer a otra parte, porque estaba seguro de que esas porquerías tenían hasta nitroglicerina y él no iba a ser cómplice.

—Sí, fíjate —dijo don Eduardo, juntando las manos—; me las encontré en la tienda y dije "ya estaba de Dios".

Sí, ajá. Éste algo quiere.

Catalina levantó una ceja, se sentó y se apoderó del plato completo.

—A ti te conseguí el agua tónica esa que te gusta, Susanita.

—¿De veras? ¿La inglesa, carísima?

—Ni es tan cara —dijo, quitándole importancia—. Blanca y yo vamos a tener que comer sardinas el resto del mes, pero no te fijes. ¿Te preparo un gin and tonic?

—Bueno.

Don Eduardo caminó hasta la mesa que servía de barra y destapó una botellita color verde.

—¿Tú, Catalina? ¿También ginebra, o quieres un mezcal? ¿Qué marida mejor con tus porquerías esas?

Catalina, ya con los dedos y las comisuras de los labios pintados de rojo, dijo que un mezcal, muchas gracias. Y que lo que les daba era envidia, por no saber disfrutar la vida como ella.

El resto de su familia la miró con horror.

Susana pinchó un mejillón con un palillo y se lo metió a la boca sin dejar de mirar a su papá. Estaba muy sospechoso. Intentó mirar a Catalina a ver si ella tenía idea de algo, pero Catalina no tenía ojos más que para su plato de papas.

—¿Cómo no te hacen daño? Yo me como una cosa de ésas y tengo agruras durante un mes.

—Será que yo soy joven.

—Sí, claro. Eso, o que cuando eres adulto sí te importan esas cosas.

—¡Niñas!, ¡niñas!, ¡no empiecen! —dijo don Eduardo poniendo sobre frente a cada una un vaso y sentándose—; ya parecen los gemelos.

—Ella empezó —dijo Catalina, chupándose el dedo índice.

—¡Guácala! ¡Papá, dile algo!

Don Eduardo levantó las manos.

—Basta las dos. Nomás faltaba, que todavía se peleen como cuando tenían diez años.

Susana iba a apuntar que ni cuando tenían diez años las dejaban chuparse los dedos, y que seguramente Catalina iba a meter esos mismos dedos llenos de babas a los platos de todos, pero lo dejó pasar.

Mi papá ya no tiene pinta de querernos educar.

De hecho, viéndolo bien, don Eduardo estaba distinto. Seguía siendo el mismo alto, de nariz ganchuda y pantalones de pana flojos, pero tenía algo nuevo.

¿Se cortó el pelo?

Sí, claro que se había cortado el pelo, y con alguien distinto. Ésa no era la mano de Óscar, el peluquero de la esquina, no; ése era un corte caro.

De pronto, Susana se sintió muy incómoda. Sintió que había muchas cosas que no le estaban diciendo.

—Bueno, papacito —dijo, después de que brindaron y cada quien le dio un trago a su vaso—, ¿ya nos vas a decir para qué nos citaste?

Don Eduardo dejó su caballito de tequila en la mesa, muy despacio.

Se hizo para atrás en la silla y entrelazó los dedos.

Se aclaró la garganta.

Susana se mordió la lengua para no gritarle que lo dijera de una vez.

Catalina estaba muy entretenida con un nido en uno de los nogales.

—Ay, niñas —dijo, con trabajos—, no sé cómo decirles sin sonar como un viejo ridículo.

La lengua de Susana estaba a punto de partirse en dos.

—¿Decirnos qué, papá?

Don Eduardo desvió los ojos hacia un lugar lejano del jardín y se quedó un buen rato en silencio.

—Que Toni y yo nos queremos mucho y queremos pasar el resto de nuestras vidas juntos —soltó, por fin, en una sola exhalación.

Susana y Catalina se voltearon a ver, sin entender.

—¿Y? —dijo Catalina.

—¿Cómo "y"? —dijo su papá, en tono ofendido—, ¿no te parece suficiente?

Catalina se encogió de hombros.

—Pues ya como que lo habían decidido, ¿no? ¿Qué cambia?

—¿Cambia? Cambia todo. De entrada, pienso vender esta casa y mudarme con ella.

Eso le pegó a Susana como una bofetada.

—¿Qué? ¿Cómo que vas a vender la casa? ¿Y nosotras?

Don Eduardo se llevó las manos a los labios.

—Por favor, Susanita, baja la voz. Aquí —hizo un gesto en general hacia la cocina— todavía no lo saben.

Susana se cruzó de brazos, en actitud justiciera.

—Ah, así que encima las vas a dejar en la calle. No sólo vas a borrar lo poco que queda de mi mamá, sino que encima vas a dejar a una familia sin casa.

—Cálmate, Susana… —dijo Catalina.

Susana sabía que eso era un golpe bajo. Que invocar a la doctora era injusto, y que se estaba comportando como una escuincla malcriada.

Toni es el gran amor de la vida de tu padre.

—No, Catalina, no me calmo —volteó hacia su hermana señalando a su papá con el índice derecho—, porque por sus ganas de jugar a la pasión adolescente, van a echar a la calle a una persona que se ha ocupado de nosotras hace cuarenta años.

—Susana, no seas dramática, por favor —dijo don Eduardo—, y baja la voz. Blanca y yo hemos hablado de esto muchas veces, y ella tiene muy claro que se quiere regresar a Veracruz, y que ya se está llegando la fecha, porque ya está muy cansada.

Susana cruzó los brazos.

—¿Y Laura y Lucio?

Por la cara de don Eduardo, de Laura y Lucio no habían hablado.

—Pues yo siempre he dado por hecho que se irían con ella.

Susana movió la cabeza, furiosa.

—Una vez más, nadie le ha preguntado a Laura ella qué quiere.

Mami, ¿a dónde se va a ir el abuelo Lalo?

No sé de cuántas cosas me acusó Catalina, mientras salíamos de la casa. Lo menos que me dijo fue que yo no quería que mi papá fuera feliz.

¿Cómo no voy a querer que mi papá sea feliz?

Obviamente sí, lo que no entiendo, es por qué tiene que ser feliz con otra señora y en otra casa.

—Pero si tú ni vives aquí, ¿qué más te da? Que quite la casa, que se quede con lo que quiera y la venda o la rente o lo que se le ocurra y ya.

Para Catalina todo es muy fácil. Como nunca está. Como mi papá no es más que un ser del cual de pronto se acuerda para darme órdenes de que lo cuide, le da igual dónde viva y qué haga. Siempre ha sido igual: desde chiquitas, podía dejarlo todo y no volverse a preocupar, mientras que yo siempre tenía debajo de mi cama cajas y cajas con fotos, cartitas de mis amigas, estampas, una servilleta de una fiesta de cumpleaños, un boleto de una kermesse…

Ay, no. Todas esas malditas cajas van a salir ahorita, obviamente. Porque no creo que Toni se las quiera llevar a su casa, ¿verdad?

A su departamento, como nos dijo mi papá, un departamento en Santa Fe. Y hasta me salió con que "le voy a tener que recomendar restoranes por allá", ya que yo soy del barrio.

No le contesté que ni se preocupara, que claramente él ya no iba a tomar ninguna decisión, porque en algún momento de esa horrible conversación me poseyó un extraño espíritu sensato y decidí ya no seguir peleando, porque ni lo iba a convencer de nada, y sólo iba a lograr que termináramos más distanciados uno del otro.

Pero qué coraje me dio. Y, peor todavía, lo de Blanquita. Y Laura. ¿Cómo va a dejar a Laura sin casa?

Eso sí le pudo. Digo, porque hay que reconocerle algo. Justo sí es. Y cuando le mencioné a Laura como que se le bajó un poco, o un mucho, la sonrisa. Porque, claro, Laura entra y sale tan silenciosa y tan sin meterse con nadie, que puede ser que se te olvide que ahí está; pero Lucio, no. Lucio, que todo el día juega con el Engels y es feliz haciendo todo lo que mi papá le pide, que si por favor tráeme mis lentes de encima de mi escritorio, que mira, te voy a enseñar dónde está Groenlandia en el mapa, y el buenísimo de Lucio todo le consecuenta.

Cuando se los mencioné sólo se rascó la cabeza y me dijo que lo iba a pensar. Que de veras, de veras, lo iba a pensar y lo iba a hablar con Laura.

Pero yo no me iba a quedar así. No, yo no podía dejarlo que se siguiera haciendo menso y dos días antes de largarse a su segunda adolescencia, le avisara a Laura que se había quedado sin lugar donde vivir.

No, claro que no. Saliendo, le hablé.

Me mandó un mensaje, que estaba terminando una casa y que me hablaba en un rato.

Y yo me tuve que ir a mi propia casa a que mi marido se riera de mí por no querer que mi papá rehiciera su vida y a amenazar a mis hijos con que si decían una vez más eso de que "su abuelo tenía novia", y luego se empezaban a reír como locos, los iba a dejar sin postre un mes.

—¿No te parece que te lo estás tomando un poco mal, amorcito?

Me lo estoy tomando como puedo, ¿sí? Déjenme todos en paz.

—¿No te resulta mucho más cómodo que él se ocupe de quitar su casa, la venda, reparta el dinero y te quite de encima esa bronca? ¿Tú te imaginas lo que costaría arreglarla? Yo te puedo buscar un presupuesto, pero nomás echa cuentas: el maldito timbre, la puerta de entrada que no corre, el piso del garaje lleno de aceite, el jardín que todo lo llena de humedad…

Por suerte, antes de que pasara de la sala, sonó mi teléfono y era Laura.

Que se lo tomó como si nada, la maldita. Me dijo que ya se lo sospechaba.

¿Cómo se lo iba a sospechar? ¿Qué persona en su sano juicio sospecha que su papá de setenta y tantos se va a mudar a casa de una señora?

Y me salió con que mi papá estaba muy solo. ¿Cómo va a estar muy solo, si a cada rato estamos ahí, o yo, o los niños? ¿Y dos veces al año viene Catalina, y se hablan por teléfono a todas horas para hablar mal de mí?

—Tu papá está muy solo y mi mamá está muy cansada; hace mucho que se quiere ir a vivir con mi tía Beatriz, pero no quería irse y dejar a tu papá. Quesque tu mamá se lo encargó.

Pues hizo un pésimo trabajo, si de veras se lo encargó.

Y ya, en ese punto, Laura se puso seria y me dijo que le bajara a mi drama, que parecía esposa despechada, y que si no sería que lo que me pasaba era que no quería que mi papacito me abandonara por otra mujer.

Le dije que se guardara su psicoanálisis de banqueta para otro momento, que no estaba de humor.

—Que se dé el lujo de hacer lo que quiera, Susana, se lo ha ganado. Para eso tiene su pensión y sus ahorros.

Los ahorros los tiene gracias a que mi mamá trabajó toda su vida, ¿sí?, y no tiene nada que hacer yéndoselos a gastar en cruceros de la tercera edad, o en… ¿qué? ¿Boletos para la Sala Nezahualcóyotl?

Y ahí ya sólo me dijo "Me das miedo, Teresa", que es una referencia mensa a una telenovela de las que veíamos a escondidas, y que usamos para decirle a la otra que se está pasando de intensa, sin decírselo.

Le dije que estaba muy triste y muy enojada, y me dijo que entendía lo de triste, pero lo de enojada por qué, y pues cómo que por qué, si la iban a dejar sin casa, a ella y a Lucio.

—Y el Engels, lo van a dejar sin el Engels.

Ya para ese momento yo tenía el corazón estrujado de pensar en una escena desgarradora del adiós entre el niño y el perro.

Resultó que Lucio es alérgico a los perros, y que qué bueno que el Engels iba a salir de su vida, porque vivía hecho una roncha, el pobre niño. Que sí iba a extrañarlo un rato, pero que todos iban a pasar a mejor vida sin el niño moqueante y con los ojos rojos todo el día de tallárselos después de acariciar al chucho.

Y, claro, Laura, que siempre ha sido más pragmática que todos juntos, me dijo lo que yo ya sabía en el fondo de mi corazón que me iba a decir: que tenía perfectamente claro que era un arreglo temporal y que desde el primer día había empezado a ahorrar para dar un enganche para un departamento chiquitito en el Estado de México.

—Lo único bueno de tener este trabajo, que me está acabando la espalda y las mucosas por tanto cloro, es que al menos puedo acomodar los tiempos para llevar a Lucio a la escuela y recogerlo.

Y, claro, como siempre que pienso en Laura, tan lista y tan capaz, limpiando baños, me dio una rabia espantosa. Y culpa, por supuesto. Aunque, como dice Andrés, ¿qué prefieres?, ¿qué no tenga ni este trabajo?

En realidad, prefiero que tenga un trabajo donde no se acabe ni la espalda ni las mucosas, y pueda usar todo lo que sabe, pero como eso todavía no lo puedo resolver, pues me conformo con dejar las cosas lo menos tiradas posible y pagarle bien.

Pero ¿cómo iba a venir desde el Estado de México?

—Igual que todas las personas que lo hacen todos los días

en esta ciudad, Susana. En peseros y Metro y Metrobús, como todos.

¡Pero te vas a tardar horas! ¡Y a cada rato asaltan!

Ahí ya se empezó a desesperar. Y me dijo que si acababa de descubrir la pobreza, francamente no entendía por qué me pagaban todo lo que me pagaban. Que claramente no era tan lista como les quería hacer creer a todos.

—Es injusto, Susanita, pero así es. Y si te causa conflicto, me da mucha pena, pero yo no te lo puedo resolver.

No, pues claro que no. Ni siquiera me lo puedo resolver yo, que me gano la vida dizque explicándole a la gente cómo funciona este país y por qué. No puedo evitar sentirme mal por todo y pensar que nada se va a resolver.

—Susana, basta de atormentarte con culpas. Sobre todo, basta de atormentarme a mí porque tú sientes culpas; es una institución colonial que sigue existiendo en este país porque este país sigue siendo colonial, pero no es que ni tú ni tu papá ni nadie sea responsable por darme una casa, ni a mi mamá tampoco. Seguro tu papá le va a dar una liquidación millonaria que vamos a meter al banco y con la que va a poder vivir el resto de su vida, y está bien. Y yo tuve casa y educación y muchas cosas con ustedes, y Lucio sabe dónde está Groenlandia, ya. No te azotes.

Y ahí yo ya decidí no tener límite y dije que no estaba bien, y creo que hasta lloré. Que nada en este país estaba bien, y que todo era culpa de mi papá, y que además ella ya no me contaba nada porque no sabía qué estaba pasando con el padre de esa criatura y que yo ya no podía más de la angustia.

Me dijo que me tomara dos aspirinas, porque me oía medio febril, que con Manolo no pasaba nada y que esa idea seguramente me la había metido Blanquita, porque le encantaba ver misterios por todos lados.

Le dije que bueno, sí, y que sólo me preocupaba que ese tipo la molestara.

—Al contrario. Lo que estuve haciendo, que tan preocupada tenía a mi mamá, fue poner bien los papeles de Lucio en regla y gestionar una orden de restricción. Pero no tengo ganas de contarle con lujo de detalles porque nunca sé con qué me va a salir, ¿entiendes?

Sí, caray, sí entiendo.

Diosanto, ¿ahora qué?

Era la tercera llamada que recibía de su papá en esa mañana. Las dos anteriores las había mandado al buzón, poniéndose de pretexto que tenía mucho trabajo.

Pero la verdad es que no tengo ningunas ganas de platicar con él, ni de mentirle cuando me pregunte cómo estoy.

La tercera llamada ya fue demasiado. ¿Qué tal que le estaba pasando algo terrible? ¿Qué tal que se sentía mal, y nadie más podía ayudarlo?

—¿Bueno?

—¡Mijita, hasta que por fin!

No se le oía que estuviera experimentando ninguna tragedia. Susana se levantó y cerró su puerta.

Tampoco hay necesidad de que toda la oficina se entere de que estoy hablando con mi papacito en la mitad de la mañana.

—Perdón; estaba en una junta, ¿qué pasó?

—¿Qué pasó? No, pues pasar no pasa nada, Susanita. Sólo quería preguntarte un par de cosas. Es algo rápido.

Nunca era rápido, Susana lo sabía bien, pero no había de otra.

—Dime —dijo, mientras le daba clic a un reporte que tenía que leer para una reunión en la tarde.

—Fíjate que estamos empezando a vaciar los clósets y los libreros… ¡Qué de cosas se acumulan en una casa sin que uno se dé cuenta!, ¿verdad?

—Sí, es terrible —Susana pasó la página.

—Y estoy encontrando muchas cosas tuyas, Susanita. Cajas y cajas de cosas…

Como me lo temía.

—Ya sé, papá, perdón. Me lo tendría que haber llevado todo.

Pensó que sería más rápido inmolarse que ofrecer resistencia.

—Pues ya no fue, ¿no te parece? Ahora me lo estoy encontrando, y necesito que me digas qué hacer. ¿Hay manera de que vengas un día de éstos y lo revises?

Susana miró a su alrededor: sobre el escritorio tenía tres propuestas de estrategia para revisar y devolver a los becarios; una lista kilométrica de mensajes telefónicos que tenía que contestar; su bandeja de entrada tenía más o menos doscientos correos sin leer; tenía una presentación en dos días y una junta con un cliente en tres, los niños no tenían disfraz para el desfile de la primavera y todavía no aprendía a pedir el súper por internet, y esa mañana los gemelos se habían acabado lo último que quedaba de leche, señal inequívoca de que la situación se había vuelto desesperada.

—Ay, papá, no creo, tengo un montón de cosas —se mordió un pellejito del índice izquierdo y le salió sangre.

—Rápido, Susana. No te entretengo nada. Entras, ves las cosas y te vas.

—No, papá, no puedo. Créeme que de verdad ahorita no puedo.

—¿Y entonces qué pretendes que haga? Quedé con la corredora que puede empezar a anunciar la casa el mes que entra, y ni modo que vengan a verla con todo el cajerío.

Se le estrujó el corazón.

—Bueno, pues tíralo todo. Diles a los de la basura que se lo lleven, o te mando a los del Ejército de Salvación.

—¿Tú crees que el Ejército de Salvación quiera una colección de boletos del cine de los años noventa? ¿Les interesará saber que viste *El guardaespaldas* cuatro veces?

Era mi momento Kevin Costner, ¿sí? Déjame en paz.

—Por eso te estoy diciendo que lo tires, papá —Susana apretó los dientes y trató de armarse de paciencia—. Está muy mal que lo haya dejado, pero ya, si no lo necesité en todos estos años, ya no lo necesito.

—¡Pero hay cosas que te pueden servir! —insistió—, por eso quiero que las veas. No me digas que a Rosario no le sirve tu disfraz de la Negrita Cucurumbé. Está prácticamente nuevo.

Susana se rio, muy a su pesar.

—No voy a disfrazar a Rosario de una negrita que quiere ser blanca como la espuma, papá. No en el siglo veintiuno.

—¡Ay, por favor! Es una canción clásica. A este paso, no nos van a dejar nada.

—Eso sí, por favor, tíralo. No hay forma de que entre a mi casa.

—¿Y tu álbum de estampitas de México '86? Ése hasta lo puedes vender y te dan algo, ¿no?

¿Ese del que me aburrí a los dos equipos y pegué todas las estampas donde quise? ¿Ese que tiene repetido siete veces a Manuel Negrete? No creo.

—O bueno —siguió don Eduardo, ya que Susana no contestaba—, se lo puedes dar a Andrés. A él seguro sí le hace ilusión.

—Andrés tiene el suyo, papá.

Ése sí, completo, con un solo Manuel Negrete y atesorado en una bolsa sellada con durex en casa de sus papás, quesque para cuando crezca Carlitos.

Se oyó un par de golpecitos en la puerta y se asomó la cabeza casi rapada de Mireya.

—Pásale, pásale —dijo Susana—. Papá, por favor tira todo y no te preocupes. Me tengo que ir porque me buscan para atender un asunto urgente.

Tuvo que manotearle a Mireya, que ya estaba diciendo que si quería regresaba al rato, y colgarle a su papá lo más rápido que pudo.

—Tengo que pedirte un favor muy poco profesional —dijo, después de colgar—, ¿tienes idea de cómo pedir el súper?

Susana no podía creerlo. ¿Para qué se había esmerado en contratar la crema y la nata de las carreras de Ciencia Política y Administración Pública, con posgrados en el extranjero y tres idiomas, y becas para estudiar el comportamiento social de las hormigas, si luego no iban a ser capaces de ayudarle a pedir el súper?

Fue una cosa vergonzosa. Hubo un momento en que se sorprendió encarnada en la doctora.

—Niña, por favor; esto lo puede hacer mi cuñada, que es muy buena para ubicar los precios de las acciones, pero no es capaz de leer de corrido ni la caja del cereal; no me salgas con que no puedes.

Y ahí fue cuando tuvo que parar.

Susana, gobiérnate.

Tuvo que recordar que no eran niños, sino adultos, y unos muy conscientes de sus derechos y de las muy engañosas fronteras entre la familiaridad y el acoso laboral.

Tenía sus esperanzas puestas en Mireya, uno de los mayores activos del despacho, capaz de lograr hazañas que a Susana la superaban completamente, como tuitear desde quince cuentas distintas al mismo tiempo y las quince veces con buena redacción, y ni siquiera ella lo pudo lograr. A la tercera vez en que se congeló la pantalla, y le reconoció en los ojos el brillo maniático de quien está dispuesta a morir antes que rendirse, le dijo que estaba bien, y que no se preocupara.

—Pero no, no puede ser —dijo, volviéndose a acomodar los lentes rojos, que ya se le habían enchuecado, y mirando intensamente la pantalla de la computadora de escritorio—. No entiendo por qué no nos deja entrar.

Susana dijo que probablemente era un problema del firewall. Era lo único que había aprendido del pobre hombre de Sistemas al que le hablaba a cada rato; ¿que no podía entrar a la página de la escuela y enterarse cuándo era el paseo?, era el firewall; ¿que Catalina estaba necia con que le diera like a una página de Facebook y no podía?, también el firewall. Seguro esto era lo mismo.

Se lo explicó a Mireya y se puso todavía más indignada. La argolla que le colgaba de una fosa nasal comenzó a temblar y parecía como que le iba a explotar la cabecita de pelo negro cortado al rape.

Susana le volvió a decir que no era tan grave, y Mireya insistió en que aquello era discriminación.

—Te aseguro que si quieres ver una página porno, eso sí se puede. Ah, pero no vayas a querer pedir el súper.

—Estoy casi segura de que eso no es cierto.

Y si sí, no lo voy a comprobar. Lo único que me falta es que la pantalla se me quede congelada en una página porno. Mi relación con el de Sistemas ya es suficientemente difícil.

Y claro que a la hora de llegar al súper, Susana no encontró la lista.

Ay, qué coraje. Con el trabajo que me costó organizarla y cotejarla.

Se tuvo que hacer a un lado con todo y su carrito, para no tapar toda la entrada, y hablarle a Laura. Que odiaba que le hablara para ese tipo de cosas y le decía "patroncita" cada vez que lo hacía.

Y esta vez, peor, porque estaba ayudándole a Blanquita a ponerse una pomada que le había mandado el doctor para desinflamar la rodilla.

—¿Qué pasó? —le contestó.

—Hola, es rapidísimo. Nada más quería saber si te acuerdas si todavía hay limpiador para el piso.

Se quedó callada.

—¿Es neta, Susana? ¿Para eso me hablas?

—Ya sé, ya sé. Perdóname. Es que estoy en la puerta del súper y me acabo de dar cuenta de que se me olvidó la lista.

—Pues háblale a tu marido.

Le dijo que obviamente su marido no sabía cuál era el limpiador de pisos. Si no sabía bien a bien la diferencia entre la escoba y el trapeador…

Laura preguntó que de quién era la culpa.

—Ya sé que es mía, pero estoy en la puerta del súper, ándale, nomás dime y te juro que podemos tener esta discusión en otro momento.

Porque era una discusión que tenían con frecuencia. Laura no desperdiciaba oportunidades para preguntarle en qué momento había aceptado hacer todo el trabajo: ganar el dinero, ocuparse de los niños y llevar la casa.

Y Susana le explicaba que la educación de Andrés así era, y que no entraba dentro de su paradigma y su visión del mundo ocuparse del súper y de ir a la tintorería.

—No, pues dentro de mi paradigma no entra limpiar baños, pero qué crees...

Hasta eso, la última vez que tuvieron esa conversación (la última vez que no fue en la entrada del súper, con los altavoces a todo lo que daban con las ofertas de carnisalchichonería), Laura le dijo que era muy injusta y que nada más lo estaba haciendo quedar mal sin ni siquiera darle la oportunidad de quedar bien.

—Tú qué sabes. En una de ésas, resulta que lleva mejor la casa que tú.

Susana le dijo que no era tan difícil. Y que, de entrada, él cocinaba mejor.

—Creo que todavía hay un bote nuevo de un litro —dijo Laura, después de pensarlo—; lo que creo que sí ya no hay es cloro. Compra, de todas maneras, ése nunca sobra. Y las verduras de los gemelos y algo para que les deje preparado la semana que entra.

Susana lo apuntó.

Llegó a su casa después de las nueve, y le llamó a Andrés desde el garaje para que le ayudara a bajar las cosas.

Le dio muchísima envidia verlo aparecer con unos pants y la mirada perdida propia de quien que lleva un rato echado viendo la tele.

—¡Qué bárbara!, te trajiste el súper completo —dijo, cuando abrió la cajuela y vio la legión de bolsas.

—No sé cuándo me va a dar tiempo de volver a ir.

Andrés levantó cuatro bolsas con un gruñido.

—Deberías aprender a pedirlo por internet. Te haría todo más fácil.

Susana decidió ahorrarse la explicación.

No estoy de humor.

—Oye —dijo Andrés, girando la cabeza, el cuello tenso por el peso de las bolsas—. Habló tu papá y habló con los niños.

—¿Sí? —dijo Susana, prestando más atención a recuperar su bolsa y unos papeles del coche que a la conversación de su marido—, qué bueno, ¿qué les dijo?

Se oyó la voz de Andrés desde la cocina.

—Les dijo que tenía unos juguetes que eran de ustedes, y que si no les interesaban.

—Y aquellos, obviamente, dijeron que sí.

—Claro.

—Lo último que necesitan estos niños son más juguetes —dijo Susana, entrando a la cocina y apagando la mitad de las luces.

Lo último que necesito yo es una migraña.

—Pues sí —dijo Andrés, de vuelta al garaje—, pero, muy listo, no habló conmigo, sino con ellos.

—Qué tramposo.

—Sí, y quedaron en que van a ir el sábado contigo, quesque porque también hay cosas tuyas.

Ush. Maldito.

Susana se sentó en la cama e instintivamente se llevó la mano al pecho para pedirle a su corazón que le bajara tantito.

—¿Qué hora es? —preguntó Andrés desde el otro lado de la cama, con la voz ahogada por la almohada y el sueño.

—Las cinco —contestó Susana, mientras buscaba a tientas el despertador en su buró para apagarlo.

Le llevó tres intentos —y tirar un bote de aspirinas, la libreta de los pendientes y casi un vaso de agua—, pero logró parar el muy irritante "tititi-ti, tititi-ti, tititi-ti" de su reliquia.

—Es horrible, es horrible —se quejó Andrés—, ¿por qué tan temprano?

Porque si no, no da tiempo.

Pero Susana se guardó su respuesta. Por mucho que se quejara de las horas a las que sonaba el despertador, él no tenía más que darse la vuelta para volverse a quedar dormido como tronco hasta las seis y media, cuarto para las siete, que aparecía por la cocina para "ver qué se ofrecía".

A ver si ya junto fuerzas para hablar con él.

No lo habían hablado, no habían acordado las cosas; nada más como que había sucedido así, muy de pasadita y sin hacer ruido. Susana entró de nuevo en la consultoría, al ritmo frenético de la campaña y el boletín y ya tuiteó una insensatez el diputado, y no hubo nunca una discusión con Andrés sobre cómo se iban a ajustar las responsabilidades.

Nomás como que dio por hecho que yo lo iba a hacer todo.

Y ahora, a toro pasadísimo, Susana se encontraba absolutamente rebasada. Nada más esa mañana, abrió el refrigerador y se dio cuenta de que por no preparar el lunch de los gemelos el día anterior, ahora no había ni un triste pepino que mandarles. Del cajón de las verduras sacó un par de zanahorias que no se acordaba ni haber comprado, y que ya mostraban una elasticidad más propia de la boligoma de su infancia que de una zanahoria que se respetara.

Ni modo. Zanahoria elástica, niños; lo siento en el alma.

Dejó las zanahorias junto al fregadero, para cuando estuviera lista para lidiar con ellas. Del bolsillo de su piyama sacó el celular y buscó la aplicación del radio. A esas horas, el único noticiero que había era uno gringo; lo puso.

El bote de café ya también estaba por acabarse. Tuvo que rascar el fondo del bote de aluminio para completar las cucharadas y llenar el filtro.

Comprar café. Acuérdate: comprar café.

Conectó el tostador y puso a tostar dos panes. La vocecita machacona de su conciencia le dijo que lo que tendría que comer era un huevo con alguna verdura, pero una nueva visita al cajón de las verduras le demostró que si las zanahorias estaban medio medio, el resto era un muestrario de pimientos, espinacas y ejotes en distintas etapas de putrefacción.

Se sorprendió de que Laura no lo hubiera limpiado. Era el tipo de cosas que su alma obsesiva no podía resistir y que inmediatamente tenía que remediar.

Luego recordó que Laura no había ido el día anterior porque tenía que acompañar a Blanquita al doctor, y se sintió fatal de no haberle hablado para ver cómo les había ido.

Si le pasa algo a Blanquita me va a dar una tristeza enorme.

Se limpió las lágrimas y las atribuyó a que estaba muy cansada. A Blanquita no le iba a pasar nada. Y punto. Si estaba fuerte y más sana que todos.

Escribió "limpiar cajón de las verduras" en la libreta que estaba pegada en el refrigerador.

Tomó su café, el plato con sus dos panes y un bote de mantequilla de cacahuate de la alacena (al menos, era sin azúcar, y algo de proteína tendría) y se sentó en la mesa de la cocina. Tomó el celular y buscó su lista de pendientes del día. Ya iba en el punto veintitrés.

Tengo que cumplirlos o dejar de apuntarlos, porque me voy a deprimir.

Escribió "*café, verduras. Blanquita*", y empezó a hacer cuentas, a ver si Andrés podría estar en la casa para recibir lo que llegara.

Después de su fracaso hacía dos semanas, Mireya se había ido a su casa dispuesta a aprender a pedir el súper o morir en el intento. Y ya habían logrado al menos un envío exitoso, pero el problema era que lo entregaran a una hora que hubiera alguien en la casa para recibirlo, y que de preferencia no fuera Susana en bata y cayéndose de sueño porque no se podía dormir por esperarlos.

Volvió a escuchar la voz de Tatiana, que siempre que podía insistía en que era facilísimo.

Claro, cuando tienes un ejército de personas en su casa que resuelven todo, es facilísimo.

Cerró los ojos y respiró profundamente. Una vez, y soltó el aire, otra vez, y volvió a soltar el aire, una tercera, y recargó la cabeza sobre la mesa. En el noticiero, el presidente gringo amenazaba con aranceles de cinco por ciento a los productos mexicanos si no frenaban drásticamente el flujo de migrantes.

No me ayudes, compadre.

Eso le recordó que hacía mucho que no hablaba con Juan. El domingo pasado su suegra había dicho, como de pasada, que le había escrito muy preocupado, pero Susana no había podido preguntarle más. Amparito y ella no estaban en los mejores términos desde que había vuelto a trabajar, como si hubiera sido una decisión que Susana tomó exclusivamente para no volver a ocuparse de ella.

Y, como si lo hubiera invocado, en ese momento le llegó un texto.

"Está todo muy raro. ¿Tú qué sabes? ¿Es cierto que nos mandan a la Guardia Nacional? Háblame cuando puedas."

Ay, Juan. Seguramente le iba a pedir que presionara al gobernador para que se opusiera. No entendía, o no quería entender, que una cosa era escribirle los discursos y diseñarle la estrategia de medios y otra, muy distinta, tratar de influir en sus decisiones políticas.

No le contestó. No tenía tiempo en ese momento para las crisis de Juan. Si apenas tenía tiempo para las suyas, como si alcanzaría el yogurt para el desayuno y si todavía Andrés tendría camisas limpias.

Porque a saber cuándo fue la última vez que había llevado camisas a la tintorería, y Andrés a veces se acordaba de avisarle cuando ya necesitaba que las volviera a llevar, pero a veces no.

Claro que si ahorita aparece por esa puerta y pretende reclamarme que no tiene camisas, que se prepare.

Miró el reloj del microondas. Las cinco cuarenta. Más le valía meterse a bañar si quería irse a la oficina después de dejar a los niños. Sintió un temblorcito en la pupila izquierda.

Lo había tenido por primera vez cuando estaba pensando en entrar al doctorado. El oculista al que había consultado de emergencia, jurando que estaba a punto de quedarse tuerta, le dijo que era o cansancio o estrés.

Susana sólo se rio.

No era posible que se tardara más en llevar a los gemelos en coche que caminando. Claro que era posible, por supuesto que era posible, si desde las siete de la mañana la cuadra de la escuela y la anterior se llenaban de camionetas llenas de padres impacientes por dejar a los niños y niñas que no tenían claro cómo zafar los cinturones y seguros que los sujetaban a los asientos.

Extrañaba pocas cosas de su vida sin sueldo (porque ya a la mala había aprendido a no decir que antes no trabajaba; nomás no tenía un sueldo, pero de que trabajaba, hombre; que le preguntaran a las criaturas mutantes que vivían en su refri), pero desde luego echaba de menos llevar a los niños caminando. Claro, porque le daba oportunidad de convivir con ellos, era lo que decía, pero en realidad era porque tenía mucha más posibilidad de anticipar el peligro y salir huyendo.

Si hubiera ido caminando, por ejemplo, jamás la hubiera emboscado la Miss Tere para decirle que no habían recibido sus propuestas para el festejo de Día del Niño.

—Todas las mamás ya mandaron las suyas, Susi. Sólo nos faltas tú.

¿Día del Niño? Pero si antier fue el desfile de la primavera; si todavía tengo estrés postraumático de haber pegado escamas para los disfraces de pescaditos hasta las cuatro de la mañana.

—Ay, Tere, qué pena. Te prometo que hoy mismo mando algo.

—Y se quejan mucho las mamás de que no participas en el chat.

Susana no entendía por qué entraba dentro de sus obligaciones hacer caso de un grupo de WhatsApp que la última vez que se había asomado tenía 180 mensajes sin leer. Estaba segura de que, si había algo tan importante que requiriera su atención, la escuela encontraría otra manera de hacérselo saber.

Pero, aparentemente, me acusaron. Voy a tener que regañar a Mónica.

Aunque Mónica seguramente tampoco se había enterado. Prendió su luz direccional y avanzó hacia Insurgentes. Cuando se topó con un semáforo en rojo, recargó la cabeza sobre el respaldo y trató de pensar en su junta de las nueve. Era con un cliente con el que ya llevaba mucho tiempo trabajando, desde que era de extrema derecha, y ahora, que había reencarnado en diputado plurinominal de la izquierda, la había buscado.

Porque, claro, ahora tenía en la cabeza la idea de lanzarse para gobernador y necesitaba que le reconstruyeran la imagen, si el menso no había logrado quedar bien con nadie.

Lo primero iba a ser quitarle el aspecto de niño de primera comunión. Ése le había servido muy bien para perseguir a los votantes más conservadores. Sus suegros, por ejemplo, estaban tristísimos de que le hubiera dado la espalda al partido y ahora se pronunciara como un leal admirador del presidente.

—Pero si tan decente que parecía —decía su suegra.

Claro. Tenía toda la pinta de un hombre al cual Amparo calificaría como "decente". Aun bajo la horrible luz de la sala de juntas, que a Susana la hacía ver de un verde cadavérico muy preocupante, al diputado aspirante a gobernador se le veían los dientes blanquísimos y la tez bronceada de muchos fines de semana de salir a velear en el lago de Valle. Y el atuendo: Susana se apoyó contra el respaldo de la silla y miró con disimulo debajo de la mesa para hacer el inventario; desde los zapatos hasta el traje de rayitas azul marino, pasando por la corbata de seda (pero, eso sí, con dibujos de magueyitos, para que no dijera que no estaba comprometido con el campo), y fue sumando en su cabeza.

Traía puesto, más o menos, el presupuesto semestral de una familia promedio de su distrito. Y se notaba.

Y el atuendo es lo de menos. El tono de voz.

Susana volteó discretamente a ver si Javier estaba pensando lo mismo que ella. Si él también sentía un taladro en el tímpano cada vez que decía que algo estaba "como muy cañón, ¿sí me entiendeeees?", así, con la última sílaba arrastradita.

Iban a tener que contratarle o un maestro de dicción o un actor de doblaje.

Y a ver cómo lo tomaba. A Susana la experiencia le había enseñado que por más que una persona te dijera que estaba abierta a las críticas, eso nunca, o casi nunca, era cierto. No importaba cuánta evidencia les mostraras, cuántos sondeos, encuestas de opinión, *focus group,* lo que fuera; difícilmente alguien en este negocio estaba listo para escuchar: "es que fíjate que hay un alto porcentaje de la población a la que le vas a caer mal nomás por cómo hablas."

Había que intentar una aproximación menos frontal.

—Podemos trabajar contigo —le dijo Susana, una vez que el cliente terminó de explicarles todo aquello que según su punto de vista estaba "como muy cañón"—, pero vamos a necesitar que nos hagas mucho caso.

Asintió muy enérgicamente.

—Vamos a empezar por cambiarte toda la imagen —dijo Susana, haciendo un gesto para abarcar desde el peinado hasta los zapatos.

—¿Qué tiene de malo? —se miró, claramente confundido.

Susana sonrió, tratando de atenuar el golpe.

—No tiene nada de malo. Es sólo que... —trató de buscar un eufemismo apropiado—, que a tu electorado le va a costar trabajo establecer una relación empática contigo.

El diputado enarcó las cejas y dirigió a Susana la célebre mirada azul que había conquistado corazones en su distrito.

—O sea, ¿qué me estás diciendo? ¿Quieres que me vaya ahorita a Sears y me compre un traje de poliéster? Porque déjame decirte que varios de mis compañeros de bancada se visten igual de caro que yo, o peor.

—Sí —dijo Susana, tratando de suavizar el tono lo más posible—; ya sé a quiénes te refieres. El problema es que ellos son héroes del 68 y a ti la gente te recuerda por tus fotos saliendo de misa con ese expresidente que la opinión pública en masa identifica con la derecha.

Sacó el labio en señal de puchero.

—En este país hay libertad de culto.

—También hay una separación entre la iglesia y el estado que nos ha costado mucho —Susana sintió que se le aceleraba el corazón, como siempre que se resistía a quedarse callada—. Y otra de las fotos es en una jornada de oración en contra del aborto. Los números globales del estado son abrumadoramente a favor de la legalización, y eso no nos ayuda.

Además de que a ti qué demonios te importa lo que hacen las personas con su persona.

Pero eso, por supuesto, no lo dijo. Ya de por sí, como era previsible, el comentario detonó un discurso grandilocuente sobre los héroes de la guerra cristera y lo difícil que era hoy en día defender la propia libertad de creencia, y cómo no lo hacía tanto por él, sino por los hombres y mujeres de su estado que confiaban en él para luchar por sus derechos.

Cuando llegó al punto en que casi se le quiebra la voz, de lo mucho que lo estaba conmoviendo su propio discurso sobre la defensa de la identidad y el ataque a las personas buenas, de fe, que no querían más que defender el sacrosanto derecho a la vida de los más inocentes, Susana tuvo que hacer un esfuerzo muy grande para no levantarse y decirle, como a los gemelos, "negocia tu berrinche y después hablamos".

Javier lo interrumpió, levantando las manos para calmarlo.

—¿Ves? Justamente así es como no debes reaccionar —se rio, como para bajarle la intensidad a la situación—. Aquí Susana sólo estaba probándote, para que veas el tipo de críticas que vas a tener que enfrentar.

Y enfatizó su comentario con una palmadita en el dorso de la mano de Susana y un guiño de ojo que hizo que a Susana el estómago le diera un vuelco de furia.

Aunque no podría decir que la maniobra de Javier la tomara por sorpresa; últimamente así hacía, sobre todo cuando estaban tratando con hombres: la dejaba hablar y luego la desautorizaba con un par de comentarios. Según él, estaban jugando al policía malo y el policía bueno.

Pero es más el sargento listo y la recluta mensa.

Todo el día, Susana trajo cargando la muina de la junta. La sentía, pesada y latosa, como un yunque en el bolsillo.

Ya, ni para qué te enojas.

Y entonces se enojaba más, porque claramente no era algo que pudiera remediar; no se enojaba con un propósito, sino porque no tenía más remedio.

Pasó el resto de la reunión con el diputado tomando notas y procurando que no se le notara todo lo que estaba sintiendo.

Aunque tuvo que intervenir, ya casi al final, cuando salió el tema de la frontera.

—Vas a tener que pronunciarte con el tema de la frontera —le dijo Susana a su cliente, que ya para esas alturas se había relajado lo suficiente para aflojarse la corbata de magueyitos y pedir que le consiguieran un café decente.

Susana le señaló el termo de acero inoxidable y las tazas que estaban al centro de la mesa. La cara del diputado se volvió a llenar de confusión, como la de Rosario cuando le explicaba que el pedazo de pastel con betún azul y el pedazo de pastel con betún verde sabían a lo mismo.

Ah, Susana. No te confundas: está esperando que le sirvas un café.

Sostuvo un debate interno como de cinco segundos, mismo que ganó la facción que le rogaba que por favor eligiera sus batallas y ya no la hiciera tanto de tos, y por fin tomó el termo y una taza.

—¿Lo tomas con leche, azúcar, algún endulzante?

El hombre sonrió y arrugó la nariz en un gesto que alguien en algún momento debía haber calificado de "irresistible" y de que "hacía que sus ojitos brillaran como nunca".

—¿Se podrá que me consigan un capuchino? —señaló la puerta de la sala de juntas—, ¿alguna de esas chicas de allá afuera podría ir al Starbucks de la esquina?

Sacó la cartera y empezó a contar billetes de quinientos pesos.

—Puedo invitar los de toda la oficina, ¿eh?, eso no es problema.

—Hombre, no es necesario… —empezó a decir Javier, pero Susana lo interrumpió.

—Lo malo es que todas las mujeres que están allá afuera, están trabajando —explicó, con una sonrisa—, y bastante caro te sale su tiempo como para que lo inviertan en hacer filas, ¿no se te hace?

Fingió no percatarse de la mirada flamígera de Javier, que por poco y le hace un hoyo junto a la oreja izquierda.

—Te prometo que ya casi acabamos —dijo Susana, viendo a los dos hombres cruzados de brazos, en posturas idénticas, como si hubieran coreografiado su molestia—. ¿Café de este, entonces?

Aceptó a regañadientes la promesa y la taza.

—¿Dices que voy a tener que pronunciarme?, ¿yo?

—Sí —dijo Susana—. Tu estado es de los que más migrantes expulsa a Estados Unidos. Imagínate que a ellos les aventaran a la guardia nacional de allá.

—Ay, les avientan a los de ICE, que es peor —dijo, en automático—. Además, por nosotros, mejor que los hondureños y todos esos pandilleros se queden allá, en Chiapas. Así no nos hacen competencia a la hora de pasar al otro lado.

Susana apoyó los codos en la mesa, con cuidado de no ir a dejar marcas en el vidrio, y se concentró en Javier, tratando de comunicarle por telepatía que alguien más tenía que convertirse en el policía malo.

—Los de las ONG y los albergues están haciendo muchas olas —dijo Javier, milagrosamente sensible a la situación—. Más te vale treparte antes de que te revuelquen.

Los dos se miraron, muy satisfechos con la metáfora marítima. Susana hizo un esfuerzo para no voltear los ojos al revés.

—No estás para darle esas armas a tus excompañeros de partido —insistió Susana.

—Lo de menos son mis compañeros de partido —dijo—; ¿qué hago si el presidente dice en una de sus conferencias que soy un conservador? , ¿qué tal que me acusa de ser un fifí y un neoliberal?

Bueno, por lo menos éste reconoce que le tiene miedo al presidente y sus conferencias de prensa donde se lanza contra todo el que lo critica.

—Siempre es una posibilidad —dijo Susana—; si pudiéramos prometerte que no va a suceder, te cobraríamos mucho más.

Hizo la pausa necesaria para las risitas de cortesía y los comentarios sobre qué barbaridad, este presidente, que sabía que eran parte de su trabajo.

—Pero, lo cierto es que, si eso sucede, sabemos cómo pararlo en redes y en medios de comunicación, no sería tan grave.

Miró su teléfono. Tenía dos llamadas perdidas de Juan y un texto donde le reclamaba que la dejara en visto. No iba a poder evitarlo mucho más tiempo.

Pero eso implicaba hablar con Javier y no se sentía lista. En cuanto recordaba la junta de la mañana se volvía a enojar. Y eso que habían logrado terminar en un tono más o menos cordial. Javier ni siquiera le había reclamado que había privado a la oficina entera de la posibilidad de un café gratis.

Sólo le sugirió que consideraran que a ese cliente sólo lo viera él.

—Estaría bueno pensar —dijo, una vez que lo acompañaron al elevador y regresaron a la oficina de Susana a discutir sus impresiones— si no sería bueno que en adelante yo me ocupe de trabajar con él. Me puede ayudar Samantha.

Puso su cara de preocupación fraterna.

—Él es demasiado demandante y tú ahorita tienes muchas cosas.

Le hubiera dicho que sí si no hubiera sido por lo de Samantha.

Samantha era, con mucho, la más guapa de la oficina. Susana se obligaba a no pensar en esos términos y procuraba no fijarse, no comentar, no hacer distinciones entre hombres y mujeres. Procuraba que su cabeza del siglo veinte, casi del diecinueve en ciertos momentos, no interfiriera con sus opiniones sobre el trabajo de sus colaboradores.

Pero es imposible. Un pantalón es un pantalón, y una falda es una falda. Y una falda cinco dedos arriba de la rodilla, en una oficina, es un dolor de cabeza para mí.

Porque no era cosa de decirle "niña, tápate", como les decía la doctora a las mujeres que trabajaban con ella, antes de asestarles un discurso sobre la complejidad de ser mujer en un mundo machista y un ambiente laboral regido mayoritariamente por hombres.

Ahora tenía que decidir entre hacer un comentario muy cuidadoso y probado hasta la última coma, y arriesgarse a que la acusaran de machista y cómplice del heteropatriarcado, o quedarse callada y arriesgarse a una demanda por acoso que dejara quebrado al despacho.

Eligió tranquilizar su conciencia a costa de apelar a la de Javier.

—Si tú quieres trabajar con él, por mí está bien —le dijo—. Y si crees que Samantha te puede ayudar, adelante.

Tomó el mouse y clavó los ojos en un correo del administrador del edificio sobre una prueba de los extintores, como si contuviera información fascinante.

—Nomás te recuerdo que ya no es hace diez años y hoy las mujeres sí denuncian.

Javier hizo para atrás la cabeza y arrugó el ceño, como si Susana hubiera planteado un escenario imposible.

—¿De qué hablas? Es buena, y la experiencia le puede servir, nada más.

—Bueno —concedió Susana—. Yo sólo digo…

Javier se levantó y se fue, lanzando entre dientes un par de frases más sobre las sociedades paranoides y la hipersensibilidad de las mujeres. Susana sintió un poco mejor a su conciencia, pero a cambio, la vocecita que vivía en su cerebro y que le daba lata todo el día tuvo a bien preguntarle si ése sería el mejor lugar donde podía trabajar.

Tomó su teléfono y marcó el número de Juan. Al menos se iba a enterar de qué quería.

"*Dominus vobiscum!* Estás llamando al número de Juan Diego Echeverría, sacerdote diocesano. En este momento no puedo responder tu llamada, pero si es algo muy urgente, puedes comunicarte a la diócesis de San Cristóbal, al…"

Por supuesto, el buzón de mensajes de Juan estaba lleno hasta el tope. Le mandó un WhatsApp, que lanzó como una botella al mar, porque según la aplicación la última vez que había pasado por ahí había sido a las diez de la noche del día anterior.

Bienaventurados los que pueden escapar de su celular.

Eran las cinco y media. Si en ese instante lograba juntar todas sus cosas, pedirle a Mireya que le mandara un correo con todos los pendientes y salir corriendo, tenía el tiempo justo para llegar a la cena de los gemelos.

Revisó en la aplicación de su teléfono cómo andaba el tráfico. Sí, hacía aproximadamente media hora a su casa, pero tenía que irse ya.

Y no tenía tantos pendientes. Apenas un par de correos que tenía que mandar hoy sin falta.

¿Le diré de una vez a Mireya?

¿O le hablo desde el coche?

¿Será cosa de decirle algo a Samantha?

Cayó en cuenta de que estaba haciéndose loca para no irse. A pesar de que tenía la bolsa en la mano, no atinaba a meter el teléfono, su libreta y su agenda, y a sacar las llaves del coche.

Estaba nada más ahí, sentada en su escritorio.

La mitad de su cuerpo quería ver a Rosario y a Carlitos. Sentía que no había platicado con ellos en años. A pesar de que dos días a la semana pasaba por ellos y los llevaba a comer a su casa, apenas si le daba tiempo de vigilar que comieran, esperar a que llegara Andrés para llevarlos a las clases de la tarde, darles un beso y salir corriendo. De ninguna manera alcanzaban a internarse en las conversaciones boscosas y erráticas que les gustaban. No sabía, por ejemplo, qué había pasado con la presentación que iba a hacer su amiga Lilia sobre África ni en qué había parado el proyecto de sembrar jitomates en el huerto.

Pero la otra mitad tenía horror de llegar en ese instante a pelear por la cena y siéntense y báñense y ya apúrense porque el agua se enfría. Esa otra mitad tenía ganas de quedarse a dormir en la oficina.

Por poco y se lleva de corbata el triciclo de Rosario. Ahogó una maldición. Si no lo hubiera esquivado, no sabía cuál de los dos dueños iba a estar más enfurecido por el daño a su vehículo: si Rosario por su triciclo naranja que adoraba con pasión, o Andrés por la camioneta que cuidaba como a otro hijo.

Pero es que no tendría que estar en la mitad del estacionamiento.

Desde antes de meter la llave en la cerradura, Susana ya podía escuchar los gritos desde la cocina. Carlitos, quejándose amargamente de que no le gustaba tanto chocolate, y Rosario alegando que ése no era su vaso de tomar leche.

Si no le hubiera llamado a Andrés desde el coche diciendo que ya iba para allá, se hubiera dado la media vuelta y se hubiera ido a cenar a un restorán.

O mejor aún, a un hotel, a pedir papas fritas y malteadas al cuarto y a ver la tele.

—¡Niños, qué gritos! —dijo, a manera de saludo—, ¡se escuchan hasta Insurgentes!

Los gemelos salieron corriendo de la cocina, en unas fachas que denunciaban lo fragoroso de la tarde: Rosario tenía la parte delantera de la playera pintada de verde, seguramente porque se había acostado en la mitad del campo de futbol a buscar catarinas, y Carlitos le extendió unas manos negras que despedían un olor a sudor y a no habérselas lavado en horas.

—¡Carlitos, mi rey, qué manos! —dijo—. ¿Hace cuánto que no te las lavas?

—Estábamos a punto de lavárnoslas para preparar la cena, ¿verdad, mijito? Explícale a tu mamá.

Susana eligió pasar por alto el tono defensivo de su marido y le dio un beso en el cachete.

—Hola, tú —le dijo—, ¿cómo estuvo la tarde?

Andrés hizo una mueca, enseñando los dientes, como de que había estado terrible.

—¿Te acordaste de pagar el futbol?

Otro gesto. No se había acordado.

Susana recordó el ítem de su lista de pendientes que decía "recordarle a Andrés que hay que pagar el futbol".

—Perdón, tenía pensado recordarte y se me olvidó.

¿Por qué le pides perdón? ¿Quién te recuerda a ti de nada?

Andrés se llevó las manos a la cabeza, abrumado, y se dejó caer en una silla de la cocina.

—No, pues se me olvidó, tú qué culpa —dejó caer la cabeza sobre las manos—. Es que es agotador, Susana, qué bárbaro.

No, a ver. Cuéntame, por favor.

—Sí, es agotador —dijo, acariciándole la cabeza y sacando el banquito de debajo del fregadero para que los gemelos se subieran a lavarse las manos—, ¿estuvo muy tremenda la tarde?

—Nos portamos bien —dijo Carlitos, extendiendo las manos mugrosas al chorro de agua.

—No lo dudo ni tantito, enano.

Susana se quitó el saco y se enrolló las mangas de la blusa para no mojarse. Andrés seguía sentado, como catatónico.

—¿Qué quieren cenar?

Era una coreografía muy conocida: empezaban pidiendo cereal, aunque sabían muy bien que durante la semana esa posibilidad estaba fuera de discusión.

—Cereal, no —les dijo—, ¿por qué?

—Porque tenemos que comer comida —recitó Rosario, en un sonsonete y una mirada que le hacía temer a Susana el día en que fuera adolescente.

Abrió el refri.

—Laura dejó chayotes cocidos, ¿quieren que les derritamos encima un poco de jamón y queso?

—¿Qué más hay? —preguntó Rosario, estirando el cuello para asomarse al refri.

Susana abrió un tóper.

—Hay pasta de tornillitos con brócoli, y aquí…

Abrió otro tóper.

—Aquí hay un pedazo del pay de atún del otro día. ¿Cuándo fue que comimos pay de atún, Andrés, te acuerdas?

Le daba exactamente igual cuándo lo habían comido, pero quería traer a su marido de vuelta a la escena. Había sacado su celular y desde donde estaba, Susana podía ver que estaba viendo Twitter.

Míralo, qué cómodo. Y yo que no he podido ni quitarme los zapatos.

Cayó en cuenta de que le dolían los pies. Como decía Catalina, ya no estaba acostumbrada a los zapatos de gente grande.

—¡Andrés! —dijo, con un poco más de fuerza de la necesaria.

—¿Hm? ¿Qué pasó? ¿El pay de atún? No, pues no sé.

—¿Me puedes ayudar tantito? Nomás en lo que me cambio.

Andrés se levantó de inmediato, como si ésa hubiera sido siempre su intención.

—No, claro —se enrolló las mangas de la camisa roja de cuadritos—. Yo te vi tan decidida, que dije le voy a dar su espacio.

Susana se quitó los zapatos y caminó hacia la puerta con los zapatos en una mano y el saco en la otra. Ni siquiera sabía cómo responderle.

—No quiero que te vayas a sentir desplazada, mi vida.

"Golpe de estado"
Susana ha creado el grupo.

DE: SUSANA
¡Hooooolaaaaa!

DE: MÓNICA
¡Quiúbole!

DE: CLAUDIA
????

DE: SUSANA
¿Cómo estás? Oye, nos estábamos preguntando si vas a ir hoy a la junta de padres.

DE: CLAUDIA
¿Yo? Sí, obvio, ¿por?

DE: MÓNICA
Es que ya ves que se va a discutir la fregadera esa de los paseos, ¿no?

DE: SUSANA
Y vamos a nombrar a los representantes del grupo para la Junta de Padres, no se te olvide, Mónica.

DE: MÓNICA
Eso, también.

DE: CLAUDIA
Ajaaaaá, y???

[Susana está escribiendo...]

[Susana está escribiendo...]

[Susana está escribiendo...]

DE: SUSANA
Pues como va: fíjate que Mónica y yo estuvimos platicando y no
nos gusta nada la idea de que Analó sea la representante del
grupo, que seguramente va a ser porque ya sabemos que ella
siente que ES la escuela misma.

[Claudia está escribiendo...]

DE: SUSANA
Y entonces creemos que tú serías una opción mucho mejor,
porque también eres exalumna pero tienes muy claro que la
escuela se tiene que renovar y que hay otros padres que no somos
exalumnos pero también contamos y queremos proponerte a ti
para que seas la representante

[Claudia está escribiendo...]

DE: SUSANA
Y ya hablamos con los demás papás (bueno, con las mamás,
porque los papás no opinan) y están de acuerdo en que eres una
gran opción y harías un gran papel.

DE: MÓNICA
Gabriel está de acuerdo, también.

[Claudia está escribiendo...]

DE: CLAUDIA
Ay, mil gracias. Pero no sé, me da pena con Analó. Ella esas cosas se las toma muy en serio.

DE: SUSANA
Nadie dice que tú no te las vayas a tomar en serio. Al contrario: tú puedes lograr muchas más cosas, porque realmente estás dispuesta a representarnos a todos.

DE: MÓNICA
Es que nosotras no podemos porque no tenemos como tanto ponch con el grupo, pero tú sí, y bien cañón.

DE: SUSANA
Sí, y no es por mala onda, pero tienes mucho mejor perfil que Analó. No es que haya hecho nada formal, pero tus números de aprobación son altos, muy altos. Si te lanzas, tienes altas posibilidades de ganar.

DE: CLAUDIA
Ay, pero Analó se pondría furiosa. Está obsesionada con la Junta de Padres.

DE: MÓNICA
No, pues tanto decirle a los plebes que no se dejen de los bulis, ¿y nos vamos a dejar? ¿Pos cómo?

DE: SUSANA
Mónica tiene razón, la verdad. Piénsalo, Clau.

DE: MÓNICA
Es, haz de cuenta, como en Spiderman: "con grandes poderes,
vienen grandes responsabilidades".

Susana ha borrado los mensajes.
Susana ha eliminado el grupo.

DE: SUSANA
¿Qué te dije? Lo logramos.

DE: MÓNICA
Yo que tú, me esperaba, chaparrita. Qué tal que a la mera hora le
da susto.

DE: SUSANA
No creo. Llevo muchos años en este negocio; ésta ya está harta de
que la otra la mangonee.

DE: MÓNICA
Pos ojalá, mijita.

DE: SUSANA
¿Y qué onda con tu "Gabriel sí está de acuerdo"?
Uuuuuuuuuuuuuhhhhh...

DE: MÓNICA
Déjame en paz. Tú porque no tienes sentimientos.

DE: SUSANA
Sí tengo, pero estoy muy cansada. Ya me voy a dormir,
quinceañera.

DE: MÓNICA
Hasta mañana. Descansa.

Mami, ¿por qué fue papá por nosotros a la escuela?

Porque, hijos míos, su padre hoy probó las mieles de trabajar desde su casa, gracias a que la fumigación anual de su edificio, no sé por qué, este año la hicieron en jueves en lugar de sábado como la hacen siempre.

Y se puso más contento que los gemelos en el Día del Niño. Desde hace dos semanas, que le advirtieron que no programara juntas ni nada, no ha hecho nada más que planear su día de "home office". Lo primero, obviamente, fue adoptar el término "home office".

—¿Tú crees que el internet aguante como para tener una videoconferencia?

Le dije que creía que sí, aunque yo no había sostenido ninguna. Si de por sí, odio hablar por teléfono, la idea de pensar que encima la persona con la que estoy hablando pueda ver que mi casa está toda tirada, o que a las doce del día todavía traigo puesta la piyama (qué días gloriosos esos, de veras), me ataca los nervios. Pero para lo que cobra la compañía de teléfonos, más vale que Andrés pueda hacer videollamadas al Pentágono, si se le antoja.

Lo siguiente fue acondicionar su oficina, porque no era cosa de que, igual que hago yo los fines de semana que tengo que mandar un boletín o un correo, se sentara en la mesa de la cocina, hiciera a un lado los individuales de *Toy Story* y pusiera su computadora. Obviamente no, Susana, si hay niveles. El señor tuvo que cambiar de lugar todos los muebles, incluidos libreros, escritorio, archivero y lámparas, preguntar si "en esta casa no se movían los muebles para barrer", frase que decidí que no había oído, porque de lo contrario hubiera tenido que tener una de esas conversaciones que empiezan con "¿cómo dijiste, encanto...?" y terminan en pleito, y luego decidió que la luz no le daba bien y que necesitaba otra lámpara y, por lo tanto, otra extensión.

Y yo le dije, como le digo siempre, que seguramente en la caja de herramientas. La caja de herramientas es como un hoyo negro que lo absorbe todo: tornillos de mil tamaños, una llave de perico, piececitas de esas que siempre sobran cuando armas un mueble, un martillo, desarmadores y, no sé por qué, un carrete de hilo de algodón que no tendría que ir ahí porque sólo lo uso para amarrar el pavo, pero que estoy segura de que si decido ponerlo en otro lado, como en uno de los innumerables cajones de la cocina, no lo vuelvo a encontrar jamás.

Y ahí tendría que estar la extensión, también. Pero es otro misterio. Yo digo que ya se usó y está cumpliendo su función en otro lado, pero Andrés insiste en que la Navidad pasada compramos una nueva y que ahí tendría que estar.

"Ahí tendría que estar" es de esas frases que, según mi experiencia, dividen irrevocablemente a las familias. Pues sí, ahí tendría, pero por alguna razón no está, ya, date por vencido y usa las otras tres lámparas que hay en el lugar.

O vete a trabajar a la mesa de la cocina, donde además tienes muy a mano el refri por si quieres agua o un refrigerio.

Pero no, claro que no: cómo crees que si tengo que hacer videollamadas el fondo va a ser la estufa y el refri lleno de estampitas del Rayo McQueen.

Pues no encontró mejor remedio que quitar la extensión azul, que sirve para conectar la lámpara de estrellitas de Carlitos, que jura que es lo único que mantiene alejados a los monstruos.

(Eso me gano por apelar a los clásicos contemporáneos y leerles *Donde viven los monstruos*; que Carlitos viva convencido de que un día se va a ir navegando con su mameluco.)

Y eso, por supuesto, le provocó una crisis nerviosa a Carlitos, y tuve que mediar, y decirle que papá sólo iba a usar su extensión en el día, cuando él no estuviera, y que cuando la terminara de usar la iba a volver a poner en su lugar, como todas las cosas que uno toma prestadas. Y que en esta casa podía ser que no se movieran los muebles para barrer, pero de que se prestaban las cosas de buena gana, eso claro que sí.

Lo cual implicó sumar a mi lista de pendientes de ese día "cerciorarme de que Andrés vuelve a conectar la lámpara de estrellitas", porque de lo contrario me exponía a un berrido en la mitad de la noche de esos que hielan la sangre.

—Oye, y qué te parece que yo lleve y recoja a los gemelos. Así tú no tienes que venir hasta acá, y aprovecho para caminar tantito.

Eso sí me parecía maravilloso, y casi le perdono que hubiera cambiado de lugar todos mis libros de teoría política para tener como fondo (para la videoconferencia que ni siquiera sabía si iba a hacer) todos sus manuales de construcción, ésos por los que mi papá siempre se burla y le pregunta si tienen texto o nomás puros dibujitos.

Yo sé que quedé de ir por los gemelos, y que es de los pocos momentos del día en que los veo, además de en la correteada de las mañanas y cuando los alcanzo en la noche, y una vez que logro llegar por ellos y depositarlos en la casa, los disfruto mucho, pero es un problema salirme de la oficina. De entrada, porque siempre hay alguien a quien se le ofrece algo urgentísimo al cuarto para la una, que es cuando todo el mundo sabe que tengo que salir corriendo o no alcanzo a llegar por ellos a la una y cuarto, y luego, porque cuando regreso, a las tres, después de comer a toda velocidad en la casa o en el coche, ya todos se fueron a comer y regresan a las cinco, con cara de que qué barbaridad, cuántas licencias me tomo.

Y yo, obviamente, me siento culpable. Odio sentirme culpable. Sobre todo si así pude negociar mis condiciones con Ale y Danielito, y hago muy bien todo mi trabajo.

O sea que sí, me venía muy bien que Andrés llevara a los niños y fuera por ellos aunque fuera un día.

Todo fue maravilloso. Andrés se despertó, como nunca, a las seis, partió papaya, preparó huevos con jamón, creo que hasta exprimió unas naranjas, que yo ya ni me acordaba de que estaban en el refri, y a las siete levantó a los niños, los ayudó a vestirse, y mientras yo, no sé cómo, me volví a dormir. Me despertó el silencio a las siete y media, y claro que pensé que ya se habían vuelto a dormir todos, pero no, para nada: ya se habían ido.

A mí la experiencia de desayunar con luz me resultó una revelación. Qué bonito es tomar café sentada en una mesa y de una taza de cerámica, no de un termo de aluminio en el coche, mientras el de atrás te toca el claxon y el de adelante no se decide a dar la vuelta. Hasta me pude hacer un sándwich decente, con un pan de esos llenos de cereales que nos había regalado Amparo, ahora que decidió perdonarme por lo del súper porque se consiguió una vecina nueva "monísima" que la lleva y no le pregunta si está poniendo un expendio o de verdad necesita tantos desodorantes.

Pasé el día en la oficina feliz de no tener que salir corriendo ni dar explicaciones, y cuando regresé a la casa los niños estaban preparando pasta con su papá y contándome que habían ido al parque con él de regreso del futbol.

Pero el más feliz de todos era Andrés. Lo vi relajado como hacía mucho que no lo veía; quejándose por supuesto del entrenador de futbol y de la Miss Tere que había aprovechado su hombro para llorar todos los agravios que siente que le he infligido, pero feliz con los niños, paciente, como papá de catálogo de Liverpool, vamos.

Tanto, que le tuve que preguntar cómo estaban las cosas con sus socios.

Porque, a ver, uno no es perfectamente miserable en su oficina y feliz cuando trabaja en su casa si no es porque algo pasa con los seres humanos con los que tiene que lidiar. Y claro que me contestó que todo muy bien, como siempre, que por supuesto que tenían problemitas, pero que eso no quería decir nada, más allá de que la convivencia es muy complicada.

Tuve que ser muy sutil y deslizarle que yo sí como que había notado que así que tú dijeras qué bárbaro, qué cubeta de carcajadas era cuando regresaba de la oficina, pues no. Que todos los días llegaba, sacaba una cerveza del refri y luego se aplastaba frente a la tele hasta las diez de la noche; lo cual generó el comentario de claro, tú lo que me estás diciendo es que soy alcohólico, pero fíjate que no, tomo una cerveza porque se me antoja, pero puedo no tomármela e igual estoy bien.

Que no era de ninguna manera lo que yo estaba diciendo, y se lo tuve que hacer ver porque lo único que me falta es que me acusen de que le niego a mi marido una cerveza. Nomás eso me faltaba, si yo soy la que se ocupa de que siempre haya alguna en el refri porque él, no sé por qué, no lo logra, con lo fácil que sería que tomara una de la alacena y la reemplazara por la que saca del refri, pero no me hace caso y entonces yo termino a las diez de la noche bajando a la cocina a poner cervezas a enfriar porque si no lo hago en ese momento seguro se me olvida.

Lo que le estaba diciendo era que era enormemente infeliz con los seres con los que trabajaba, y que estaba bien reconocerlo, y que la vida era muy corta como para estar pasando tantas horas con gente que no le caía bien.

—A ver, ¿cuándo fue la última vez que me dijiste que invitáramos a Lalo y a Karla?

Y ahí sí ya no tuvo más remedio que darme la razón. Si antes, y no hace tanto, no pasaba un mes sin que hubiera una comida en su casa o en la nuestra, con todo y los niños, y sus perros y carne asada en su jardín.

Tuvo que admitir que sí, ya no se llevaban como antes y que las broncas de facturación habían sacado un lado de Lalo que no conocía y que no le gustaba.

—Como que me quiere echar la culpa —dijo, rascándole la etiqueta a la cerveza que yo, para que me dejara de acusar, le había pasado—. Está muy enojado con toda la situación, pero en lugar de hacer como todos, que le echamos la culpa al presidente y su maldita austeridad republicana, me echa la culpa a mí.

Aproveché para deslizarle si no preferiría disolver la sociedad y trabajar por su cuenta, o buscar algo en otro lado. O tomarle la palabra a su papá y quedarse con la constructora, pero en sus propios términos.

—En una de ésas, ya podrías hacer home office para siempre.

Eso le puso un brillito en los ojos. Pero se le pasó pronto, y se volvió a enconchar en la silla y a encarnizar con la etiqueta de su cerveza.

—No sé. Tampoco es que uno pueda siempre pasársela bien en el trabajo. Ya ves tú, lo mal que lo pasas con Javier y todos los machines con los que tratas.

¿Mande?

Tuvo que leer tres veces la nota de Miss Tere antes de caer en la cuenta de que tenía una hora para localizar dos botecitos de yogurt, diez frijoles y un pedazo de algodón.

Una de las tantas ventajas de haber dado a luz a gemelos era que todas las tareas y los materiales se multiplicaban automáticamente por dos: eso quería decir que Susana tenía que ingeniárselas para que en el desayuno se consumieran no uno, sino dos yogures, lavar rapidísimo los botecitos, marcarlos (porque si no eran capaces de perderlos o regalarlos) y ponerlos en las mochilas.

Mientras buscaba en la despensa una bolsa de frijoles (¿tendría una bolsa de frijoles en algún lado? ¿No preferirían sembrar arroz, o lentejas? Eso sí tenía), Susana se recriminaba por no haber revisado a tiempo el cuaderno donde Miss Tere mandaba los recados.

Todos los días, todos los días, antes de que se metan a bañar y empiece el caos porque ya me urge que se duerman, tengo que revisar el cuaderno.

No quiso admitir que cada vez le daba más horror acercarse a los cuadernos de los gemelos. En teoría, Andrés estaba con ellos en las tardes y era quien se hacía cargo de que hicieran su tarea y cumplieran con todo, pero últimamente había reinado un silencio muy sospechoso en torno al tema. Ya se había acostumbrado a llegar a su casa y enfrentar una avalancha de lamentaciones porque les habían dejado páginas y páginas de inglés, o porque habían tenido que recortar y Carlitos no se apuraba con las tijeras y Rosario había hecho un regadero con el pegamento. Susana estaba esperando con curiosidad malsana ver qué pasaría el día en que los gemelos cayeran en cuenta de que a los dos les dejaban los mismos trabajos y los mismos ejercicios.

Si yo fuera ellos, me dividía todas las tareas de Matemáticas. Siempre y cuando no hayan heredado la capacidad de Catalina, por favor.

Pero últimamente ni lamentaciones ni nada. Y las mochilas permanecían sospechosamente junto a la puerta, donde las dejaban cuando llegaban de la escuela.

Una cosa más sobre la que tengo que hablar con Andrés.

Le cayó encima una flojera inmensa. Sentía que los ratos en su casa se le iban en pelear con Andrés, porque los gemelos comían galletas a media tarde (y luego se lo contaban, felices), porque dónde había quedado el short del futbol de Rosario (¿cómo es posible que ya no lo tenga?, ¿pues dónde lo dejó?), porque les daba cuerda toda la tarde y luego no había manera de apaciguarlos para que se durmieran. Cada vez se caía más mal de todo lo que se enojaba y todo lo que regañaba. Y si ella misma se caía mal, no quería ni imaginarse el lugar que andaría ocupando en el orden de preferencias de sus hijos y su marido.

Pues sí, pero es que no se mide. Siquiera cuando yo me encargaba, me encargaba. Jamás hubiera esperado que llegara Andrés a resolver los uniformes y el lunch de mañana.

Laura tenía razón: todo lo había dejado pasar. Porque era más fácil dormirse una hora más tarde, despertarse más temprano, y buscar botecitos de yogurt, que enfrentar a su marido y hacerle ver que ella sola no podía hacer todo.

Sintió comezón detrás de la rodilla izquierda. Como siempre que sabía que tenía que hacer algo que no quería hacer.

Tal vez es cosa de organizarme mejor y dejar las cosas listas desde el fin de semana. Claro, eso si Miss Tere no decide ponerse creativa el miércoles y echarme a perder toda la planeación.

—Susana, mijita, soy Toni.

Sabía que era Toni, si para eso Dios había inventado, o había permitido que los humanos inventaran, los identificadores de llamadas. Clarito, en la pantalla de su teléfono había aparecido un número y un nombre: Toni.

Se había debatido entre contestar o no, porque no entendía qué afán podía tener Toni en hablar con ella, en un tranquilo martes por la mañana, si sabía que estaba trabajando. Pero con sólo alzar los ojos vio pasar el corte de pelo carísimo de Danielito y decidió que no era cosa de hacerle desaires a la mamá del jefe.

Ni a mi futura madrastra, diría Andrés, pero por eso últimamente lo traigo atravesado. Por ese tipo de cosas.

—¿Cómo estás? ¿Cómo van los preparativos?

Los preparativos para eso que don Eduardo llamaba "consolidar los activos", con un eufemismo que le parecía ingeniosísimo. Susana ya más o menos se había resignado a que eso iba a suceder, y hacía lo posible por disimular y hablar del asunto como si le diera un gusto enorme.

Es muy feo, pero no lo entiendo. Tan a gusto que viven cada uno en su casa, sin pleitos sobre lo que se tardan en el baño o a quién se le olvidó esta vez sacar la basura.

—Pues ahí vamos. No te creas, quiero mucho a tu padre, pero no dejo de pensar si no será una locura.

Susana miró el reloj en la esquina de la pantalla de la computadora. En quince minutos tenía una reunión y todavía le faltaba imprimir unos documentos. Era el peor momento para que la compañeranoviaesposaamiga de su papá decidiera abrirle su corazón.

Guardó silencio.

—Oye, me imagino que debes estar muy ocupada…

Susana le dijo que no, que qué se le ofrecía, mientras por el vidrio le hacía señas a uno de los becarios para que recogiera de la impresora las hojas que había mandado a imprimir lo más sigilosamente posible.

—Es que fíjate que el viernes me van a traer a comer a los hijos de Dani, y se me ocurrió que tal vez puedan venir también Rosario y Carlitos, para que se conozcan. ¿Ellos cuánto tienen, tres?

—Casi cuatro, te dirían los dos.

Toni se rio.

—Claro, casi cuatro. ¿Cómo ves? Éstos tienen tres y cinco, pero se me hace que se podrían llevar bien, y está bien que se conozcan, ¿no se te hace?

A Susana no se le hacía nada. Susana estaba muy ocupada en su danza de señas, intentando desesperadamente que el becario le hiciera caso.

¿Qué? ¿Pensará que me estoy infartando y que eso no lo involucra, o qué?

—Perdón, Toni, estaba resolviendo una cosa y creo que no pesqué eso último. ¿Cuándo dices?

—Ay, perdón. ¿Es mal momento? ¿Prefieres que te hable después?

—No, no. Dime —dijo Susana, viendo con frustración cómo la impresora escupía hojas y hojas que iban cayendo al piso porque nadie las recogía—. ¿Este viernes?

—Sí, este viernes. Tu papá puede pasar por ellos a la escuela y ya se los lleva a la casa. ¿Cómo ves?

—Sí, sí, buenísimo, muchas gracias.

—Creo que quedé con Toni de prestarle a los niños el viernes para que coman en su casa.

Andrés volteó de la ventana, donde estaba con los niños acomodando los frijolitos en sus vasitos de yogurt. No había sido fácil encontrar el lugar, porque Rosario insistía en que Miss Tere había dicho que los pusieran donde diera el sol, y eso de que en su casa no hubiera un sitio donde diera veinticuatro horas al día le parecía una más de las numerosas deficiencias de su casa, junto a no tener alberca y no estar en Acapulco.

Ni siquiera la demostración de la pelota y la linterna, que solía funcionar bien para que entendieran por qué se hacía de noche, la había convencido; de muy mala gana, había accedido a que su papá les construyera una base con una caja de cartón para que sus frijolitos recibieran desde el primero hasta el último rayo de sol que entrara por la ventana.

—¿Cómo que prestarle? —preguntó Andrés, sacando la caja de herramientas del clóset de las escobas—. ¿A Toni? ¿Por qué?

—Bueno, que fueran a su casa, y porque van a ir los hijos de Daniel y supongo que también le gustó la idea de consolidar nietos, no sé.

Pero Susana otra vez no estaba poniendo atención porque le preocupaba esa caja en manos de Andrés.

—¿Qué buscas, mi vida?

—El exacto —respondió, como si fuera lo más natural del mundo buscar navajas en una casa con dos niños.

—Ése no está ahí.

—¿Qué no está ahí? —preguntó Carlitos, con las antenas a todo lo que daban—, ¿qué buscas, papá?

—Una cosa, mijito. ¿Y entonces dónde está?

Susana tuvo que hacer memoria. Estaba segura de que dentro de veinte años todavía iba a encontrar navajas, tijeras y abrecartas estratégicamente escondidos por la casa para que los gemelos no los encontraran.

—No me acuerdo, fíjate —señaló con la barbilla los cuchillos de la cocina—, ¿no te sirve uno de ésos?

Andrés la miró como si estuviera loca.

—No, no me sirve. Además, ¿estás segura de que quieres darles ideas?

Susana se levantó, con un soplido de cansancio. Tenía razón. Lo último que necesitaba era la imagen de sus hijos incorporando el cuchillo de picar cebolla a su material de trabajo.

—Bueno, ahorita lo busco. Pero yo creo que ustedes, niños, ya se van a dormir y ahorita papá les hace su estructura para que sus frijolitos lleguen hasta el cielo, como los frijoles mágicos de Juan.

Los acompañó a que se lavaran los dientes, les leyó una versión de Juan y los frijoles mágicos que encontró en internet y les apagó la luz, antes de que Carlitos pudiera preguntar qué eran las habichuelas, porque la versión que había encontrado era centroamericana.

Encontró el exacto al fondo del cajón de los calcetines de Andrés, donde a nadie más se le hubiera ocurrido buscar y, antes de bajar a dárselo, aprovechó para quitarse el vestido y ponerse unos pants.

—¿Y dónde dices que vive Toni? —Andrés se sentó en el piso a serrucharle un lado a la caja mientras Susana trataba de juntar fuerzas para preparar algo de cenar.

—Cerca de la oficina, ¿te acuerdas? En Santa Fe.

—Ah, sí es cierto. Entonces, ¿tú vas por los niños?

—Pues sí. No tiene caso que tú subas hasta allá si yo estoy a la vuelta. Si ya no voy a venir por ellos, me quedo trabajando y me salgo temprano.

Abrió la puerta del refri y tomó dos calabacitas en una mano y el paquete de queso panela en la otra. Se quedó pensando.

—No sé por qué, tengo la idea de que algo tengo que hacer ese día, pero no sé bien qué.

Andrés le sopló a la caja para sacudir las virutas de cartón.

—Seguro una comida. Ya ves que en tu despacho son mucho de comidas los viernes.

—Sí, seguro.

S usana quitó el pie del freno y puso el freno de mano. Entre las partes más pesadas de su día estaba la de llegar a la oficina; por más que saliera preparada como para escalar el Everest, con café, provisiones, y que se contara la historia de que así aprovechaba para escuchar los noticieros, no terminaba de hacerse el ánimo de que lo normal era que hubiera muchísimo tráfico, tanto, como para que los coches se pararan en seco y valiera la pena descansar el pie unos cinco minutos.

Miró el reloj y reparó en que otra vez estaba prendido el foquito del aceite. En realidad, era muy posible que nunca se hubiera apagado, y que su cerebro simplemente lo hubiera convertido en parte del paisaje y ya ni siquiera lo notara. Ni el destello, ni el ruido que hacía cada vez que prendía o apagaba el motor.

Volvió a apuntar en su lista de pendientes, como todos los días, "hablarle a Toño", pero no estaba muy segura de irlo a cumplir. Ya había ido a verlo, ya había revisado la camioneta, después de dejársela tres días y hacerse muchas bolas con la logística y Andrés y los niños y los coches, y ya le había dicho que no tenía nada y que lo más seguro era que tuviera un corto. Pero obviamente Andrés no estaba satisfecho con esa respuesta y en los momentos más inoportunos, como cuando estaba corriendo para salir con los niños a la escuela, o cuando por fin, después de una hora de camino, llegaba a su casa con la vejiga a punto de explotar y corría al baño, le preguntaba en qué iba la camioneta y cuándo la iba a volver a llevar al taller.

A través de la puerta del baño, o mientras subía y bajaba las escaleras para recuperar una tarea o uno de sus papeles, contestaba, a veces con más paciencia, a veces con menos, que sí, que llegando a la oficina, o en un ratito, o cuando fuera, le hablaba al mecánico para ponerse de acuerdo.

Y cuando se daba cuenta, ya había pasado una semana y otra y otra, y se había olvidado del asunto. Sólo lo recordaba cuando algún valet puntilloso o alguien de la oficina a quien le diera aventón le preguntaba si era consciente de que a su camioneta se le prendía un foquito.

El coche de adelante comenzó a avanzar. Susana quitó el freno de mano y avanzó también.

De las bocinas de la camioneta salió el timbre de su teléfono, y en la pantalla del radio apareció el nombre de Juan Echeverría.

Ush. Hace una semana que le dije que le iba a hablar.

—¿Qué pasó, cómo estás?

—¿Bueno? ¿Susana? —como siempre, la voz de Juan se escuchaba lejanísima, casi ahogada por ruidos de gente pasando y coches tocando el claxon.

Lo imaginó parado en la mitad del mercado, donde le gustaba ir a desayunar después de las oraciones de la mañana.

Cumplieron con el requisito de intercambiar los "yo te oigo, ¿tú me oyes?", propios de todas las conversaciones a través de teléfonos celulares, hasta que quedó claro que sí, los dos se oían, aunque muy lejos.

—Perdón que no te hablé, Juan, de verdad. Es que no sabes cómo…

—No te preocupes —la interrumpió—, supongo que estás en la loca. Pero es que sí quiero ver cómo estás viendo la cosa, porque aquí se está poniendo raro. Toda la semana han estado entrando camiones y camiones llenos de soldados de la Guardia. ¿Tú sabes algo?

Susana pensó un momento su respuesta, con la mirada perdida en un vendedor de jugos de naranja y bisquets que iba ofreciendo su charola de ventanilla en ventanilla.

—Pues sé lo mismo que casi todo el mundo, Juan; que van a mandar a la Guardia a detener migrantes para que Estados Unidos nos perdone la vida.

—O sea, ¿vamos a dejar que este tipo nos chantajee? ¿Le vamos a hacer la chamba para que se reelija a costillas de los más jodidos de todos? ¿Neta, Susana?

Susana le dio un trago a su café y asintió.

—Sí —dijo, cuando se acordó que Juan no la podía ver—, eso parece. Nadie lo va a reconocer, pero eso es lo que vamos a hacer.

Juan dijo entre dientes una de esas palabras que Amparo insistía en que no había aprendido en su casa.

—¿Y no se puede hacer nada?

—Pues se supone que llevan toda la semana en negociaciones, pero no creo. O sea, esto no va a acabar bien para los migrantes, eso seguro.

Juan soltó una risita amarga.

—No, pues para ellos nunca acaba bien —bajó la voz—. No sabes las cosas que veo, Susana. Los horrores.

Susana sintió una punzada en el pecho.

—Me imagino.

—Las mujeres, Susana; las niñas…

No le dijo a Juan que justamente ese día, a las cinco, tenían agendada una reunión con el gobernador de Chiapas para sugerirle una estrategia de medios.

Ni para qué le digo. Ya sé que me va a contestar que el problema no son los medios, el problema es que estén deportando y mandando a la gente a que se muera en sus países.

—¿Todo bien? —le preguntó Mireya cuando pasó junto a su escritorio.

—Sí, ¿por qué?

—Pues, no sé. Tienes cara como de que te duele la panza.

—No… —dijo Susana—; hay días, ¿no te pasa?

Mireya inclinó la cabeza y frunció el ceño. Se había puesto un arete en la ceja, una bolita plateada.

Bueno, esta niña. ¿A qué hora encuentra tiempo para hacerse tanta cosa? Yo que a duras penas tengo tiempo de limpiar mis zapatos.

—¿Días cómo?

Susana abrió los brazos, con todo y su carpeta y su bolsa.

—Días en que no le encuentras sentido a lo que haces. Que quisieras que realmente lo que haces sirviera para algo, ¿no?

Susana, ¿qué culpa tiene esta criatura de tus crisis existenciales y tu cuñado sonsacador? Déjala que siga con su día y tú vete a tu oficina.

Se colocó en la cara la sonrisa más entusiasta que pudo, se cambió la carpeta de mano y le apretó un hombro.

—No me hagas caso. Es viernes, he dormido un promedio de tres horas por día y ya no sé ni lo que digo. Ahorita me siento, me tomo un café y como nueva.

Mireya movió la cabeza, claramente dándole el avión.

—Y nos vemos en mi oficina como a las doce para ver lo de la reunión de la tarde, ¿no? Para ir preparando los argumentos.

Eso fue suficiente para despertar a Mireya, que la fue siguiendo hasta su oficina explicándole todo lo que había pensado que había que hacer y cómo podían coordinarse para no interferir con las declaraciones del presidente ni del canciller.

Pero Susana no la estaba escuchando. En su cabeza sonaba la voz de Juan.

Por supuesto que tenía una estrategia, una que hablaba de la importancia de la migración legal, de garantizar los derechos de todos, de que a pesar de que México ha sido siempre un país que había recibido a los migrantes con los brazos abiertos, en este momento lo principal que tenía que velar por la seguridad de sus ciudadanos, pero todo le sonaba chafa.

En realidad, no importa cómo me suene. Es un gobernador, y no es cosa de pensar en cambiar el rumbo de la política mexicana en una tarde.

—Gobernador, si me permite…

Susana se inclinó sobre la mesa para que su voz llegara hasta el altavoz del teléfono.

—¿Quién habla? —se oyó una voz llena de estática.

—Susana Fernández, gobernador, buenas tardes.

—¡Susi, por favor!, ¡qué formalidad! Dime Alberto, o Beto, caray; si nos conocemos hace años.

Sintió todas las miradas sobre ella. Daniel tenía el aire confundido que solía adoptar cerca de Susana, y Javier sólo le hizo un gesto con las manos como preguntando por qué la familiaridad. Samantha, Mireya y el becario cuyo nombre Susana para variar nunca recordaba y que en venganza fingía eternamente no escucharla, sólo presenciaban en silencio, desde sus sillas en gayola, pegadas a la pared.

Susana soltó una risita, como si no la incomodara muchísimo toda la situación.

—Bueno, es que es la investidura, gobernador, entienda.

—En eso tiene razón, Susi. Dígame, pues.

—Pues que sinceramente creo que usted debería inconformarse, gobernador.

—¿QUÉ?

Esa respuesta no vino del altavoz, sino de Javier, e inmediatamente el resto de la sala lo miró con horror.

—Quiero decir —se aclaró la garganta—, si me permite, señor gobernador, que no estoy muy seguro de la estrategia que plantea aquí mi colega.

Se oyó una risita.

—¿Javierito, verdá? No, pues imagínese, si usted no está seguro, mucho menos yo.

Ay, jajaja. Qué chistoso. Tarados.

—Lo que quiero decir, y lo digo porque ya lo hemos hablado, aunque mi opinión no es la más popular de la oficina, he de reconocerlo —Susana miró desafiante a los cinco pares de ojos—, es que es una buena oportunidad de deslindarse del presidente y demostrar independencia, gobernador.

El altavoz permaneció en silencio. Susana insistió.

—Por más que así parezca, este sexenio no va a durar para siempre, Alberto. No estaría mal ir construyendo desde ahorita una plataforma de oposición a Estados Unidos y de cooperación con América Latina.

Esta vez Javier tuvo el buen tino de estirar la mano y apagar el micrófono antes de hablar.

—¿Estás loca, Susana? ¿A quién le importa América Latina? Y ni siquiera es América Latina, no te hagas; no estamos hablando de Chile o de Brasil. Estamos hablando de Centroamérica.

Lo dijo con horror. Por encima de su voz, la del gobernador estaba enfrascado en una reflexión sobre la responsabilidad que para él suponía pertenecer al partido del presidente y establecer un frente común frente a la oposición.

—Y a los medios, Susi, no se le olvide. Desde que el señor presidente les canceló la publicidad, andan desatados contra nosotros.

Esta vez fue Daniel el que intervino.

—Y a quién queremos engañar, si alguien se va a quedar de delfín cuando el presidente se vaya, si es que un día se va, va a ser el canciller. No éste.

—Sí, pero eso él no lo sabe. Y en lo que se da cuenta, tal vez podemos hacer algo por ayudar a esa gente.

—La diferencia es que esa gente no nos paga, Susanita; nos paga él —el dedo índice de Daniel apuntó hacia el teléfono, desde donde seguían saliendo discursos en apoyo al partido y la transformación del país—, y por lo tanto, al que tenemos que ayudarle es a él.

—No nos paga él —Susana sintió la taquicardia de cuando se iba a pelear—; nos pagan los impuestos, el IVA y las remesas de los migrantes, no seamos hipócritas.

—¿Bueno? ¿Sí me oyen? Oiga, Irmita, como que ya se cortó esta fregadera, oiga...

Daniel estiró la mano y volvió a activar el micrófono.

—Perdone, gobernador, es que tuvimos aquí un problemita.

—Ah, no me diga.

—Sí, fíjese que Susana tuvo una emergencia con sus hijos, y se tuvo que ir corriendo.

Daniel miró a Susana y se llevó un dedo a los labios.

—Ah, caray. Qué cosa con estas señoras, ¿verdá? Siempre hay algo...

—Sí, siempre. Pero lo dejo con Javier, que le va a explicar nuestra propuesta. Yo voy a salir un minuto y regreso, pero está en buenas manos.

Abrió la puerta de la sala de juntas y le hizo un gesto con la cabeza a Susana, que se levantó en automático.

La dejó pasar, y cerró la puerta detrás de él.

—Vamos a mi oficina —dijo, cortando en seco a Susana que ya empezaba a pedir explicaciones. Los dos atravesaron la oficina en silencio, sonriéndole a Ale que los veía de lejos, con cara de que no estaba pasando nada.

—¿Me quieres decir qué demonios estabas pensando, Susana?

Ni siquiera alcanzó a sentarse en su escritorio antes de soltar la pregunta.

—¿Yo? —la voz de Susana temblaba—, ¿qué estaba pensando yo? ¿Me quieres tú decir qué es eso de sacarme de las juntas y desacreditarme enfrente de un cliente que yo traje?

Se golpeó el pecho con el índice.

—Yo trabajé esa relación desde que aquél se las daba de muy importante porque había estado en las negociaciones con los zapatistas. Y yo sé cómo manejarlo.

—¿Tú? Tú le ibas a dar un consejo que no le servía a él. No sé a quién le servía, si a ti para tranquilizar tu conciencia o a quién, pero a él, no.

Susana nunca había oído gritar a Daniel. Ni siquiera sabía que su voz pudiera alcanzar esos registros.

—Era para la gente, Daniel. Para que por una vez alguien en el gobierno viera por los miles de personas que todos los días sufren violencia en esa frontera. Y para no quedar como los que le hacen el trabajo sucio a los malditos gringos.

La cara de Daniel pasó del enojo al cinismo.

—Qué romántico —dijo, recargando la cara en una mano y volteando los ojos al cielo—, ¿ya acabaste, Subcomandante? *Imbécil.*

—Sí —dijo Susana, muy despacio—. Ya acabé. Y tú y tu maldito despacho se pueden ir a la chingada.

Ni siquiera recogió sus cosas de la sala de juntas. Regresó a su oficina, metió en su bolsa las fotos de Andrés y los niños que tenía sobre el escritorio, cerró su correo, apagó la computadora y salió hasta el estacionamiento.

En la mitad de Santa Fe, cuando se orilló para hablar a casa de Toni y preguntar la dirección, se dio cuenta de que había dejado su teléfono en la sala de juntas.

Ni modo de regresar ahorita. Qué oso.

Tenía su tableta. Todo era cosa de encontrar un café con wifi y mandarle un correo a Andrés explicándole la situación.

Él va a saber qué hacer.

Pero la camioneta tenía otros planes. Decidió que lo del foquito sí era en serio.

"¡PING! ¡PING! ¡PING!"

Un tronido, y se apagó.

—Ah, ¿sí? Pues te friegas, fíjate. Aquí te quedas.

Poseída por una extraña calma, Susana sacó la llave del interruptor y tomó sus cosas. Cerró el seguro con la llave.

Y tomó un taxi.

Mami, ¿por qué dice el abuelo Lalo que andas muy incendiaria?

No, bueno, la que se armó.

Tuvieron que pasar meses para que yo pudiera hablar tranquilamente del asunto. Meses en los que mi marido, mis hijos, mi papá, mis suegros y básicamente todo aquel que me conoce, hasta la cajera del súper, me miraban como si fuera yo una granada a la que un insensato le hubiera quitado el seguro. Cualquier cosita era buen pretexto para ponerme como dragón.

Ahora ya hasta aguanto cuando mi papá hace chistes sobre el día en que abandoné a mis hijos en Santa Fe.

Que tampoco es que los haya dejado aventados en un camellón, vamos poniéndonos de acuerdo: no es que sean los Hansel y Gretel del siglo veintiuno, no. Los dejé en casa de la novia de su abuelo que en realidad era ya también la casa de su abuelo.

Y tampoco los dejé. No fue una decisión muy consciente que digamos. Simplemente, como que me fui. Igual que le pasó a la pobre camioneta, se prendió un foquito en mi cerebro y luego "¡ping!", como que se echó. Según Eugenio, el psicólogo al que Andrés me rogó que le hablara al día siguiente, cuando finalmente me encontraron en un hotel en Reforma donde me fui a dormir (digo, porque muy ida, muy ida, pero sí alcancé a decirle al taxi que me llevara a un hotel bonito, porque ya si una va a tener su brote, mejor que sea entre sábanas lavadas y con malteadas del servicio a cuartos), mi cerebro se hartó de tener que darle gusto a todo el mundo. O sea, usó otras palabras y puso muchos ejemplos, pero eso fue lo que yo entendí: que llegué a un punto en el que dije "ya estuvo bueno de tener que quedar bien con todos". Y, "¡ping!", me desconecté.

¿Hubiera sido más conveniente para todos que no lo hubiera hecho en ese preciso momento? Seguro que sí. ¿Le habría ahorrado a mi papá y a Andrés la angustia de no saber dónde estaba ni qué me había pasado? Probablemente. ¿Andrés sería hoy más feliz si no hubiera tenido que hablar a mi oficina y que Javier le dijera que yo había salido hacía horas como un demonio? Sin duda.

Porque lo que no tomé en cuenta, cuando decidí abandonarlo todo, fue que los gemelos estaban en una casa ajena y yo era la encargada de pasar por ellos.

Y conforme fue avanzando la tarde y dieron las siete y no había noticias mías, y mi teléfono mandaba a buzón eternamente, mi papá le habló a Andrés, que puso el grito en el cielo y dijo que seguramente me había ido a una comida con los de mi oficina (de dónde sacó esa idea de que yo vivía yendo a comidas con los de mi oficina es un misterio, porque los pocos meses que duré ahí, no fui a una sola) y se lanzó por los niños.

Que como no tenían sillas, porque el coche de Andrés no tiene sillas, tuvieron que regresarse amarrados con los cinturones de seguridad y amenazadísimos con que cuidadito y los veía una patrulla.

Mientras tanto, la irresponsable de la madre de las criaturas dormía plácidamente en un hotel de Reforma.

Antes de irme a dormir sí hablé. Si tampoco soy tan inconsciente. Una vez que recuperé las fuerzas con una siesta y una malteada de chocolate, marqué el teléfono de mi casa y me contestó Andrés comprensiblemente hecho una furia, preguntando qué demonios me había pasado y dónde estaba. Yo no es que tuviera una muy buena explicación, más que lo que le dije: de pronto todo fue demasiado y luego la camioneta ya no prendió.

Y la verdad es que, como le dije a Eugenio, si la camioneta puede decidir que ya no prende, ¿yo por qué no?

(Me contestó que cuando uno era un ser humano con responsabilidades hacia otros seres humanos, había que hacer lo posible por resolver los problemas antes de tener que llegar a la situación de, de plano, no prender; pero obviamente yo esa tarde estaba mucho más allá de cualquier posibilidad de resolver nada.)

La verdad, tengo que decir que me sorprendió la reacción de Andrés. En mi cerebro nebuloso, cabía la posibilidad de que me dijera que a él nadie le había dicho que se iba a casar con una mujer inestable y que abandonaba a sus hijos, y que nos veíamos en el juzgado (o algo así, muy tremendo). En la idea del mundo que tiene Andrés las madres no toman taxis en la mitad de la noche sin avisarle a nadie, mucho menos van a hoteles solas. Pero no, nada de eso: suspiró mucho, me dijo que estaba yo loca y que le había dado un susto espantoso, pero que entendía más o menos qué era lo que me había pasado. Que aprovechara mi noche de hotel, me consiguiera un masaje en el spa y llegara a la casa al día siguiente para que habláramos y viéramos qué íbamos a hacer.

Claro, una vez que se me acabó la rebelión, como que empecé a tomar conciencia del tiradero monumental que había organizado: le había gritoneado a Daniel y, para fines prácticos, había renunciado; había plantado a mi papá y a Toni; había dejado a mis hijos a su suerte; había desaparecido de la faz de la Tierra y me había tardado como tres horas en avisarle a mi marido dónde estaba, y que estaba bien. Y, para colmo, casi seguramente había desbielado la camioneta. La maldita camioneta.

Y me quedé sin dormir de la angustia. Qué más daban las sábanas, y las tres almohadas de distintos pesos, y el chisguetito de aromaterapia que soltaba un atomizador, quesque para ayudar a relajarse. No podía más que pensar en todo lo que había hecho mal y qué iba a hacer para resolverlo.

Catalina es de esas personas que dice "si de todas maneras ahorita no puedes hacer nada, mejor duérmete, ya para qué te preocupas"; yo, obviamente, no soy de esas personas. Soy de las que dicen "ahora no puedes hacer nada, entonces angústiate y carcómete el tracto digestivo hasta que sea hora de que ya puedas hacer algo y entonces te sigues angustiando".

Por lo cual llegué a mi casa a las dos de la mañana y le di tal susto a Andrés que no sé cómo no le dio un infarto.

No voy a decir que después todo se solucionó como por arte de magia y fuimos felices. Uy, no. Cuando finalmente desperté, obviamente tuve que explicarle a Andrés lo que había pasado con más detalle, lo cual incluyó contarle que creía que había renunciado a mi trabajo. Y ni modo, tuve que negarme rotundamente a regresar con Daniel con una carta del psicólogo donde dijera que había tenido un lapso temporal de conciencia, o que me había intoxicado con camarones o lo que fuera, y por eso había dicho cosas, como sugirió Andrés.

—No, porque en realidad lo que pasó fue que me di cuenta de que yo no quiero estar ahí, Andrés.

Y le juré que lo iba a arreglar, que tenía un plan. Pero eso fue después.

Porque antes de eso me llegó un correo de Catalina (mi celular, por razones que no entendí, se lo había llevado Mireya, con el resto de las cosas que había dejado en la sala de juntas; y me daba pena darle lata en su correo en el fin de semana, pobre, ella qué culpa), diciéndome que mi papá estaba sentido conmigo.

Que es como decir "mira, aquí hay un cuchillo de pelar papas, dice mi papá que si te lo entierras en el corazón y le das varias vueltas, de favorcito". Porque que mi papá se enoje no es raro; que se indigne, se entristezca, se alborote, nada de eso es raro. Pero cuidado si mi papá se siente contigo, porque ahí sí, arma unos dramas como de película mexicana y hacen falta ruegos, súplicas y actos de contrición para que se le pase.

Y yo no estaba de humor. Por primera vez en mi vida, no estaba de humor. Cosa que a Eugenio, con su eterno discurso de la necesidad de independizarse y de dejar de pensar que el bienestar del mundo depende de mí, lo hizo muy feliz, pero a mí me hizo sentir fatal.

—¿Y Catalina por qué se mete? —preguntó Andrés, después de una hora de verme retorcerme las manos de angustia y escuchar mis preocupaciones por el ánimo de mi papá—; digo, tú sabes que la quiero y todo, pero ¿no tiene un jeque árabe al cual conseguirle un Chagall como para estarse metiendo entre tu papá y tú?

No le contesté, porque no era cosa de hablar mal de mi hermanita. En realidad, no le contesté porque no tenía una buena respuesta. Así era y así había sido siempre: Catalina se arrogaba el derecho de defender la causa de mi papá, y eso se traducía casi siempre en darme una instrucción para que yo la cumpliera.

Así era siempre, hasta que… "¡ping!". Así que tomé el teléfono, le hablé a mi papá y le expliqué la situación.

—Y de ahora en adelante, si me quieres decir algo, me lo dices, por favor. No me mandes recados con Catalina porque ya estamos grandes, papacito.

Y luego le mandé un mensaje a Toni desde el celular de Andrés, que me miraba desde su sillón, entre aterrorizado y fascinado por mi nueva personalidad de alma vengadora.

"Figúrate, que supongo que ya te enteraste, pero ayer se me puso la vida un poco complicada. Tú entiendes, ¿no? A veces es demasiado. Mil perdones por haberte dejado a los niños, que estuvieron felices, por cierto, y espero que nunca vuelva a suceder. Espero que nos vuelvas a invitar pronto para conocer la casa. Besitos, chau."

O algo por el estilo.

La conversación con Daniel fue un poco más compleja, aunque no mucho. El lunes siguiente me apersoné en la oficina en busca de mis cosas y experimenté la bonita sensación de ir silenciando las voces a mi paso. Todos se abrían, como el Mar Rojo ante Moisés, y me dejaban pasar, entre cuchicheos de "¿ya supieron si fue un ataque o qué?". En otras circunstancias, me hubiera dado una pena espantosa, pero a esas alturas, ¿qué? ¿Me iba a quemar con el gremio? Uh, ese barquito había dejado el puerto desde que le dije al gobernador que tuviera tantita personalidad y tomara sus propias decisiones.

La pobre Mireya claramente no sabía cómo comportarse. Se veía que parte de ella quería abrazarme y pedirme que le jurara que nada era cierto y que nos íbamos a querer como antes, pero al mismo tiempo su alma institucional la obligaba a tratarme con cierta frialdad.

Ni modo, tuve que apelar a la parte de su corazoncito que todavía me quería y pedirle que prendiera mi celular y borrara todos los mensajes y llamadas entre el viernes en la tarde y el lunes. Sí, ya sé: qué poco madura y profesional, pero ni modo. No estaba de humor para revivir las emociones colectivas.

Hablé diez minutos con Daniel, le pedí disculpas por haberme comportado de manera tan poco profesional, él me dijo que claramente yo estaba en un momento de exploración profesional (yo creo que él tampoco sabía bien a bien a qué se refería con eso), y que me deseaba la mejor de las suertes y seguía a mis órdenes.

Y, mientras me acompañaba a la puerta, hizo unos chistes malísimos sobre cómo ya íbamos a ser hermanitos.

Lo dejé pasar. No era momento de zapearlo todavía.

De Javier ni me despedí; a'i luego le mandaría un correo o algo. En cambio, sí me dolió despedirme de Ale, decirle que la comunicación política siempre no era para mí, y que me iba a explorar otros horizontes donde sintiera que podía hacer más cosas.

Lo que no me esperaba era que me tomara del brazo y me dijera:

—Cuando los encuentres, ¿me invitas, Susanita?

Y sí, la invité.

No inmediatamente, porque me pareció que Ale era alguien muy profesional como para sentarla en el café con Mónica y Laura, a las que convoqué para contarles de mi fantástica idea y explicarles por qué creía yo que lo mejor que podían hacer era sumarse y ayudarme.

—Pienso en una consultoría, pero de las pequeñas políticas, las de diario. Dar asesorías a las asambleas vecinales, a los municipios, a las juntas de padres de familia...

Miré a Mónica y las dos nos reímos. Claudia había rebasado todas nuestras expectativas y ahora andaba muy empoderada, tomando decisiones y organizando votaciones para que no se hiciera nada más lo que querían unos cuantos.

—En parte eso, y en parte algo más sobre educación política...

—Que eso sería un micrositio en nuestra página —dijo Mónica.

—Y eso te tocaría a ti, que eres, con mucho, la que mejor redacta de las tres.

Laura no lo podía creer. Pero era cierto: yo más o menos me defendía, pero mi papá siempre decía que hasta las tarjetas de cumpleaños las empezaba con "por medio de la presente". Laura, en cambio, citaba poetas latinoamericanos e hilaba todo muy precioso.

Y, por supuesto, como siempre que le ofrecías algo bueno, tuvo que decir que no. Que ya bastante era que Catalina le diera chance de quedarse en su departamento con Lucio como para que ahora yo le diera trabajo así como así.

La tuve que poner en orden: yo le había dicho a Catalina que dejara de meter a su casa al bueno para nada de su amigo

Marcos y mejor le pidiera a Laura que se quedara ahí y se ocupara de que no cortaran el agua y no se amotinaran los vecinos.

—Y si te estoy ofreciendo trabajo es porque necesito que lo hagas, ¿sí? Ya basta de jugar a que no te mereces nada.

A ella también le sorprendió mi arrogancia recién estrenada. Andaba yo imparable.

No arrancó luego, luego, pero con lo del sitio de internet y los patrocinadores de Mónica pudimos ir empezando, y luego nos buscó una asociación de vecinos que quería parar un desarrollo que amenazaba con dejarlos sin áreas verdes, luego una comunidad que quería evitar que entubaran un río, luego un partido chiquito de un municipio, y así nos fuimos organizando. Lo mejor de todo es que puedo trabajar desde la casa, yo sí, desde la mesa de la cocina (y al que no tenga ganas de ver mi estufa en las videoconferencias, que se imagine una playa), y puedo llevar y traer a los niños de la escuela y recibir al del súper, porque claro que ya aprendí a pedirlo por internet.

No siempre yo llevo a los niños; a veces va Andrés, que por fin se decidió a venderle su parte del despacho a Lalo y a asociarse con su papá en la constructora. No entiendo bien cómo, pero lo convenció de que era mejor que él también trabajara desde la casa, entonces se encierra en el estudio con una extensión bien grande que se compró en la ferretería, y ahí está cada uno, viéndonos si tenemos ganas o si no, cada uno metido con sus cosas, organizando a los niños y ocupándonos de limpiar y arreglar ahora que Laura ya no viene.

La camioneta murió. Ya no tuvo arreglo. Andrés fue con los del seguro a verla (y a recuperar las malditas sillas del coche), y le dijeron que, en efecto, no entendían qué había pasado, pero que sí, se había desbielado y era pérdida total. Yo pensé que iba a tener que echar mano de mi aplomo recién adquirido para decirle a Andrés que sobre mi cadáver volvíamos a tener una camioneta, y mucho menos una de segunda mano de su hermanito, pero no hubo necesidad: Andrés mismo dijo que tomara el cheque del seguro y diera el enganche para el coche que yo quisiera, siempre y cuando cupieran las dos sillas y no fuera un vocho clásico o alguna de esas cosas que luego se me ocurrían.

Le dije que no entendía por qué me decía esas cosas, si yo era una persona muy práctica y muy sensata. Pero hubiera sido feliz con un vocho, aunque a las dos cuadras empezara a renegar porque si acelerabas a más de sesenta ya no se oía el radio.

Compré, en cambio, un coche que dejó sin habla hasta a Jorge, mi cuñado, y hasta Tatiana dijo que era *"so cool"*. A mí nada más me gustaba que fuera híbrido y que pudiera conectarlo a la corriente eléctrica, y a los gemelos les encantaba que fuera rojo, así que ya, todos felices.

La que no está tan feliz es Amparo, porque no cabe todo lo que ella querría comprar. Llegamos a un acuerdo y ya sólo la llevo una vez al mes a un súper muy elegante en Polanco a donde no puede ir con su vecina, "porque qué necesidad tiene esta niña de enterarse lo que gasta una en filete, mijita, ninguna; tú, siquiera eres familia".

Hombre, gracias.

Entonces la llevo yo y compro pan con nueces y un litro de helado para un día especial, y mientras la voy pastoreando por los pasillos, que es lo que ella quiere: alguien que la escuche. Igual que mi papá, al que ya no veo tanto, pero cuando está aquí comemos con él y Toni cada quince días, y le encanta sacar el Atlas para enseñarnos a dónde se van a ir de viaje ahora en el otoño, o ahora en la primavera, o ahora en el invierno, porque viven brincando de un lugar a otro, felices de la vida.

Y yo los miro y hasta me da gusto. Y veo a los gemelos, que ya aprendieron a picarle al teléfono para hablar con el abuelo, o con su tía Catalina, o con su papá, y me da más.

Hasta que me doy cuenta de que me están acusando porque no les quise dar una galleta en la mitad de la tarde.

¿Qué no entienden que tienen que comer comida?

Agradecimientos

Esta historia le debe su existencia, en partes iguales, a los periodistas culturales y a mi torpeza para responder "no tengo idea". Durante la Feria de Guadalajara, mientras promovía un libro anterior, sistemáticamente los entrevistadores preguntaban por mi próximo proyecto y, sin tener nada en mente, me sentí en la obligación de inventarme algo. De ahí surgió Susana, y sus conflictos consigo misma y con los distintos discursos que la rodean. Sirvan estas líneas para acreditar y agradecer a quienes dedican su vida a mediar entre los autores y los lectores. Gracias, siempre. Su trabajo es importante para todos, y debemos defenderlo.

Y si bien se concibió en Guadalajara, construir, apuntalar y erigir a Susana implicó muchas conversaciones y muchos ires y venires. Por ellos agradezco a mi mamá, a mis hermanos y a cada uno de mis parientes, que sin saberlo (y sin temerlo, porque Dios les conserva la inocencia) me acompañaron en este proceso. Yo, y mi trabajo, somos la suma de muchas opiniones, mucho cariño y muchas experiencias. Gracias a todos por estar conmigo.

Gracias a Océano, particularmente a Pablo Martínez Lozada y a Guadalupe Ordaz, que siempre confiaron en que lograría entregar este manuscrito, y que no torcieron el gesto ni una sola de las veces en que empecé la conversación con "ya pensé que mejor se va a tratar de otra cosa...". Gracias también a Lupita, a Rosie, a Zayra, a Lázaro, a Connie, al señor Gómez y a todos los que trabajan a diario para que existan los libros. Volveremos a feriar, muchachos.

Gracias, nunca suficientes, a quienes me leen. A quienes me hacen sentir todos los días que estas palabras no caen en el vacío. Abrazos.

Esta obra se imprimió y encuadernó
en el mes de enero de 2021,
en los talleres de Impregráfica Digital, S.A. de C.V.,
Av. Coyoacán 100-D, Col. Del Valle Norte,
C.P. 03103, Benito Juárez, Ciudad de México.